INES THORN

Monsieur Jammet und der Traum vom Grand Hotel

Buch

Mit Verstand und Leidenschaft geht Hippolyte Jammet seinem Lebenstraum nach: Er führt das Le Bristol, eines der großen Luxushotels von Paris. Selbst die Schatten des Zweiten Weltkriegs lassen ihn keine Sekunde daran zweifeln, wo er hingehört. Als die Deutschen Paris besetzen, braucht es sein ganzes diplomatisches Geschick, um das Hotel geöffnet und Gäste sowie Bedienstete sicher zu halten. Keine leichte Aufgabe – zumal er zwischen den Mauern auch einige Schätze des Louvre vor dem Zugriff des Feindes hütet. Doch als ein wertvoller Fragonard verschwindet und die Stadt immer grauer und trister zu werden droht, beginnt Monsieur Jammet langsam zu verzweifeln. Was kann er noch tun, um seine Heimatstadt wieder erstrahlen zu lassen?

Inspiriert von der wahren Lebensgeschichte des Hoteliers Hippolyte Jammet, der unter großen persönlichen Gefahren sein Hotel und sogar Paris selbst rettete.

Autorin

Ines Thorn wurde 1964 geboren. Nach einer Ausbildung zur Buchhändlerin studierte sie Germanistik, Slawistik und Kulturphilosophie, um danach als Fotogestalterin, Werbetexterin und auch immer wieder als Buchhändlerin zu arbeiten. Die Liebe zum Schreiben hat sie schon der nächsten Generation vermacht, ihre Tochter Hella ist mittlerweile ebenfalls Schriftstellerin. Ines Thorn lebt mit Familie und Hund in einem 300-Seelen-Dorf in Nordhessen und träumt dort selbst immer gern von Besuchen in den Grand Hotels auf aller Welt.

Ines Thorn

MONSIEUR JAMMET UND DER TRAUM VOM GRAND HOTEL

Roman

blanvalet

Sollte diese Publikation Links auf Webseiten Dritter enthalten, so übernehmen wir für deren Inhalte keine Haftung, da wir uns diese nicht zu eigen machen, sondern lediglich auf deren Stand zum Zeitpunkt der Erstveröffentlichung verweisen.

MIX
Papier | Fördert gute Waldnutzung
FSC® C014496

Klimaneutral
Druckprodukt
ClimatePartner.com/14044-1912-1001

Penguin Random House Verlagsgruppe FSC® N001967

1. Auflage 2022

Dieses Werk wurde vermittelt durch die Literarische Agentur
Thomas Schlück GmbH, 30161 Hannover
Redaktion: Stefan Lutterbüse, Wiesbaden
Umschlaggestaltung: Johannes Wiebel | punchdesign,
unter Verwendung von Motiven von Shutterstock.com
(Everett Collection, Ysbrand Cosijn) und stock.adobe.com
(blantiag, FreeProd, Anneleven.com, Ericus, Markus, Vasilius)
BSt · Herstellung: sam
Satz: GGP Media GmbH, Pößneck
Druck und Bindung: GGP Media GmbH, Pößneck
Printed in Germany
ISBN 978-3-7645-0805-0

www.blanvalet.de

Teil 1
Paris 1940

Kapitel 1

Monsieur Hippolyte Jammet schob seine Brille auf die Nase und verschränkte die Hände hinter dem Rücken. Die Personalbesprechung war fast zu Ende, die heutigen Aufgaben verteilt. »Wie lautet das oberste Gebot im Le Bristol?«, fragte er wie jeden Morgen am Ende der Besprechung.

»Diskretion!«, riefen alle wie aus einem Mund.

Die Kellner und Zimmermädchen, die Hotelpagen und Laufjungen, die Tor- und Wagenwächter sowie die Concierges und Fahrstuhlführer standen mit durchgedrücktem Kreuz in einer Reihe vor dem Besitzer des Hotels. Nur das Küchenpersonal fehlte. Vor dem Krieg waren es beinahe doppelt so viele männliche Angestellte gewesen, aber seit Frankreich Deutschland den Krieg erklärt hatte, waren viele junge Männer eingezogen wurden. Jammet hatte einige ehemalige Angestellte aus ihrem verdienten Ruhestand holen müssen, um den Hotelbetrieb am Laufen zu halten.

Jeder Kellner trug einen schwarzen Frack mit gestärkter Hemdbrust, die Zimmermädchen lange schwarze Kleider, darüber eine weiße, mit Rüschen besetzte Schürze und ein weißes Häubchen im zum Knoten gedrehten Haar, die Übrigen die hoteleigene Uniform. Im Speisesaal für die Angestellten hingen noch der Geruch des Morgenkaffees und der Duft frisch gebackener Croissants. Aus der Spülküche war das Klappern von Tellern zu hören, ein Koch rief nach einem Küchenjungen. Ein Beikoch verteilte auf einem Tisch kleine Kostproben der Tagesmenüs und die dazugehörigen Weine. Gleich nach der Besprechung würden die Kellner davon kosten und anschließend die Gerichte vor den Ohren des Souschefs beschreiben, damit sie diese den Gästen so gut wie möglich empfehlen konnten. Auch der Geschmack der Weine musste charakterisiert, Rebsorten, Lagen und Weingüter unterschieden werden.

Die Zimmermädchen würden von der ersten Hausdame eingeteilt werden und danach ihre Wagen mit Bettwäsche, Handtüchern, parfümierter Seife und Reinigungsmitteln beladen und sich unter den strengen Augen der Etagenaufsicht an die Arbeit machen. Die Torwächter in ihren schwarzen Capemänteln und den steifen Zylindern würden vor dem Hotel Aufstellung nehmen, die Gäste begrüßen und ihnen die Tür aufhalten, während die Wagenwächter deren Autos parkten. Die Rezeptionisten würden telefonieren, Fragen beantworten und dabei alles, was in der Empfangshalle geschah, im Blick behalten. Die Pagen würden sich mit den Koffern abmühen, der Fahrstuhlführer seine Knöpfe bedienen und die Etagen ansagen.

Aber noch war es nicht so weit, noch schritt der Hoteldirektor die Reihe ab und musterte einen nach dem anderen. Sie alle sahen frisch gewaschen und ordentlich gekämmt aus. Da war keine Falte in der Kleidung, keine Haarsträhne hing lose. Da blitzten die Schuhe und die Messingknöpfe der Uniformen.

»Genau. Diskretion. Was in diesem Haus passiert, dringt nicht nach draußen. Die unbedingte Verschwiegenheit ist der Boden, auf dem das Le Bristol steht und gedeiht. Auch und besonders in diesen schwierigen Zeiten.« Hippolyte Jammet war besorgt, doch er bemühte sich, es nicht zu zeigen. Vor genau einem Monat war die deutsche Wehrmacht in Belgien und Nordfrankreich einmarschiert, und sie kam der Hauptstadt Paris immer näher. Jammet hatte ausgezeichnete Beziehungen in der Stadt. Es gab beinahe nichts, das ihm verborgen blieb, und so war ihm auch bekannt, dass sich die Regierung unter Führung von Paul Reynaud auf eine Flucht vorbereitete. Und was dann geschah, das wusste der Himmel. Er hatte seiner Frau Yvonne aufgetragen, in der Kirche Notre-Dame eine Kerze anzuzünden, aber er glaubte selbst nicht, dass das etwas nützte. Der Hoteldirektor hatte am Morgen im Radio gehört, dass die Maginot-Linie von den Deutschen überrannt worden war. Die Maginot-Linie, an der sich die Bunker wie an einer Perlenkette entlang der französischen Grenze zu Belgien, Luxemburg, Deutschland und Italien aneinanderreihten. Die Maginot-Linie, die als unüberwindbar gegolten hatte. Nur Gott wusste, was nun kommen würde. Jammet rechnete mit dem Schlimmsten.

Am liebsten hätte er Yvonne und seine Kinder in Sicherheit gebracht. Sein ältester Sohn Pierre besuchte ein Internat, aber die anderen neun Kinder lebten im Le Bristol. In der Provence würde sich sicherlich noch ein kleines Hotel finden, in dem sie den Krieg überdauern konnten. Aber Yvonne weigerte sich strikt. Sie und Hippolyte Jammet liebten sich von ganzem Herzen, und Yvonne musste da sein, wo auch Hippolyte war.

»Jawohl, Monsieur Jammet«, riefen die Bediensteten wieder im Chor.

»Dann an die Arbeit. Jeder weiß, was er zu tun hat.« Monsieur Jammet klatschte in die Hände.

Die Angestellten schwirrten wie ein Bienenschwarm auseinander, und Monsieur Jammet hatte jetzt Zeit für einen Café au Lait mit dem Empfangschef, der ersten Hausdame und dem Küchenchef.

»Was steht heute auf der Tageskarte?«, wollte er wissen, und Monsieur Trudeaux seufzte und zählte auf: »Geeiste Gurkensuppe, frische Langusten, noch keine 24 Stunden aus dem Wasser, mit Trüffeln gefülltes Kalbsbries, zarte Täubchen mit einer Füllung aus provenzalischen Kräutern, geschmort in Rotwein, und als Dessert Birnenküchlein mit Champagner. Dazu das übliche Angebot aus der Speisekarte.«

Michel Trudeaux arbeitete seit sechs Jahren im Le Bristol. Er war einer der wenigen Küchenchefs eines Pariser Hotels, der sich einen Michelin-Stern erkocht hatte. Fünf Jahre hintereinander!

Jammet staunte: »Es gibt nichts zu kaufen, die Leute stehen stundenlang für eine Packung Mehl an, und wir haben eine solche Speisekarte?« In seiner Stimme schwang Stolz mit.

»Nun, wir kaufen die wenigsten Sachen auf dem Markt, weil es dort kaum noch etwas zu kaufen gibt. Die Gurken brachte uns ein Bauer aus der Nähe, ebenso die Nudeln. Trüffel haben wir noch vom letzten Jahr, und ich muss zugeben, dass mir ein Nachbar seine Brieftauben geschenkt hat, als er sich auf die Flucht begeben hat. Nun, ich kann mit Tauben außerhalb der Küche wenig anfangen.«

»Welche Einkäufe stehen morgen früh an?«

Monsieur Trudeaux ließ es sich gewöhnlich nicht nehmen, jeden Morgen um vier Uhr höchstselbst zum Großmarkt Halles de Paris im 1. Arrondissement zu fahren und den frischen Fisch, das Obst und Gemüse und natürlich den Käse vor Ort auszuwählen. Normalerweise herrschte dort ab dem Morgengrauen reges Treiben. Händler und Köche aus der ganzen Stadt eilten dann durch die Hallen, unzählige Gemüsestände reihten sich aneinander. Glänzende Auberginen lagen neben gelben und grünen Zucchinis, prächtige Spargelstangen mit violetten Köpfen reihten sich neben grüne Spargelstangen, die Monsieur Trudeaux lieber briet als kochte. Dort sah man frisches Geflügel hängen, schneeweiße Hühner, pralle Gänse aus dem Elsass, Enten jeder Art. In einer Wanne lagen gelbe Hühnerfüße, in einer anderen Hahnenkämme. Da wurden Fische angeboten, die noch gestern im Meer oder einem Fluss geschwommen waren.

Im nächsten Gang prangte prächtiges Obst. Die ersten Erdbeeren aus dem Süden waren eingetroffen, und Monsieur Trudeaux überlegte, ob er daraus ein Dessert machen sollte.

In einem anderen Gang roch es nach Milch und Käse, in dem danach wurde Fleisch angeboten. Halbe Schweinshälften hingen an riesigen Haken, Ochsenzungen neben Rinderfilets, und am nächsten Stand gab es Wild zu kaufen. Rehkeulen, Wildschweinseiten, ausgenommene Karnickel. Die Gummischürzen der Verkäufer waren rot von Blut, darüber lag ein schwerer, eisenartiger Geruch. Karren mit Kisten wurden vorübergezogen, Körbe mit Früchten gepackt, Fleisch abgewogen und Fisch filetiert. Es herrschte ein unbeschreiblicher Lärm, doch die meisten Händler und Einkäufer waren bester Laune. Die Männer hinter den Ständen hielten Henkeltassen mit heißem Kaffee in ihren kalten Händen und riefen sich Grußworte zu. Monsieur Trudeaux kannte viele von ihnen persönlich und wusste, wo er die besten Waren bekam.

Während die Küchenjungen den kleinen Lastkraftwagen des Hotels mit Kisten beluden, kostete Monsieur Trudeaux gewöhnlich einen Rohmilchcamembert aus der Normandie, die ersten frischen Kirschen der Camargue oder ein Stückchen geräucherten Aal aus der Provence. Er roch an Muscheln und Austern, betrachtete die Augen der Fische, ließ sich ein Stück Rinderfilet aufschneiden, orderte sechs Dutzend Stubenküken, suchte Lammlachse aus und brauchte nicht länger als zwei Stunden für seine Einkäufe. So war es wenigstens vor dem Einmarsch der Deutschen gewesen, und es gab nichts, was Monsieur Trudeaux mehr bedauerte. Denn im Augenblick hatten die meisten Stände geschlossen. Ein paar unermüdlich hoffnungsvolle Köche streiften bedrückt durch die leeren Hallen. Wenn sie Glück hatten und zeitig genug da waren, bekamen sie vielleicht ein paar Fische aus der Seine, eingemietetes Gemüse oder ein bisschen Käse. Doch die meisten Restaurants hatten derzeit nur wenige Gäste.

»Morgen würde ich gern Austern kaufen. Dazu vielleicht ein paar Wolfsbarsche, wenn ich sie bekomme. In dieser Woche soll es ein wenig Kalbfleisch geben, aber es kostet sehr viel mehr. Die Tagesgerichte stelle ich immer erst nach dem Einkauf zusammen«, erklärte Trudeaux. »Es ist schwierig, dieser Tage eine Speisekarte zu erstellen.«

»Wie sieht es mit den Vorräten aus?« Monsieur Jammet trank einen Schluck von seinem Café au Lait.

»Mehl haben wir ausreichend, ebenso Zucker und Salz. Mit den frischen Kräutern sieht es schlecht aus. Ich habe neulich schon den Küchenjungen in den Bois de Boulogne geschickt, um ein wenig Löwenzahn zu sammeln. Die Bauern bringen uns zwar noch Fleisch und Milch und Quark und Käse, aber die Preise sind gestiegen.«

»Wie lange können wir unseren üblichen Küchenbetrieb noch aufrechterhalten?«

Monsieur Trudeaux zuckte mit den Schultern. »Wenn ich das nur sagen könnte. Es weiß ja keiner, was noch kommt.«

»Das ist wohl wahr.« Monsieur Jammet seufzte. »Wie sieht es mit den Reservierungen aus?« Er wandte sich an den Empfangschef Monsieur Grunwald, den er vor Jahren aus dem Hotel Adlon in Berlin abgeworben hatte. Grunwald war ein großer, schmaler Mann mit einer griechischen Nase und einer vornehmen Art zu sprechen. Obwohl sein deutscher Akzent noch hörbar war, setzte er seine Worte mit französischer Noblesse. »Nun, wir erwarten heute einige Gäste, die noch nie bei uns gewesen sind. Darunter etliche Deutsche. Außerdem reist heute ein griechischer Diplomat an, Monsieur Katarandis, mit seiner Gemahlin und seinem Sekretär sowie fünf Wirtschaftsgrößen aus Athen, die den Diplomaten begleiten. Er bekommt eine Suite in der sechsten Etage mit Blick auf den Eiffelturm, seine Begleiter werden auf derselben Etage untergebracht. Für den Abend haben sie einen Tisch in unserem Restaurant reserviert. Außerdem hat sich Madame la Comtesse Baluard mit ihrer Tochter angemeldet. Sie benutzen die Suite in der fünften Etage. Allerdings nicht mit Blick auf den Eiffelturm, da die Damen mit ihren Hunden anreisen und diese beim letzten

Besuch mit ihrem Gebell die anderen Gäste gestört haben. Ich dachte an die Suite 507. Sie liegt etwas entfernt von den anderen Räumen.«

»Wie konnte das geschehen?« Monsieur Jammet zog die Augenbrauen in die Höhe.

»Die Damen waren zum Einkaufen unterwegs und ließen die beiden Hunde allein.«

»Nun, das wird dieses Mal anders sein. Einer der Laufjungen wird sich um die Hunde kümmern. Ich denke, das kann der kleine Marcel übernehmen. Er stammt meines Wissens vom Dorf, er wird sich mit Hunden auskennen.«

»Des Weiteren erwarten wir eine Delegation aus dem amerikanischen Außenministerium und die Starsopranistin Lily Pons, die für ihre Entourage gleich die gesamte vierte Etage gemietet hat.«

»Lily Pons.« Über Monsieur Jammets Gesicht glitt ein Lächeln. »Was für eine Stimme! Sorgen Sie dafür, dass ein großer Strauß mit weißen Rosen in ihrer Suite steht. Und im Obstkorb dürfen auf gar keinen Fall Erdbeeren sein, Madame Pons hasst Erdbeeren.«

»Sechs Diamantenhändler aus Amsterdam haben bei uns Zimmer für zwei Nächte gebucht und möchten ihre Juwelen in dem hauseigenen Stahltresor hinter der Rezeption deponieren. Die Herren mit ihren Familien reisen anschließend weiter nach Marseille. Sie hoffen, dort eine Schiffspassage über Lissabon nach Amerika zu bekommen.«

»Sorgen Sie gut für deren Wohl. Sie haben es nicht leicht dieser Tage.« Jammet dachte an die vielen Pariser Juden, die sich schon ins Exil begeben hatten, und an die, die ihre Reise in letzter Minute vorbereiteten. Sie ließen alles zurück: das, wofür sie ein Leben lang gearbeitet hatten, Freunde, Familie, Häuser, sogar ihre Haustiere, vor allem aber ihre Sprache.

»Dann stehen heute einige Abreisen an«, sprach Grunwald weiter. »Da wären das Ehepaar Brown aus New York und der englische Diplomat Monsieur Dunker. Dazu die Schweizer Bankiers von der Swiss International Bank aus Zürich und der Champagnerhändler, der unser Haus beliefert.«

»Monsieur Bollinger?«

»Ebender.«

»Monsieur Bollinger ist selbstverständlich eingeladen. Grunwald, zerreißen Sie seine Rechnung«, bestimmte Monsieur Jammet.

»Wirklich? Er bewohnt eine unserer besten Suiten.«

»Wir befinden uns im Krieg. Jeden Moment können die Deutschen einfallen. Wir brauchen gute Kontakte, damit uns auch während des Krieges der Champagner nicht ausgeht. Monsieur Bollinger wird unsere Großzügigkeit nicht vergessen.«

»Gut, ich sage an der Rezeption Bescheid.«

»Tun Sie das, mein lieber Grunwald.« Dann wandte sich der Hoteldirektor an die erste Hausdame, Madame Colette. »Haben Sie daran gedacht, für Madame la Comtesse Baluard zwei Kissen aufzulegen? Sie nimmt immer zwei Kissen.«

»Natürlich, Monsieur Jammet. Übrigens sind wieder zwei Morgenmäntel abhandengekommen, die heute selbstverständlich ersetzt werden. Im Zimmer 311 ist eine Glühbirne an der Deckenleuchte kaputt, und in der 234 wackelt das Bett. Ich habe dem Hausmeister schon Bescheid gesagt. Ansonsten ist alles in Ordnung. Das neue Zimmermädchen macht sich gut.«

Monsieur Jammet erhob sich. »Ich habe eine kleine Besprechung außer Haus. In zwei Stunden, denke ich, werde ich wieder hier sein.«

Monsieur Trudeaux, Monsieur Grunwald und Madame Colette nickten. Sie wussten, was sie zu tun hatten.

Monsieur Jammet fuhr mit dem Lift hoch in die siebte Etage, in der er, seine Frau Yvonne und seine Kinder in einer Maisonettewohnung lebten.

»Yvonne, mein Herz«, rief er und fand seine Frau im Salon, wo sie mit dem Kindermädchen sprach. »Yvonne, ich gehe zum Louvre. Ich bin mit dem Direktor verabredet. Warte nicht mit dem Kaffee auf mich. Es könnte ein Weilchen dauern.«

Hippolyte Jammet und Yvonne hatten sich angewöhnt, gegen elf Uhr gemeinsam Kaffee zu trinken.

Madame Jammet war eine hochgewachsene Frau mit hellem dichtem Haar, das ihr in leichten Wellen bis auf die Schulter reichte. Sie trug ihr blaues Kleid mit bewunderungswürdiger Anmut und sah aus, als würde sie in Kürze ausgehen wollen. Sie hielt einen Brief in der Hand. »Pierre hat geschrieben«, erzählte sie ihrem Mann. »Aus dem Internat.«

»Oh, wie schön!« Monsieur Jammet deutete auf den Brief seines ältesten Sohnes. »Wie geht es ihm?«

»Oh, es geht ihm gut. Seine Zensuren sind in Ordnung. Er spielt neuerdings gern Kricket.«

»Das ist schön. Was wirst du ihm antworten?«

»Dass seine beiden jüngsten Geschwister einen Infekt hatten, dass die anderen ihm Bilder gezeichnet haben und ihn vermissen.«

»Was hast du heute vor, meine Liebe?«, wollte Jammet wissen.

»Oh, nicht viel. Am Vormittag habe ich einen Termin zur Anprobe bei meiner Schneiderin, und am Nachmittag werde ich einen Besuch bei Tante Lorette machen. Wirst du allein in den Louvre gehen?«

»Da ich nicht weiß, was Monsieur Jaujard von mir will, gehe ich zunächst allein. *À bientôt, mon amour!* Hab einen schönen Tag.«

Jammet ließ sich in einen leichten Mantel helfen, nahm den frisch gebürsteten Hut vom Hausmädchen entgegen und nickte noch einmal dem Kindermädchen zu, das den jüngsten Spross der Familie auf dem Arm ins Spielzimmer trug. Die anderen Kinder folgten der jungen Frau. »Und ihr seid schön brav, nicht wahr?«, rief er ihnen zu, verließ die Wohnung und fuhr mit dem Fahrstuhl nach unten. Wie immer, wenn er das Le Bristol verließ, überquerte er die Rue du Faubourg Saint-Honoré und schaute von der gegenüberliegenden Straßenseite auf sein Hotel, das er vor fünfzehn Jahren erbaut hatte. Sein Blick glitt über die strahlend weiße Fassade des achtstöckigen Gebäudes, streifte die rot-weißen Markisen, den Eingangsbereich, in dem das Messing wie Gold leuchtete, den roten Teppich, der hinein in die Halle führte, in eine Welt des Luxus und der Pracht. Er nickte zufrieden und eilte weiter zum Louvre. Es war ein warmer Maitag im Jahr 1940. Die Sonne schien, und der Himmel strahlte im reinsten Blau. Ein paar Tauben gurrten in den Bäumen, ungewohnt viele Autos, Fuhrwerke und Lastenräder rollten auf den Straßen, ein Bäckerjunge transportierte auf seinem Fahrrad Baguettes zu den Kunden, eine Frau kippte einen Eimer mit Wischwasser in den Rinnstein, ein alter Mann zog einen voll beladenen Handwagen vorüber, auf dem eine dreiteilige Matratze schwankte. Noch war alles friedlich in dieser Stadt. Noch war die deutsche Wehrmacht nicht in Paris, aber ganz Frankreich bereitete sich auf die Invasion der Deutschen vor. Etliche Pariser waren aufs Land geflüchtet, aber ein solcher Gedanke war Hippolyte Jammet gänzlich fremd. Er war mit Leib und Seele Hotelbesitzer, und er dachte nicht im Traum daran, das Le Bristol zu verlassen. Als unverbesserlicher Optimist wartete er lieber erst einmal ab und hoffte das Beste. In Amsterdam und Brüssel, so sagte man, hätten die Deutschen alle Hotels beschlagnahmt, um ihre Leute darin unterzubringen. Nun, er würde sich mit Klauen und Zähnen dagegen sträuben, die feindlichen Soldaten ins Le Bristol zu lassen. Das war er sich und seinen Gästen schuldig. Er hatte viele nützliche Kontakte in Paris, dazu kamen seine außerordentlich guten Beziehungen zum Außenministerium und zu den zahlreichen Botschaften.

Das Le Bristol war dafür bekannt, die erste Adresse für Diplomaten in Paris zu sein, und Jammet hatte nicht vor, daran etwas zu ändern. Doch zunächst war er neugierig, was Jacques Jaujard, mit dem er seit vielen Jahren befreundet war, von ihm wollte. Jaujard galt unter den Parisern als Held und das vollkommen zu Recht. Er hatte im August des letzten Jahres, genau einen Tag nachdem die Russen und die Deutschen einen Pakt unterzeichnet hatten, laut welchem Hitler freie Hand hatte, den Westen anzugreifen, den Louvre für drei Tage geschlossen. Es hieß, die Rohre im Haus müssten repariert werden. In Wirklichkeit aber verpackten die Angestellten des Museums mit Hilfe der Studenten der

École du Louvre und den Mitarbeitern des berühmten Warenhauses La Samaritaine behutsam so viele Kunstschätze, wie sie nur konnten. Jacques Jaujard hatte extra dafür von der hauseigenen Tischlerei Transportkisten herstellen lassen. »Die Hochzeit zu Kana« von Veronese, eines der kostbarsten Stücke der Sammlung, wurde behutsam um einen Zylinder herumgerollt und in eine mit Holzwolle gepolsterte Kiste gelegt. Die Bilder von Peter Paul Rubens waren zu brüchig, um die Leinwände zu rollen. Sie wurden, wie sie waren, auf die Ladefläche eines Lastkraftwagens gehoben, den sich Monsieur Jaujard von der Comédie-Française ausgeliehen hatte und in dem normalerweise Kulissen und Wandbilder transportiert wurden. Das Auto war für solche Zwecke passend ausgerüstet und Boden und Wände gepolstert.

Jacques Jaujard hatte die Meisterwerke nach ihrer Berühmtheit kategorisiert. Die kostbaren Stücke erhielten einen gelben Punkt. Bilder, die als bedeutende Kunstwerke galten, wurden mit grünen Punkten versehen, und Kunstschätze der Welt bekamen einen roten Punkt. Das Prunkstück des Louvre, die weltberühmte Mona Lisa von Leonardo da Vinci, wurde in eine weiße Kiste gepackt und mit drei (!) roten Punkten versehen. Das Ölgemälde wurde in einem Krankenwagen mit einer speziellen Gummifederung inmitten eines Konvois aus acht Lastwagen an sein neues Zuhause transportiert und von einem Kurator begleitet, der die Kiste nicht eine Sekunde aus den Augen ließ. Insgesamt brachen an diesem Augustmorgen des letzten Jahres 203 Fahrzeuge mit insgesamt 1862 Holzkisten an geheime Orte auf, in denen die Kunstwerke vor den *Boches* versteckt werden sollten. Das letzte Meisterstück, das in Sicherheit gebracht wurde, war die dreieinhalb Meter hohe Statue der Nike von Samothrake, entstanden um 190 v. Chr. Am 3. September 1939, genau zwei Stunden bevor Frankreich Deutschland den Krieg erklärte, verließ der Lastkraftwagen mit der Statue Paris in Richtung Loire.

Monsieur Jaujard, der Direktor des Louvre, erwartete ihn in seinem Büro an seinem Schreibtisch und stand auf, als Hippolyte Jammet eintraf.

»Wie schön, dass Sie meiner Einladung gefolgt sind, mein lieber Jammet. Lassen Sie uns dort Platz nehmen.« Jaujard deutete auf zwei bequeme Clubsessel an der Wand, zwischen denen ein kleiner Tisch stand. »Darf ich Ihnen einen Kaffee anbieten?«

»Danke sehr, ich hatte gerade einen.« Hippolyte Jammet blickte sich neugierig um. Er war lange nicht mehr hier gewesen und hatte seinen Freund Jaujard meist auf Veranstaltungen getroffen. Der Schreibtisch war mit Büchern überladen. Zwei von ihnen lagen aufgeschlagen auf einer Unterlage aus grünem Leder. Es waren Bildbände über Gemälde. Neben dem Schreibtisch befand sich ein Bücherschrank mit Glastüren, und Jammet erkannte einige Kataloge, die der Louvre aus Anlass seiner Ausstellungen herausgebracht hatte. Auf der anderen Seite zog sich ein Regal an der Wand entlang, das mit beschrifteten Ordnern gefüllt war. »Italienische Meister«, las Jammet und »Künstlerkolonie Skagen und dänische Malerei«. Über der kleinen Besprechungsecke hingen zwei Gemälde, von denen Jammet nicht wusste, wer sie gemalt hatte. Das eine zeigte eine Stadtansicht von Paris, auf dem anderen war die berühmte Kirche Notre-Dame dargestellt. Der Boden war mit einem Teppich in verschiedenen Rottönen belegt und neben dem Fenster, das einen Blick auf den Jardin des Tuileries erlaubte, hingen Vorhänge in einem Farbton, der gut zum Teppich passte. Das ganze Zimmer wirkte gediegen und trotz des Schreibtischs und der vielen Ordner behaglich.

»Nun, ich denke, dass das, was wir zu besprechen haben, so delikat ist, dass es nach einem Cognac verlangt.« Der Direktor lächelte, aber es war kein frohes Lächeln und erreichte seine Augen nicht.

Monsieur Jammet zog die Brauen leicht in die Höhe und nahm in einem der Sessel Platz, während Jaujard den Cognac eingoss. Der Direktor des Louvre war ein Mann mittlerer Größe, in dessen Haar sich die ersten grauen Strähnen zeigten. Sein schmales Gesicht mit der etwas zu langen Nase war ernst, und Jammet sah ein paar Falten, die vor Wochen noch nicht da gewesen waren. Er trug einen maßgeschneiderten Anzug, ein blütenweißes Hemd und eine Seidenkrawatte. Am Zeigefinger der rechten Hand glänzte ein Siegelring.

»Wie geht es der Familie, mein lieber Jammet?«

»Danke sehr. Es geht allen gut.«

»Und die Geschäfte?«

»Ich kann nicht klagen. Obschon ich dem Einmarsch der Deutschen besorgt entgegensehe.«

»Das tun wir alle, mein lieber Jammet, das tun wir alle. Und damit bin ich auch schon beim Grund unseres Treffens.«

Er ließ denn goldgelben Cognac in seinem Schwenker kreisen, dann sagte er: »Seit geraumer Zeit bin ich dabei, die wertvollsten Stücke unserer einmaligen, weltberühmten

Sammlung aus Paris wegzubringen. Ich darf sagen, dass unsere bekanntesten Gemälde bereits in Sicherheit sind.« Er gestattete sich ein kleines Lächeln.

»So wie die Mona Lisa?«

»Leonardo da Vincis Meisterwerk ist an einem geheimen Ort, weit weg von Paris. Sie verstehen sicher, dass ich Ihnen nicht mehr dazu sagen kann.«

Monsieur Jammet nickte zufrieden. Er war ein Pariser durch und durch und liebte – wie die meisten Pariser – den Louvre und seine Gemälde von ganzem Herzen. »Ich bin sehr froh, das zu hören.«

Jaujard bot Hippolyte Jammet eine Zigarette aus einem silbernen Etui an, und der Hotelier griff zu. Schweigend rauchten die beiden Herren die ersten Züge, dann sprach Jaujard weiter: »Für einige kleinere Gemälde suche ich noch ein neues Zuhause. Es handelt sich dabei um Landschaftsmalereien aus dem 18. Jahrhundert. Ein kleines und ein mittleres Gemälde von Watteau, zwei Canaletto-Zeichnungen, zwei Fragonards, eines von Richard Wilson. Insgesamt sieben Werke. Ein Teil davon hängt in der Ausstellung, ein anderer Teil lagert im Archiv. Aus Amsterdam hörte ich, dass die Deutschen die berühmtesten niederländischen Gemälde beschlagnahmt und nach Berlin gebracht haben. Vermeer, Rembrandt, all die alten Meister. Es ist eine Schande. Dieses Schicksal will ich dem Louvre ersparen.«

»Das ist verständlich, und ich bin bereit, Ihnen dabei zu helfen.«

Jaujard lächelte. »Dafür danke ich Ihnen sehr.«

»Sie wünschen, dass ich die Bilder in meinem Haus verstecke?« Jammet schlug ein Bein über das andere.

Jaujard nickte. »Ich weiß, das ist ein großes Risiko. Unter anderen Umständen wäre ich niemals mit einer solchen Bitte an Sie herangetreten.«

Hippolyte Jammet zog an seiner Zigarette. Was Jaujard da von ihm verlangte, war tatsächlich gefährlich. Nicht nur für seine Angestellten, sondern auch für seine Familie. »Sie verstehen sicher, dass ich die Gäste meines Hauses auf gar keinen Fall einer Gefahr aussetzen kann.«

»Natürlich, mein lieber Jammet. Aber Sie haben einen Schutzbunker im Le Bristol.«

»Wenn es schlimm kommt, werden wir den auch brauchen.«

Die beiden Männer rauchten wieder ein paar Züge lang schweigend. Hinter der geschlossenen Tür hörten sie Jaujards Sekretärin telefonieren. Dann räusperte sich der Hotelier. »Ich denke nicht, dass man die Bilder im Bunker verstecken sollte. Dort ist es ein wenig feucht. Aber in den Zimmern würden sie sich sicher sehr gut machen. Im Augenblick hängen gut gerahmte Zeichnungen Pariser Künstler und gut gemachte Kopien bekannter Gemälde dort, und ich habe ohnehin vor, einen Teil des Hotels zu renovieren. Allerdings kann ich die Bedingungen, unter denen man so berühmte Bilder normalerweise lagern sollte, nicht garantieren.«

Über Jaujards Gesicht glitt ein Lächeln. »Das ist genial, mein lieber Jammet. Das ist perfekt. Niemand wird etwas dabei finden, wenn ein Watteau über dem Bett hängt oder ein Canaletto über einem Schreibtisch. Landschaftsmalerei passt vorzüglich zu Ihrem Hotel.«

»Ich werde natürlich behaupten, dass es sich bei den Gemälden um Kopien handelt. Es wäre vielleicht von Nutzen, wenn Sie, mein lieber Jaujard, mir für ein oder zwei Werke eine entsprechende Expertise ausstellen könnten. Sagen wir, ich bin zu Ihnen gekommen, um die Echtheit der Bilder bestätigen zu lassen. Sie jedoch mussten mir bedauerlicherweise attestieren, dass es sich um bloße, wenn auch gut gemachte Kopien handelt. Und wo nur eine einzige Kopie auftaucht, glaubt niemand mehr an Originale.«

»Sehr gut, sehr gut. Allerdings sind die Werke allesamt mit dem Siegel des Louvre versehen.«

»Sorgen Sie dafür, dass sie eine neue Rückwand bekommen.«

»Nun, das ist schnell erledigt. Meine Tischler stehen bereit.«

»Und ich kann nicht dafür garantieren, dass den Gemälden nichts zustößt. Ich werde sie hüten wie meine eigenen Kinder, aber versprechen kann ich nichts.«

»In diesen Tagen kann niemand etwas versprechen. Aber unsere Gemälde sind der Stolz der Nation. Ich könnte es nicht ertragen, gerieten sie in die Hände unseres Feindes. Noch einen Cognac?«

Hippolyte Jammet trank vor dem Abend üblicherweise nichts als ein kleines Glas Rotwein zum Mittagessen, so wie die meisten Franzosen. Doch jetzt hatte er tatsächlich einen zweiten Cognac nötig. Er trank in langsamen Schlucken und spürte, wie der Alkohol seine strapazierten Nerven beruhigte. Er würde Yvonne erst einmal nichts davon sagen können, damit sie sich keine Sorgen machte. Auch den Angestellten würde er nur erklären, dass er einige Zimmer des Le Bristol mit neuen Bildern ausstatten würde. Und trotzdem blieb es eine heikle Angelegenheit, die sie in Teufels Küche bringen konnte. Hippolyte Jammet gab vor sich selbst zu, dass er ein wenig Angst hatte.

»Bleibt nur die Frage, wie die Bilder in mein Hotel kommen. Wir können nicht einfach einen LKW beladen und die Bilder von hier nach dort bringen. Die Situation auf den Straßen ist dramatisch. Überall Menschen auf der Flucht. Und die Späher der Deutschen werden sich unter sie gemischt haben.«

»Vielleicht in der Nacht?«

Jammet schüttelte den Kopf. »Nein, das wäre zu auffällig. Nachts liegt der Louvre so verlassen da wie die übrige Stadt. Jede Störung würde die Neugierigen aufmerksam werden lassen. Ich werde heute Nachmittag jemanden mit dem Kinderwagen unserer Jüngsten zu Ihnen schicken. Und einen Hotelangestellten mit einem Lastenfahrrad.«

»Warum nicht mit dem Auto?«

Wieder verneinte Jammet. »Die Straßen sind verstopft. Es gibt kaum ein Durchkommen. Und auf meinem Wagen steht das Logo des Hotels. Was soll ein Auto des Le Bristol vor dem Louvre? Lastenfahrräder dagegen gibt es unendlich viele in Paris. Genau wie Kinderwagen. Niemand wird sich etwas dabei denken. Die meisten Leute haben ohnehin andere Sorgen. Heute Morgen bin ich kaum zu Ihnen gelangt, sogar Pferdefuhrwerke habe ich gesehen.«

Jaujard räusperte sich. »Auch ich werde in den nächsten Tagen aufbrechen. Ich hoffe, Sie halten mich nicht für einen Feigling, aber die Deutschen werden sich wundern, warum sie einige der berühmtesten Gemälde nicht mehr im Louvre vorfinden. Sie werden Fragen stellen, und diese Fragen will ich nicht beantworten. Offiziell bin ich also die nächsten Wochen auf Dienstreise. Die Geschäfte wird mein Stellvertreter weiterführen. Es wäre unklug, den Louvre gänzlich zu schließen.«

»Das verstehe ich sehr gut, Monsieur Jaujard. Und ebendeshalb bleibe ich hier. Ein Hotel lässt sich schlecht auf ein Pferdefuhrwerk laden.«

»Ich wusste, dass Sie der richtige Mann für so eine Aktion sind«, freute sich Jaujard. »Nicht umsonst nennt man Ihr Haus auch das ›Hotel des Schweigens‹.«

Kapitel 2

Jean stand vor dem Le Bristol auf der gegenüberliegenden Straßenseite. Er rauchte eine Zigarette und blickte mit Herzklopfen auf den Hoteleingang. Er war gerade vom Bahnhof gekommen, sein alter Holzkoffer stand vor seinen Füßen. Der Weg vom Zug hinaus aus dem Bahnhof war eine regelrechte Schlacht gewesen, die ihn ins Schwitzen gebracht hatte. Die Bahnsteige waren bis auf den letzten Quadratzentimeter mit Menschen voll gewesen. Frauen hatten weinende Kinder hinter sich hergezogen, auf dem Rücken übergroße Rucksäcke mit dem Nötigsten. Männer schleppten Koffer und Kisten, eine alte Frau hielt ein Heiligenbild unter dem Arm. Dazu herrschte ein unbeschreiblicher Lärm. Die Menschen drängten sich in die Züge. Verzweifelte versuchten, die Dächer der Waggons zu erklimmen, andere stürmten die Fenster. Nach Süden, nach Süden! Jean hatte zugesehen, dass er diesem Chaos entkam.

Hingerissen glitt sein Blick jetzt über die strahlende Fassade. Das berühmte Le Bristol! Eine der angesehensten Adressen in Paris. Und schon bald würde er dazugehören. Er hatte so lange auf diesen Tag gewartet und konnte kaum glauben, dass er nun tatsächlich vor dem weltberühmten Haus stand.

Einmal, dachte er, nur ein einziges Mal möchte ich durch diese Tür treten und als Gast den roten Teppich unter den

Füßen fühlen. Er zog noch einmal an der Zigarette, warf den Stummel in den Rinnstein und trat ihn aus. Dann nahm er seinen Koffer und überquerte die Straße. Er nickte dem Türsteher zu und begab sich auf die Rückseite des Gebäudes, wo sich der Dienstboteneingang befand. Er drückte auf die blank geputzte Messingklingel und wartete. Eine Dame in den besten Jahren öffnete ihm die Tür. »Sie wünschen?«

»Mein Name ist Jean Bressot. Ich bin der neue Concierge.« Der Blick der Frau wanderte prüfend von seinem frischen Haarschnitt bis hinunter zu den blank gewienerten Schuhen.

»Bitte gedulden Sie sich einen Augenblick.« Madame Colette schloss die Tür und begab sich zur Rezeption. Sie wartete einen Augenblick, bis Monsieur Grunwald ein Telefongespräch beendet hatte. »Monsieur Grunwald, draußen steht ein junger Mann mit Namen Bressot. Er sagt, er wäre Ihr neuer Concierge.«

»Oh, ist er schon da? Er wollte erst am Nachmittag kommen. Bitte geben Sie ihm ein Zimmer und eine Uniform. Ich werde mich nachher um ihn kümmern. Der Zug aus Holland ist vor einer halben Stunde am Bahnhof Gare du Nord eingetroffen. Wir erwarten Gäste aus Amsterdam. Die Juwelenhändler, von denen ich vorhin schon sprach.« Monsieur Grunwald beugte sich über die Rezeption und flüsterte: »Seit die Niederlande besetzt sind, flüchten noch mehr Juden nach Frankreich, um von hier nach Amerika zu gehen. Bald werden wir hier alle Hände voll zu tun haben.«

Die erste Hausdame seufzte. »Wenn ich an all die Flüchtenden denke … Vor allem die Juden. Die vielen Kinder. Es bricht mir das Herz. Im Haus wohnte unter mir eine junge Familie. Die Frau ist hochschwanger. Ich bin nur froh, dass sie gute Kontakte nach Amerika haben. Auch sie haben sich auf die Flucht begeben müssen. Ich denke jeden Tag an sie.« Sie klopfte leicht mit der Hand auf den Tresen. »Aber was kann ich schon tun? Wir müssen weitermachen. Von Tag zu Tag.«

Dann holte sie Jean vom Eingang ab und begab sich mit ihm in die Kleiderkammer. Auf einem Gestell hingen bald ein Dutzend Uniformen, daneben schwarze Fräcke und die Kleider der Zimmermädchen. Madame Colette musterte Jean noch einmal, dann griff sie nach einer der Uniformen und hielt sie ihm hin: »Hier, die müsste Ihnen passen. Sie bekommen noch eine zweite zum Wechseln. Aber danach sehe ich später.«

Sie führte ihn zum Dienstbotenfahrstuhl und fuhr mit ihm bis unters Dach zu den Kammern der Angestellten. Nicht alle Bediensteten schliefen im Haus, aber die meisten. Sie ging vor Bressot her, auf dem Arm frische Bettwäsche und ein Handtuch, während Jean seinen kleinen abgewetzten Koffer und über dem anderen Arm die Uniform trug. Vom Fahrstuhl der Dienstboten bogen sie in einen Gang, der in unauffälligem Lichtgrau gestrichen war. Vom Gang gingen zahlreiche Türen ab, und Madame Colette blieb schließlich vor der Nummer 14 stehen. »Hier ist Ihr Zimmer, junger Mann. In diesem Korridor befinden sich ausschließlich die Räume der männlichen Angestellten. Die Frauen schlafen im Gang rechts des Fahrstuhls. Es versteht sich von selbst, dass die Männer diesen Gang meiden.«

»Selbstverständlich.«

Madame Colette öffnete die Tür zu der Kammer, in der sich zwei schmale Betten, ein Schrank, ein Tisch mit zwei Stühlen und ein Waschbecken befanden. Zwischen den beiden Betten zeigte sich ein schmales Fenster, durch das der helle Himmel leuchtete.

»Sie teilen sich die Unterkunft mit Olivier. Er ist einer der Kellner. Richten Sie sich ein, dann melden Sie sich in einer Stunde an der Rezeption. Monsieur Grunwald, unser Empfangschef, wird Sie in Ihre Arbeit einführen.«

»Vielen Dank, Madame.«

»Wenn Sie etwas brauchen, sagen Sie mir Bescheid. Das Frühstück wird ab 6.00 Uhr im Speisesaal für die Angestellten gereicht. Dort findet danach auch die morgendliche Besprechung statt. Mittagessen gibt es ab 13 Uhr, und das Abendessen wird auf Platten angerichtet. So kann jeder eine kleine Mahlzeit zu sich nehmen, wenn er gerade Zeit dafür hat. Am Abend ist das Haus sehr belebt. Ihre Wäsche können Sie in die hauseigene Wäscherei geben. Ein Beutel mit Ihrem Namen gebe ich Ihnen nachher. Reparaturen an Ihrer Uniform melden Sie bitte mir, ich werde Ihre Kleidung an die Schneiderei weiterleiten. Herzlich willkommen im Le Bristol.«

Kaum hatte Colette die Tür geschlossen, sah Jean sich um. Die Matratze auf dem Bett war etwas dünn, aber bequem. Die Wände leuchteten frisch gekalkt, auf dem Boden lagen einfache Holzdielen. Eine Kammer, wie er sie schon öfter gesehen hatte. Zuletzt im Hotel Savoy in Marseille und davor im La Fleur in Lyon. Er kannte das Hotelgewerbe gut und freute sich sehr, nun im Le Bristol zu sein. Es war schwer, in diesem Haus eine Stelle zu bekommen. Die Ansprüche an einen Concierge waren sehr hoch. Jean sprach neben Französisch noch Englisch, Deutsch und Holländisch, er konnte fehlerfrei mit zehn Fingern Schreibmaschine schreiben und beherrschte die Stenografie. Seine Referenzen waren also erstklassig. Und das mussten sie auch sein, denn Jean Bressot hatte noch viel vor. Er benötigte Geld und Kontakte, um an die Pariser Kunstakademie zu gehen. Und beides wollte er sich im Le Bristol verdienen. Und vielleicht würde er sich tatsächlich den Traum erfüllen können, ein erfolgreicher Maler zu sein.

Er öffnete seinen Koffer, hängte das Jackett in den Schrank, legte seine Wäsche in eine freie Schublade. Dann stellte er seinen Wecker auf das kleine Nachtkästchen neben dem Bett, legte das Buch daneben, das er am Bahnhof gekauft und im Zug zu lesen begonnen hatte, und trat ans Fenster.

Jean staunte über den Anblick des Eiffelturmes. Gegenüber des Hotels befand sich der Élysée-Palast, der Amtssitz des Regierungsoberhauptes der Französischen Republik, Albert Lebrun. Jean war von dem prächtigen Gebäude beeindruckt. Auf der Stelle sehnte er sich danach, den Palast zu malen. Doch er hatte seine Malutensilien zu Hause in der Bretagne gelassen. Es waren einfache Farben und Pinsel gewesen, die seinen Ansprüchen schon lange nicht mehr genügten. Er musste den ersten Lohn abwarten, ehe er sich ein paar echte Marderhaarpinsel und Ölfarben in glänzenden Tuben kaufen konnte, so wie sie die »richtigen« Maler benutzten.

Doch jetzt brannte er darauf, das Hotel kennenzulernen. Er zog seine Uniform an, überprüfte in einem kleinen Spiegel über dem Waschbecken sein Aussehen, dann verließ er das Zimmer. Zuerst fuhr er nach unten in die Empfangshalle, die ganz mit hellem Marmor ausgelegt war. Er nickte dem Jungen zu, der den Fahrstuhl bediente, und half einem schmächtigen Pagen, der sich an einem Überseeschrankkoffer zu schaffen machte. Jean bewunderte die prächtigen Blumenarrangements, die Teppiche, die sich die Marmortreppen emporzogen, die kostbaren Möbel. Alles hier atmete Eleganz und Noblesse, ohne überladen zu wirken. An den Wänden hingen riesige Gobelins, die so kunstvoll hergestellt waren, dass es Jean beinahe den Atem raubte. Noch nie zuvor hatte er solche Pracht gesehen. Sein Herz schlug einen Takt schneller, als er daran dachte, dass er all diese auserlesenen Kostbarkeiten von nun an jeden Tag betrachten durfte.

»Excusez moi«, hörte er eine helle Stimme hinter sich. Ein junges Zimmermädchen trug eine riesige Vase mit einem überdimensionalen Strauß frischer weißer Lilien.

»Oh, darf ich Ihnen das abnehmen?«, fragte er höflich.

»*Merci.* Ich dachte schon, mir fallen die Arme ab.« Das Zimmermädchen lachte leise. »Da drüben auf den Tisch zwischen die beiden Recamieren bitte.«

Jean setzte die wirklich schwere Vase auf dem kleinen Tisch mit den zierlichen Beinen ab. Das Zimmermädchen lächelte ihn an. Sie hatte kleine Grübchen in den Wangen, wenn sie lachte, und ihre Augen strahlten wie honigfarbenes Gold. »Du bist neu hier, nicht wahr?«

Jean nickte hingerissen. »Heute angekommen. Ich bin der neue Concierge.«

»Ich bin Coralie, eines der Zimmermädchen. Herzlich willkommen bei uns. Wir sagen uns übrigens untereinander ›Du‹.«

»Coralie!« Wie aus dem Nichts stand plötzlich Madame Colette vor ihnen. »Du bist nicht zum Schwatzen hier. Da, diese eine Blüte ist noch nicht aufgegangen. Sie hat im Strauß nichts zu suchen.«

»Jawohl, Madame Colette.« Coralie knickste, dann entfernte sie die besagte Blüte, rückte noch ein wenig an der Vase herum und verschwand. Jean starrte ihr verzückt hinterher.

»Jean. Auch Ihnen rate ich, Ihre privaten Angelegenheiten niemals, ich wiederhole NIEMALS, in der Empfangshalle zu besprechen. Es würde einen sehr schlechten Eindruck auf die Gäste machen.«

»Sie haben recht, Madame. Bitte entschuldigen Sie.«

»Monsieur Grunwald wird Sie gleich rufen. Zuvor schauen Sie sich aber bitte den Salon Castellane genau an. Es ist unser schönster Raum, in dem sich die Gäste sehr gern aufhalten. Er liegt nahe bei der Rezeption, deshalb müssen Sie ihn so gut kennen wie Ihre Westentasche. Auf dem Weg in den Salon Castellane werden die Gäste sich an Sie wenden. Sie müssen Anrufe im Salon weitergeben, von vorgefahrenen Taxis berichten, Reservierungen für Restaurants und Theater vornehmen, Bahn- und Flugtickets bestellen, während die Gäste sich einen Aperitif gönnen.«

»Sehr wohl, Madame.« Jean machte eine kleine Verbeugung und begab sich sogleich in das Herzstück des Le Bristol.

Er blieb stehen und blickte sich begeistert in dem beinahe zweihundert Quadratmeter großen Raum um. Die Wände des Salons waren mit Holz in Honigtönen getäfelt, dazwischen prangten prächtige Wandmalereien. Unzählige Kristallleuchter schickten ihr Strahlen und Funkeln in den Raum, der Boden war mit dicken Teppichen belegt, die Decke mit vergoldetem Stuck geschmückt. Ehrfürchtig ging Jean durch den Salon und konnte sich kaum sattsehen. Zwei Hausmädchen waren gerade dabei, noch schnell den Saum einer gestickten Leinentischdecke aufzubügeln. Die Aschenbecher strahlten kristallen rein, die roten Rosen in den kleinen Vasen wirkten so frisch, dass Jean meinte, noch Tautropfen auf ihren samtigen Blütenblättern zu sehen. Um diese Vormittagsstunde war noch niemand im Castellane, doch Jean konnte sich gut vorstellen, dass nach dem Mittagessen die Gäste im Salon ihren Kaffee tranken. Der Aperitif am Abend musste hier drin ein wahres Vergnügen sein. Jean meinte, in Gedanken die leisen Gespräche und das perlende Lachen der Damen zu hören, er roch den Duft teurer Parfüms, sah die prächtigen Kleider und glaubte sogar, ein leises Vibrieren von Schritten zu vernehmen. Nur ungern verließ er den Salon Castellane. In der Eingangshalle bewunderte er die marmornen Säulen, die mit ihrem matten Glanz beinahe geweiht wirkten. Ein großer schlanker Herr kam gemessenen Schrittes durch die Empfangshalle und blieb vor Jean stehen. »Wer sind Sie, wenn ich fragen darf?«

Jean verbeugte sich leicht. »Mein Name ist Jean Bressot, Concierge hier im Haus. Wie kann ich Ihnen dienen?« Er betrachtete den schlanken Mann mit dem energischen Kinn, der Autorität ausstrahlte. Das Haar lag ordentlich und war nach der neuesten Mode geschnitten. Der Anzug und die Schuhe Maßanfertigungen – dafür hatte Jean in seinen Hoteljahren einen Blick bekommen. Alles in allem sah der Fremde nicht nur aus wie jemand, der eine Armee befehligen konnte, sondern auch wie ein sehr erfolgreicher Geschäftsmann, der erwartete, dass man widerspruchslos tat, was er befahl.

»Ah, der Neue.« Monsieur Jammet strich ein unsichtbares Stäubchen vom Ärmel seines schwarzen Jacketts. »Nun, junger Mann, dann kennen Sie wohl das oberste Gebot des Hauses? Die drei goldenen Regeln?«

»Es tut mir sehr leid, Monsieur, ich bin heute erst angekommen. Wenn Sie eine Minute warten möchten? Ich erkundige mich auf der Stelle.«

»Das brauchen Sie nicht. Die drei goldenen Regeln heißen: Diskretion, Pünktlichkeit und Höflichkeit. Die wichtigste aber ist die Diskretion.«

Erneut verbeugte sich Jean ein wenig. »Das versteht sich von selbst, mein Herr.«

Der Herr winkte in Richtung Rezeption. Monsieur Grunwald eilte herbei. »Monsieur Jammet, was kann ich für Sie tun?«

»Mein lieber Grunwald, bitte erklären Sie diesem jungen Mann unsere Regeln.«

»Sehr gern. Die Mitarbeiter dieses Hauses hören nichts als Anweisungen, sehen nichts als ihre Arbeit und schweigen über alle Angelegenheiten des Hotels. Was im Le Bristol geschieht, das bleibt im Le Bristol.«

Jean nickte. »Sehr wohl. Selbstverständlich.«

Plötzlich reichte der Herr Jean seine rechte Hand. »Dann auf ein gutes Miteinander«, sagte er. »Wie Monsieur Grunwald schon gesagt hat: Mein Name ist Hippolyte Jammet, und mir gehört dieses Hotel.«

»Es freut mich sehr, Ihre Bekanntschaft zu machen, Monsieur Jammet.«

»Machen Sie Ihre Arbeit ausgezeichnet, dann freue ich mich auch.«

Jammet drehte sich zum Empfangschef: »Sie denken an das, was wir besprochen haben?«

»Natürlich. Alles wird zu Ihrer Zufriedenheit erledigt werden.«

»Vielleicht nehmen Sie gleich den Neuen dafür?« Jammet winkte Grunwald ein paar Schritte zur Seite und flüsterte: »Ihn kennt noch niemand hier. Aber ich bin sicher, dass wir uns auf ihn verlassen können.«

»Aber wir wissen doch im Grunde nichts über ihn«, brachte der Empfangschef seine Bedenken vor. »Und er ist sehr, sehr jung …«

»Er hat ausgezeichnete Referenzen. Ich habe mich bei seinen vorigen Arbeitgebern über ihn erkundigt. Er wird sich hüten, unser Vertrauen zu missbrauchen.«

»Wie Sie wünschen, Monsieur Jammet.«

Der Hoteldirektor verschwand mit einem Nicken.

Grunwald musterte Jean aufmerksam, aber er schien nichts zu finden, das er bemängeln konnte. »Nun, bis zum Mittag sind die Aufgaben schon verteilt. Aber ab heute Nachmittag kümmern Sie sich um die Gästekartei. Jeder Gast, der eincheckt, bekommt eine Karteikarte, auf der das Anreise- und Abreisedatum steht sowie die Zimmernummer und die Ausgaben. An der Rezeption finden Sie eine Liste mit der aktuellen Zimmerbelegung. Aktualisieren Sie die Kartei. Morgens sorgen Sie dafür, dass die Zeitungen pünktlich auf die Zimmer kommen. Wir besprechen täglich in der Frühe, welche Räume neu belegt und welche Gäste abreisen werden. Haben Sie noch Fragen?«

»Ja, Monsieur. Wo finde ich die Nummer des Taxirufes, des Krankenhauses und der … äh …äh …«

»… der Etablissements?«

»Ja.« Jean spürte, wie seine Wangen zu glühen begannen.

»Alle Telefonnummern, die wir brauchen, finden Sie in dem roten Lederbuch in der Schublade der Rezeptionstheke. Wir helfen in allen Angelegenheiten. In allen!«

»Ich habe verstanden. Wir nehmen Sendungen und Telefonate entgegen und leiten sie sofort weiter. Wir besorgen Blumen, kümmern uns um kleinere Besorgungen, halten Briefmarken und Umschläge vor, übernehmen Reservierungen außer Haus. Wir haben einen Fahrplan für Züge vorrätig und buchen Bahntickets. Wir kennen die Sehenswürdigkeiten der Stadt und wissen, wie man am besten dorthin kommt. Außerdem entgeht uns kein Wunsch der Gäste. Wir erraten sie, bevor der Gast sie aussprechen muss.«

»Gut.« Monsieur Grunwald nickte zufrieden. »Vergessen Sie bitte die Buchung der Flugtickets nicht. Die meisten Gäste unseres Hauses sind in der Lage, sich diesen Luxus leisten zu können.«

Jean schluckte. Er hatte noch nie jemanden getroffen, der schon einmal mit einem Flugzeug geflogen war, selbst in dem Hotel in Marseille nicht. Doch im Le Bristol schien das Fliegen an der Tagesordnung zu sein.

»Sie können jetzt in den Speisesaal gehen und zu Mittag essen. Danach legen Sie Ihre Uniform ab, nehmen sich ein Lastenfahrrad hinter dem Dienstboteneingang und fahren zum Louvre. Sie sagen, Sie kämen vom Le Bristol und sollen ein Paket abholen. Man wird es Ihnen geben. Dann kommen Sie auf dem schnellsten Weg hierher zurück, liefern das

Paket bei Madame Colette ab. Anschließend fahren Sie erneut zum Louvre, holen das nächste Paket und so weiter und so fort. Ich erwarte äußerste Vorsicht. Nicht ein einziger Kratzer darf an die Pakete kommen.«

»Was ist denn darin?«, wollte Jean wissen.

Monsieur Grunwald maß ihn mit einem strengen Blick. »Das braucht Sie nicht zu kümmern. Sie werden drei Mal dorthin fahren. Wenn Sie unterwegs unser Zimmermädchen Coralie treffen – ich weiß nicht, ob Sie sich schon begegnet sind –, tun Sie, als ob Sie sie nicht kennen. Sie wird einen Kinderwagen schieben. Machen Sie sich deswegen keine Gedanken. Es hat alles seine Richtigkeit damit.«

»Sehr wohl.« Jean verbeugte sich, dann fragte er nach einem Stadtplan, prägte sich den Weg zum Louvre ein und ging in den Speisesaal für die Angestellten, der sich unten im Keller befand. Er aß einen kräftigen Bohneneintopf mit kleinen Hammelfleischstücken darin, danach eine Vanillecreme. Sein Blick schweifte immer wieder zur Tür und suchte nach Coralie. Doch das Zimmermädchen mit den goldenen Augen sah er nicht.

Nach dem Mittagessen zog er seine Uniform aus und die Straßenkleidung an und bestieg eines der Lastenräder hinter dem Hotel. Er fuhr auf der Rue du Faubourg Saint-Honoré nach Südosten und bog nach zehn Minuten in die Avenue de L' Opéra ab, danach in die Rue de Rohan und weiter bis zum Place du Carrousel. Schon nach wenigen Minuten war Jean verschwitzt. Das lag nicht nur an der strahlenden Sonne, sondern auch daran, dass ganz Paris auf den Beinen zu sein schien. Autos mit Matratzen auf den Dächern, Schubkarren, deren Schieber unter ihrer Last schwankten, Kinderwagen, auf denen Deckbetten und Kissen lagen, alles, alles drängte, strömte ihm entgegen. Frauen trugen, was sie hatten greifen können. Wäschekörbe, Koffer, Säcke, Stiegen. Kinder hielten Puppen oder Holzautos umklammert, manche weinten, ein kleines Mädchen rief nach seiner Mutter. Jean fluchte leise, denn er musste in die entgegengesetzte Richtung. Er wich Autos und Fuhrwerken aus, drängte zwischen anderen hoch beladenen Lastenrädern hindurch, zwischen Frauen, Kindern und Alten. Die Menschen drängelten, rempelten, schimpften und weinten. Manchmal war er schier eingekeilt, doch nach einigen Minuten ging es weiter, und Jean, der so etwas noch nie gesehen hatte, spürte Mitleid mit den von Angst und einer unsicheren Zukunft getriebenen Menschen. Die meisten Geschäfte hatten bereits geschlossen, an anderen rasselten Gitter herunter. An einer Tankstelle drängte sich ein Auto hinter das andere.

Nach einer guten Stunde hatte er den Weg, für den er eine Viertelstunde eingeplant hatte, geschafft und klingelte am Hintereingang des Louvre. Ein Mann öffnete ihm. »Sie kommen vom Le Bristol?«, fragte er.

»Ja, mein Herr.«

Der Mann, der die Uniform eines Pförtners trug, spähte verstohlen nach rechts und links. »Schnell, kommen Sie herein.«

Jean betrat einen Gang, der unterhalb der Ausstellungsräume lag. Rechts führte eine Treppe an ihm vorbei. Ein Handwerker kam von unten, einen Bilderrahmen unter dem Arm. Er grüßte und ging weiter die Treppe hinauf. Es roch nach Holz und Farbe und ein wenig nach Staub, Zigarettenrauch und Seife. Der Mann, der ihn eingelassen hatte, überreichte ihm ein unhandliches, flaches Paket, das in einen dicken Stoff eingeschlagen und an den Rändern vernäht war. »Seien Sie vorsichtig damit. Und lassen Sie sich von nichts und niemandem aufhalten.«

»Sehr wohl.« Jean ahnte, was in dem Paket war, doch er getraute sich nicht zu fragen. Im Le Bristol arbeiten hieß schweigen. Das Paket war halb so groß wie ein Badetuch, hatte aber harte Ecken und Kanten. Behutsam lud Jean die Fracht in das Lastenfach des Fahrrades und passte auf, dass die Ecken geschützt waren. Er fuhr langsam, darauf bedacht, niemandem in die Quere zu kommen. Unweit des Louvre waren gerade zwei Polizisten dabei, einen jungen Mann zu befragen. Jean blieb stehen und verbarg sich hinter einer Litfaßsäule. Zwar hatte er niemanden sagen hören, dass er die Polizei meiden soll, doch Jean wusste, dass das, was er in seinem Lastenrad transportierte, nicht für die Augen der Öffentlichkeit bestimmt war. Endlich gingen die Polizisten weiter, und Jean setzte seinen Weg fort. Er wich einer kleinen Menschenmenge aus, die aus einem Metro-Schacht ans Tageslicht strömte und, ohne zu schauen, die Straße überquerte. Ein kleiner Junge riss sich von seiner Mutter los und stolperte auf die Fahrbahn. Jean musste scharf bremsen. Er hörte, wie das Paket gegen die Blechwand der Lastenbox stieß. Sogleich stieg er von seinem Rad und kontrollierte sorgfältig die Ladung. Beruhigt stellte er fest, dass das Paket unbeschädigt war.

In der Rue de Rohan erblickte er Coralie mit einem Kinderwagen in der Menschenmenge. Sie hatte Mühe, vorwärtszukommen. Fast hätte er sie in ihrem Straßenkleid und ohne das Häubchen nicht erkannt. Die Sonne malte goldene

Strähnen in ihr Haar und ließ das grüne Kleid leuchten. Jean fand sie noch schöner als am Vormittag.

Er wusste natürlich längst, was in den Paketen war. Er kannte den Geruch von Terpentin und Holzleim, und was außer Bildern gab es sonst noch im Louvre? Er war so gespannt, welches Gemälde in seinem Paket versteckt war. Hoffentlich durfte er es sehen. Dieses und auch die anderen, die er aus dem Louvre holen sollte. Hoffentlich durfte er Zeit mit ihnen verbringen, die Strichführung genau studieren, das Licht, den Auftrag. Ob auch ein paar Bilder der französischen Impressionisten dabei waren? Oh, er liebte die Bilder von Claude Monet, ganz besonders die berühmten Seerosen. Sie hatten im Louvre gehangen. Wo sie jetzt waren, wusste Jean nicht. Er hatte sie noch nie im Original gesehen und hätte alles darum gegeben, ihnen einmal ganz nahe zu sein. Wenn er an die Bilder dachte, dann hatte er Ameisen im Bauch. Ein Freund aus Marseille hatte ihm erzählt, dass diese Ameisen immer dann im Bauch waren, wenn man sich verliebt hatte. Aber Jean war noch nie verliebt gewesen. Jedenfalls noch nie so sehr, dass er darüber seine Malerei vergessen hätte.

Plötzlich kreischten die Bremsen eines Autos, ein Mann drohte ihm mit der Faust, und Jean nickte entschuldigend. Aber schon drohte neues Unheil von der anderen Seite. Es herrschte ein Gedränge und Gehupe, kleinere Autos schwankten unter der Last ihrer Ladung. Dort drüben steuerte ein hoch beladenes Fuhrwerk auf Jean zu. Jemand fluchte. Jemand schimpfte. Jemand weinte. Und ganz Paris schien heute auf den Beinen zu sein! Nach Süden, nach Süden! Auf einem LKW saß eine ganze Familie, die Mutter hielt eine Bettdecke auf ihrem Schoß. Von einem anderen fiel eine Kiste herunter. Der Mann, der auf der Ladefläche saß, schrie, dass der Fahrer anhalten sollte. Aber wie inmitten all der Autos und Fuhrwerke und Lastenräder, Motorräder und Lastkraftwagen? Auf den Trottoirs zogen die Menschen Koffer hinter sich her, waren mit Taschen und Kindern beladen. Eine Frau schleppte einen Rucksack, an dem eine Bratpfanne hing. Ein weinendes Kind trug seine Puppe im Arm.

Kapitel 3

Erschöpft und verschwitzt kam Jean im Hotel an. Madame Colette reichte ihm ein Glas Wasser und nahm ihm das Paket ab.

»Ist es auch nicht beschädigt?«, wollte sie wissen.

»Aber nein, ich habe gut aufgepasst. Einfach war es nicht.«

»Gut gemacht, Jean. Am besten wäre es, wenn Sie sich gleich noch einmal auf den Weg machen würden.«

Als Jean endlich mit dem dritten Paket im Le Bristol eintraf, lächelte Madame Colette ihn besonders freundlich an. »Danke sehr, Jean«, sagte sie und legte ihm kurz eine Hand auf die Schulter. »Und jetzt machen Sie sich frisch, an der Rezeption wartet man bereits auf Sie.«

Monsieur Grunwald nickte Jean zu, dann bat er ihn, die Gästekartei durchzusehen. Die Gästekartei war das Herz der Rezeption und der Conciergerie. Manche sagten auch, die Gästekartei wäre das Kapital eines jeden Hotels. Hier wurde vermerkt, welche Gäste gern gesehen waren und welche man nicht so gern hatte. Hier wurden die Zimmer vergeben, die Rechnungen im Restaurant notiert und manchmal sogar ein paar persönliche Bemerkungen angefügt.

»Worauf soll ich achten?«, fragte Jean.

»Nun, achten Sie vor allem auf Gäste mit jüdischen Namen. Die müssen wir aussortieren.«

Jean blickte verwundert auf. »Dürfen sie dann nicht mehr im Le Bristol einchecken?«

»Aber ja. Natürlich. Wir geben ihnen einfach andere Namen. Doch wenn die Deutschen erst einmal in Paris sind, befürchte ich sehr, dass es unseren jüdischen Freunden schwerfallen dürfte, in unserem Haus abzusteigen. Und nicht nur in unserem.«

»Ich verstehe. Wie bei den Juwelenhändlern aus Amsterdam.«

»Genau. Ich habe sie als Lehrer des Geschichtscollege Amsterdam eingetragen.«

Jean betrachtete Monsieur Grunwald neugierig von der Seite. Er war auch Deutscher, das hatte Grunwald ihm selbst gesagt. Dann nahm er sich den Karteikasten vor und blätterte jede einzelne Karteikarte durch. Da gab es die Hirschfelds aus New York, die Goldbergs aus Rotterdam, die Salomons aus Leipzig, die Liebmans aus Frankfurt, die Morgentaus aus Zürich, die Freuds aus Wien und so viele andere. Als Jean damit fertig war, war der Stapel der aussortierten Karten beinahe genauso groß wie der Stapel der nicht aussortierten.

Jean betrachtete die Karteikarten genauer. Da stand oben der Name, dahinter die Nationalität. Darunter befand sich eine Tabelle. Der Anreise- und der Abreisetag wurden in den Spalten notiert, daneben die Zimmernummer, dahinter der Preis für das Zimmer und für die Pension. Mittagessen, Diner, Getränke, Besorgungen.

Hin und wieder hatte jemand – vielleicht Monsieur Grunwald – Bemerkungen auf die Karte geschrieben. Bei den

Hirschfelds aus New York stand: angenehme Gäste, konsumieren viel. Bei den Aschkenasys aus London verriet die Bemerkung, dass sie Preisdrücker waren, aber ansonsten sehr nett. Auch bei den nichtjüdischen Gästen fanden sich selbstverständlich solche Bemerkungen. Jean schaute auf die Karteikarte der Madame la Comtesse Baluard und erfuhr, dass deren Hunde wohl stets für einigen Aufruhr sorgten und am liebsten gehackte Leber verspeisten, vom Küchenchef persönlich zubereitet. Bei Monsieur Katarandis war zu lesen, dass er recht viel trank, aber immer gute Trinkgelder gab. Diese Erfahrung hatte Jean, der kurz für einen Etagenkellner eingesprungen war, bereits gemacht.

Auf etlichen der Karteien stand oben: Weihnachts- und Ostergrüße senden, und auf einigen wenigen: keine Oster- und Weihnachtsgrüße.

Ehe sichs Jean versah, war es Abend. Er wollte sich gerade von den Kollegen an der Rezeption verabschieden, als Monsieur Grunwald auf ihn zutrat.

»Jean, ich weiß, heute war Ihr erster Tag, und Sie haben fleißig gearbeitet. Darf ich Sie trotzdem bitten, die Nachtschicht zu übernehmen? Nur, falls Sie nicht zu müde sind.« Monsieur Grunwald achtete sehr auf Umgangsformen und duzte niemanden im gesamten Hotel.

Eigentlich hatte Jean vorgehabt, Coralie zu suchen und vielleicht im Speisesaal der Angestellten ein wenig mit ihr zu plaudern, aber er war neu, stand bestimmt noch unter Beobachtung und musste sich beweisen. »Selbstverständlich, Monsieur Grunwald. Sie können sich auf mich verlassen.«

»Dann essen Sie jetzt zu Abend und kommen dann bitte hierher zurück.«

Jean tat wie ihm geheißen. Nach dem Abendessen – er hatte Baguette und Rohmilchkäse gegessen, dazu einen Apfel – saß er hinter seinem Tresen und tat, was ein Concierge zu tun hatte: Er rief im Theater an, ob es wohl noch zwei Plätze für die Abendvorstellung gab. Er buchte einen Tisch im Restaurant des Hotels Meurice, obschon das Restaurant des Bristol besser war. Er richtete der Küche aus, dass die Hunde von Madame la Comtesse Baluard morgen zum Frühstück gern ein wenig Hühnchen hätten, und er veranlasste, dass zwei Taxis für die Amsterdamer Juwelenhändler zur Verfügung standen. Dann herrschte eine Weile Ruhe im Vestibül, ehe gegen Mitternacht die Ausflügler zurückkamen. Jean schickte einen Hotelboy zur Apotheke, um Alka Seltzer zu besorgen, ließ weitere Kissen bringen, gab dem Techniker Bescheid, dass in Zimmer 112 die Heizungsrohre brummten, bis es gegen halb zwei wieder ruhiger wurde. Der Rezeptionist löste das Kreuzworträtsel in der Tageszeitung, und Jean wollte gerade seinen Roman hervorholen, als Monsieur Jammet, der Hoteldirektor, plötzlich aus dem Fahrstuhl stieg, die Lobby betrat und zu Jean ging.

»Mein lieber junger Freund«, sagte er. »Ich habe eine etwas delikate Bitte an Sie.«

»Stets zu Diensten, Monsieur Jammet.«

Jammet sah sich im Vestibül um, beugte sich dann über den Tisch etwas näher zu Jean. »Sie sollten mir versprechen, nicht darüber zu reden.«

»Ich weiß, das ist das oberste Gebot des Hauses.«

»Genau. Coralie, Monsieur Leo Lermán und ich werden in den freien Suiten ein paar Bilder austauschen. Das ist keine große Sache. Sie, Jean, sind sicher klug genug, Ihre eigenen Schlüsse daraus zu ziehen.«

»Monsieur Lermán?«, fragte Jean nach und überlegte, ob er diesen Namen schon einmal gehört hatte, aber er konnte sich nicht daran erinnern.

»Ja, Leo Lermán. Er ist unser Architekt und wohnt in Zimmer 106.«

»In der 106?«

»Richtig.«

»Das Zimmer taucht gar nicht in der Abrechnung auf. In der ersten Etage gibt es dieses Zimmer nicht.« Jean blätterte verwirrt im Belegungsplan.

»Das hat schon seine Richtigkeit. Machen Sie sich darüber keine Gedanken. Die Hauptsache ist, Sie sprechen niemals über Monsieur Lermán.«

Jean nickte ein wenig irritiert. Es gab so viele Heimlichkeiten im Hotel. Im Grunde hatte jedes Hotel seine Geheimnisse, das hatte Jean längst erfahren. Da gab es Liebschaften unter dem Personal. Da brauchte mal ein Angestellter ein Zimmer, das nicht in der Abrechnung auftauchte, da verschwanden Sachen. Aber dass der Architekt ein Zimmer bewohnte, das es eigentlich gar nicht gab, war Jean neu, und er hätte zu gern gewusst, was sich hinter diesem Geheimnis verbarg.

»Kommen Sie, Jean«, bat Jammet und nickte Coralie zu, die gerade in der Lobby eintraf. Sie trug wieder die Kleidung des Zimmermädchens, und auf ihrem zweirädrigen Holzwagen, auf dem sich sonst Handtücher und Bettwäsche türmten, lagen auch die Pakete, die Jean aus dem Louvre abgeholt hatte.

Jean übergab seine Loge an den Rezeptionisten, der nur kurz von seinem Kreuzworträtsel aufsah, dann folgte er Jammet und Coralie zum Personalfahrstuhl. Er lächelte dem Mädchen zu und stellte sich so dicht neben sie, dass ihr Haar seine Schulter streifte. Ein sauberer Duft von Zitronenseife stieg in seine Nase.

»Wir tauschen ein paar Bilder auf den Zimmern aus«, erklärte Monsieur Jammet. »Es sind insgesamt sieben Stück. In zwei, drei Stunden sollten wir fertig sein.«

Der Fahrstuhl hielt im zweiten Stockwerk. Der geheimnisvolle Monsieur Lermán erwartete sie bereits davor. Er war ein nervöser kleiner und schmaler Mann mit dunklem Haar, das sich an der Stirn lichtete.

»Welche Zimmer?«, fragte Coralie.

»Zunächst einmal die 208 und die 206«, erwiderte Hippolyte Jammet und klimperte mit den Schlüsseln.

Sie gingen den langen Korridor entlang, der mit einem roten Teppich belegt war, und hielten vor Zimmer 206. Plötzlich öffnete sich irgendwo eine Tür, und Jean sah, wie Monsieur Jammet den Atem anhielt. Er stellte sich vor Monsieur Lermán, so dass dieser nicht zu sehen war. Coralie nahm auf der Stelle einen Staubwedel in die Hand und reichte Jean einen Packen Handtücher, die im unteren Fach des Servicewagens gelegen hatten. Angespannt lauschten die vier auf die Geräusche des Hauses. Aber alles blieb still. Nur aus dem Zimmer gegenüber, der 207, drang ein Schnarchen. Irgendwo im Haus wurde eine Toilettenspülung betätigt, und von der Straße erklang ein Hupen.

»Schnell«, drängte Monsieur Jammet und schloss die Tür auf.

Die vier schlüpften hinein, und Coralie verriegelte das Zimmer von innen.

»Mein lieber Leo, welchen Platz empfehlen Sie für das Bild?«, fragte Monsieur Jammet und deutete auf einen Fragonard, den Coralie aus dem Papier gewickelt hatte. Für einen kurzen Augenblick stockte Jean der Atem. Das Gemälde »Die Badenden« war kein unbekanntes, und Jean hatte schon Abbildungen davon in Büchern gesehen. Aber es so nah betrachten zu können, hätte er nie gedacht. Er versank in den Farben, neigte den Kopf, um die Strichführung zu erkennen.

»Nun, das Bild braucht Platz«, erklärte Lermán. »Und es muss geschützt sein.«

»Am besten hängen wir es über den Schreibtisch. Dort ist es vor zu viel Sonnenlicht bewahrt. Und es fällt nicht jedem gleich ins Auge«, warf Jammet ein. »Sind Sie meiner Meinung, Monsieur Lermán?«

»Aber ja, Sie haben vollkommen recht.«

»Gut, dann hängen wir es dort auf.«

Jean schluckte. Gleich würde das Bild hängen, und er hatte es noch lange nicht genug betrachtet. Aber er hoffte, dass sich bald einmal die Gelegenheit dazu ergeben würde.

Monsieur Lermán schaltete das Licht auf dem Schreibtisch ein und beobachtete, welche Stellen es erleuchtete, welche weiterhin im Halbdunkel lagen. Dann zeichnete er mit einem Bleistift kleine Kreuze an die Wand.

»Soll ich die Nägel einschlagen?«, fragte Jean.

»Ich bitte darum.« Monsieur Jammet reichte Jean einen Hammer, der von dickem Stoff umhüllt war, damit das Einschlagen nicht so viel Lärm machte.

In Zimmer 208 fand ein Bild von Antoine Watteau sein neues Zuhause. Es war das Werk »Gilles«, welches Watteau 1719 gemalt hatte. Jean behandelte es, als wäre es aus sehr dünnem Glas. Als es hing und die Farben nicht mehr leuchteten, befiel ihn eine kurze Traurigkeit. Dann ging es weiter in die Zimmer 306 und 308, 402, 405 und 407. Als endlich alle Bilder hingen, fühlte Jean sich wie zerschlagen. Der Anblick der kostbaren Gemälde hatte alle Sehnsüchte in ihm heraufbeschworen. Er war glücklich, in der Nähe dieser Werke zu sein, und zugleich todtraurig, dass er sie wohl nie in Ruhe würde betrachten können.

Monsieur Jammet schüttelte ihm die Hand, und Coralie zwinkerte ihm heimlich zu. »Jetzt haben wir beide ein Geheimnis«, flüsterte sie.

Es war kurz nach halb sechs, als Jean wieder seinen Posten hinter dem Tresen einnahm. Die Putzkolonne war gerade mit dem Reinigen der Speisesäle und Restaurants, der Salons und der Lobby fertig geworden. Alles blitzte vor Sauberkeit, und Jean hatte das Gefühl, dass der helle Marmor der Halle leuchtete wie die entblößten Schultern einer Dame im Abendkleid.

Frauen mit dunklen Gesichtern und Kopftüchern brachten ihre Eimer und Besen, die Putzmittel und Lappen hinunter in das Reich von Madame Colette. Vor der Hintertür hielt ein LKW, der Fahrer brachte zwei Bündel Zeitungen herein, die ein Page hinunter in die Wäscherei brachte, denn die Gäste des Hauses waren es gewohnt, ihre Zeitung frisch gebügelt zu lesen.

Jeans Schicht war zu Ende. Er schrieb ein kurzes Protokoll der Geschehnisse in der Nacht und übergab seinen Tresen an einen Kollegen, dann fuhr er hinunter in die Etage der Angestellten.

Der große Generator sprang an und ließ das Wasser in den Rohren gurgeln, denn in zwei bis drei Stunden würden die meisten Gäste duschen oder ein Bad nehmen wollen.

Das Küchenpersonal, Köche, Beiköche, Küchenjungen, Metzger, Konditoren und Bäcker, traf ein. Riesige Drahtkörbe mit Rollen, beladen mit der Schmutzwäsche des Hotels, wurden auf Lastwagen geschoben und in die Wäscherei gebracht. Zwei Näherinnen nickten Jean zu.

Der Schuhputzer beeilte sich, die letzten Schuhe auf Hochglanz zu wienern, und in der Telefonzentrale erledigten die Telefonistinnen die ersten Weckanrufe. Aus der Küche erklang das Klappern der Töpfe, ein Koch fluchte und gab einem Küchenjungen, der Milch verschüttet hatte, eins hinter die Ohren. An den Tischen saßen die Angestellten der Nachtschicht mit müden Gesichtern und hatten dampfende Tassen vor sich stehen.

Jean nahm sich zwei von den noch warmen Croissants, dazu einen Milchkaffee und setzte sich an einen freien Tisch. Die Müdigkeit lag jetzt wie Blei auf seinen Schultern. Er entdeckte Madame Colette, die mit Listen in der Hand durch den Saal eilte. Der Rezeptionist, mit dem er Nachtdienst gehabt hatte, trank seinen Kaffee aus und verließ gähnend den Saal. Aus der Garderobe der Frauen hörte Jean Gelächter, und zwei Köche waren dabei, den frischen Fisch aus der Markthalle in den Kühlraum zu bringen. Der Küchenchef stellte das Tagesmenü zusammen, der Sommelier stieg in den Weinkeller. Ein junges Mädchen hängte frisch gereinigte Uniformen an einen Ständer, und Madame Colette stand mit ihrer Liste vor den Zimmermädchen und verteilte die Aufgaben. Das Hotel war wieder zum Leben erwacht. Jean blickte auf und sah Coralie, die mit einem Teller, auf dem eine Brioche lag, und einer Tasse Kaffee auf seinen Tisch zusteuerte. Jean strich sich kurz über sein Haar, rückte die Uniform zurecht und hoffte, dass er nach dieser sehr langen und ereignisreichen Nacht noch halbwegs präsentabel aussah. Coralie mit ihren rosigen Wangen, den blitzenden Augen und dem Lächeln wirkte frisch und ausgeruht.

»Darf ich mich zu dir setzen?«, fragte sie.

»Ich bitte darum.«

»Wie hast du die Nacht überstanden?«, wollte sie wissen.

Jean lächelte. »Ich habe gearbeitet. Und du?«

»Oh, ich bin gleich zu Bett gegangen, weil ich heute Morgen Dienst habe. Madame Colette kennt da keine Nachsicht.« Sie lachte, als sie so über ihre Mutter sprach. Jeder im Haus wusste um die besondere Beziehung zwischen Coralie und Colette, auch wenn Coralie im Dienst ihre Mutter siezte.

Jean beugte sich über den Tisch und fragte, was ihm schon die ganze Nacht lang durch den Kopf ging: »Was hat es mit Monsieur Lermán auf sich, und warum bewohnt er ein Zimmer, das es offiziell gar nicht gibt?«

Coralie blickte sich um, doch an den angrenzenden Tischen saß niemand. »Leo Lermán ist der Architekt des Hauses, wie du weißt, und dazu ein guter Freund von Monsieur Jammet. Er ist Jude. Seine Familie hat sich schon vor Monaten glücklicherweise in der Schweiz niederlassen können. Nur er ist noch hier und wohnt im Haus. Früher war Zimmer 106 ein Zimmer mit einem Makel. Ein Gast hatte sich darin aufgehängt. Und weil alle Hotelleute abergläubisch sind, hat Monsieur Jammet das Zimmer von der Liste streichen lassen. Das gereicht Monsieur Lermán nun zum Vorteil.«

»Wer weiß alles davon?«

»Dass Monsieur Lermán hier lebt? Oh, nur sehr wenige. Monsieur Grunwald, Madame Colette und Monsieur Jammet. Und nun noch du und ich und der Etagenkellner, der ihm sein Essen bringt.«

Jean lächelte. Es freute ihn, dass er in einem Haus arbeitete, in dem Gutes getan wurde, in dem man sich wehrte gegen die, die ihr Land und ihre Stadt erobern wollten.

Kapitel 4

Am 21. Mai 1940, einem Dienstag, ließ der französische Premierminister Paul Reynaud sein Volk wissen, die Deutschen hätten die Stadt Arras im Norden des Landes erobert. Frankreich war in Gefahr! Auch die, die es bislang nicht glauben konnten, waren nun besorgt. In zahlreichen Pariser Wohnungen begannen jetzt auch die bislang noch unentschlossenen Bewohner, ihre Sachen in Koffern und Körben zu verstauen und aus der Stadt zu fliehen.

Seit dem 6. Juni funktionierten die Telefon- und Telegrafenverbindungen nur noch eingeschränkt. Der Kontakt zur Welt außerhalb von Paris war kaum noch möglich. Es gab auch keine Taxis mehr, so dass die Fliehenden ihr Gepäck zum Bahnhof tragen mussten. Restaurants und Cafés, Kinos und Geschäfte, Galerien und Kaufhäuser verschlossen ihre Türen. Die Ausländer in der Stadt, unter ihnen der irische Schriftsteller Samuel Beckett, die Maler Max Ernst und Pablo Picasso, bekamen durch die Behörden immer mehr Schwierigkeiten. Es hieß, dass sie nicht einmal mehr Geld von ihren Konten abheben durften. Vier Tage später erklärte Italien Frankreich und Großbritannien den Krieg und stellte sich an die Seite Deutschlands. Damit klirrten nun in ganz Europa die Waffen.

Jacques Jaujard, der immer mal wieder kurz in der französischen Hauptstadt nach dem Rechten sah, erzählte seinem

Freund Jammet am Abend bei einem Essen im Le Bristol, er hätte aus seinem Bürofenster gesehen, wie der amerikanische Botschafter William Bullitt einen Kranz Rosen vor der Statue der Jeanne d'Arc abgelegt hatte.

»Das ist nicht zu glauben«, erwiderte Jammet und blickte zu seiner Frau, die Tränen in den Augen hatte. »Er muss Frankreich sehr lieben und die Deutschen hassen.«

»In der Tat. Wussten Sie, mein lieber Freund, dass Bullitt ein ehemaliger Nachrichtenkorrespondent und Absolvent der berühmten Yale-Universität ist?«, wollte Jaujard wissen.

»Nein, das wusste ich nicht. Aber ich durfte ihn schon oft im Le Bristol begrüßen.« Er lächelte. »Anfangs konnte ich kaum glauben, dass er Amerikaner ist. Er hat mich eher an einen waschechten Franzosen erinnert. Er liebt schöne Frauen und gutes Essen, er versteht etwas vom Wein, und wie ich hörte, hätte er auch eine literarische Karriere einschlagen können.«

»Ja, so ist es«, bestätigte Jaujard. »Und er ist ein enger Freund von Präsident Franklin D. Roosevelt. Es heißt, die beiden telefonieren täglich miteinander. Roosevelt selbst hat ihm geraten, Paris schleunigst zu verlassen. Die Antwort hat Bullitt umgehend ins Weiße Haus telegrafiert: *Kein amerikanischer Botschafter in Paris ist je vor irgendetwas davongelaufen, und das ist, glaube ich, die beste Tradition, die wir im amerikanischen diplomatischen Dienst haben.*«

»Ein Mann von Ehre.« Hippolyte nickte ernst.

»Was gedenken Sie zu tun, wenn die Deutschen kommen?«, fragte Jaujard vorsichtig. »Werden Sie Ihr Hotel schließen?«

»Das wäre mir am liebsten«, warf Yvonne Jammet ein, und Hippolyte ergriff ihre Hand. »Du weißt selbst, *mon cœur,* dass ich das nicht tun kann. Ich bin meinen Mitarbeitern und den Gästen verpflichtet. Da stimme ich ganz mit Mister Bullitt überein: Kein Jammet ist je vor etwas davongelaufen. Ich werde alles dafür tun, die Deutschen von meinem Haus fernzuhalten. Das ›Hotel des Schweigens‹ wird nicht auf diese Art verstummen.«

Am nächsten Morgen machte sich Hippolyte Jammet auf den Weg zur amerikanischen Botschaft. Er kannte William Bullitt schon eine ganze Weile; alle amerikanischen Politiker waren stets im Bristol abgestiegen. Er wurde sofort zum Botschafter vorgelassen.

»Nun, mein lieber Jammet, wie kann ich Ihnen behilflich sein? Ich nehme an, es geht um Ihr Hotel.«

Jammet setzte sich auf den angebotenen Platz, bejahte die Frage nach einem Kaffee, dann räusperte er sich. »Wie Sie wissen, ist das Schweigen die höchste Währung unseres Hauses«, begann er, und der Botschafter nickte. »Davon konnte ich mich oft genug überzeugen.« Bullitt nahm eine der Kisten, die neben seinem Schreibtisch standen, und packte den Inhalt einer Schublade hinein. »Verzeihen Sie, mein Lieber, dass ich mich nicht ganz und gar Ihnen widmen kann, aber die Deutschen werden schon in den nächsten Stunden das amerikanische Konsulat besetzen, wie sie mir per Kurier mitgeteilt haben. Ich muss packen, aber ich höre Ihnen dabei selbstverständlich zu.«

»Das Bristol wird nicht nur das Hotel des Schweigens genannt, weil wir prominente Gäste haben«, fuhr der Hoteldirektor fort.

»Worauf wollen Sie hinaus, Monsieur Jammet? Sie können ruhig offen mit mir sprechen.«

Wieder räusperte sich Jammet und rutschte unruhig auf dem Sessel hin und her. Schließlich gab er sich einen Ruck. »Um die Wahrheit zu sagen, es geht mir nicht um die prominenten Gäste, sondern um die, die keinerlei Aufsehen erregen wollen.«

Jetzt lachte der Amerikaner laut auf. »Ihr Franzosen seid mir vielleicht welche! Nennt die Dinge einfach nicht beim Namen. Es geht also, mein lieber Jammet, um die Geheimagenten und Spione, um die diskreten Besucher der Botschaften.«

Jammet nickte erleichtert. Er hätte nicht gewusst, wie er sein Anliegen höflich formulieren sollte. »Ich denke, es wäre in unser aller Interesse, wenn das Hotel nicht von den Deutschen besetzt würde.«

Der Amerikaner bot Jammet eine Zigarette an und gab ihm Feuer, dann zündete er sich selbst eine an und sog genüsslich. Er blickte eine kleine Weile nachdenklich zum Fenster, vor dem ein Baum im vollen Blattschmuck stand. Er war gern in Paris, aber am meisten liebte er die Stadt im Frühling und im Frühsommer. Es schien, als wäre die Stadt gerade aus einem langen, erfrischenden Schlaf erwacht. Die Farben wirkten kräftiger, die Frauen schöner. Am liebsten würde er jetzt über einen der Boulevards bummeln, sich mit einer Zeitung und einem Mokka in ein Straßencafé setzen, aber das alles ging nicht. »Tja, ich kann den Deutschen leider keine Befehle erteilen. Das wissen Sie selbst. Was also ist zu tun?«

»Wenn ich das nur wüsste …«

»Ich muss sagen, wir waren immer sehr zufrieden mit Ihrem Haus. Sie haben uns da schon einige … äh … wie soll ich sagen … einige Dienste erwiesen.«

Jammet drückte seine Zigarette im Aschenbecher aus. Er wusste auf der Stelle, was der amerikanische Botschafter meinte. Das Bristol hatte in der Vergangenheit immer wieder Gäste beherbergt, die dem amerikanischen Geheimdienst angehörten. Im Adressbuch des FBI stand das Hotel Bristol unter dem Stichwort Paris an erster Stelle. Es hatte Treffen im Hotel gegeben. Geheime Treffen, die in dem kleinen Salon stattfanden, der extradicke Wände und eine gepolsterte Tür hatte. Hippolyte Jammet war ein ausgeglichener Mensch, aber nun bebte er schier vor Aufregung. Es ging ja nicht nur um die geheimnisvollen Gäste. Nein, er hatte Gemälde aus dem Louvre in seinen Zimmern hängen. Im Augenblick ärgerte er sich fast, in die amerikanische Botschaft gekommen zu sein. Wie hatte er nur annehmen können, dass ihm der Botschafter helfen konnte? Vor den Deutschen kuschten alle. Die, die nicht mit ihnen im Krieg waren, taten alles, damit es so blieb.

»Ist es wahr, dass Ihr Haus über einen Schutzbunker im Keller verfügt?«

»So ist es, Monsieur Bullitt.«

Plötzlich grinste der Botschafter von einem Ohr zum anderen. »Ich weiß, wie wir es machen, mein lieber Monsieur Jammet. Die Botschaft muss sich ohnehin um ein neues Quartier bemühen. Ich hatte zunächst an ein paar Räume im Louvre gedacht, aber das ist wohl unpassend. Wie viele Zimmer haben Sie noch gleich?«

»Knapp 200, davon 70 Suiten.«

»Schön, sehr schön.« Der Amerikaner griff zum Telefon. »Schicken Sie Brown und Montgomery zu mir«, befahl er seiner Sekretärin, dann wandte er sich wieder an Jammet. »Wann, denken Sie, können wir einziehen?«

»Sie ... was ... Sie wollen ...« Jammet erriet, was der Botschafter vorhatte, aber er konnte es einfach nicht glauben. »Sie wollen die amerikanische Botschaft ins Bristol verlegen?«

»Genau das habe ich vor. Also, ab wann können wir einziehen?«

»Nun, wenn ich recht informiert bin, haben wir derzeit 80 Zimmer frei. Weitere Gäste werden heute abreisen, so dass ich Ihnen morgen mit 150 Zimmern zur Verfügung stehen kann. In diesen Zeiten sind die meisten Häuser halb leer oder sind von den *Boches* besetzt.«

»Oh, so viele benötigen wir nicht. Ich buche 60 Zimmer auf unbestimmte Zeit. Aber ich denke, dass die anderen Zimmer auf gar keinen Fall von den Deutschen belegt werden. Sie wären töricht, sich unserer Kontrolle auszusetzen.«

Jammet fiel ein Stein vom Herzen, ein tiefer Seufzer entrang sich ihm. Dann wagte er ein zaghaftes Lächeln. »Sie denken, das geht?«

Der Botschafter breitete die Arme aus. »Das geht auf jeden Fall, das ist sogar sehr gut. Die Botschaft zieht um. Wir sollten den kleinen Salon gleich mit dazu buchen.«

»Selbstverständlich, Herr Botschafter. Mit dem größten Vergnügen.« Jammet bekam Lust, die Marseillaise zu singen. Er sprang aus seinem Sessel, schüttelte dem Botschafter die Hand. »Danke schön. Ich danke Ihnen sehr. Das Bristol wird Ihnen immer verbunden sein.«

»Schon gut, schon gut. Suchen Sie mir eine schöne Suite aus, dann ist alles geklärt. Warten Sie noch einen Augenblick, meine Sekretärin wird sogleich die Buchungen vornehmen, damit Sie etwas in der Hand haben, wenn die Deutschen kommen.«

Jammet ging das Stück von der Botschaft zum Hotel zu Fuß. Überall auf der Straße begegneten ihm vereinzelte Deutsche. Jammet nahm an, dass das die Vorhut war. Sie liefen allein, zu zweit oder in kleinen Gruppen durch die Stadt. Monsieur Jammet vermied es, sie anzusehen. Er hatte bislang nichts gegen die Deutschen gehabt. Als Hotelgäste waren sie stets gern gesehen gewesen. Sie waren pünktlich, zahlten ihre Rechnungen, nur besonders freundlich waren sie nicht, und sie lächelten für seinen Geschmack zu wenig. Als Mitarbeiter schätzte er sie über alle Maßen. Monsieur Grunwald zum Beispiel war so gewissenhaft, dass er noch nie einen Fehler gemacht hatte. Und als er im Adlon in Berlin das Hotelfach erlernt hatte, hatte er über die scheinbar reibungslosen Abläufe, die wie beim Militär organisiert waren, gestaunt. Nur dass die Mitarbeiter im Adlon ungern lächelten und lachten, das wollte er für sein eigenes Hotel nicht, denn es mangelte ihm dabei an Charme.

Aber dass die Deutschen sein geliebtes Paris besetzen wollten, das nahm er ihnen übel. Paris war die Hauptstadt der Franzosen, und Jammet war sich sehr sicher, dass die meisten von ihnen ihre Stadt nicht mit den Deutschen teilen wollten. Die Wehrmacht war noch nicht einmarschiert, aber schon wirkte Paris anders als zuvor. Paare küssten sich nicht mehr, sondern eilten Hand in Hand mit ängstlichen Blicken nach Hause. Die Cafés, sonst bis auf den letzten Platz besetzt, blieben leer. Selbst Gabrielle, das charmante Blumenmädchen, hielt ihren Stand heute geschlossen. Die Zeitungsjungen riefen ihre Schlagzeilen nicht aus, die Schuhputzer waren aus dem Stadtbild verschwunden. Selbst die Sonne hielt sich heute mit Wolken bedeckt, und Jammet hätte wetten mögen, dass sogar die Bouquinisten, die am Seineufer ihre Bücher und Zeichnungen verkauften, heute nicht dort sein würden. Jammet musste gar nicht erst nach Montmartre gehen, um zu wissen, dass auch die Maler nicht vor der Kirche Sacré-Cœur standen, um die Ansicht von Paris zu zeichnen. Und ohne all das wirkte Paris nicht mehr so quicklebendig, so anziehend und charmant wie sonst.

Er kam ins Hotel zurück und rief den Concierge und den Rezeptionisten zu sich. Grunwald kam mit einer Liste in der Hand angelaufen. Jammet führte die beiden Männer zu einer kleinen Sitzgruppe in der Lobby, doch er kam kaum zu Wort, so rasch sprach Grunwald auf ihn ein. »Die Amerikaner, sie haben viele Zimmer bei uns gebucht. Auf unbestimmte Zeit, aber gewiss für ein Jahr. Ist das nicht wunderbar?« Monsieur Grunwald rang um seine Contenance.

Jammet lächelte: »Ich weiß Bescheid, ich komme gerade von der amerikanischen Botschaft.«

»Sie waren das? Phänomenal. Einfach phänomenal.« Monsieur Grunwald, der nie eine Miene verzog, lächelte breit.

Auch Jean war erfreut, selbst wenn er die Tragweite dieser Entscheidung noch nicht richtig verstand. Er war erst einen Monat im Bristol. Zwar fühlte er sich, seitdem er die Bilder aus dem Louvre geholt und im Hotel aufgehängt hatte, zugehörig, aber von Politik und den Deutschen wusste er nicht viel. Immerhin kannte er einige Maler, Albrecht Dürer zum Beispiel oder Matthias Grünewald und dessen Isenheimer Altar in Colmar. Er kannte auch Lucas Cranach und sogar Max Ernst, der vor den Nazis geflohen war und nun in Paris leben sollte, aber, wie Jean vermutete, sicher auch aus der Stadt geflohen war. Monsieur Jammet riss ihn aus seinen Gedanken: »Sprechen Sie Englisch, mein junger Freund?«

»Ja. Ich habe es in Marseille gelernt.«

»Sicher in Wort und Schrift?«

»Ja. Außerdem noch Deutsch und Holländisch.«

»Gut, dann werden in Zukunft noch ein paar Aufgaben auf Sie zukommen. Aber darüber reden wir später. Die Zimmer werden bereits vorbereitet?«

»Jawohl, Monsieur Grunwald hat die Buchungen direkt an Madame Colette weitergeleitet. Die Zimmermädchen haben schon mit der Arbeit begonnen.«

»Weiß die Küche Bescheid? Heute Abend werden die ersten Amerikaner hier essen wollen.«

»Jawohl. Der Koch ist noch einmal zum Markt gefahren, um ein paar T-Bone-Steaks zu kaufen, wenn er sie denn bekommt. Dazu Käse und Hackfleisch, um daraus das zu machen, was die Amerikaner ›Hamburger‹ nennen.« Jean lächelte.

»Was ist so lustig?«, fragte Monsieur Grunwald.

»Nichts, eigentlich nur, dass die Amerikaner, die uns vor den Deutschen bewahren, zum Diner Hamburger essen.«

Da lachte Jammet, und Grunwald fiel verhalten ein. Der Hoteldirektor lachte so laut und so herzlich, dass ihm die Tränen aus den Augen liefen. Jean verstand, dass nicht sein

Witz der Grund für Jammets emotionale Reaktion war, sondern dass die Angst um das Hotel einer neuen Zuversicht Platz gemacht hatte.

Jean sah Madame la Comtesse Baluard aus dem Fahrstuhl steigen, dahinter ihre Tochter mit den Hunden. Die kleine, vielleicht siebzigjährige Comtesse trug ein Kostüm und einen Hut, die Handschuhe aber hatte sie vergessen. Ihre Tochter, eine elegante Dame um die vierzig, versuchte die kläffenden Hunde zu beruhigen, aber vergebens. Sie steuerten direkt auf den Tresen des Concierge zu. Jean erhob sich. »Wie kann ich Ihnen dienen?«, fragte er freundlich.

»Nun, wir fragen uns, was geschieht, wenn die Deutschen kommen.«

»Darüber müssen Sie sich keine Sorgen machen, gnädige Frau. Wir werden heute viele Amerikaner empfangen. Für die Deutschen ist leider kein Platz in unserem Haus.«

Die alte Comtesse presste eine beringte Hand auf ihr Herz. »Das beruhigt mich sehr, Jean. Dann veranlassen Sie doch bitte, dass unser Aufenthalt um vier Wochen verlängert wird.«

»Sie bleiben hier?«

»Oh, ich war schon oft in Deutschland und habe keine Angst. Nur diese zackigen Stimmen in dieser kratzigen Sprache würden im Speisesaal doch sehr stören. Außerdem bezweifle ich sehr, dass diese Soldaten Manieren haben, aber ob die Amerikaner besser sind? Nun, wir werden sehen.«

»Ich werde sofort alles veranlassen«, versprach Jean und begleitete die beiden Damen mit ihren Hunden zur Tür. Ganz schön mutig, dachte Jean, als er ihnen nachsah. Er hatte vermutet, dass sich die beiden adligen Damen angesichts der aktuellen Situation so schnell wie möglich auf den Weg in den Süden machen würden, wo sie, soviel er wusste, ein kleines Schlösschen besaßen.

Am Morgen des 11. Juni, Hippolyte Jammet hatte die ganze Nacht nicht geschlafen, trat der Hoteldirektor vor sein Haus und hielt nach den ersten amerikanischen Fahrzeugen Ausschau. Er kniff die Augen zusammen und schnupperte in der Luft. »Riecht es hier nach Ruß?«, fragte er den Torwächter.

»Ja, Monsieur Jammet, ich habe es auch gerochen.«

»Und wo kommt der Geruch her?«

»Unsere Behörden haben alle Munitionsfabriken in den Vororten sprengen lassen, damit sie den Deutschen nicht in die Hände fallen. Der Zeitungsbote hat es erzählt. Haben Sie heute schon die Zeitung gelesen, Monsieur Jammet?«

»Nein, aber das werde ich auf der Stelle tun. Es scheint, als hätte sich über Nacht einiges getan.« Er nickte dem Portier zu und ging zur Rezeption. Monsieur Grunwald gab ihm eines der frisch gebügelten Morgenblätter, und Hippolyte Jammet setzte sich damit nach unten in den Speisesaal der Angestellten, in der die Mitarbeiter der Nachtschicht gerade frühstückten. Jemand sprach ihn an, aber er reagierte nicht. Er ließ sich einen Kaffee bringen, setzte sich an einen Tisch und schlug die Zeitung auf. Ganz vertieft studierte er das Blatt, nahm nichts wahr, was um ihn herum geschah. Er las, dass sich die Regierung unter Paul Reynaud darauf vorbereitete, Paris zu verlassen, um nach Tours an der Loire zu fliehen. Frankreich war zweigeteilt. Die nördliche Hälfte war von den Deutschen bereits besetzt, die südliche

Hälfte galt als freie Zone. Auch Tours gehörte zum unbesetzten Teil. Paris aber war zur »offenen Stadt« erklärt worden. Das hieß, dass die französische Regierung auf sämtliche Verteidigungsmaßnahmen verzichtete. Sie berief sich dabei auf die internationalen Kriegskonventionen, die besagten, dass eine offene Stadt nicht bombardiert werden darf. Monsieur Jammet runzelte die Stirn, als er das las. Er hatte kein Vertrauen zu den Deutschen, deshalb bezweifelte er, ob die Maßnahmen der französischen Regierung erfolgreich waren. Aber hatten sie denn eine andere Wahl?

Doch als Jammet im Laufe des Tages erfuhr, dass französische Widerstandskämpfer an der Porte Saint-Denis im 10. Arrondissement deutsche Offiziere erschossen hatten, stockte ihm der Atem. Augenblicklich überlegte er, wo Yvonne und die Kinder waren. Ob er sie doch noch aus Paris herausschaffen könnte? Er eilte nach oben und fand seine Frau in dem kleinen Salon, in dem sie ihre Korrespondenz erledigte und Besuche empfing.

»Ich habe Angst um euch«, gestand er und erzählte von den Erschießungen.

»Mon Dieu, was waren das für Dummköpfe?« Yvonne schüttelte den Kopf.

»Hör mal, tu mir die Liebe und geh mit den Kindern aufs Land«, bat Hippolyte. »Ich möchte euch in Sicherheit wissen, euch beschützen.«

Yvonne maß ihn mit einem empörten Blick. »Das kommt überhaupt nicht in Frage. Es sei denn, du evakuierst das gesamte Hotel mit all seinen Zimmern und Mitarbeitern. Das Le Bristol gehört nach Paris wie der Eiffelturm. Und wir gehören ins Le Bristol.«

Ihr Gesicht wurde weicher. »Ich weiß, dass du uns immer beschützen möchtest, mein Lieber. Aber vergiss dabei nicht, dass ich eine starke Frau bin.«

Jammet lächelte. »Das stimmt, *mon amour*. Aber ich habe dich nicht nur deshalb geheiratet.«

»Nein, geheiratet hast du mich, weil du mich liebst.«

Jammet griff nach Yvonnes Hand, zog sie an seinen Mund und küsste sie. »Und ich werde nie damit aufhören.« Für einen Augenblick sahen sie sich in die Augen, wie sie es bei ihrem Kennenlernen getan hatten. Damals war alles so neu und aufregend gewesen. Doch inzwischen hatte Jammet gelernt, in den Augen seiner Frau zu lesen. Nun stand darin Entschlossenheit und Liebe. Er hätte sie jetzt gern in den Arm genommen, hätte am liebsten die ganze Welt um sich herum vergessen.

»Und nun geh, mein Lieber, ich denke, du wirst genug zu tun haben«, unterbrach Yvonne seine amourösen Gedanken.

Hippolyte Jammet seufzte theatralisch. Er küsste seine Frau aufs Haar und begab sich zurück an seine Arbeit.

Die Amerikaner trafen nach und nach ein, und Jammet musste ihre Unterbringung und Verköstigung beaufsichtigen. Doch mit einem Ohr hing er am Radio und verfolgte die neuesten Meldungen. General von Küchler, der Oberbefehlshaber der 18. Armee, auch bekannt als »der Schlächter von Rotterdam«, stand vor den Toren der Stadt. Nicht nur Hippolyte Jammet, sondern mit ihm ganz Paris zitterte, denn von Küchler hatte vor nur wenigen Wochen die niederländische Hafenstadt fast komplett zerstören lassen. Würde er das als Rache für die Erschießungen mit Paris wiederholen? Ein paar Stunden lang hielt die Stadt den Atem an. Die Straßen waren leer, die Pariser hatten sich in ihre Wohnungen geflüchtet und warteten bang auf das, was da kommen sollte. Und schon bald hieß es, dass ein großer Luft- und Artillerieangriff für den nächsten Morgen um acht Uhr geplant war. Zimmermädchen brachen in Tränen aus. Einige ließen ihre Arbeit stehen und liegen und eilten nach Hause. Eine Näherin wollte von Jean wissen, wann der nächste Zug nach Montpellier ging, denn dort lebte ihr Sohn. Zwei Küchenjungen stopften ihre Rucksäcke mit Lebensmitteln voll und klauten auch einige Flaschen Wein aus dem Keller, und Monsieur Jammet ließ sich vom Hausmeister den Schutzbunker aufschließen, zählte die Gasmasken darin und die Sitzmöglichkeiten. Dann ließ er etliche Liter Wasser und Gläser hineinbringen und bat Jean, einen Pagen in die nächste Apotheke zu schicken, um mehr Verbandsmaterial einzukaufen. Madame la Comtesse Baluard beschwerte sich, dass ihre Hunde heute keine gehackte Leber direkt aus der Küche bekamen, doch als sie den Ernst der Lage begriff, wollte sie zwei Plätze im Schutzbunker für ihre Hunde reservieren lassen. Das ganze Hotel, die ganze Stadt stand kopf, schwitzte Blut und Wasser. Die Einwohner verabschiedeten sich von Freunden und Kollegen auf Nimmerwiedersehen. Mütter scharten ihre Kinder um sich, Väter verbarrikadierten Fenster und Türen. Und dann war es ein Amerikaner, der versuchte, die Stadt der Liebe vor dem Untergang zu retten: William Bullitt, der amerikanische Botschafter in Paris. Am Abend seiner Abreise hatte Premier Paul Reynaud seinen Freund Bullitt zu sich bestellt und ihn beschworen, alles dafür zu tun, um Paris zu retten. Bullitt war der letzte ausländische Botschafter in Paris, war der einzige, der sich noch in Paris aufhielt, zwar nicht mehr in seiner Botschaft, sondern im Le Bristol.

Monsieur Jammet begleitete ihn zur Tür, nahm dessen Hände in seine und drückte sie fest. »Ich beschwöre Sie, Bullitt. Überreden Sie die Deutschen, Paris zu verschonen.«

»Ich tue, was ich kann«, erwiderte Bullitt, nickte Jammet zu und bestieg seinen schwarzen Chevrolet. Er fuhr nach Écouen, einer kleinen Stadt zwanzig Kilometer nördlich von Paris. Dort kam er mit zwei französischen und zwei deutschen Bevollmächtigten zusammen. Niemand wusste später genau zu sagen, wie lange es gedauert hatte, die gewaltfreie Übergabe von Paris zu verhandeln. Doch nach zähen Debatten ließ sich von Küchler erweichen, das entsprechende Papier zu unterzeichnen. Ein Amerikaner hatte Paris fürs Erste gerettet, aber niemand wusste, was noch auf sie zukommen würde.

Kapitel 5

Die Besatzung begann am 14. Juni 1940 morgens um halb sechs. Durch das Stadttor Porte de la Villette strömten die Autos, Kübelwagen, LKWs und Panzer der deutschen Wehrmacht, wie zum Hohn golden beschienen vom aufgehenden Licht der Sonne. Die Pariser schreckten in ihren Betten hoch, blickten verwirrt um sich und schlichen sich dann ans Fenster, um zu sehen, was geschah. Angst lag über der Stadt. Eine Angst, die die Herzen rascher schlagen ließ und die Worte im Mund erstickte.

Noch vorgestern waren die Straßen der Stadt mit Flüchtlingen verstopft gewesen, heute aber lag Paris stumm und starr da und wartete auf das, was kommen sollte.

Die Deutschen, kraftstrotzend und laut, wussten mit der stillen Stadt, die in weiten Teilen unbewohnt schien, nichts anzufangen. Es gab keine Gegenwehr. Aus den Häusern wurde nicht geschossen, Rebellen, die mit der Waffe in den bloßen Händen ihre Stadt verteidigen wollten, waren nicht zu sehen. Und so dauerte es nur Stunden, da hing am Eiffelturm das erste Hakenkreuzbanner.

Vor den Grand Hotels fuhren dunkelgrüne Wagen vor, und wenig später waren die besten Adressen der Stadt von den Deutschen besetzt: das Crillon an der Place de la Concorde, das Majestic an der Avenue Kléber, das Ritz an der

Place de Vendôme, das Raphael in der Rue de la Pérouse und das George V in der Avenue George V, alle in der Nähe von Napoleons Triumphbogen.

Vor den Eingängen zog man die französische Flagge herunter und ersetzte sie durch die Hakenkreuzfahne. Im Hotel Majestic in der Avenue Kleber richtete sich der Militäroberbefehlshaber von Küchler mit seiner Entourage ein, das Hotel Lutetia wurde zum Sitz der Abwehr und Gegenspionage, und im berühmten Meurice besetzten die hohen Offiziere mit ihren Adjutanten die feudalen Zimmer, ihr Hauptquartier aber schlugen die Nazis im Ritz auf. Sämtliche Telefon- und Telegrafenleitungen, die noch funktionierten, wurden gekappt, so dass Paris keinerlei Verbindung mehr mit der Außenwelt hatte.

Monsieur Jammet trommelte seine Angestellten zusammen. Auch die Mitarbeiter der Nachtschicht mussten an der morgendlichen Besprechung teilnehmen. Doch anders als sonst wollte Monsieur Jammet heute nicht die drei obersten Regeln des Hotels abfragen und die Aufgaben des Tages verteilen. Heute ging es um den Einmarsch der Deutschen. Mit einer Zeile aus einem beliebten Lied von Maurice Chevalier begann er seine Rede: »Paris sera toujours Paris. Paris wird immer Paris bleiben.«

Die Angestellten klatschten Beifall, bis Jammet sie zur Ruhe ermahnte, dann fuhr er fort: »Die Deutschen sind die Sieger. Seien Sie ihnen gegenüber korrekt, aber fügen Sie sich nicht ihren Wünschen, um gut vor ihnen dazustehen. Keine Eilfertigkeit. Sie würden es Ihnen ohnehin nicht danken. Wahren Sie immer und unter alle Umständen die

Contenance und Ihre Würde. Wenn ein Deutscher Sie um Feuer für seine Zigarette bittet, nun, halten Sie ihm Ihre Zigarette hin. Aber schweigend. Niemals in der Geschichte der Menschheit hat man das Feuer verweigert, nicht einmal den ärgsten Feinden. Wenn ein Deutscher Sie in seiner Sprache anspricht, zucken Sie mit den Achseln, schütteln Sie den Kopf, als ob Sie nicht verstünden, und gehen Sie weiter Ihrer Wege. Blicken Sie die Deutschen nicht an. Wenn Sie an ihnen vorübergehen, schauen Sie auf den Boden, schauen Sie zur Seite, aber verweigern Sie den Deutschen Ihren Blick. Und nun wollen wir alle zusammen beten, dass diese dunklen Tage alsbald ein Ende finden. Vater unser, der du bist im Himmel …«

Vor dem Le Bristol wehte keine Hakenkreuzfahne, sondern die stolze amerikanische Flagge. Jean verließ den Tresen und ging hinaus, um sie sich anzusehen. Doch er war noch keinen fünf Schritte weit gekommen, da erschien Madame Colette und hatte neue Aufträge für ihn: »Jean, die Zimmermädchen haben die Verdunklungsvorrichtungen in den Zimmern überprüft. Es fehlen ein halbes Dutzend. Ich habe schon in der Schneiderei angerufen. Ach, und die Gasmasken. Es ist nie verkehrt, ein paar in Reserve zu haben. Die werden auch heute gebracht. Falls die Lieferanten den hinteren Eingang nicht finden sollten, dann rufen Sie mich bitte, ja? Bitte erklären Sie jedem Gast genau, wie man eine solche Maske anlegt. Und bitten Sie die Gäste, vor dem Abend ihre Vorhänge zuzuziehen. Wenn die Dunkelheit anbricht, gehen Sie bitte vor das Hotel und überprüfen die Verdunklung. Sagen Sie mir Bescheid, aus welchem Zimmer noch Licht kommt; ich werde mich dann darum kümmern.«

»Selbstverständlich«, erwiderte Jean. »Ich werde persönlich zu den Damen Baluard gehen und ihnen mit der Verdunkelung helfen.«

»Das wäre schön. Danke, Jean.«

Die Dämmerung legte sich wie eine schwere Bettdecke auf die Dächer der Stadt, als Jean in den fünften Stock hinauffuhr, um den beiden Comtessen zu helfen. Als er an die Tür ihrer Suite klopfte, erklang rasendes Hundegebell, aber Jean hatte keine Angst vor den beiden Pudeln. Es dauerte eine kleine Weile, dann öffnete die Comtesse selbst.

»Guten Abend, Madame. Ich bin Jean, der Concierge.«

»Natürlich sind Sie das, ich kenne Sie«, erwiderte Comtesse Baluard mit einem Lächeln.

»Ich möchte Ihnen bei der Verdunkelung helfen.«

»Das brauchen Sie nicht, junger Mann. Ich habe den letzten großen Krieg erlebt, und diese Handgriffe sind mir in Fleisch und Blut übergegangen.«

»Sie wissen auch, wie man die Gasmasken anlegt?«

»Aber natürlich. Wir brauchen keine Hilfe dabei, aber ich danke Ihnen sehr für Ihre Fürsorge.« Ihr Blick schweifte in die Ferne. »Wissen Sie, mein Mann ist damals ums Leben gekommen. Und mein Bruder …«, sie brach ab und seufzte. »Sie haben sicherlich von Senfgas gehört. Wollen wir hoffen, dass uns das Schlimmste erspart bleibt.«

Jean nickte und neigte ein wenig den Kopf. Er verabschiedete sich höflich und verschwand.

Am nächsten Tag, so schien es, hatten sich die Besatzer bereits häuslich in der französischen Hauptstadt eingerichtet. Sie hatten die Uhr um eine Stunde vorgestellt und verlangt, dass alle Uhren in Paris die neue Zeit anzeigten. Deutsche Plakate hingen an jeder freien Stelle, die Jagd war verboten worden, ebenso das Singen der Marseillaise. An den Kinos wurden neue Namen angebracht. Das Cinema louxor hieß nun Deutsches Soldatenkino. Französische Zeitungen wurden verboten oder die Redaktionen von Deutschen besetzt. Straßennamen wurden eingedeutscht, und in den Hotels verlangte man deutsche Biere und die Schnäpse aus der Heimat.

Die Versorgung der vielen Soldaten und Offiziere musste von den Franzosen geleistet werden. Alles, was die Bauern produzierten, ging an die Wehrmacht. Weingüter wurden leer geräumt, Fleisch in Massen an die Soldateska geliefert. Für die Franzosen blieb kaum etwas. Elsa Schiaparelli, die berühmte Modeschöpferin, ließ auf einen Schal drucken: »Montags: kein Fleisch. Dienstags: kein Alkohol. Mittwochs: keine Butter. Donnerstags: kein Fisch. Freitags: kein Fisch. Samstags: kein Alkohol.«

Es hieß, die Schals wären innerhalb kürzester Zeit ausverkauft gewesen. Doch Monsieur Jammet war es gelungen, einen der letzten für seine Frau zu erwerben. Yvonne war begeistert. Sie und andere Pariserinnen trugen diese Schals mit kerzengeradem Rücken und vorgerecktem Kinn. Sie trugen ihn um den Hals, sie ließen ihn über ihren Blusen flattern, sie banden ihn sich ins Haar. Und wenn sie einander begegneten, dann lächelten sie sich an und grüßten, obschon sie sich womöglich vorher noch nie gesehen hatten.

Kapitel 6

Einen Monat schon waren die Deutschen in Paris, und die Regierung Reynaud war ersetzt worden, weil der Ministerpräsident für die Fortsetzung des Kampfes gegen die Deutschen war und dafür keine politische Mehrheit gefunden hatte. Philippe Pétain löste ihn ab und floh nach Vichy in den unbesetzten Teil Frankreichs. Das Leben im Hotel Le Bristol verlief trotzdem beinahe wie immer. Nur dass Jean den halben Tag lang Englisch sprach. Auch die Speisekarte hatte sich ein wenig verändert. Es gab viel Fleisch, das glücklicherweise direkt aus Amerika kam, und die Gerichte waren deftiger. Blutige Steaks mit Pommes frites, Ketchup und Mayonnaise fanden sich neben Spareribs, pulled pork und beef brisket, Apple Pie und Milchshakes auf der Karte. Statt Wein tranken die Amerikaner Whiskey, Brandy und schreiend bunte Cocktails. Aber sie waren freundlich und fröhlich, und Jean mochte sie allesamt gern. Ihr Umgang miteinander und mit den Angestellten war ungezwungen, und es war schon zweimal vorgekommen, dass Jean mit ansehen musste, wie ein junger Amerikaner Coralie zu einem Cocktail oder ein Rendezvous einlud. Das gefiel ihm gar nicht, und so dachte er schon den ganzen Tag darüber nach, wie er es anstellen sollte, das Mädchen mit den goldenen Augen zu einem Spaziergang einzuladen. Coralie hatte die Avancen der beiden Amerikaner mit einem freundlichen Lächeln abgelehnt, doch Jean ahnte, dass sie eines Tages eine dieser Einladungen annehmen würde, wenn er nicht schnell handelte. Sie war schließlich jung und schön, und Paris blieb die Stadt der Liebe, selbst wenn die Deutschen sie beherrschten. Er war so in seine Gedanken versunken, dass er regelrecht erschrak, als er Coralie vor sich sah. Sie brachte einen Kübel mit frischen Blumen ins Vestibül und zwinkerte Jean zu. »Darf ich sie sehen?«, fragte sie.

»Wen? Was? Was meinst du?« Jean war verwirrt und spürte die Röte in seine Wangen steigen.

»Deine Zeichnung vom Hotel, die du gestern gemacht hast.«

»Du hast mich gesehen?« Er konnte ein Lächeln nicht unterdrücken.

»Ja. Und jetzt möchte ich die Zeichnung sehen.«

Jeans Herz schlug einen Takt schneller. »Ich habe nur ein paar Striche gemacht, ein paar flüchtige Skizzen. Ich kenne Paris noch nicht besonders gut.«

Er würde sich von Coralie liebend gern die Stadt zeigen lassen. Er war sicher, sie kannte ein paar entzückende, versteckte Ecken, die er zeichnen konnte. Sollte er sie zu einem Spaziergang einladen, auch wenn die Deutschen überall waren?

»Hast du Lust, heute Nachmittag mit mir spazieren zu gehen?«, hörte er sie plötzlich fragen. Er sah ihre Verlegenheit und bewunderte ihren Mut.

»Ich habe gerade dasselbe gedacht. Ich meine, dass es wundervoll wäre, mit dir spazieren zu gehen. Aber die Deutschen.«

Coralie wedelte mit der Hand. »Ich denke nicht daran, mir von ihnen das Leben schwer machen zu lassen. Heute, nach der Schicht?«, erklärte sie im Brustton der Überzeugung. Sie winkte noch einmal, dann verschwand sie.

Um Punkt halb drei wartete Jean vor dem Hintereingang des Le Bristol auf Coralie. Er hatte eine weiße Rose aus dem riesigen Bukett in der Eingangshalle entwendet und hielt sie in der Hand. Und schon kam Coralie lächelnd auf ihn zu. Sie trug ein blaues Kleid, dazu weiße Handschuhe und einen weißen Hut, der ihr zartes, weiches Gesicht mit den wenigen Sommersprossen schützte. An ihrem Arm hing eine weiße Handtasche. Jean blickte an sich herab. Sein Anzug war zwar noch so gut wie neu, denn er hatte ihn seit seiner Konfirmation nur zweimal getragen, aber die Hosenbeine waren zu kurz, und die Ärmel reichten nicht bis zu den Handgelenken. Er hatte das Gefühl, auszusehen wie der Bauernbursche, der er gewesen war. Natürlich war die Verabredung mit Coralie nicht seine erste mit einem hübschen Mädchen. In Marseille hatte er Juliette getroffen, und in Lyon hatte er auch nicht wie ein Mönch gelebt. Aber die Sache mit Coralie war anders. Er war mit ihr anders. Schüchtern. Ein wenig unbeholfen, aber wild entschlossen, sie für sich zu gewinnen.

»Wo wollen wir hin?«, fragte Coralie ganz unbeschwert und hakte sich bei ihm ein.

»Ich weiß nicht; ich dachte, du könntest mir dein Paris zeigen.«

»Mein Paris«, wiederholte sie und blieb für einen Augenblick stehen. »Mein Paris gibt es nicht mehr. Die Stadt kommt mir wie eine Tote vor. Steif, kalt. Paris hatte mit mir gesprochen, weißt du? Der Blumenmarkt auf der Île de la Cité, wo ich mir so oft einen kleinen Strauß gekauft habe. Im Frühjahr waren es Tulpen und Narzissen, im Sommer bunte Wiesensträuße, im Herbst Astern und Gladiolen und im Winter Christrosen und Alpenveilchen. Jetzt liegt der Blumenmarkt verlassen. Niemand will mehr Blumen kaufen. Und hier drüben, das Schokoladengeschäft von Monsieur Cohen, ist ebenfalls geschlossen. Und am Parkeingang hängt ein Schild, auf dem steht: ›Le Juifs ne sont pas admis ici.‹ Für Juden verboten. In den Straßencafés sitzen die Deutschen und trinken Bier. Sie sind höflich, aber sie gehören nicht hierher. Paris gehört ihnen nicht. Und die Pariser und vor allem die Pariserinnen gehören ihnen nicht. Du findest es vielleicht oberflächlich, dass ich in Kriegszeiten über Blumen und Pralinen rede, aber für mich ist Paris auch ein Ort der Blumen und Pralinen.«

Coralie verstummte, und Jean sah, dass sie Tränen in den Augen hatte. Er drehte sie zu sich herum und legte seine Hände um ihre Oberarme. »Ich bin Maler«, sagte er. »Jedenfalls will ich eines Tages einer sein. Ich kann mir alles vorstellen. Ich sehe Monsieur Cohen, wie er mit einer silbernen Zange eine Praline aus der Auslage nimmt und sie behutsam in eine Schachtel packt. Es ist eine Nougatpraline mit einer halben Pistazie obendrauf. Und ich höre die Stimmen der Blumenhändler. ›Bonjour Mademoiselle, hier ist eine Rose, die ist ebenso schön wie Sie.‹ Ich sehe die Paare im Park, die sich unter einem Baum küssen, ich sehe alte Männer Schach und Boule spielen, ich kann die Bäume riechen. Und in den Cafés sitzen lachende Menschen, vor sich Gläser mit Rotwein. Und inmitten des Treibens und Lachens sehe ich dich.

Du trägst ein grünes Sommerkleid mit einer Knopfleiste, die vom Hals bis zu den Waden reicht und von einem weißen Gürtel in der Mitte gehalten wird. Im Haar hast du die Rosenblüte, die dir der Blumenhändler geschenkt hat. Ich würde dich am liebsten küssen, denn dein Mund schmeckt nach der Nougatpraline. Und später würden wir in deinem Lieblingscafé sitzen und Wein trinken.«

Eine Träne rann über Coralies Gesicht. Mit seinem Daumen wischte er sie von ihren Wangen. Und gleich lächelte sie ein kleines, feines Lächeln, ein Sommerlächeln, das nach Spaziergängen an der Seine aussah, und Jean wusste, sie hatte ihn verstanden. Dann nahm sie seine Hand und führte ihn hinaus auf die Straße. »Ich weiß, was ich dir zeigen möchte, was ich dir unbedingt zeigen möchte«, sagte sie und führte ihn über das Kopfsteinpflaster kleiner Gassen, Treppen hinauf, nach links, nach rechts. Sie kamen am Grand Palais vorbei, überquerten die Seine, liefen eine kleine Weile an deren Ufer. Jean, der beim Antritt seiner Stelle im Le Bristol den Stadtplan von Paris fast auswendig gelernt hatte, wusste, dass sie sich nun im 6. Arrondissement befanden, genauer gesagt, im Künstlerviertel Saint-Germain-des-Prés. Coralie hielt noch immer seine Hand, eine trockene, kräftige, große Hand, die zupacken konnte. An der Ecke Boulevard Saint-Germain und der Rue Saint-Benoit blieb sie stehen. »Hier ist es«, sagte sie leise. »Hier ist mein liebster Platz in ganz Paris.«

Jean hob den Blick und las: »Café de Flore«. Er hatte schon von diesem Café gehört. Die Pariser Intellektuellen verkehrten hier. Er hatte von Sartre gehört und von Simone de Beauvoir. Und er hatte sich vorgenommen, einmal hier einen

Café au Lait zu trinken. Freude durchströmte ihn. Freude, dass Coralie dem Anschein nach die gleichen Dinge wie er liebte. Aber stimmte das wirklich? Sie liebten beide die Kunst und die Literatur. Doch Jean war es nicht gewohnt, darüber zu diskutieren oder gar seine Empfindungen mitzuteilen. Neugierig war er allerdings auf alles, was Coralie dazu zu sagen hatte.

Sie lächelte ihm zu. »Es gelten Regeln im Café de Flore«, erklärte sie. »Jeder Pariser kennt sie. Man stellt sich nur mit dem Vornamen vor. Es ist ganz gleich, ob du ein arbeitsloser Schauspieler bist, ein gedruckter oder ungedruckter Schriftsteller, ein Maler mit oder ohne Galerie oder nichts von alledem. Ein Zimmermädchen und ein Concierge vielleicht. Hier ist Paris so, wie ich es liebe.«

Doch die Tische vor dem Café waren von deutschen Soldaten belegt. Sie redeten laut miteinander, tranken Bier statt Dessertwein zu Kuchen und streckten ihre langen Beine aus. Auf einem Tisch vor einem Soldaten, der fast noch ein Kind war, lag ein Buch von Albert Camus, »L'envers et l'endroit«, zu Deutsch »Licht und Schatten«. Jean bemerkte den überraschten Blick von Coralie, sagte aber nichts.

»Lass uns reingehen«, schlug Jean vor, und Coralie nickte. Jean registrierte die bewundernden Blicke der jungen deutschen Soldaten auf Coralie, und das machte ihn wütend und stolz zugleich. Und erst jetzt und gerade hier, vier Wochen nach dem Einmarsch der Besatzer, wurden ihm seine Gefühle bewusst. Die meisten Pariser waren wütend auf die Deutschen. Einige hatten resigniert. Sie schlurften durch die Straßen, die Augen auf den Boden gerichtet, um die Besatzer nicht sehen zu müssen. Sie mieden jede Begegnung.

Jean war ebenfalls wütend gewesen. So wütend, dass er Angst hatte zu platzen, sobald er einen Deutschen sah. Und als Charles de Gaulle in der BBC die Franzosen aufgerufen hatte zu kämpfen, da hatte er aus vollem Herzen zugestimmt. Aber diesem jungen Mann mit dem Buch von Albert Camus fühlte er sich trotzdem irgendwie verwandt. Es konnte durchaus sein, dass er nicht freiwillig hier in diesem Pariser Café saß. Vielleicht hatte er direkt von der Schulbank weg einrücken müssen. So, wie Jean es hätte tun müssen, wenn der Arzt ihn nicht wegen seines von Kindheit an bestehenden Asthmas für wehruntauglich erklärt hätte.

»Kommst du?« Coralie stupste ihn an. »Drinnen sind keine Deutschen.«

Sie betraten das Café und setzten sich auf die mit grünem Leder bezogenen Stühle, deren Holz so gut mit dem der dunklen Tische harmonierte. An der ebenfalls mit dunkler Eiche getäfelten Wand hingen an langen Holzklammern die Tageszeitungen. Jean warf einen kurzen Blick darauf, aber seit die Deutschen in Paris das Sagen hatten, standen in den Tageszeitungen nur noch deutsche Propaganda- und Siegesartikel.

Er setzte sich neben Coralie an einen kleinen Zweiertisch mit Blick auf die belebte Straße und sah sich um. Im hinteren Teil des Raumes saßen einige Leute um einen Tisch herum. Dicker Zigarettenrauch hing wie eine Wolke über ihnen. Sie sprachen erregt aufeinander ein, einige von ihnen mit ausländischem Akzent. Auf dem Tisch lagen stapelweise Bücher, und Jean mühte sich, die Titel zu erkennen, doch es war zu dunkel. Die Männer trugen Cordsakkos und schwarze Rollkragenpullover. Bei einem hing das Haar bis über den Kragen, und auch den anderen hätte ein Friseurbesuch nicht geschadet. Die beiden Frauen am Tisch waren gänzlich ungeschminkt, aber sie trugen ihre Kleider mit Anmut und Grazie.

Coralie zupfte ihn am Ärmel. »Das sind sie«, sagte sie. »Die klügsten Köpfe von Paris.«

Plötzlich stürmte eine Frau in das Café. Sie steuerte direkt auf den Tisch zu und rief erregt: »Stellt euch vor, man hat Jean-Paul Sartre und Henri Cartier-Bresson festgenommen. Sie sind in einem deutschen Kriegsgefangenenlager in Trier interniert. Schon seit vier Wochen, aber ich habe es erst heute erfahren.« Außer Atem ließ sie sich auf einen Stuhl sinken, griff nach einem Weinglas und trank es in einem Zug leer. »Wir müssen etwas unternehmen!« Und schon sprang sie auf und stürzte aus dem Café.

»Das war Simone de Beauvoir, Sartres Geliebte. Eine von ihnen«, flüsterte Coralie ihm zu, und Jean reckte den Kopf, um ihr hinterherzusehen.

Die anderen an dem Tisch steckten die Köpfe zusammen und raunten.

»Bestimmt beraten Sie darüber, wie man Sartre und Cartier-Bresson befreien kann«, vermutete Coralie. »Simone de Beauvoirs Vater hat einigen Einfluss in Paris.«

»Die beiden sind in Gefangenschaft«, erwiderte Jean leise. »Das ist doch erst einmal nicht schlecht. Da sind sie wenigstens weit weg von der Front.«

»Und du willst also Maler werden?« Coralie wechselte ein wenig unvermittelt das Thema und wandte ihm ihre ungeteilte Aufmerksamkeit zu.

Jean nickte. »Sobald der Krieg vorbei ist, gehe ich an die Pariser Kunstakademie oder an die Hochschule des Louvre. Ich will alles lernen, was es über das Handwerk der Malerei zu lernen gibt. Und ich möchte in Paris bleiben. Für immer, verstehst du, für den Rest meines Lebens. Ich habe schon als Kind davon geträumt, in Montmartre zu wohnen. In einer kleinen Wohnung über einem Café. Tagsüber würde ich studieren und manchmal durch die Gegend streifen und nach Motiven suchen. Und am Abend mit anderen Künstlern über neue Kunstformen und über das Leben an sich streiten.«

»Paris ist die Stadt der Liebe. Aber die kommt in deinen Plänen gar nicht vor.«

Jeans Wangen röteten sich leicht. »Doch. Sie kommt vor. In Paris zu sein, ohne zu lieben, das wäre die pure Verschwendung.« Er lächelte Coralie zu. »Und du? Wie soll dein Leben aussehen? Du willst sicher nicht ewig ein Zimmermädchen bleiben.«

»Das stimmt. Ich habe tatsächlich einen Traum, oder vielleicht sollte ich es lieber einen Plan nennen. Aber ich habe noch nie mit jemandem darüber gesprochen. Nicht einmal mit meiner Mutter.«

Jean beugte sich ein wenig näher zu ihr. »Du kannst mir dein Geheimnis verraten, wenn du willst. Ich werde gewiss nicht darüber reden.«

»Ich möchte eine Schriftstellerin sein. Nein, ich will eine Schriftstellerin sein. Ich werde Bücher schreiben. Romane. Und eines Tages möchte ich an diesem Tisch dahinten in der Ecke sitzen.«

»Was für Bücher wirst du schreiben?«

Coralie blickte Jean dankbar an. »Du sagst ›wirst‹ und nicht ›willst‹«, erklärte sie. »So, als ob du mir das wie selbstverständlich zutraust.«

»Das tue ich auch. Also, was wirst du schreiben?«

»Romane. Und Essays. Vielleicht Reiseberichte, aber ich war noch nie auf Reisen.«

»Hast du schon etwas geschrieben?«, fragte er weiter.

Coralie strahlte jetzt über das ganze Gesicht. »Weißt du, was mir gerade auffällt? Die jungen Männer, mit denen ich bisher ausgegangen war, hatten nur über sich selbst und ihre Pläne gesprochen. Aber du bist anders.« Sie legte ihre Hand für einen kurzen Augenblick auf seine Hand. »Ein paar Gedichte habe ich bisher geschrieben, und ich denke über eine Erzählung nach.«

»Darf ich die Gedichte lesen? Würdest du sie mir zeigen?«

»Sie sind noch nicht fertig, sind noch nicht so, wie sie sein sollen. Aber es ist schwer, Gedichte zu schreiben, während der Krieg in Europa herrscht.«

»Hast du noch etwas anderes geschrieben?«, fragte Jean interessiert weiter.

»Ja, ein paar Seiten eines Romans. Ich weiß noch nicht, ob daraus etwas wird.«

»Ich würde sie gern lesen.«

»Ich habe die Sachen noch nie jemandem gezeigt.«

Jean legte vorsichtig seine Hand über Coralies. »Deine Sachen wollen an die Öffentlichkeit, oder hast du sie nur für dich geschrieben?«

»Nein, eigentlich nicht. Aber es ist so schwer, damit hinauszugehen.«

»Ich weiß genau, was du meinst. Es ist, als lege man sein Herz auf den Tisch und hofft, dass die anderen es gut behandeln, dass sie nicht drauftreten, es beschädigen.«

»Ja, genau so ist es. Würdest du mir denn deine Zeichnungen zeigen?«

»Nicht alle. Aber einige schon.«

Sie tranken ihren Café au Lait aus und verließen das Café de Flore. Als sie ein paar Schritte gegangen waren, fasste Jean behutsam nach Coralies Hand. Und das Mädchen schaute zu ihm auf, und die Sonne schien in ihren Augen. Langsam, das neue Glück noch nicht fassend, schlenderten sie bis in die Rue L'Odeon 12, zum berühmten Buchladen »Shakespeare and Company«, der von der in ganz Paris bekannten Sylvia Beach geleitet wurde. Vor den Schaufenstern blieb Jean stehen. Sein Herz schlug einen Takt schneller, und das lag in diesem Fall nicht an Coralie, sondern an der berühmten Buchhandlung, die in der Hauptsache englischsprachige Bücher verkaufte. Im Fenster lag eine englische Ausgabe von Jean-Paul Sartre, »Der Ekel«. Daneben befand sich der Roman von Louis-Ferdinand Celine »Die Reise ans Ende der Nacht«. Ein Hemingway lag neben einem F. Scott Fitzgerald, und ein kleines Stück rechts davon befanden sich einige Kunstbücher. Ganz vorn lag ein Titel von Oscar Wilde, daneben einer von Samuel Beckett. Die Bücher hatten Staub angesetzt, die Fensterscheiben zeigten Regenspuren, der Laden selbst war verschlossen. Coralie seufzte. »Hier bin ich so oft gewesen. Der Laden fehlt mir. Ohne ihn ist Paris unvollständig.«

»Wieso ist er geschlossen? Ich dachte, Sylvia Beach wäre Amerikanerin«, fragte Jean nach.

»Sie hat die Buchhandlung noch am Tag der Besetzung dichtgemacht. Es heißt, sie hätte sich geweigert, einem deutschen Offizier ein Exemplar von ›Finnegans Wake‹ zu verkaufen.«

»Das nenne ich Haltung!« Jean nickte voller Respekt. Dann blickte er auf seine Uhr. »Ich habe heute Nachtdienst. Wir müssen langsam zurück.« Er nahm Coralies Hand und blickte sie einen Augenblick lang an. Er hätte sie so gern geküsst. Gleich hier, vor der Buchhandlung. Aber er wollte sie nicht verschrecken. Sie war noch so jung und sah so vertrauensvoll zu ihm auf. Also hob er nur die Hand, strich ihr eine Haarsträhne hinter die Ohren.

»Hattest du schon einmal einen Freund?«, fragte er behutsam.

Coralie schüttelte den Kopf. »Ich bin mit jungen Männern ausgegangen. Zwei Mal. Einmal waren wir in einem Kino, ein anderes Mal in einem Café.«

»Warst du verliebt in diese jungen Männer?«

Coralie schluckte. »Nein, ich glaube, ich war noch nie verliebt.« Sie blickte zu ihm hoch, und Jean begriff, dass er mit Coralie sehr behutsam umgehen musste. Er war drei Jahre älter als sie und hatte schon ein wenig Erfahrung gesammelt. Juliette damals in Marseille war älter als er gewesen. Sie war es auch, die ihn in die Kunst der Liebe eingeführt hatte. »Behandle jede Frau wie eine Königin«, hatte sie ihm erklärt. »Liebe kann mal lernen. Die körperliche Liebe, meine ich. Denke immer daran, dass die Frau, mit der du im Bett liegst, ein wenig komplizierter ist als du. Also sorge dafür, dass es ihr Freude mit dir macht.« Jean hatte Juliettes Worte nie vergessen. Und er hatte sich danach in Lyon stets daran gehalten. Aber hatte er je geliebt? So richtig mit Haut und Haaren? Er wusste es nicht. Er hatte geglaubt, dass er Juliette geliebt hatte. Aber mit Coralie fühlte sich alles neu und fremd an. Coralie machte, dass sein Herz ein paar Takte schneller schlug, wenn er sie sah. Coralie ließ ihn träumen.

Bis zum Hotel waren es beinahe vier Kilometer zu laufen. Sie wären mit der Metro schneller gewesen, aber sie wollten jede einzelne Sekunde miteinander genießen. Je näher sie dem Le Bristol kamen, desto langsamer gingen sie, wollten diese Augenblicke festhalten, sich nicht loslassen, die Herzen voll von dem Gefühl, einander zu verstehen. Vor der Tür des hinteren Eingangs blieb Jean stehen. Er legte seine Hände um Coralies Gesicht und sah ihr in die Augen, die auch im Schatten der Häuser noch sonnengolden leuchteten. »Ich habe den Nachmittag mit dir sehr genossen«, sagte er leise. Und noch ehe das Mädchen antworten konnte, legte er seine Lippen ganz sacht auf die ihren. Er spürte, wie sie leise zitterte. Da nahm er sie ganz fest in seine Arme und küsste sie richtig. Er hatte vermutet, dass ihr Kuss nach Schokolade schmeckte. Und so war es auch.

Am Freitagabend trafen sie sich wieder. Jean hatte ein paar seiner Zeichnungen dabei, und Coralie betrachtete sie aufmerksam. »Das sind ›Die Badenden‹ von Fragonard, nicht wahr?«

»Ja«, gab Jean zu. »Das Bild ist nicht gut. Ich hatte nur an dem einen Tag Gelegenheit, das Gemälde zu betrachten. Wie gern würde ich etwas mehr Zeit damit verbringen! Es erzählt eine Geschichte, weißt du? Ich frage mich, was die

Frauen auf dem Gemälde dort machen, wer sie sind, wie sie leben.«

Jetzt lächelte Coralie. »Ich habe die Aufsicht über die zweite Etage. Und die Schlüssel habe ich auch. Wollen wir? Das Zimmer ist derzeit nicht belegt.«

»Wirklich?«

»Ja. Komm mit.«

»Halt! Warte! Ich möchte nicht, dass du Ärger bekommst.«

»Wenn uns jemand erwischt, sagen wir, wir hätten von draußen Licht gesehen und wollten die Verdunkelung überprüfen.« Sie stieß Jean leicht mit der Schulter an.

Wenig später saß Jean vor dem berühmten Fragonard-Gemälde. Er hielt keinen Stift in der Hand, und er hatte kein Papier dabei. Er schaute nur. Er betrachtete die Farben, die Übergänge. Dann die Perspektive, das Licht, die Strichführung. Er schaute und schaute und wusste doch, dass er sich nie daran sattsehen würde.

Coralie saß neben ihm und notierte auf einem Blatt Papier ein paar Worte.

Den nächsten Abend verbrachten die beiden wieder im Zimmer 206. Jean hatte seinen Zeichenblock und einen Satz Bleistifte mitgebracht, Coralie ein in Stoff gebundenes Buch und ebenfalls zwei Bleistifte.

Es war ganz still im Raum. Sie saßen nebeneinander, so dicht, dass sie sich beinahe berührten. Er zeichnete, sie schrieb. Und es fühlte sich so normal an, so gut und richtig, dass es Jean gelang, einen Hauch des Geheimnisses, das das Gemälde enthielt, zu spüren und mit Bleistift auf das Papier zu bannen. Als sie nach Stunden zu müde waren, um weiterzuarbeiten, fragte Jean: »Bist du gut vorangekommen?«

Coralie nickte. »Wenn ich neben dir sitze, kann ich mich gut konzentrieren. Ich habe eine gute Szene geschrieben. Für mich sind auf dem Gemälde Freundinnen dargestellt. Frauen mit einer gemeinsamen Geschichte, verstehst du? Sie teilen ein Geheimnis. Aber ich weiß noch nicht, welches. Das werde ich vielleicht in den nächsten Tagen in Erfahrung bringen. Und du? Wie kommst du voran?«

»Ebenfalls gut. Ich zeichne und sehe mitten in das Bild hinein. Ich denke über die Frauen nach. Genau wie du. Du magst recht haben, es gibt ein Geheimnis. Lass uns morgen Abend wieder herkommen. Ich wette, wir finden es heraus.«

»Oder auch nicht.« Coralie lächelte. »Vielleicht wollte Fragonard nur, dass wir das Geheimnis sehen, es aber nicht aufdecken können. Denn was passiert, wenn wir es lüften? Sind wir dann fertig mit diesem Bild? Hat es noch dieselbe Wirkung auf uns?«

»Das ist ein guter Gedanke«, gab Jean zu. »Du meinst, wir sollten das Geheimnis ruhen lassen, um uns die Freude an diesem Gemälde zu erhalten?«

»Vielleicht. Hast du dich jemals an einem Bild sattsehen können?«

Jean dachte an die Postkarte, die er einmal in Marseille gesehen hatte. Eine junge Frau hatte sie ihm geschenkt, und sie zeigte ein Werk, das in den Florentiner Uffizien ausgestellt wurde: Sandro Botticelli, die Geburt der Venus. Er hatte die Postkarte stundenlang betrachtet, er kannte jeden einzelnen Farbtupfer, aber er hatte nie das Gefühl gehabt, sich daran sattgesehen zu haben. Selbst bei dieser albernen Postkarte nicht. »Weißt du«, überlegte er laut. »Das Besondere eines großen Gemäldes ist nicht das, was man sieht, sondern das, was dahinter liegt. Man nähert sich der Lösung an, mit jeder neuen Zeichnung, mit jeder neuen Seite, mit jedem neuen Blick. Aber ganz enthüllen kann man es nie.«

Kapitel 7

»Was meinst du, *mon amour*, soll ich zum Hotel Ritz gehen oder nicht?« Hippolyte Jammet saß mit seiner Frau Yvonne beim Kaffee. Das Mädchen hatte das Geschirr vom Mittagessen abgeräumt, das Kindermädchen las den Kindern im Spielzimmer aus einem Buch vor. Am liebsten wäre Jammet am Tisch sitzen geblieben und hätte den Nachmittag mit seiner Frau verbracht. Sie waren so lange nicht mehr an der Seine spazieren gewesen. So wie früher. Er könnte auch ein, zwei neue Hemden gebrauchen, und er wusste, wie gern Yvonne ins Kaufhaus Lafayette ging. Aber die Deutschen hatten die Männer der Geschäftsleitung zum Rücktritt gezwungen, weil sie Juden waren. Er wüsste gern, ob Théophile Bader, Max Heilbronn und Raul Meyer, die er gut kannte, die Flucht ins Ausland geschafft hatten. Der amerikanische Botschafter William Bullitt hatte so etwas angedeutet, aber Jammet wüsste es gern genau. Er musste ihn bei nächster Gelegenheit danach fragen. Vielleicht konnte man noch etwas für sie tun? Jedenfalls war für ihn das Lafayette ohne die drei nicht mehr das »richtige«, das »echte« Lafayette. Die Deutschen hatten das berühmte Kaufhaus arisiert. Hatte man so etwas je erlebt? Nein, Jammet würde seine Hemden gewiss nicht dort kaufen. Er seufzte. »Ich werde also mal im Ritz nach dem Rechten schauen.«

»Was versprichst du dir davon, mein Lieber?«

»Nun, ich frage mich, wie sie es mit den Deutschen halten. Woher sie das kriegen, was sie für den Betrieb brauchen. Milch, Brot, Butter und so weiter. Sie müssen ja mit Pariser Unternehmen zusammenarbeiten. Oder glaubst du, die Deutschen lassen die Lebensmittel aus dem Reich herbringen?«

»In den anderen Hotels ist es anders als bei uns im Le Bristol. Die Deutschen haben genug zu essen und zu trinken. Sie fragen nicht. Sie nehmen sich einfach, was sie wollen. Wahrscheinlich haben sie das mit den Molkereien, Bäckereien, Metzgereien und Konditoreien ebenso gemacht. Sie sind hineingestürmt, haben die Besitzer hinausgeworfen und eine Hakenkreuzflagge vor dem Eingang gehisst. Ich habe gehört, im Meurice haben sie den Weinkeller geplündert. Flaschen, die hundert Jahre alt waren, haben sie einfach so ausgetrunken, wie man ein Glas Milch trinkt. Und die Trüffel haben sie weggeworfen, weil sie meinten, sie stinken. Sie haben keine Kultur, die *Boches*.«

»Du meinst also, ich sollte nicht ins Ritz gehen?«

»Warum Aufmerksamkeit auf dich lenken? Du hast hier mit deinen Amerikanern sicher genug zu tun.«

Jammet lächelte. »Die Amerikaner. Sie sind nett und höflich und freundlich. Ich mag sie gern, aber irgendwie kommen sie mir wie Hundewelpen vor. Sie sprechen sofort aus, was sie denken. Erinnere dich doch nur an den Sekretär des Botschafters, der dich einfach gefragt hat, woher man solche Schuhe bekommt, wie du sie trägst. Als hättest du sie in einem Kaufhaus erstanden!« Jammet lachte auf.

»Nun ja, ich habe ihm gesagt, dass sie eine Maßanfertigung sind.« Yvonne Jammet lachte ebenfalls. »Ich habe ihm erzählt, dass es bei unserem Schuhmacher ein Modell aus Holz für meine Füße gibt. Er hat mich angesehen, als hätte er noch nie von Maßschuhen gehört. Und als er mich dann nach dem Preis fragte – stell dir nur vor, er fragte einfach, was die Schuhe gekostet haben – und ich ihm den Preis nannte, da wäre er beinahe vom Stuhl gefallen. Auch die Amerikaner wissen wenig von Kultur und Eleganz, aber vielleicht lernen sie es in Paris.«

»Ich hörte, die Frau des Botschaftssekretärs will mit dir einkaufen gehen. Nach Chanel und Schiaparelli steht ihr der Sinn.«

»Ja.« Yvonne seufzte. »Und ich werde sie dorthin mitnehmen, auch wenn ich jetzt schon weiß, dass ihr die Preise nicht gefallen werden.«

Jammet trank seinen Kaffee aus, tupfte sich mit der Serviette die Lippen ab und erhob sich. »Die Arbeit ruft, mein Liebling. Wir sehen uns nachher. Hab einen schönen Tag.« Seine Stimme klang entspannter, als er sich fühlte.

»Du auch, mein Lieber«, erwiderte Yvonne und griff nach der Zeitung Le Monde die sie jeden Tag las.

Jammet war froh, dass das Hotel in den letzten Jahren so gut gelaufen war, dass sich seine Frau beinahe jeden Luxus leisten konnte. Sie war eine typische Pariserin, die stets nach der neuesten Mode gekleidet war. Yvonne warf das Geld gewiss nicht mit beiden Händen zum Fenster hinaus, aber Jammet hatte angefangen, mehr auf seine Ausgaben zu achten. Man wusste ja nicht, was noch werden würde. Er hatte einen Teil seines Vermögens in die Schweiz transferiert. Doch würde dieses Geld ausreichen, um nach dem Krieg neu anzufangen? Was würde werden, wenn Paris bombardiert werden sollte? Er hielt es tatsächlich für möglich, dass sie am Ende alles verlieren könnten, aber er hütete sich, seine schwarzen Gedanken mit Yvonne zu teilen.

Jammet bestieg den Fahrstuhl und fuhr nach unten. Er überprüfte, ob die vier Hotelpagen ihre Schuhe auf Hochglanz poliert hatten, er rückte eine Vase wenige Millimeter nach rechts, genau in die Mitte eines runden Tisches, er schlenderte durch die Lobby, grüßte da einen Gast und strich dort einem Kind über das Haar. Alles war blitzsauber, lief wie am Schnürchen. Wären die Deutschen nicht in der Stadt gewesen, hätte Hippolyte Jammet sich glücklich fühlen können. Der August stand vor der Tür. Normalerweise fuhr die Familie in diesem Monat in die Sommerfrische ans bretonische Meer. Doch in diesem Jahr würden sie selbstverständlich nicht verreisen. Monsieur Jammet hatte erneut versucht, seine Gattin zu überreden, die Stadt zu verlassen, wenigstens während der heißesten Wochen. Aber Yvonne war stur geblieben, und wenn er ehrlich war, liebte er sie dafür nur noch mehr.

Plötzlich kam Madame Colette in die Lobby und direkt auf ihn zugestürzt. So hatte Jammet seine erste Hausdame noch nie gesehen! Aus ihrem strengen Dutt hing eine Strähne, die Wangen waren rot, und sie schien vollkommen außer Atem zu sein.

»Was ist denn los, meine Liebe?«, fragte Jammet.

»Kommen Sie mit! Sofort!« So hatte Madame Colette noch nie mit ihm gesprochen. »Machen Sie schnell!«

Sie zog ihn zum Fahrstuhl für das Personal, rang nach Luft, als sich der Fahrstuhl endlich in Bewegung setzte.

»Was in aller Welt ist denn nur los?« Jammet schwante nichts Gutes.

»Das werden Sie gleich selbst sehen.«

Der Fahrstuhl hielt in der zweiten Etage, und Madame Colette stürzte hinaus und auf das Zimmer 206 zu. Sie schloss die Tür auf und trat einen Schritt zurück. »Gehen Sie hinein, und sehen Sie selbst.«

Hippolyte Jammet starrte minutenlang die kahle Stelle über dem Schreibtisch an, an der vor kurzem noch der Fragonard gehangen hatte. Er schwieg betroffen.

»Was machen wir nun?«, fragte die erste Hausdame schließlich.

Monsieur Jammet fuhr herum. »Haben Sie das Zimmer gründlich abgesucht?«

»*Mais oui,* Monsieur. Natürlich. Ich habe die Matratzen hochgehoben, habe unter dem Bett geschaut, hinter den Vorhängen, im Schrank, im Bad, überall.«

»Wann haben Sie das Bild zuletzt gesehen«, wollte Jammet weiter wissen.

Madame Colette runzelte die Stirn. »Ich weiß es gar nicht so genau. Vor ein paar Tagen? Oder nein, ich war gestern hier und habe eine Gasmaske geholt, die in der 106 gefehlt hat. Die 206 war ja nicht belegt, da konnte ich sie beruhigt herausnehmen.«

»Und da war das Bild noch da?«

Die Hausdame zuckte mit den Schultern. »Ich war nur ganz kurz hier. Ich musste mich beeilen, weil in der 614 zwei Handtücher gefehlt haben.«

»Also hing das Gemälde noch?« Monsieur Jammet bestürmte seine Hausdame regelrecht.

Colette hob die Hände und brach in Tränen aus. »Ich weiß es nicht, Monsieur Jammet, ich weiß es einfach nicht.«

Der Hoteldirektor holte ganz tief Luft, dann sagte er: »Das Wichtigste ist es jetzt, die Nerven zu behalten.« Er betrat den Schlafraum, blickte sich um, als müsste der Fragonard sofort vor seinen Augen auftauchen. »Ich muss überlegen«, murmelte er und rieb sich den Nasenrücken.

Madame Colette schluchzte. »Das ist noch nie passiert. In den ganzen 15 Jahren, die ich jetzt hier bin, ist so etwas noch nie passiert. Natürlich hat es Diebstähle gegeben. Da fehlte mal ein goldener Manschettenknopf und dort ein goldener Ring. Madame la Comtesse Baluard vermisste im letzten Jahr ein Schmuckstück, das sich bis heute nicht wiedergefunden hat.« Sie rang erneut nach Luft, schüttelte den Kopf, presste eine Hand auf ihr schnell schlagendes Herz. »Oh mein Gott, was sollen wir nur tun? Ein Bild aus dem Louvre!!!«

»Wer hatte alles Zugang zu diesem Raum?«

»Nun, Coralie hat die Aufsicht über die zweite Etage. Sie hat natürlich einen Schlüssel.«

»Wer noch?«

»Monsieur Grunwald, der Hausmeister, und ich. Ich habe Schlüssel zu allen Zimmern. Genauso wie Sie.« Ihre Stimme klang ein wenig beleidigt.

»Schon gut, Madame Colette. Wir müssen zuerst alle befragen, die in dem Zimmer waren. Das übernehme ich. Sie kontrollieren währenddessen, dass diejenigen, die Schlüssel haben, diese auch noch besitzen. Es ist schon vorgekommen, dass sie abhandengekommen sind. Nicht auszudenken, wenn sie in falsche Hände geraten. Ja, ich denke, Sie sollten eine Schlüsselinventur vornehmen.«

Monsieur Jammet dachte an die Diebe, die sich auf Hotels spezialisiert hatten. Einige davon trieben sich jeden Tag auf der Gare du Nord herum. Sie hielten Ausschau nach Gästen, die aus Versehen ihre Hotelschlüssel eingesteckt hatten und nun nicht wussten, wohin damit. Die Ehrlichen steckten sie in einen Umschlag und schickten sie an das Hotel zurück. Die meisten aber warfen sie einfach in den nächsten Papierkorb. Darauf warteten die Diebe. Sie nahmen sich die Schlüssel, brachen beim nächsten Gast in das Zimmer ein und nahmen mit, was sie tragen konnten. Der Hoteldirektor zweifelte insgeheim jedoch, dass er es hier mit dieser Art von Dieben zu tun hatte.

»Aber Monsieur Jammet, das haben wir noch nie getan. Wir vertrauen unseren Mitarbeitern.«

»Nun, womöglich zu Unrecht, wie sich heute herausgestellt hat. Doch ich bin sicher, dass die Ehrlichen Verständnis für unsere Maßnahmen haben werden.« Er schob Madame Colette aus dem Zimmer, verschloss die Tür und steckte den Schlüssel in die Tasche seiner Weste. Dann fiel ihm noch etwas ein. »Sagen Sie, meine Liebe, haben Sie die Zimmer schon kontrolliert, in denen die anderen Gemälde aus dem Louvre hängen?«

Vor Schreck schlug sich Madame Colette die Hand vor den Mund. »Das habe ich in der ganzen Aufregung glatt vergessen. Ich werde mich sofort auf den Weg machen.«

»Tun Sie das, meine Liebe. Und zunächst kein Wort zu niemandem.«

Kapitel 8

Als Hippolyte Jammet am Nachmittag in die Lobby kam und Jean mit einem prüfenden Blick maß, sank dem Concierge das Herz in die Hose. Hatte man Coralies und sein Geheimnis entdeckt? »Jean, auf ein Wort!« Monsieur Jammets Stimme klang ungewohnt streng.

»Jawohl, Monsieur.« Jean verschloss eine Schublade des Tresens und trat vor den Hotelbesitzer. Sein Herz schlug einen rascheren Takt. Er blickte sich in der Lobby nach Coralie um, doch er sah nur die Hotelpagen.

»Nicht hier.«

Jammet brachte Jean hinauf in die zweite Etage, in das Zimmer 206. »Fällt Ihnen etwas auf?«, fragte er.

Jean blickte sich um. Sie hatten immer darauf geachtet, alles so zu verlassen, wie sie es vorgefunden hatten. Im Bett war keine Falte, die Verdunklung hing perfekt, ja, Coralie hatte sogar noch einmal den Teppichboden abgebürstet, so dass man die frischen Bürstenstriche noch gut sehen konnte.

»Fällt Ihnen denn wirklich nichts auf?«, fragte Jammet erneut.

Jean wollte gerade den Kopf schütteln, als ihm ein Gedanke kam. Er fuhr herum und blickte zum Schreibtisch. Das Bild! Der Fragonard! Er war weg. Vor Entsetzen stumm deutete Jean mit dem Finger auf die leere Stelle. Jammet nickte. »Wir wissen, dass Sie oft nachts mit Coralie hier waren.«

Jean öffnete den Mund, wollte nicht widersprechen, aber erklären, wollte Coralie da raushalten, aber Jammet hob die Hand. »Sie brauchen sich nicht zu erklären, wir wissen auch, was die kleine Coralie und Sie hier getan haben. Sie haben den Fragonard abgezeichnet. Nichts sonst.«

Jean nickte. Er dachte kurz an den Abend vor zwei Tagen zurück, als er mit Coralie zuletzt hier gewesen war. Er hatte das Bild abgenommen und auf den kleinen Tisch gestellt. Dann hatte er sich davor gesetzt und angefangen zu zeichnen. Coralie hatte ihr Notizbuch aufgeschlagen und eifrig darin geschrieben.

»Worüber schreibst du heute?«, hatte Jean wissen wollen.

»Ich denke darüber nach, wie sie wohl an den Teich gekommen sind. Woher stammen sie? Sind sie griechische Göttinnen? Es könnten auch Musen sein. Oder reiche Athenerinnen. Ziehen am Himmel Gewitterwolken auf? Wie leben die Frauen? Wo leben sie? Sind sie Freundinnen?«

»Interessant. Und wer sind sie deiner Meinung nach?«

»Ich bin nicht sicher. Die Kleidung sieht kostbar aus. Es könnten wohlhabende Frauen sein. Womöglich tun sie etwas Verbotenes. Aber sie wirken glücklich, und sie sind so jung. Ich denke, ich lasse den Teich ihr Geheimnis sein, das sie vor ihren Männern verbergen. Nur hier können sie unbeschwert und unbeobachtet herumtollen. Und nach dem Bad gehen sie zurück in ihre reichen Häuser. Zwei von ihnen sind unglücklich verheiratet. Eine wünscht sich sehnlich ein Kind. Die anderen beiden warten darauf, geheiratet zu werden.«

Jean lachte, und Coralie blickte empört auf. »Du denkst, ich rede Unsinn?«

»Aber nein. Ich staune über dich. Du hast in deinem Kopf diesen jungen Frauen Biografien erstellt. Das ist toll.«

»Danke.« Coralie lächelte ein wenig, dann arbeiteten sie beide weiter.

Jean hielt Jammets Blick stand. »Es stimmt, wir haben sonst nichts getan. Und hinterher haben wir alle Spuren beseitigt.« Sein Herz schlug noch einen Takt schneller. Ob Jammet dachte, sie hätten das Bild genommen?

»Ich kann verstehen, dass jemand, der einmal ein Maler werden will, sich von den Bildern stark angezogen fühlt. Dass Sie trotzdem nicht die Zimmer betreten dürfen, wissen Sie, sonst hätten Sie es nicht heimlich getan. Aber darum geht es nicht. Sondern um den Fragonard. Haben Sie eine Ahnung, wo er sein könnte?«

Jean war vor Schreck und Entsetzen ganz starr. Er schüttelte wieder und wieder den Kopf. »Ich weiß es nicht. Ich habe keine Ahnung. Ich habe ihn nicht genommen, das schwöre ich bei Gott, dem Allmächtigen.«

Jammet trat einen Schritt auf Jean zu, blickte ihm direkt in die Augen. »Vielleicht haben Sie ihn sich nur ausgeliehen? Ist er in Ihrem Zimmer? Wahrscheinlich hat der Fragonard einen unwiderstehlichen Reiz auf Sie ausgeübt.«

»Nein, Monsieur Jammet, ich habe das Bild nicht entwendet.« Jean hatte Mühe, seine Stimme fest klingen zu lassen.

»Gut, mein Lieber. Sie werden verstehen, dass wir trotzdem in Ihr Zimmer schauen müssen. Aber wo würden Sie es verstecken, wenn Sie es genommen hätten?«

»Als Hotelgast oder als Angestellter?«

»Gehen wir erst einmal von einem Angestellten aus.«

Jean kniff die Augen zusammen, so angestrengt dachte er nach. »Ich bräuchte zunächst einmal den Schlüssel, aber das ist nicht weiter schwierig. Ich würde warten, bis das Zimmermädchen mit der 206 fertig ist und in der 208 arbeitet. Ihre Wagen stellen die Mädchen ja immer vor den Zimmern ab, die sie gerade aufräumen. Ich würde also auf einen unbeobachteten Moment warten, dann würde ich den Schlüssel zu 206 von dem großen Schlüsselbund lösen, ihn einstecken und mitnehmen. In der Nacht würde ich das Bild holen, es in einen Sack oder einen Kopfkissenbezug stecken und damit durch den Hinterausgang verschwinden.«

»Der Hinterausgang wird nach dem Diner abgeschlossen und erst am nächsten Morgen um fünf Uhr geöffnet.«

»Dann würde ich das Bild solange in einem der Wäschewagen verbergen, denn es steckt ja in einem Kopfkissenbezug.«

»Und dann? Was würden Sie danach damit tun?«, fragte Hippolyte Jammet weiter.

»Ich persönlich würde es Tag und Nacht betrachten. Ich würde versuchen, es zu kopieren. Dafür bräuchte ich wahrscheinlich ewig, wenn es mir überhaupt gelänge.«

»Und wenn Sie kein Maler wären?«

Jean zuckte mit den Schultern. »Dann würde ich versuchen, es zu verkaufen. An die Deutschen.«

»Warum an die Deutschen?«

»Eines Tages werden Sie Paris verlassen, und das Bild wäre weg, würde erst in Deutschland wieder auftauchen. Und solange Paris besetzt ist, haben die Deutschen die Macht. Es gäbe ganz sicher keine Nachforschungen.« Dann fiel ihm etwas ein. »Haben Sie schon die Polizei verständigt?«

Monsieur Jammet schüttelte den Kopf. »Nein, das habe ich nicht. Die Ordnungsmacht liegt bei den Deutschen. Die französische Polizei arbeitet unter deren Aufsicht. Ich kann mir schon vorstellen, dass sie nach dem Gemälde suchen, aber nicht, dass sie es zurückgeben würden, wenn sie es gefunden hätten. Wir dürfen nicht vergessen, dass die Gemälde bei uns versteckt wurden.«

Jean nickte. »Ich würde es jedenfalls hinausschmuggeln und verkaufen. Was denken Sie, was der Fragonard wert ist?«

»Im Krieg? Ich denke, es wäre schwer, einen französischen Käufer zu finden. Die meisten Pariser haben nicht genug zu essen und andere Dinge im Kopf als die Kunst. Jean, da denke ich wie Sie. Der mögliche Käufer ist ein Deutscher. Aber wie kommt man an einen kunstinteressierten Deutschen, der außerdem noch über so viel Geld verfügt? Wie würden Sie vorgehen, Jean, wenn Sie der Dieb wären?«

Der junge Concierge überlegte kurz. »Ich würde in den Louvre gehen und mir die kunstinteressierten Deutschen ansehen. Wer Geld hat, verrät sich auch in Uniform. Einfache Soldaten sind niemals vermögende Männer. Ich würde die aussichtsreichsten Kandidaten ansprechen. Natürlich würde ich nichts von dem Fragonard erzählen, sondern versuchen, mit den Männern ins Gespräch zu kommen. Ich würde zuerst allgemein über die Kunst reden und später, wenn es sich ergibt, über die Schwierigkeit, in diesen Zeiten bekannte Gemälde zu kaufen oder zu verkaufen. Und da mir offensichtlich das Geld für ein berühmtes Gemälde fehlt, würde ich einen Hinweis auf einen Sammler einstreuen, für den ich auf der Suche bin. Vielleicht würde ich auch einem Kandidaten folgen. Geht er ins Maxim? Wirft er dort mit Geld um sich? Oder gehört er zu denen, die draußen vor dem Café de Flore sitzen, um einen Blick auf die Dichter zu erhaschen?«

Jammet nickte. Er klopfte eine Zigarette aus einer Packung Gitanes und bot auch Jean eine an. Die beiden Männer rauchten schweigend. Jean war so traurig wie selten in seinem Leben. Gemälde waren für ihn mehr als nur Bilder. Für ihn waren sie lebendig. Sie sprachen zu ihm, erzählten eine Geschichte. Sie aufzuschreiben hatte Coralie getan. Der Gedanke an »Die Badenden« von Fragonard hatte ihn über Wochen begleitet. Er kannte beinahe jeden Pinselstrich darauf. Und die Vorstellung, dass dieses wundervolle Bild womöglich für immer verschwunden bleiben könnte, trieb ihm beinahe die Tränen in die Augen.

»Und wie würden Sie das Bild stehlen, wenn Sie ein Gast unseres Hauses wären?«, fragte Hippolyte Jammet, und Jean blickte ihn an und sah in seinen Augen eine ähnliche Traurigkeit.

»Ich würde mir auf dieselbe Art den Schlüssel besorgen. Aber es gibt einen Unterschied. Ein Angestellter würde das Bild, so schnell es geht, zu Geld machen wollen. Vielleicht, weil er auf dem Schwarzmarkt Lebensmittel kaufen will, um seine Familie durchzubringen. Ein Hotelgast dagegen hätte keine Not, sonst wäre er nicht Gast im Le Bristol. Er würde das Bild vielleicht für einen Auftraggeber stehlen. Oder für sich selbst. Jedenfalls würde es nicht so bald wieder irgendwo auftauchen. Die Hauptfrage lautet allerdings, woher er von dem Fragonard wusste. Es könnte also sein, dass er einen Komplizen unter den Angestellten hat. Wer im Haus weiß alles von den Bildern aus dem Louvre?«

»Nun, nicht viele. Natürlich die Hotelleitung. Dazu Coralie, Monsieur Lermán und Sie. Wer aus dem Louvre alles davon weiß, habe ich nicht in Erfahrung gebracht«, erklärte Monsieur Jammet und dachte, dass der Mitwisser ja auch aus dem Museum stammen könnte. »Haben Sie jemandem davon erzählt?«

»Nein. Ich habe nur mit Coralie darüber gesprochen. Vielleicht war es ein Zufallsfund?«

»Das Zimmer 206 ist seit der Hängung nicht mehr benutzt worden.«

»Ich wünschte, ich wüsste, wo der Fragonard ist. Ich würde alles dafür tun, ihn wiederzubeschaffen.«

»Halten Sie die Augen und die Ohren offen. Ich mag gar nicht daran denken, Jacques Jaujard von dem Verlust zu berichten. Ich hatte ihm versprochen, die Gemälde zu hüten wie meine eigenen Kinder.«

»Was haben Sie jetzt vor?«, wollte Jean wissen. »Und wie kann ich helfen?«

Über Jammets Gesicht huschte ein kleines Lächeln. »Wie Sie wissen, schätzen wir es nicht besonders, wenn es unter den Angestellten zu Liebesverhältnissen kommt.«

Jean senkte schuldbewusst den Blick.

»Andererseits ist Paris die Stadt der Liebe. Ich werde also gemeinsam mit Madame Colette dafür sorgen, dass Coralie und Sie zur selben Schicht eingeteilt werden. Dann haben Sie gemeinsam Zeit. Gehen Sie in die Cafés, in die Galerien, gehen Sie in den Louvre. Halten Sie die Augen und die

Ohren offen. Ein junges Pärchen fällt in Paris nicht besonders auf. Nicht einmal im Krieg. Aber bevor wir mit Kanonen auf Spatzen schießen, werden wir das gesamte Hotel durchsuchen. Vom Dachboden bis zum Weinkeller.«

Jean öffnete den Mund, dann schloss er ihn wieder.

»Was wollten Sie sagen, mein Junge?«

»Nichts, es war ein absurder Gedanke.«

»Raus damit.«

»Was ist mit den Amerikanern?«

Jammet schüttelte den Kopf. »Nein.«

»Wieso nicht?«

»Das kann ich mir nicht vorstellen. Es sind Diplomaten. Sie wissen, was es für Verwicklungen geben kann, wenn so ein Diebstahl herauskommt. Außerdem haben sie keine Ahnung davon, was für Bilder in einigen unserer Zimmer hängen. Und jetzt lassen Sie uns auf Ihr Zimmer gehen.« Schweigend nahmen sie den langen Gang bis zum Fahrstuhl der Bediensteten. Als sie nach oben fuhren, sagte Jammet: »Wir werden natürlich auch alle Gästezimmer durchsuchen. Doch zunächst erst einmal die, die nicht bewohnt werden. Coralie und Madame Colette werden diese Aufgabe übernehmen. Sie werden sagen, sie müssten die Gasmasken kontrollieren, falls sie jemand fragt.«

Jean fühlte sich, als hätte er einen sehr guten Freund verloren. Ja, er war persönlich betroffen. Man hatte nicht nur dem Louvre, sondern auch ihm etwas gestohlen, das ihm am Herzen lag.

Sie waren jetzt an seinem Zimmer angekommen. Jean öffnete die Tür, ließ den Hoteldirektor in seinen Schrank blicken, hob die Matratze an, bückte sich, um seinen Koffer hervorzuholen, der unter dem Bett lag. Als das ganze Zimmer durchsucht worden war, sagte Monsieur Jammet: »Ich hatte auch nicht erwartet, hier etwas zu finden. Verzeihen Sie.«

Dann schickte Jammet den jungen Concierge auf den Dachboden. »Schauen Sie in jede Kiste, in jeden Schrank. Drehen Sie alles auf links. Und wenn Sie Hilfe brauchen, sagen Sie mir Bescheid. Offiziell wird es heißen, wir machen Inventur.«

Jean nickte, nahm den Schlüssel, den Jammet ihm reichte, und begab sich auf den Dachboden. Dort oben war es dunkel. Nur eine einzige Glühbirne warf fahles Licht, in dem der Staub tanzte. Links von ihm lehnten ein halbes Dutzend Lattenroste ordentlich an der Wand. Daneben stapelten sich dreiteilige Matratzen aus Rosshaar. Kaputte Nachttische, wacklige Stühle, ausrangierte Stehlampen, Schränke mit herausgebrochenen Schlössern, Garderoben, zerbrochene Regale, die allesamt darauf warteten, entsorgt zu werden. Jean wusste, dass Hippolyte Jammet damit wartete. Noch immer war es möglich, dass eines Tages Bomben auf Paris fallen würden. Dann würde man diese Möbel vielleicht noch an die armen Ausgebombten verschenken können.

Zahllose Kisten mit Weihnachts- und anderen Dekorationen waren akkurat aufgestapelt, daneben befanden sich in einem Regal ein Schaukelpferd, mehrere Sektkühler, eine Registrierkasse und ein Dutzend französische Fahnen, die noch vor kurzem vor dem Eingang gehangen hatten.

Jean registrierte all das und hielt nach Spuren auf den staubigen Dielen Ausschau. Doch die Dielen waren so sauber und aufgeräumt wie der gesamte Dachboden.

Jean öffnete eine Dachluke, genoss die luftige Brise, die nach innen drang, dann machte er sich an die Arbeit. Im hinteren Teil des Bodens lagerten die Fundsachen der letzten Jahre. Und dahinten, da fand sich in einer unbeobachteten Ecke auch ein Fußabdruck. Er beugte sich nieder und begutachtete ihn genauer. Ein schmaler Schuh musste es gewesen sein, dessen Absatz an seiner rechten Seite etwas stärker abgelaufen war. Madame Colette würde abgelaufene Absätze an den Schuhen niemals dulden, doch das hieß nur, dass jemand außerhalb seiner Dienstzeit hier oben gewesen sein musste.

Jean öffnete den ersten Koffer ohne Namensschild und erblickte Damenunterwäsche. Vorsichtig zog er ein Spitzenhemdchen heraus, spürte den seidigen Stoff. Es war ihm unangenehm, in der fremden Wäsche zu wühlen, aber er musste es tun. Er tauchte beide Hände in die seidigen Gewebe und wusste schon nach wenigen Augenblicken, dass der Fragonard unmöglich in dem Koffer sein konnte. Dann nahm er sich das nächste Gepäckstück vor. Es war eine große Tasche aus genarbtem Rindsleder. Drinnen fand er ein Necessaire mit Rasierpinsel und Seife, außerdem einen Schlafanzug und mehrere männliche Kleidungsstücke. Nach und nach öffnete er ein Stück nach dem anderen. Er fand eine Kiste mit Büchern, die er gern näher betrachtet hätte, unzählige Regenschirme, ein Deckbett für den Winter, Schuhe aller Art und Größe, die in Kisten verstaut waren. Handtaschen, viel zu klein für einen Fragonard, Hüte, Holzspielzeug, Brillen, einen Hundekorb aus Weidengeflecht. Der Staub stieg ihm in die Nase, und er musste niesen. Endlich war er an der letzten Kiste angelangt. Er öffnete sie und entdeckte darin hoteleigene Bettwäsche. Wieso stand diese Kiste nicht dort drüben bei den anderen ausrangierten Sachen des Hotels, sondern bei den Fundsachen? Warum waren die Kissen- und Bettbezüge nicht aussortiert und weggeworfen worden? Jean trug die Kiste unter die Dachluke, weil er dort das beste Licht hatte. Er nahm jedes einzelne Teil heraus und entdeckte einen Kissenbezug, der aussah, als wäre er benutzt worden. Hatte man den Fragonard darin transportiert? Aber nein. Dann wäre der Kissenbezug nicht hier. Doch wer hatte die Wäsche hierhergebracht? Das Versehen eines neuen Zimmermädchens? Er nahm den letzten Bezug hoch und pfiff durch die Zähne. Auf dem Boden der Kiste lagen vier goldene Ringe, zwei besetzte Broschen, vier Uhren, drei Halsketten und ein brillantbesetztes Armband mit dem Wappen der Baluards. Es war wahrscheinlich das Armband, dessen Verlust Madame la Comtesse letztes Jahr dem Hotel angezeigt hatte. Hatte er hier gerade ein Diebeslager entdeckt?

Jean nahm den Schmuck, stapelte Koffer, Kisten und Körbe wieder so, wie er sie vorgefunden hatte, dann schloss er die Dachluke und verließ den Boden. Er begab sich direkt zu Monsieur Jammet, der im Speisesaal der Angestellten neben Madame Colette vor einem Tisch stand, auf dem unzählige Schlüssel lagen. Als er Jean hörte, wandte er sich um. »Und?«

Jean schüttelte den Kopf. »Kein Gemälde. Aber dafür das hier.« Er legte den gefundenen Schmuck vor den Hoteldirektor auf den Tisch. »Ich habe eine einzelne Fußspur entdeckt und das hier gefunden. Es lag ganz unten in einer Kiste mit aussortierter Bettwäsche des Hotels.«

Jammet runzelte die Stirn und betrachtete den Schmuck genauer. Dann nahm er die Brosche in die Hand und drehte sie um. »An dieses Stück kann ich mich erinnern«, sagte er. »Es ist im Frühjahr dieses Jahres abhandengekommen. Es gehört einer Amerikanerin. Ich weiß das so genau, weil sie nicht müde wurde, mir diese Brosche wieder und wieder zu beschreiben. Sie hat Stein und Bein geschworen, die Brosche auf ihren Nachttisch gelegt zu haben. Es war eine Erinnerung an ihre Mutter. Ausgesprochen wertvolle Diamanten. Die Dame war untröstlich.«

»Wir können ihr den Schmuck zusenden.«

»Das werden wir auch, mein lieber Jean. Zusammen mit einer guten Flasche Champagner. Das ist das Mindeste, das wir tun können.« Er wandte sich an Madame Colette. »Sehen Sie sich die übrigen Stücke an. Vielleicht erkennen Sie sie wieder.«

Madame Colette betrachtete die Ringe genauer. »Der hier gehört der Frau von Weyrauch, einer deutschen Baronin. Und der mit dem prächtigen Saphir ist erst vor kurzem abhandengekommen. Am Tag, bevor die Deutschen kamen. Er gehörte der Frau eines Juwelenhändlers aus Amsterdam. Sie sind nach Lissabon weitergereist, um von dort nach Amerika zu gelangen. Ich glaube nicht, dass wir den Ring seiner Besitzerin nachschicken können. Die anderen beiden kenne ich nicht.«

»Das Armband gehört Madame la Comtesse Baluard«, fügte Jammet hinzu. »Das Armband, welches seit mehr als einem Jahrhundert der Familie gehört und in der Innenseite das Wappen der Familie trägt. Ein sehr wertvolles Stück, aber größer noch war für Madame la Comtesse wohl der ideelle Wert. Sie hat geweint, als sie mir den Verlust anzeigte.«

»Und ich habe darauf die Zimmermädchen der fünften Etage ins Gebet genommen. Meine Hand hätte ich für jede Einzelne ins Feuer gelegt. Ich dachte, Madame la Comtesse, die ja nicht mehr die Jüngste ist, hätte ihr Armband vielleicht zu Hause gelassen und sich nicht mehr daran erinnert.« Madame Colette seufzte. »Es ist eine Schande!«

Sie und Monsieur Jammet wechselten einen Blick. Sie waren beide bestürzt, und sie wussten, dass ab sofort alles anders sein würde im Hotel Le Bristol. Aber wer hatte die Schmuckstücke auf dem Dachboden versteckt?, fragte sich Jean. Warum waren sie überhaupt noch im Hotel? Warum hatte der Dieb oder die Diebin sie nicht mit nach Hause genommen? Vielleicht, weil sie oder er im Le Bristol wohnten?

Eine erste Durchsuchung der Angestelltenkammern erfolgte einen Tag später. Monsieur Jammet leitete die Aktion höchstpersönlich, und am Ende des Tages hatten zwei Zimmermädchen und ein Küchenjunge ihre Anstellung verloren und mussten auf dem nächsten Polizeirevier ihre Aussagen machen. Jammet hoffte, damit das Problem gelöst zu haben, aber sicher war er sich dessen nicht. Er beauftragte Madame Colette, nach dem Ende einer Schicht Stichproben zu machen, sich von den Zimmermädchen die Taschen zeigen zu lassen, die Rucksäcke des Küchenpersonals, die Aktentaschen der Rezeptionsmitarbeiter. Es schmerzte ihn, diese Anordnungen zu erlassen, denn er war immer so stolz darauf gewesen, seinen Mitarbeitern vertrauen zu können.

Teil 2
Paris im Jahr 1941

Kapitel 9

Der Winter war kalt gewesen. So kalt, dass einige Menschen in ihren Wohnungen erfroren waren. Briketts waren schon lange nirgendwo mehr zu bekommen, und das Holz war so begehrt, dass die Behörden den Bois de Boulogne und die anderen Parks der Stadt geschlossen hatten, aus Angst, die Bürger würden zur Axt greifen. Vor den wenigen Geschäften standen die Pariser stundenlang Schlange, um ein bisschen Hammelfleisch oder eine Tasse Öl zu erwischen. Überall sah man in graue sorgenzerfurchte Gesichter. Es gab wohl nur wenige Bewohner in der Stadt, die über die letzten Monate nicht an Gewicht verloren hatten. Jeden Tag standen mehr Todesanzeigen in der Zeitung, und die Leser ahnten, dass Monsieur Levy aus dem Viertel Marais den Freitod gewählt hatte, ebenso wie die junge Lehrerin Sarah Straßburger, die in der Seine ertrunken war.

Die Deutschen dagegen waren wohlgenährt und satt. Die Restaurants füllten sich am Abend mit ihnen, im Maxim sollte es sogar Champagner und Kaviar geben.

Die Tageszeitungen berichteten noch immer euphorisch über die Siege der Wehrmacht, und mit dem Frühling traten neue Verordnungen in Kraft. Alle Pariser Juden wurden aufgefordert, sich von den deutschen Behörden registrieren zu lassen. Die Werke jüdischer Schriftsteller wie Stefan Zweig oder Louis Aragon verschwanden aus den Buchhandlungen und Bibliotheken. Jüdische Musikkapellen erhielten Auftrittsverbot. Jüdische Maler durften nirgendwo mehr ausstellen. Im Café de Flore hatte Jean, der, so oft es sich einrichten ließ, mit Coralie dort einen Ersatzkaffee mit Sacharin trank, gehört, dass Simone de Beauvoir ihre Anstellung bei der Les Nouveaux Temps gekündigt hatte, um nicht länger einem Nazikollaborateur zu dienen.

Und so sah Jean jeden Tag Juden, die den Bürgersteig verlassen mussten, sobald sich deutsche Soldaten näherten. Die Parks durften von ihnen nicht mehr betreten werden, sie durften nicht mit der Metro fahren, und wenn die Pariser nicht so solidarisch gewesen wären, wären viele von ihnen verhungert.

Auch im Hotel hatte es einige Veränderungen gegeben.

Nachdem Jean die gestohlenen Schmuckstücke auf dem Dachboden entdeckt hatte, hatte Monsieur Jammet immer mal wieder unangekündigte Durchsuchungen sämtlicher Angestelltenkammern veranlasst. Dass es dabei nicht nur um die Schmuckstücke, sondern auch um das Bild aus dem Louvre ging, wussten die allerwenigsten. Als die Durchsuchung nichts erbrachte, ließ Monsieur Jammet die Angestellten stichprobenartig beim Verlassen des Hauses kontrollieren. Auf dem Tisch neben dem Ausgang türmten sich nach Dienstschluss gestohlene Würste, kleine Päckchen mit Kaffee, halbe Butterstücke, Handtücher, Seifen, Zahnpasta und andere Kleinigkeiten, deren Diebstahl Jammet nicht bestrafte. Im Le Bristol litten die Gäste und die Angestellten dank der amerikanischen Verbindungen keinen Hunger. Doch die Diebstähle nahmen immer mehr zu. Monsieur

Jammet tolerierte das, so lange es sich um Lebensmittel in geringen Mengen handelte. Er verstand die Näherinnen und Wäscherinnen, die Schuhputzer und Küchenhilfen, die ein wenig von allem für ihre Angehörigen aus dem Hotel schmuggelten. Es wäre ihm nie in den Sinn gekommen, sie deswegen zu schelten oder gar zu entlassen. Hin und wieder nahm er einem zu dreisten Koch einen halben Schinken ab oder einer Wäscherin eine Flasche Wein, doch er verwarnte sie nur streng, ohne sie zu entlassen.

Aber es fanden sich auch weitere Schmuckstücke, und ein Zimmermädchen wurde entlassen, als herauskam, dass sie nicht nur Lebensmittel nahm, sondern überdies die Gäste bestahl. Er überlegte, ob er die Polizei einschalten sollte, die mittlerweile auch in deutscher Hand lag, doch die junge Frau weinte so herzzerreißend und brachte das gesamte Diebesgut zurück ins Hotel, dass Jammet Mitleid mit ihr hatte.

Ein Kellner wurde streng verwarnt, denn er hatte Zigarren und Zigaretten aus dem Salon Castellane entwendet, und ein Küchenjunge musste das Hotel verlassen, weil er koschere Gerichte nicht nach den geltenden Zubereitungsvorschriften kochte und so die wenigen verbliebenen jüdischen Gäste düpierte. Außerdem fanden seine politischen Ansichten nicht nur keine Mehrheit, sondern waren für andere Angestellte sogar gefährlich. Ein paar weitere Männer hatten sich dem französischen Widerstand angeschlossen und waren nicht mehr zur Arbeit gekommen. Das alles brachte jedoch nicht den geringsten Hinweis auf den gestohlenen Fragonard.

Zwei neue Zimmermädchen arbeiteten nun hier. Eines davon hieß Mathilde. Mit ihr teilte sich Coralie ein Zimmer. Sie war ein Jahr älter als Coralie. Sie kam aus den Vogesen, hatte bereits in anderen großen Häusern gearbeitet und fügte sich schnell ein.

»Vielleicht könnte sie meine Freundin werden«, vertraute Coralie Jean an. »Ich würde mich sehr darüber freuen. Weißt du, ich habe nicht viele Freundinnen unter den anderen Mädchen. Die meisten interessieren sich nur für die Liebe, für Kleider, Frisuren und ob man mit einem deutschen Soldaten tanzen sollte, wenn er einen auffordert, oder ob man es besser lässt, um die wenigen jungen französischen Männer nicht zu verschrecken. Aber Mathilde ist anders. Sie liest. Auf ihrem Nachttisch liegt ein Buch von Hemingway. Und sie will nicht ewig Zimmermädchen bleiben. Sie will auf eine Hotelschule gehen, wenn der Krieg vorüber ist.«

Jean nahm Coralies Hand. »Es würde mich sehr freuen, wenn du in ihr eine Freundin finden könntest. Aber sei vorsichtig. Man weiß in diesen Zeiten nie, wem man trauen kann.«

Coralie nickte. Sie wusste, dass zwei der Mädchen sich regelmäßig mit deutschen Soldaten trafen, sich mit dem Feind verbündet hatten. Und sie wusste auch, dass es unter den Männern einige gab, die die Résistance unterstützten. Einmal waren deutsche Soldaten im Le Bristol gewesen und hatten nach Monsieur Lermán gefragt, aber Monsieur Grunwald hatte bestritten, ihn zu kennen. Die Deutschen hatten ihm geglaubt, weil er ein Landsmann war, dann aber hatten sie ihn wegen seiner Arbeit in einem französischen Hotel beschimpft. Sie hatten sogar seinen Ariernachweis überprüft, weil sie fanden, dass »Grunwald« ein wenig jüdisch klang. Man hatte ihn auf die Kommandantur bestellt, und Monsieur war danach bestürzt zurück ins Hotel gekommen und hatte einen ganzen Tag lang kein Wort gesprochen.

An einem warmen Sommertag im späten Mai kam der deutsche Botschafter Otto Abetz zu William Bullitt ins Le Bristol. Er wollte mit dem amerikanischen Botschafter über die Versorgungslage der Stadt sprechen. Im Hotel wurde getuschelt, dass sich etliche Großbauern der Umgebung geweigert hatten, den Deutschen weiterhin Fleisch, Eier und Käse zu liefern. Und wenn, dann in schlechter Qualität. Abetz kam nicht allein, sondern mit Gerhard Schön, einem deutschen Offizier, der für die Abteilung »Schrifttum« in der »Propagandastaffel« arbeitete, die ihre Büros in der Avenue des Champs-Élysées hatte. Abetz befahl Schön, er möge in der Lobby warten und sich genau umsehen. Jean fragte ihn nach seinen Wünschen.

»Ich hätte gern einen Kaffee und dazu ein Glas Wasser«, erbat der Deutsche und musterte Jean von oben bis unten. Freundlich tat er das, mit einem Lächeln auf den Lippen. Sein Französisch war exzellent und sein Lächeln aufrichtig. Er war um die dreißig und erinnerte Jean ein wenig an einen Freund aus Marseille.

»Kann ich sonst noch etwas für Sie tun?«, fragte Jean, als er die bestellten Getränke brachte.

»Ja, *mon ami*. Lesen Sie gern?«, wollte der Deutsche wissen.

»Ja, das tue ich«, erwiderte Jean. Obschon dieser Mann so freundlich schien, misstraute Jean doch jedem Deutschen. Er wollte sich nicht mit ihm unterhalten, wollte ihm im Grunde nicht zu Diensten sein. Aber was sollte er machen? Er war Concierge, und es gehörte zu seinen ersten Pflichten, freundlich und zuvorkommend zu sein.

»Kennen Sie sich in der Literatur Ihres Landes gut aus?«, fragte der Deutsche weiter.

»Ich bin kein Experte«, erwiderte Jean.

»Was lesen Sie gern?«

»Ich lese nicht nur französische Autoren, Monsieur.«

»Dann verraten Sie mir doch, was Sie derzeit lesen.«

Jean schluckte. Es kam ihm vor, als hätte der Deutsche ihn nach intimen Dingen befragt, und er wollte nicht antworten, wollte ihm nichts über sich verraten. Außerdem musste er aufpassen, dass er keine jüdischen Schriftsteller aufzählte. Aber die Pflicht! »Auf meinem Nachttisch liegt ein Buch von André Gide. Es heißt ›L'Immoraliste‹.«

»Gide also. Gefällt Ihnen das Buch?«

»Darüber kann ich noch nichts sagen; ich habe erst wenige Seiten gelesen.«

»Was halten Sie von Paul Éluard? Von André Breton? Haben Sie seinen Roman ›Nadja‹ gelesen?«

Jean schüttelte den Kopf. »Ich habe ihn begonnen, aber nicht verstanden.« Kaum hatte Jean die Worte ausgesprochen, ärgerte er sich über sich selbst. Er wollte doch nichts über sich verraten! Vielleicht hielt ihn der Deutsche nun für dumm, aber war das nicht gleichgültig? Er war schließlich einer der *Boches*.

»Ich habe ihn auch nicht verstanden.« Der Deutsche lachte auf, und Jean musste zugeben, dass ihm das Gespräch gefiel. Bislang hatte er die deutschen Soldaten als unzivilisiert angesehen, denn war nicht jeder unzivilisiert, der einen Krieg anfing oder sich daran beteiligte? Jetzt aber wurde Jean wieder daran erinnert, dass die Deutschen mehr waren als Besatzer. Sie lasen Goethe, befassten sich mit Voltaire, spielten Chopin auf dem Klavier und gingen in Konzerte und Theater. Der Mann da vor ihm war ihm nicht unsympathisch. Wäre er ein Franzose gewesen, hätte er das Gespräch sogar genossen.

»Warum möchten Sie das alles wissen?«, fragte Jean.

»Oh, ich bin für die literarischen Veröffentlichungen in Frankreich zuständig. Zunächst bin ich damit beschäftigt, eine Liste zu erstellen mit den Autoren und Titeln, die die Verlage weiterhin veröffentlichen sollten.«

»Eine Art Zensur also?« Die Frage war kühn, und Jean rechnete damit, auf der Stelle zurechtgewiesen zu werden.

Doch der Deutsche lächelte. »Wenn Sie so wollen. Es gibt tatsächlich bereits eine Liste mit Autoren, deren Werke verboten werden sollen. Ich habe sie nicht zusammengestellt. Das waren andere. Ich gebe zu, dass diese Liste mich an manchen Stellen schmerzt. Stefan Zweig steht darauf, ein Autor, den ich sehr schätze. Auch Thomas Mann und Louis Aragon. Diese Autoren bewundere ich ebenfalls sehr. Aber ich habe wenig Ahnung von der Literatur, die dieser Tage in Paris geschrieben wird. Vielleicht können Sie mir dabei helfen.«

Jean dachte an das Café de Flore und an die, die dort saßen. Neulich war sogar Ernest Hemingway dabei gewesen. Oder vielleicht auch nicht. Jedenfalls hatten Jean und Coralie einen Mann gesehen, der genauso aussah, wie sie sich Hemingway vorstellten.

»Haben Sie noch weitere Fragen?«, erforschte Jean, der so schnell wie möglich zurück an seine Arbeit wollte.

Der Deutsche betrachtete ihn wieder von oben bis unten. »Eine Frage habe ich noch: Wären Sie vielleicht so freundlich, mich in das literarische Leben der Stadt einzuführen?«

»Oh nein, darüber weiß ich nichts.« Die Worte stürzten schier aus Jeans Mund. »Es gibt viele, die sich darin weit besser auskennen. Sogar hier im Hotel. Ich möchte eher ein Maler sein als ein Literaturkenner.«

»Das ist schade. Nun, dann würde ich sehr gern mit Monsieur Jammet sprechen. Hippolyte Jammet.«

Jean nickte, froh und traurig zugleich, dass das interessante Gespräch zu Ende war. »Ich werde den Hoteldirektor holen«, versprach er und eilte davon.

Ein paar Tage später wanderten Coralie und Jean Hand in Hand über den Fluss und hinüber auf die andere Seite der Seine. Paris hatte sich so verändert in dieser schon ein Jahr lang andauernden Besatzung, doch die Pariser hatten sich noch immer nicht an die Veränderungen gewöhnt, die die Deutschen in der Stadt vorgenommen hatten. So gab es in den Cafes und Lokalen deutsches Bier. Sogar im Café de Flore.

Es war ein warmer Tag, die Bäume standen in voller Blüte. Die jungen Frauen trugen zum ersten Mal ihre Sommerkleider, die von einem leichten Wind wie Blumen bewegt wurden. Eine alte Frau mit schwarzem Kopftuch beschimpfte ein junges Mädchen, dessen Kleid einen sehr großen Ausschnitt hatte. »Warum zeigst du den *Boches* alles, was du hast?«, rief sie. »Warum gibst du, obwohl du nichts dafür bekommst?« Doch das junge Mädchen kümmerte sich nicht um die Alte, sondern lief lachend weiter.

Vor dem Café de Flore standen ein Dutzend Tische und viermal so viele Stühle auf dem Trottoir. Die meisten davon waren besetzt. Jean steuerte auf die Eingangstür zu, doch Coralie hielt ihn zurück. »Lass uns draußen sitzen, das Wetter ist einfach zu schön.«

Jean hätte gern nachgeschaut, ob »ihr« Hemingway wieder an dem Tisch in der Ecke saß, an dem sich die Intellektuellen drängten, aber er konnte Coralie nichts abschlagen. Also setzten sie sich an einen freien Tisch, und Jean bestellte zwei Tassen von dem schrecklichen Ersatzkaffee, den es mittlerweile überall gab. Sogar im Le Bristol. Allerdings nur für die Angestellten. Die Gäste bekamen nach wie vor frischen Bohnenkaffee, und sonntags gab es diesen amerikanische Kaffee auch für die Angestellten.

Coralie hatte sich zurückgelehnt und betrachtete die anderen Gäste. Wie meist waren es in der Mehrzahl deutsche Offiziere. Sie saßen an Vierertischen und sprachen laut in ihrer kratzigen Sprache. An zwei Tischen hatten sich junge Französinnen dazugesellt, und Coralie betrachtete sie mit verächtlichen Blicken. Ein Tisch fesselte ihre Aufmerksamkeit. »Sieh mal nach rechts«, drängte sie Jean. »Da sitzt ein Offizier und liest in der ›Nadja‹ von Breton.«

Jean wandte sich um und erstarrte. Der Mann, der diesen Roman las, war kein anderer als der, der sich ihm im Hotel als Gerhard Schön vorgestellt hatte.

Jean schluckte, dann beugte er sich zu Coralie und raunte: »Das ist der Deutsche, der für die Literatur in Frankreich zuständig ist.«

»Der, von dem du mir erzählt hast?«

»Genau der.«

Coralies Blick glitt weg, wurde groß und ein wenig starr. Auch Jean blickte auf und sah Schön, der zu ihnen an den Tisch getreten war.

»Was für eine Überraschung, Sie hier zu sehen«, sagte er und fasste einen freien Stuhl bei der Lehne. »Darf ich mich zu Ihnen setzen?«

Jean nickte. Was sollte er auch sonst tun? Die Verpflichtungen gegenüber den Gästen endeten nicht am Ausgang des Le Bristol. Sie galten immer und überall. Doch zugleich war er neugierig, was der ungewöhnliche Deutsche von ihnen wollte.

»Bitte sehr.«

Schön setzte sich, reichte Coralie die Hand. »Wir kennen uns noch nicht, Mademoiselle. Ich heiße Gerhard Schön und bin erfreut, Ihre Bekanntschaft zu machen.«

Coralie schluckte, zwang sich ein unaufrichtiges Lächeln ins Gesicht und nickte.

»Darf ich nach Ihrem Namen fragen?«

»Coralie«, erwiderte sie und fiel dann zurück in ihre Hotelrolle. »Was können wir für Sie tun, Monsieur?«

»Nichts, rein gar nichts. Es wäre nur sehr schön, ein wenig mit Ihnen zu plaudern.« Schön lehnte sich zurück und gab dem Kellner ein Zeichen. »Bitte bringen Sie eine Flasche Rotwein und drei Gläser.«

Coralie warf einen hilflosen Blick zu Jean. Es war ihr unangenehm, mit diesem Offizier an einem Tisch zu sitzen. Womöglich kannte man sie im Café de Flore bereits. Was sollten die anderen jetzt von ihnen denken? Vor allem die, die innen saßen. Oh, Coralie hatte sich immer gewünscht, zu ihnen zu gehören. Aber diesen Wunsch konnte sie wohl begraben. Am liebsten wäre sie aufgestanden und gegangen, aber das wagte sie nicht.

»Darf ich Ihnen sonst noch etwas bestellen?«, fragte Schön.

»Wir haben alles, was wir brauchen.« Coralies Lächeln blieb schmal.

»Ich dachte, wir könnten uns ein wenig über Literatur unterhalten. Ich nehme an, dass Sie die Literatur und die Kunst lieben, sonst wären Sie nicht hier. Ich jedenfalls bin deswegen hier und habe auch schon Sartre entdeckt. Und Hemingway. Ernest Hemingway? Kennen Sie ihn? Gestern saß er im Inneren des Cafés. Aber vielleicht habe ich ihn auch mit jemand anderem verwechselt.« Schön lächelte.

Jean räusperte sich. »Gut, dann Literatur. Sie haben bisher nicht verraten, welche französischen Bücher Sie gern lesen, welche Autoren unseres Landes Sie besonders schätzen.«

Der Kellner brachte den Rotwein, stieß dabei absichtlich gegen den Tisch, so dass der Ersatzkaffee aus den Tassen sprang und sich auf Coralies Kleid ergoss. Sie wollte auffahren, doch dann sah sie das Gesicht des Kellners und verstand. Er war nicht aus Versehen an den Tisch gestoßen, sondern mit purer Absicht. Weil sie hier mit diesem Deutschen saßen. Sogleich schämte sich Coralie noch mehr. Sie schaute hilfesuchend zu Jean, doch der reichte ihr nur sein frisches Taschentuch, damit sie die Flecken abtupfen konnte.

»Ist alles in Ordnung?«, fragte Schön, und Coralie erkannte, dass er die Absicht des Kellners durchschaut hatte. Das machte sie mutiger. »Es ist nicht leicht, mit Ihnen hier zu sitzen«, sagte sie.

»Ich weiß«, erwiderte Schön. »Und ich danke Ihnen sehr, dass Sie mich nicht zurückgewiesen haben. Ich wollte Ihnen ganz sicher keine Unannehmlichkeiten bereiten. Man kommt so schwer ins Gespräch mit den Franzosen dieser Tage.«

Und das wundert dich?, dachte Coralie, der es schien, als habe Schön vollkommen vergessen, dass er einer der Besatzer war, dass er ein Deutscher war, der entscheiden wollte, was die Franzosen lasen.

»Nun, Unannehmlichkeiten haben wir, wie Sie sehen«, brach es doch aus ihr heraus.

»Soll ich gehen?«

»Aber nein«, warf Jean ein. »Bleiben Sie bitte, und erzählen Sie uns, was Sie gern lesen.«

Schön lehnte sich zurück, nahm das Päckchen mit den Zigaretten, bot Jean und Coralie davon an, nahm sich selbst eine und ließ ein Feuerzeug aufflammen. Er nahm einen Zug mit Genuss, blickte dem Rauch nach und sagte: »Ich liebe die Literatur, wissen Sie. Alle Künste sind für mich, nun, wie soll ich sagen, lebenswichtig. Sie sind die Essenz des Lebens. Ich habe Literatur studiert, obwohl mein Vater mich drängte, etwas ›Anständiges‹ zu studieren. Jura oder Medizin. Nun, jetzt sitze ich hier und spreche mit Ihnen über Literatur. Ich lese sehr gern die Klassiker. Auch die französischen. Flaubert, Balzac, Zola. Ich hoffe noch immer, mit den Pariser Literaten in Kontakt zu kommen.« Er warf einen Blick ins Innere. »Deshalb bin ich hier.«

»Mögen Sie auch Pierre Drieu la Rochelle?«, wollte Coralie wissen. Drieu, das wusste ganz Paris, hatte sich den Deutschen angedient. Vor Jahren schon. Er war ein Nazi, der Hitler vergötterte und in Paris gemieden wurde. Die bedeutende Literaturzeitschrift Nouvelle Revue Française, einst im berühmten Literaturverlag von Gallimard erschienen, wurde jetzt von Drieu la Rochelle herausgegeben. Ein Schmierblatt, das die deutschen Blut- und Bodendichter in den Himmel hob und die Franzosen aufforderte, ihnen nachzueifern. Coralie hatte neulich ein Gespräch am hinteren Tisch belauscht, in dem es um Jean Paulhan gegangen war, dem berühmten Lektor bei Gallimard. Es hieß, dieser bedeutendste französische Verlag und seine Lektoren hatte sich mit den Besatzern »arrangiert«, um weiter Bücher herausgeben zu können.

»Drieu la Rochelle? Ich habe von ihm ›L'Homme couvert de femmes‹ gelesen und kürzlich erst ›Le Faux Belge‹, eine Novelle, die im letzten Jahr erschienen ist. Nun, ich habe seine Werke gern gelesen und kenne ihn sogar persönlich. Ein kluger Mann«, erklärte Schön. »Gerade habe ich ein Buch von Albert Camus gelesen. Ein Drama mit Namen ›Caligula‹. Kennen Sie es?«

Jean und Coralie nickten. In Paris las man die Geschichte des Kaisers Caligula als Allegorie auf die Deutschen.

»Wie hat es Ihnen gefallen?«, fragte Schön nun.

Jean und Coralie wechselten einen Blick. Dann antwortete Jean ausweichend: »Nun, dieses Buch ist wohl für jeden Freund der Geschichte ein Muss.«

»Es geht also um Geschichte?«, drängte Schön weiter und lächelte.

»Ja, um die Geschichte des Kaisers Caligula, seiner Schwester und seiner Geliebten.« Coralie wusste, dass ihre Antwort nicht der Frage entsprach, aber sie jonglierte mit ihren Worten wie mit rohen Eiern. Eine falsche Bemerkung könnte ein Unheil heraufbeschwören. Sie ließ sich lieber für ein wenig einfältig halten, als irgendwen in Gefahr zu bringen.

»Nicht um die Schlechtigkeit der Welt? Sagt Caligula nicht an einer Stelle: ›Die Menschen sterben, und sie sind nicht glücklich‹?«

»Aber ja, das sagt er. Doch ist es nicht auch so?« Jean seufzte.

»Sie finden also, dass die Welt schlecht ist?«, drängte Schön weiter.

Jean und Coralie schwiegen.

»Sie können ganz frei mit mir reden«, lockte der deutsche Offizier. »Alles, was hier gesprochen wird, bleibt unter uns. Und damit Sie mir glauben, verrate ich Ihnen ein Geheimnis: Auch mir ist Adolf Hitler zuwider. Er ist ein Mann ohne Kultur und Manieren.«

Und er ist ein Schlächter, ein Kriegstreiber, ein Mörder, dachte Coralie und zwang sich ein Lächeln ins Gesicht. Oh, wie gern würde sie diesem Schön die Meinung sagen! Wie gern die Worte vor ihn auf den Tisch spucken. Soll er ruhig wissen, was er hier ist. Ein Störenfried, ein Feind. Und doch war da etwas an diesem Mann, das Coralie nicht unberührt ließ. Er war so … so … es war durchaus angenehm, mit ihm zu sprechen. Ach, wenn er doch kein Deutscher gewesen wäre! Dann hätte sie ihn vielleicht mögen können. Aber sie hasste nun mal alles, was deutsch war.

»Nun, haben Sie nichts zu sagen? Finden Sie die Welt schön, so wie sie ist?«, wollte Schön nun von Jean wissen.

»Ja, ich finde die Welt schön. Ich bin verliebt, die Sonne scheint, und meine Geliebte sitzt mir gegenüber. Was will ich mehr?«

Coralie bewunderte, wie Jean das Thema umging. Aber sollte so das Leben sein? Ausweichen, aufpassen, auf der

Hut sein, auf jedes einzelne Wort achten? So ließ sich kein ehrliches Gespräch führen.

»Und ich finde, dass die Welt schlecht ist«, entfuhr es Coralie. Sie warf einen Blick auf Jean, der leicht den Kopf schüttelte. »Es ist Krieg. Die Leute sterben. Soldaten fallen, in den Städten hungern die Kinder. Paris ist nicht mehr unsere Stadt, die Deutschen haben sie uns gestohlen, haben daraus ein deutsches Paris gemacht. Wir sind jung, aber wir können keine Zukunft planen, weil die Welt unberechenbar geworden ist ...«

Sie brach ab, verdeckte kurz mit einer Hand ihre Augen. »Verzeihen Sie«, sagte sie leise. »Ich ... ich bin nur müde und erschöpft. Das Leben ist nicht schlecht.«

»Ja, sie ist wirklich erschöpft. Die ganze Zeit schon. Vielleicht brütet sie eine Erkältung aus. Es kann sein, dass sie Fieber hat«, versuchte Jean zu retten, was nicht mehr zu retten war.

Schön seufzte und nickte. »Sie hat recht. Jedes Wort, das sie gesagt hat, ist wahr. Die Welt ist schlecht. Ich möchte sie ein klein wenig besser machen.«

Danach schwiegen alle drei eine kleine Weile. Jean und Coralie, weil sie ihm nicht glauben konnten. Schön vielleicht, weil er auf weitere Worte der jungen Leute wartete.

Am Nachbartisch erhoben sich zwei Soldaten, grüßten den ranghöheren Schön ehrfürchtig. Der Kellner kam, fragte nach weiteren Wünschen.

»Wir müssen allmählich gehen. Der Weg zum Hotel ist noch weit«, erklärte Jean und erhob sich. »Vielen Dank für den Wein.«

Coralie griff nach ihrer Strickjacke, legte sie sich über die

Schultern. Es war noch immer frühsommerlich warm, aber ein kühler Wind war aufgekommen. Auch Schön erhob sich. »Warten Sie, ich kann Sie doch fahren.«

»Nein, lieber nicht«, erklärte Coralie, die sich plötzlich unendlich müde fühlte. Müde und tieftraurig.

Schön nickte. »Bitte verzeihen Sie mir. Ich wollte Ihnen wirklich keine Unannehmlichkeiten bereiten. Ganz im Gegenteil. Ich würde mich gern öfter mit Ihnen treffen und unser Gespräch fortsetzen. Wären Sie damit einverstanden?«

Coralie hätte Schön am liebsten zugenickt und zugleich angeschrien: Was bilden Sie sich eigentlich ein? Warum sollten wir mit Ihnen sprechen wollen? Sie sind ein Besatzer, ein *Boche*. Sie haben uns so viel genommen, lassen Sie uns wenigstens unsere Gedanken. Aber sie war so müde, so unendlich müde, dass sie nur nicken konnte.

Kapitel 10

Madame la Comtesse Baluard verlängerte ihren Aufenthalt erneut, und Jean fragte sich, was die alte Dame in Paris hielt. Sie war ständig unterwegs, zusammen mit ihrer ältlichen Tochter. Die Hunde blieben bei einem der Liftboys. Manchmal sah Jean, dass die beiden Damen Baluard mit Anne Morgan zu Abend aßen. Anne Morgan war die Tochter des in Amerika berühmten Bankiers John Pierpont Morgan und wohnte schon seit einigen Monaten als Gast der amerikanischen Botschaft im Le Bristol. Monsieur Jammet behandelte sie wie eine Königin. Und natürlich war die 68-jährige Amerikanerin eine Dame ersten Ranges, das hatte Jean auf den ersten Blick gesehen. Und Madame la Comtesse war nur wenig älter als ihre amerikanische Freundin. Und doch fragte sich der junge Concierge, was die beiden Damen verband.

Als Jean das nächste Mal Nachtschicht hatte, kam Madame la Comtesse Baluard zu ihm, als die Standuhr gerade die zehnte Stunde verkündet hatte. »Ich erwarte heute Nacht Besuch. Meine Großnichte kommt«, erklärte sie. »Bitte lassen Sie doch eine zusätzliche Bettdecke und ein, zwei Kissen in meine Suite bringen.«

»Selbstverständlich, gnädige Frau«, versprach Jean. »Wir werden auch zusätzliche Handtücher und Badetücher bereitstellen. Benötigen Sie sonst noch etwas?«

»Ein Diner auf dem Zimmer wäre nett. Meine Besucherin ist schüchtern, wissen Sie. Und lärmempfindlich. Wir werden oben zu Abend essen.« Sie nickte Jean zu und verließ das Hotel über den roten Teppich. Jean wunderte sich. Das Diner war noch in vollem Gange, doch einige Gäste hatten den Speisesaal verlassen und waren in die Stadt ausgeschwärmt. Und Madame de la Comtesse und ihre Tochter aßen stets sehr gern im hoteleigenen Restaurant, besonders, wenn sie Besuch empfingen.

Doch die Gäste hatten immer recht, und so gab Jean die Bestellung an den Restaurantchef weiter und widmete sich wieder seiner Arbeit. In den Tagen nach dem ersten Treffen mit Gerhard Schön hatte er bei jedem neuen Besucher aufgeblickt. Auch Coralie machte sich ein wenig Sorgen. Doch es war nichts passiert, bis auf den Korb mit handgemachten Schokoladen von einem Chocolatier, an dessen Schaufenster sie sich schon die Nase plattgedrückt hatte, und den Schön an Coralie hatte liefern lassen, als Entschuldigung für die Frechheit des Kellners, der ihr Kleid ruiniert hatte. Mathilde, die dabei war, als Coralie den Korb in ihr Zimmer brachte, schien vor Neugier beinahe zu platzen. »Wer hat dir diese himmlischen Süßigkeiten geschickt?«, wollte sie wissen. »Jean war das sicher nicht. Er ist mehr so der praktische Typ. Obwohl auch ein Künstler in ihm steckt.« Mathilde nahm sich eine Praline, wickelte sie aus dem Papier und steckte sie sich in den Mund, ohne Coralie vorher zu fragen.

»Ach, nur jemand, dem ich einen Gefallen getan habe«, erwiderte Coralie und nahm sich vor, Jean von diesem Gespräch zu erzählen, denn es konnte sein, dass Mathilde ihm gegenüber eine entsprechende Bemerkung machte.

»Und wer?« Mathilde ließ nicht locker und griff sogar nach dem Umschlag, in dem sie wohl ein Kärtchen mit einer Nachricht vermutete. Coralie schlug ihr auf die Finger. »Das ist meine Sache. Das geht dich nichts an.«

Mathilde war auf der Stelle beleidigt, doch Coralie kümmerte sich nicht darum. Sie erwog, die Schokolade wegzuschmeißen, denn sie wollte keine Geschenke von Schön. Aber sie hatte schon so lange nichts Süßes mehr gehabt. Sie stellte sich vor, wie die Schokolade auf ihrer Zunge zerging, und konnte den Korb nicht wegwerfen. Stattdessen gab sie Mathilde zwei handgemachte Pralinen ab, wickelte vier Stück für ihre Mutter in eine Serviette und überreichte auch Jean vier. Die restlichen behielt sie für sich. Und obschon die Schokolade im Mund tatsächlich zerging, obschon sie vom besten Chocolatier der Stadt war, schmeckte sie ihr nicht. Also gab sie die übrigen drei Pralinen ebenfalls an Mathilde weiter. Das Kärtchen aber verbrannte sie im Waschbecken, als Mathilde nicht da war.

Jean und Coralie hatten vereinbart, sich nicht wieder mit Schön zu treffen. Doch der deutsche Offizier ließ nicht locker, und sie wagten es nicht abzulehnen. Einmal schickte er Karten für eine Revue im Moulin Rouge, einmal eine Einladung zu einem Diner im Maxim, und einmal gab er an der Rezeption einen Bildband über Monet für Jean und eine Ausgabe von Goethes Faust auf Französisch für Coralie ab. Den beiden jungen Leuten waren die Zuwendungen peinlich. Und als sogar Monsieur Jammet Jean darauf ansprach, machte der Concierge seinem Herzen Luft. Er erzählte dem Hoteldirektor, was im Café de Flore geschehen war. »Wir haben keinen Ahnung, wie wir uns verhalten sollen«, schloss er seinen Bericht. »Ich bitte Sie deswegen um Ihren geschätzten Rat.«

Monsieur Jammet zog die Stirn in Falten. »Es ist nicht gut, Aufmerksamkeit auf unser Haus zu ziehen«, stellte er fest, aber er wirkte dabei nicht verärgert. »Und es ist auch nicht gut, den Deutschen Widerstand entgegenzusetzen. Was ist nun zu tun? Treffen Sie sich mit ihm. Sprechen Sie über Literatur, aber behalten Sie Ihre ureigenen Gedanken für sich. Bleiben Sie, so gut es eben geht, auf Distanz, ohne dabei schroff oder abweisend zu werden. Und berichten Sie mir bitte.« Er machte eine kleine Pause und fuhr dann fort, aber Jean hatte den Eindruck, als spräche Jammet zu sich selbst: »Eigenartig, diese Deutschen. So viel Kultur, so kluge Philosophen. Ich habe sie bewundert. Damals, in Berlin. Die wilden Zwanziger. Ich dachte, es gäbe auf der ganzen Welt keinen Ort, der freier und aufregender ist als Berlin. Es will mir einfach nicht in den Kopf, wie sie alle auf diesen Hitler hereinfallen konnten.«

Jean zog die Augenbrauen nach oben. Er hätte nicht für möglich gehalten, dass Jammet ihm zu weiteren Treffen riet. Aber der Hoteldirektor hatte ihn schon mehr als einmal verblüfft. Er würde schon wissen, was richtig war.

Jetzt blickte Jean auf seine Uhr. Es war kurz nach Mitternacht, und die Nachtschwärmer würden allmählich nach Hause kommen. Zwar galt in Paris eine Ausgangssperre, aber die Amerikaner waren davon ausgenommen. Er überprüfte, ob noch genügend Kopfschmerzpulver im Haus war, zählte die Schlüssel in den Fächern, die Auskunft darüber gaben, welche Gäste sich noch außer Haus befanden. Er war erstaunt, auch die Schlüssel der Madame la Comtesse im

Fach zu finden, denn gewöhnlich begaben sich die beiden adligen Französinnen früh zur Ruhe.

Ein Taxi hielt vor dem Eingang, und Jean sah, dass Madame la Comtesse und ihre Tochter ausstiegen, mit ihnen ein junges Mädchen von vielleicht vierzehn Jahren. Auf der Stelle gab er dem Restaurant weiter, dass in einer halben Stunde das Diner serviert werden sollte. Schon kamen die Frauen ins Foyer. Während die Tochter Baluard die beiden Hunde vom Liftboy entgegennahm, trat die Comtesse zu Jean. Sie war eine großgewachsene Frau mit einem breiten, aber gefälligen Gesicht. Sie trug ein wenig altmodische Kleidung in gedeckten Farben. Als sie ihren Hut abnahm, erblickte Jean die zu Löckchen gedrehten weißen Haare. Die Kleidung des Mädchens neben ihr war auffällig einfach. Sie trug einen dunkelblauen Tuchrock, der ihr bis zur Mitte der Waden reichte. Darüber eine schlichte Bluse aus einfachem Leinen und derbe Schuhe aus genarbtem Rindsleder, wie sie die Frauen in Jeans Dorf getragen hatten. Sie hatte einen Strohhut in der Hand und hielt sich ihr Bündel vor die Brust. Einmal schien es, als blitzte auf der Leinenbluse etwas Gelbes hervor, doch schon hatte das Mädchen sein Gepäck wieder an sich gepresst, als fürchte es, bestohlen zu werden.

»Das Essen wird in dreißig Minuten serviert«, berichtete Jean und bejahte auch die Fragen nach dem Bettzeug.

»Bitte bestellen Sie mir für die nächste Nacht ein Taxi auf drei Uhr dreißig zur Gare du Nord.«

»Selbstverständlich.« Jean notierte diesen Wunsch, dann begaben sich die Damen zum Lift, und der Boy schloss das kunstvolle Messinggitter hinter ihnen. Der Rest der Nacht verlief ruhig, und Jean freute sich darauf, Coralie am nächsten Nachmittag zu sehen.

»Ich frage mich, warum in aller Welt sich Gerhard Schön immer mit uns treffen möchte«, erklärte Coralie auf dem Weg zum Café de Flore.

Jean nahm ihre Hand in seine. »Ich weiß es nicht. Vielleicht sucht er Freunde. Aber ganz unbestreitbar ist, dass er sich für die französische Kultur und Kunst interessiert. Warum auch nicht? Ich bin selbst begeistert davon.«

»Freunde hat er doch bestimmt bei seiner Arbeit. Es wimmelt in der Stadt von Deutschen. In seiner Position müsste es ihm doch ein Leichtes sein, Gleichgesinnte zu finden. Außerdem ist er bestimmt zehn Jahre älter als wir.«

»Wie viele Leute kennst du, die die Kunst und die Literatur lieben?«, fragte Jean nach.

»Oh, das sind nicht wenige. Monsieur Jammet zum Beispiel. Und natürlich Monsieur Jacques Jaujard. Monsieur Grunwald liest auch sehr gern und geht hin und wieder in die Oper.«

»Das sind alles alte Männer. Wen kennst du, der unter dreißig ist?«

»Dich und mich.«

»Genau. Mathilde interessiert sich für Mode und für Männer, obschon sie hin und wieder auch ein Buch liest, und mein Zimmerkollege Olivier interessiert sich für Fußball und Frauen. Von den anderen Kollegen habe ich auch noch nie jemanden mit einem Buch gesehen.«

»Du hast recht«, erkannte Coralie verblüfft und schüttelte den Kopf. Sie blieb stehen. »Freunde kann man sich aussuchen, nicht wahr?«

»Aber ja.«

»Warum gehen wir dann zu dem Treffen mit diesem Deutschen?«

»Er ist kein Freund, er ist ein Besatzer, darum.«

»Ich möchte da nicht mehr hingehen.«

»Ich auch nicht«, sagte Jean, aber er war sich nicht sicher, ob das stimmte. »Das heißt, ins Café schon, aber ohne Gerhard Schön. Aber wir können das Le Flore nicht besuchen, ohne Schön zu treffen. Wir können nicht an ihm vorbeigehen und so tun, als ob wir ihn nicht kennen.«

»Sollen wir es ihm sagen?«, fragte Coralie. »Was wird dann geschehen? Werden wir Ärger bekommen? Es wäre für ihn ein Leichtes, uns das Leben schwerzumachen.«

Jean seufzte. »Er muss von selbst darauf kommen, dass wir ihm nicht helfen können.«

»Aber wie?«

»Wenn ich das wüsste. Ich dachte, wir hätten ihm nur wenig erzählt, und außerdem hat er doch Kontakte zu Gallimard, zu einigen Literaten und Verlegern. Im Grunde weiß ich nicht, was er von uns will.«

»Er sagte doch neulich, wir wären die Stimme der jungen Leser. Und die Leute, die er bei Gallimard kennenlernt, werden ihm alle nach dem Mund reden. Ob es das ist, was er von uns will? Ehrliche Meinungen? Wie kann er das glauben? Er ist ein Besatzer. Jeder Franzose wird ihm nach dem Mund reden.«

»Warten wir es ab.«

Sie waren vor dem Café de Flore angelangt, und Gerhard Schön winkte ihnen bereits zu. Er stand auf, zog seine Uniformjacke glatt. Er war groß und hatte ein langes Gesicht, das nicht schön, aber interessant war. »Ich habe schon eine Flasche Rotwein bestellt. Dieses Mal aus Rheinhessen. Ich hatte letzte Woche den Besitzer darum gebeten, deutschen Wein einzukaufen.«

Jean nickte knapp, setzte sich, bot Coralie und Schön eine Zigarette an.

»Wie geht es Ihnen beiden heute?«, fragte der Offizier höflich.

»Gut, danke«, erwiderte Jean, ohne nach Schöns Befinden zu fragen, und Coralie nickte dazu.

»Haben Sie vielleicht eine Ausstellung besucht? Wo kann man derzeit Kunst betrachten? Der Louvre zeigt kaum noch bekannte Gemälde. Die Wiedereröffnungsfeier war zwar ein voller Erfolg, aber die ausgestellten Bilder sind nicht von großer Bedeutung.«

Jean und Coralie waren gestern nicht in einer Ausstellung, sondern in einer Buchhandlung gewesen. Jean hatte nach Bildbänden über die Landschaftsmalerei des 18. Jahrhunderts gefragt in der Hoffnung, etwas über Fragonard zu erfahren. Coralie hatte nach Gedichten von Paul Claudel gesucht und sich für ein Buch über das antike Griechenland interessiert.

Der Buchhändler hatte bedauert. Kein Claudel, keine Bildbände, die vor der Besatzung herausgekommen waren.

»Warum nicht?«, hatte Coralie wissen wollen.

»Haben Sie noch nie von der Otto-Liste gehört?«, erkundigte sich der Buchhändler.

Coralie schüttelte den Kopf, aber Jean erinnerte sich dunkel, dass auch Schön davon gesprochen hatte. »Ist das nicht die Liste des deutschen Botschafters Otto Abetz mit den verbotenen Autoren?«

»Ja, genau. Es ist nicht direkt verboten, diese Autoren zu verlegen oder zu verkaufen, aber es ist nicht erwünscht. Und wer würde sich schon den Wünschen der deutschen Besatzer widersetzen?« Sein Mund verzog sich verächtlich. »Es war schon jemand da, der uns dringend ans Herz gelegt hat auszusortieren.«

Jean blickte Schön prüfend an. Wollte der Deutsche wissen, ob sie verbotene Bilder betrachteten? »Es hat in letzter Zeit nicht viele Ausstellungen gegeben«, erklärte Jean, ohne die Gründe dafür zu nennen.

»Ja, das ist wahr. Überall, wo wir hinkommen, wird uns die Kultur verweigert. Als ob es unter den Deutschen keine Männer gäbe, die diese sehr zu schätzen wüssten.«

Jean schwieg und fragte sich, ob Schön diese letzte Aussage wirklich ernst meinte.

»Nun, ich habe heute etwas für Sie beide.« Schön nahm eine große lederne Aktentasche, die am Tischbein gelehnt hatte, auf seinen Schoß und kramte darin herum. Dann legte er einen Bildband über die Geschichte der französischen Landschaftsmalerei auf den Tisch vor Jean und vor Coralie ein Buch mit dem Titel »Die schönsten deutschen Balladen«, das erst kürzlich auf Französisch erschienen war.

Coralie betrachtete das Buch verhalten. Doch Jean blätterte aufgeregt in dem Bildband. »Landschaftsmalerei. Danach suche ich schon lange.« Jean schlug eine weitere Seite um und erblickte »Die Badenden« von Fragonard darin. Er sah zu Coralie, die erschrocken die Lippen aufeinanderpresste, dann wandte er sich an den Deutschen. »Wie gefällt Ihnen ›Die Badenden‹ von Fragonard?«

Schön erwiderte seinen Blick. »Ich wünschte, ich könnte sie einmal im Original sehen.«

»Soweit ich weiß, befindet sich das Gemälde im Louvre.«

»Ich habe es dort nicht gesehen. Kennen Sie es?«

»Nein. Aber ich wünschte, ich könnte es einmal sehen.« Jean spürte, dass ihm die Röte in die Wangen schoss, und senkte den Blick. Sollte Schön etwas mit dem Diebstahl im Le Bristol zu tun haben?

Schön lächelte Coralie an. »Gefällt Ihnen Ihr Buch?«

Coralie schluckte, schob den dicken Ledereinband in Richtung Schön. »Es gehört sich nicht für eine junge Frau, Geschenke von Männern anzunehmen.«

Schöns Lächeln verblasste ein wenig. »Ich bin doch kein Fremder mehr für Sie. Ich bestehe darauf.« Er schob das Buch zurück zu Coralie. Das junge Mädchen seufzte, doch im selben Augenblick erklang ein fröhliches »*Bonjour*, meine Lieben. Wie schön, dass ich Sie beide gefunden habe«. Erschrocken blickte Coralie auf. Das Letzte, was sie wollte, war, mit einem Deutschen gesehen zu werden. Doch vor ihr stand, angetan mit Sommermantel und Hut, Monsieur Hippolyte Jammet.

Jean erhob sich auf der Stelle. »*Bonjour* auch Ihnen, Monsieur Jammet.«

Der Hoteldirektor nickte Schön zu, und Jean stellte die beiden Herren einander vor.

»Schön, dass ich Sie endlich persönlich kennenlerne«, bemerkte Schön höflich.

»Auch ich freue mich, Sie zu treffen. Darf ich mich zu Ihnen setzen?«, fragte Jammet.

»Selbstverständlich. Ich bitte darum«, erwiderte Gerhard

Schön. Er gab dem Kellner ein Zeichen, noch ein Weinglas zu bringen.

Der Hotelbesitzer kostete von dem Spätburgunder aus der deutschen Stadt Ingelheim am Rhein und nickte dann anerkennend. »Ein guter Tropfen.«

Schön setzte an, auch Jeans und Coralies Glas zu füllen, da legte Jammet seine Hand über deren Gläser. »Es tut mir furchtbar leid, Monsieur Schön, aber ich bin nur gekommen, um die beiden zurück zum Hotel zu schicken. Es fehlt uns an Leuten. Die diesjährige Erkältungswelle hat auch das Le Bristol erreicht.«

Sofort standen Jean und Coralie auf. »Wir gehen«, erklärte Jean. Monsieur Jammet drückte dem jungen Mann ein paar Geldstücke in die Hand. »Nehmen Sie die Metro. Alles andere dauert zu lange.«

Als sie auf die Metro warteten, fragte Coralie: »Woher wusste Jammet, wo wir sind? Und wieso hat er uns dort weggeholt? Was könnte im Hotel geschehen sein? Oder haben wir gegen irgendwelche Regeln verstoßen?«

»Aber nein«, beruhigte Jean seine Freundin. »Ich hatte heute Morgen ein Gespräch mit Jammet. Ich habe ihm von Schön erzählt. Und auch von unserem Unbehagen, sich mit ihm zu treffen. Ich habe ihn gefragt, wie wir uns am besten verhalten sollten. Und Jammet hat erwidert, dass Freundlichkeit und Höflichkeit das A und das O sind. Als ob wir das nicht selbst wüssten.« Er lächelte ein wenig. »Doch es scheint, als hätte er verstanden, *wie* unwohl wir uns fühlen. Ich denke, deshalb ist er gekommen. Er wollte uns helfen.«

Coralie lächelte. »Heißt das womöglich, wir sind Gerhard Schön los?«

Jean erwiderte das Lächeln und küsste Coralie. »Wir werden sehen.«

Am Abend, eine Stunde vor Jeans Schichtbeginn, ließ Monsieur Jammet Jean und Coralie in sein Büro rufen. Er bot ihnen einen Platz an. Coralie rutschte unruhig auf der Stuhlkante hin und her. Sie war bislang noch nie in das Büro des Direktors gerufen wurden und machte sich Sorgen. Doch als er dann noch fragte, was sie trinken wollten, war Coralie gänzlich verblüfft. Auch Jean blickte unsicher um sich. »Vielleicht ein Wasser?«, fragte er vorsichtig.

»Ich denke, ich bestelle Ihnen einen Café au Lait. Schließlich waren Sie ja heute in einem Café und sind nicht dazu gekommen, dort etwas zu verzehren.«

Jean nickte, und Coralie tat es ihm nach. Jean hätte gern nach Coralies Hand gegriffen, denn er sah ihre Unsicherheit und Ängstlichkeit. Schließlich blickte sie auf und fragte mit banger Stimme: »Werden wir jetzt entlassen? Weil wir mit den Deutschen kollaboriert haben?«

»*Mais non*, wie kommen Sie nur darauf?« Monsieur Jammet schüttelte den Kopf. »Sie haben sich goldrichtig verhalten. Gerhard Schön wird Sie nicht mehr belästigen.«

»Oh!«, entfuhr es Coralie, und Jean fragte: »Wie haben Sie das erreicht, Monsieur Jammet?«

Der Hotelbesitzer lehnte sich in seinem Stuhl zurück und lächelte. »Nun, ich habe ihn mit ein paar jungen Dichtern bekannt gemacht. Einer davon gehört – soviel ich weiß – der Résistance an. Alles in allem aber muss ich sagen, dass der Offizier ein angenehmer Gesprächspartner ist, der sich tatsächlich für das interessiert, was er vorgibt. Ich bin auch sicher, dass sein Interesse an Ihnen nicht gespielt war. Ein sich anbahnender Kontakt, der auf Sympathie beruht. Selbstverständlich nur von seiner Seite aus. Oder habe ich Sie da falsch verstanden?«

Jean blickte zu Coralie, die den Kopf schüttelte. »Mir ist es unangenehm, mich mit einem Besatzer zu unterhalten.« Sie reckte das Kinn, ganz die stolze Pariserin, die sie eigentlich war.

»Wie schon gesagt: Sie beide haben vorbildlich gehandelt. Es war gut und richtig und wichtig, mit mir zu sprechen. Ich danke Ihnen herzlich dafür.«

»Er hat mir ein Buch geschenkt. ›Die schönsten deutschen Balladen‹. Auf Französisch.«

»Und? Gefällt Ihnen das Buch?«

»Darum geht es nicht«, erwiderte Coralie. »Es geht darum, dass *er* es mir geschenkt hat.«

Jammet lächelte. »Nicht so hitzig, liebe Coralie. Ihr Jungen neigt dazu, viel zu emotional an die Dinge heranzugehen. Mögen Sie Balladen?«

»Ja.«

»Nun, dann behalten Sie es. Sie können daraus lernen.«

Jean räusperte sich nun. »Er hat mir heute ein Buch über französische Landschaftsmalerei geschenkt. Und ich werde es behalten. Darin war eine Abbildung unseres Fragonards. Er hat mich nach den ›Badenden‹ gefragt.«

»Interessant«, erwiderte Jammet. »Wirklich interessant. Was haben Sie geantwortet, Jean?«

»Ich sagte, dass ich das Gemälde gern einmal im Original sehen würde.«

»Gut gemacht, mein Junge.« Jammet nickte ihm zu.

»Denken Sie, das hat etwas zu bedeuten?«

»Darum brauchen Sie sich um Augenblick nicht zu kümmern, aber ich werde Augen und Ohren offen halten.«

Plötzlich spürte Jean, dass sein Mund ganz trocken war. »Werden Sie … werden Sie … von dem Diebstahl erzählen? Schön, meine ich. Werden Sie Gerhard Schön davon erzählen?«

Jammet lächelte, aber es war kein fröhliches Lächeln. »Wenn ich wüsste, ob das klug ist, würde ich es vielleicht tun.«

Kapitel 11

Menschen verschwanden in den Zeiten der Besatzung. Die kleine Friseurin Blanche, bei der sich Madame Yvonne Jammet jede Woche das Haar hatte richten lassen, hatte ihren Laden zugemacht. Der magere alte Mann, der die Messer schärfte, war ebenfalls nicht mehr zu sehen. Das Geschäft, in dem Madame Yvonne ihr Garn und ihre Knöpfe kaufte, war geschlossen, das eiserne Gitter bis zum Boden gezogen. Vor den Bäckereien standen riesige Schlangen. Frauen reihten sich hintereinander auf, die meisten mit besorgten Gesichtern. Junge Mütter hielten schreiende Säuglinge auf dem Arm, weinten, weil sie keine Milch für ihr Baby bekamen. Etliche Fensterscheiben früherer Geschäfte waren zerbrochen, Glas splitterte unter den Füßen der Leute. Die Cafés lagen verlassen. Die Zeitungsjungen standen an einer Ecke und rauchten. Alles hatte sich verändert. Am deutlichsten aber war die schlechte Stimmung in den kleinen Gassen und Hinterhöfen zu verspüren. Saßen dort früher in dem kleinen Hinterhof mit dem Puttenbrunnen alte Frauen in schwarzen Kleidern in der Sonne, so herrschte da jetzt Leere. Die Stühle standen an der Hauswand, alle Fenster waren geschlossen. Niemand spielte mehr Boule oder Schach in den Parks, auf den Spielplätzen fehlten die Kinder. Paris hatte sein Herz verloren. Und das schmerzte Yvonne mehr, als sie sagen konnte. Nein, sie verließ das Le Bristol nicht mehr gern. Im Hotel gab es noch Blumen, Gelächter, den Duft nach Rasierwässern und Parfüm, leises Klavierspiel. Und es gab genug zu essen.

Yvonne nestelte in ihrer Handtasche, holte die Milchmarken hervor und drückte sie einer verzweifelten Mutter in die Hand. Eigentlich hatte sie zum Blumenmarkt auf der Île de la Cité gehen wollen, doch die traurigen Menschen, die leeren Cafés, das fehlende Lachen und Plaudern deprimierten sie so, dass sie ihr Vorhaben aufgab, sich auf dem Absatz herumdrehte und zurück ins Le Bristol floh. Als sie die Lobby durchschritt, atmete sie auf. Sie blieb einen Augenblick vor dem Marmortisch mit dem Blumenarrangement stehen und betrachtete es. Da gab es Orchideen in wunderschönen Farben und Formen. Da leuchteten Rosen mit taubenetzten Blättern, da gab es Pracht und Glanz. Doch erst als die Messinggitter des Fahrstuhles hinter ihr ins Schloss fielen, atmete sie auf. Sie war eine Frau, die die Schönheit nicht nur liebte und in vielen Dingen erkannte, sondern regelrecht als Lebenselixier brauchte. Sie hatte selbstverständlich eine Dauerkarte für den Louvre besessen, war eine eifrige Theatergängerin gewesen, und in ihrem Heim hatte es nie an Blumen gefehlt. Ihre Kleider waren elegant, ihre Schuhe ebenso. Der Schmuck, den sie trug, war kostbar, doch eher schlicht, und die Gegenstände ihres Haushaltes verrieten ebenfalls ihren guten Geschmack: feines Porzellan, gut gearbeitetes Silberbesteck, Tafelaufsätze, Leuchter, Kristall aus Böhmen und von der Insel Murano, wertvolle Stoffe und Vorhänge. Sogar ihre Zigarettenspitze zeugte von Vornehmheit, denn sie bestand aus Perlmutt. Und all diese schönen Dinge, die sie zum Leben benötigte, gab es in Paris. Oh, wie hatte sie die französische Hauptstadt geliebt! Wie gern war sie durch die Straßen geschlendert, die schmalen Treppen emporgestiegen, wie gern hatte sie von den Seinebrücken aufs Wasser geblickt, wie hatten die weißen Ausflugsdampfer ihr gefallen, wie hatte sie die Komplimente und Schmeicheleien der Männer, die in Paris ganz einfach zum Alltag gehörten und unabhängig von Alter und tatsächlicher Schönheit wie Konfetti geworfen worden waren, vermisst! Jetzt war Paris tot. So schien es ihr. Gestorben am Verlust der Schönheit. Und doch durfte sie sich nicht beklagen. Alle ihre zehn Kinder hatten genug zu essen, hatten ein Dach über dem Kopf, konnten einen Arzt aufsuchen, wenn sie krank waren. Sie selbst trank jeden Tag echten Bohnenkaffee, und wenn sie Lust hatte, konnte sie sogar Champagner genießen. Ihr Mann war stets in ihrer Nähe, und es bestand keine Gefahr, dass er in den Krieg ziehen musste. Das Hotel war dank der Amerikaner gut belegt. Und doch hatte Yvonne Jammet jeden Morgen Mühe, den Tag zu beginnen. Ihr Mann wusste um ihren Gemütszustand und hatte für heute Abend ein Essen im hoteleigenen Restaurant organisiert. Keine große Sache, nur der amerikanische Botschafter William Bullitt, Madame Morgan, ein Professor der Sorbonne mit seiner Gattin und Jacques Jaujard, der Direktor des Louvre, der dieser Tage in Paris weilte, mit seiner charmanten Ehefrau und die beiden *Mesdames les comtesses* Baluard. Yvonne freute sich auf den Abend. Sie hoffte so, dass dieser an frühere Abende vor der Besatzung anknüpfen konnte. Sie wollte wieder einmal von ganzem Herzen lachen und für ein paar Stunden die Deutschen vergessen, die sich in Paris breitmachten und der Stadt den Atem nahmen.

Sie betrat das Spielzimmer der Kinder, küsste die Kleinen auf den Kopf, begutachtete, was die Älteren gemalt hatten, warf einen Blick auf die Hausaufgaben der Größten und fragte das Kindermädchen, ob etwas vorgefallen war. Nein, es war alles in bester Ordnung. So, wie es Madame Yvonne Jammet erwartet hatte. Sie begab sich in ihr Ankleidezimmer und begutachtete ihre Garderobe. Sie blätterte durch die Kleider, nahm ein silbergraues heraus und studierte den Zettel, der am Bügel hing. Yvonne Jammet war nicht nur eine typische Pariserin, sondern obendrein noch ausgesprochen pragmatisch. So hatte sie sich angewöhnt, an die Kleiderbügel Zettel zu hängen, auf denen stand, zu welchem Anlass sie welches Kleid getragen hatte. Dasselbe galt für Schuhe, Hüte und Handtaschen. Das silbergraue hatte sie zum letzten Frühjahrsball in der Oper angehabt. Der Ball hatte nur wenige Tage vor der Besatzung stattgefunden, und dabei gewesen war tout Paris. Nein, das konnte sie heute nicht anziehen. Sie suchte weiter, hielt bei einem hellblauen inne, das in weiten Falten bis auf den Boden fiel und die Schultern frei ließ. Sie las den Zettel: Hochzeit 1939 in Toulouse. Ja, sie erinnerte sich gut an die Hochzeit ihrer Nichte. Doch da sie das Kleid nie in Paris getragen hatte, würde es für den heutigen Abend gut passen. Sie trat vor das Schuhregal, in dem die Schuhe behutsam in Seidenpapier und dann in Kartons gepackt waren. Sie würde heute so gern hohe Schuhe anziehen, auch wenn sie wusste, dass sie Monsieur Jaujard darin überragen würde. Sie wählte ein paar silberne Sandalen mit hohem Absatz, dazu eine weiße Pelzstola für den kühlen Abend. Dann trat sie vor den Spiegel. Ihr braunes Haar sah grauenvoll aus, seit Mademoiselle Blanche sich nicht mehr jede Woche liebevoll darum kümmerte. Sie entfernte die Haarnadeln und ließ es bis über ihre Schultern fallen. Dann bürstete sie es aus. Sie vermisste den Glanz, der früher auf ihren Haaren gelegen hatte, aber daran konnte sie jetzt nicht mehr viel ändern. Sie würde gleich eine Essigspülung machen und ein bisschen Olivenöl in die Spitzen massieren. Sie nahm die tropfenförmigen Diamantohrringe, die Hippolyte ihr zum zehnten Hochzeitstag geschenkt hatte, und hielt sie sich an. Oh ja, sie würden wundervoll zu dem blauen Kleid passen.

Nachdem ihre Garderobe gewählt war, begab sie sich zum Kleiderschrank ihres Mannes. Er hatte sich Gott sei Dank kurz vor der Besatzung zwei neue Anzüge schneidern lassen. Sie nahm den dunkelgrauen heraus, dazu ein blütenweißes Hemd und die dazugehörige Weste. Sie überprüfte, ob die schwarzen Lackschuhe auf Hochglanz poliert waren, und suchte nach ein paar schwarzen Seidenstrümpfen. Erst als alles bereitlag, ging sie ins Bad und ließ sich ein nach Lavendel duftendes Schaumbad ein.

Sie erledigte diese Dinge beinahe automatisch, denn ihre Gedanken waren bei ihrem Mann und dem Le Bristol. Wie würden sie den Krieg überstehen? Würde es zu Bombardierungen kommen? Waren ihre Kinder im Hotel in Sicherheit? Und der Fragonard. Heute Abend würden sie Jacques Jaujard treffen. Der Direktor des Louvre würde ein wenig früher kommen, und Hippolyte Jammet würde ihm gestehen müssen, dass »Die Badenden« gestohlen worden waren.

Drei Stunden später saß sie mit ihrem Gemahl und seinen Gästen im prächtigen Restaurant des Le Bristol. Die Kristalllüster leuchteten, die Tischtücher waren makellos gestärkt, die kleinen Blumenarrangements wirkten taufrisch, das Silberbesteck war glänzend poliert.

Die Kristallleuchter funkelten und spiegelten sich in den Gläsern, das Silberbesteck glänzte, und die gestärkten Servietten lagen perfekt ausgerichtet neben den Tellern. Der Duft teurer Parfüms zog durch den Raum, man hörte das Klirren der Bestecke auf den Tellern, das perlende Gelächter einer jungen Frau. Außer ihrer kleinen Tischrunde waren einige Amerikaner da, die sich laut unterhielten und lachten. Ein Paar in mittleren Jahren, Pariser, wie Yvonne vermutete, hielten über dem Tisch hinweg Händchen. Sie haben sicher Hochzeitstag und wollten sich etwas Besonderes gönnen, glaubte Yvonne, wandte sich dann aber wieder der eigenen Tischrunde zu. Sie saß neben Anne Morgan, der Tochter des berühmten amerikanischen Bankiers J.P. Morgan.

»Wie geht Ihre Arbeit voran, meine Liebe?«, fragte Yvonne freundlich und aufmerksam. Sie wusste nicht genau, worin die Arbeit der Amerikanerin bestand, da diese nicht gern darüber sprach. Nur dass sie etwas mit Kindern zu tun hatte. Sie hatte ihren Mann einmal danach gefragt, doch Hippolyte war ausgewichen.

»Oh, ich bin zufrieden. Die Arbeit mit Kindern macht immer Freude. Sogar oder besonders dieser Tage.«

»Aber das ist doch wunderbar!« Yvonne drückte der Amerikanerin die Hand. Sie ahnte, dass die Mädchen, die Madame la Comtesse Baluard abends mit ins Hotel brachte und die mit Madame Morgan ein, zwei Tage später mitten in der Nacht das Hotel wieder verließen, letztendlich nach Amerika gebracht wurden. Doch wer diese Kinder waren, wusste sie nicht. Offiziell waren es Nichten und Großnichten. Yvonne wusste seit langem, dass Madame la Comtesse Baluard mit Madame Morgan befreundet war, und ahnte, dass der lange Aufenthalt der Adligen im Le Bristol mit ihrer amerikanischen Freundin zu tun hatte. Und viel mehr wollte sie auch gar nicht darüber wissen. Und zugleich war ihr bewusst, dass das Restaurant des Le Bristol nicht der geeignete Ort war, um darüber zu sprechen. Das Haus des Schweigens. So war es nun einmal.

Ihr Mann brachte einen Trinkspruch aus, und als das Essen beendet war, zogen sich die Gäste in den Salon Castellane zurück, um dort einen Mokka zu trinken. Die Männer setzten sich getrennt von den Frauen, um in Ruhe ihre Zigarren zu rauchen, ohne die Damen mit dem Rauch zu belästigen, und ungestörte Gespräche zu führen. Yvonne hatte sich so gesetzt, dass sie alles mitbekam, was am Tisch der Männer besprochen wurde, und zugleich beteiligte sie sich am Gespräch der Frauen. Eine Frau, die zehn Kinder hatte, beherrschte es perfekt, zeitgleich verschiedenen Gesprächen zu lauschen, ohne etwas zu verpassen. Sie hörte, wie ihr Mann dem amerikanischen Botschafter und Monsieur Jaujard von seiner Begegnung mit Gerhard Schön berichtete, während Madame de la Comtesse sich über die schlechten Manieren der Deutschen beklagte.

»Er hat sich an die beiden jungen Leute herangemacht wie die Katze an den Heringskopf. Er sagte, er bräuchte die Stimme der jungen Generation, aber ich glaube ihm nicht ganz«, berichtete Hippolyte Jammet.

Jaujards Gesicht wurde ernst. »Denken Sie, das hängt mit dem Fragonard zusammen?«

Hippolyte Jammet seufzte und hob die Schultern. »Wir wissen noch immer nichts, obschon ich mich in allen noch offenen Galerien und Antiquitätengeschäften umgehört habe. Der Fragonard wurde nirgends angeboten. Ich weiß ehrlich gesagt nicht, was ich noch tun soll.« Der Hoteldirektor hatte nicht nur Jacques Jaujard, sondern auch den amerikanischen Botschafter vom Verlust des Fragonard unterrichtet, denn schließlich beherbergte er die Amerikaner.

»Es ist nicht Ihre Schuld«, bestätigte der Direktor des Louvre, aber Yvonne sah den Schmerz über den Verlust in seinem Gesicht.

William Bullitt trank einen Schluck Rotwein, dann tupfte er sich mit der Serviette die Lippen ab. »Sie waren bislang so höflich, die Zimmer, die wir belegt haben, nicht zu durchsuchen. Das ist ein großer Vertrauensbeweis. Aber vielleicht ist es nun doch an der Zeit.«

»Monsieur Bullitt, ich bitte Sie! Ihre Männer und Frauen sind doch über jeden Verdacht erhaben.«

»Wir sind Amerikaner, keine Engel, mein lieber Jammet.« Er lächelte. »Wir können etwas vorgeben, um meine Leute nicht zu beunruhigen.«

Jammet nickte nachdenklich. »Wir könnten in jedem Badezimmer einen Vergrößerungsspiegel anbringen.«

»Einen was bitte?«, fragte der Botschafter nach.

Jammet lächelte. »Meine Frau hat sich stets beklagt, dass man in den Spiegeln nicht genug sieht, um sich ordentlich zu schminken. Nun, da habe ich mir einen Vergrößerungsspiegel einfallen lassen. Yvonne hat ihn ausprobiert und sagte mir vor ein paar Wochen, dass sie sehr damit zufrieden ist. Also habe ich gleich welche für das Hotel bestellt. Und ich bin sicher, die Damen werden es mir danken. Jedoch wird der Dieb – den ich, wie schon gesagt, nicht unter den Amerikanern vermute – das Bild nicht einfach bei sich über das Bett gehängt haben.«

»Das sehe ich ähnlich. Aber vielleicht finden sich Hinweise irgendeiner Art. Die Visitenkarte eines Kunstsammlers. Der Brief einer Galerie im Ausland oder Ähnliches.«

»Wir würden also mit Ihrer Zustimmung handeln?«, fragte Jammet noch einmal beim amerikanischen Botschafter nach.

»Unbedingt. Es gäbe allerdings noch die Möglichkeit, die Zimmer zu kontrollieren, wenn meine Leute abwesend sind.«

»Auf gar keinen Fall«, widersprach der Hotelier. »Das kommt nicht in Frage. Es ist unwürdig und sogar illegal.«

Bullitt lächelte. »Nichts anderes habe ich von Ihnen erwartet. Doch lassen Sie uns noch einmal auf Gerhard Schön zu sprechen kommen.«

»Ja. Ein Rätsel. Ich sagte bereits, dass er versucht, sich mit einem Concierge und einem Zimmermädchen anzufreunden. Die beiden jungen Leute sind klug und kulturell interessiert, aber in einer Stadt wie Paris gibt es viele junge Leute, die so sind.«

»Sie vermuten, es geht nicht um die beiden, sondern um das Hotel?«, fragte Jaujard nach. »Um die Anwerbung von Kollaborateuren am Ende?«

»Ich weiß es beim besten Willen nicht. Deshalb bin ich ja auch vor einigen Tagen zum Café de Flore gegangen und habe mich zu Schön und den beiden jungen Leuten an den Tisch gesetzt. Er sollte wissen, dass ich ein Auge auf ihn habe.«

»Was hat er gesagt?«, wollte der amerikanische Botschafter wissen.

Jammet lächelte. »Wir haben uns über Literatur unterhalten und über die Bildende Kunst. Seiner Meinung nach geht der deutsche Maler Albrecht Dürer über alles, sogar über Michelangelo und da Vinci. Ich habe ihm widersprochen. Wir hatten wirklich ein interessantes Gespräch. Schön ist klug, er hat tadellose Manieren und ein beeindruckendes Wissen über Kunst. Und er spricht ein akzentfreies Französisch.«

»Sie denken, der Fragonard könnte in seinem Auftrag gestohlen worden sein?«, fragte Jaujard.

»Ich weiß es nicht. Von wem soll er von den Louvre-Bildern im Le Bristol erfahren haben? Es wussten nur sehr wenige davon. Aber ich gebe zu, dass Jean und Coralie dazugehören.«

»Haben Sie die beiden in Verdacht?«

Jammet seufzte. »Nein, das habe ich nicht. Unser junger Concierge ist mit den besten Empfehlungen zu uns gekommen. Allerdings benötigt er Geld. Er will Maler werden, an der Akademie studieren. Das kostet. Ähnlich sieht es bei Coralie aus. Sie will Schriftstellerin werden. Wenn mich nicht alles täuscht, arbeitet sie bereits an ihrem ersten Roman. Die beiden sind absolut zuverlässig, fleißig und verschwiegen. Und Jean ist aus freien Stücken zu mir gekommen und hat mich um Rat gefragt, wie er die Beziehung zu Schön gestalten beziehungsweise beenden könnte.«

»Das könnte auch ein sehr kluges Ablenkungsmanöver sein«, erinnerte Bullitt.

»Nein, das glaube ich nicht.«

»Was werden Sie unternehmen, außer der Kontrolle der Zimmer im Hotel?«, wollte Bullitt weiter wissen.

»Ich habe an einen Detektiv gedacht«, erwiderte Jammet.

Jaujard schüttelte den Kopf. »Zu unsicher. Man weiß nie, ob der andere nicht gute Kontakte zu den Deutschen hat.«

Kapitel 12

Jean hatte plötzlich ein kleines bisschen mehr Zeit, aber er wusste nicht, ob er sich darüber freuen sollte. Die Hausdame hatte Coralie einer anderen Schicht zugeteilt, so dass sie sich seltener sehen konnten. Einzig jedes zweite Wochenende war frei, aber nur, wenn Madame Colette ihre Tochter nicht zwang, mit ihr Verwandtenbesuche zu machen. Immerhin hatte er in den letzten Wochen mehr Gelegenheit zum Zeichnen gehabt. Er war im Bois de Boulogne gewesen, hatte vor Sacré-Cœur auf den Stufen gesessen, sogar am Eiffelturm hatte er gezeichnet. Er hatte sich mit Problemen der Perspektive herumgeschlagen, hatte den Stift vom Detail zur Gesamtansicht und wieder zurückgeführt. Am liebsten würde er immer nur Coralie zeichnen. Zuerst zeichnen, dann malen. Im Park, auf einer Bank sitzend. Die Sonne würde ihr Haar vergolden. Aber er sah Coralie nur selten.

»Was machst du da?«, hörte er plötzlich eine Stimme neben sich. Er sah hoch und erblickte Mathilde. Schnell klappte er den Zeichenblock zu und tat, als hätte er die Schachspieler im Park betrachtet. »Ich ruhe mich aus«, erwiderte er. »Und du? Was treibt dich in den Bois de Boulogne?«

»Ich ruhe mich ebenfalls aus. Darf ich mich zu dir setzen?«

Eigentlich wollte Jean weiterzeichnen, aber er war ein höflicher junger Mann. »Bitte sehr.« Er rückte ein Stück ans

Ende der Bank und machte Mathilde Platz. Eine Minute saßen sie schweigend nebeneinander. »Darf ich sehen, was du gezeichnet hast?«, fragte das Mädchen schließlich und wollte direkt nach dem Block greifen, aber Jean fing ihre Hand ab. »Ich bin noch nicht fertig«, sagte er.

Mathilde zuckte mit den Schultern. »Dann nicht. Ich wollte nur nett sein.«

Jean betrachtete sie von der Seite. Sie war hübsch. Nicht so strahlend und golden wie Coralie, aber hübsch. Das dunkle, lange Haar trug sie offen, die braunen Augen glänzten, nur der schmale Mund lud nicht gerade zum Küssen ein. »Es tut mir leid, ich wollte dich nicht kränken, aber ich zeige meine unfertigen Sachen eigentlich nie.«

Mathilde lachte auf. »Wie Coralie. Was glaubst du, wie oft ich sie schon gebeten habe, mir etwas vorzulesen, was sie selbst geschrieben hat. Aber nein, die Sachen waren noch nicht fertig. Ihr seid ein komisches Völkchen, ihr Künstler.« Sie lachte wieder. Dann fragte sie: »Hast du schon einmal Coralie gemalt?«

»Ja. Aber nicht oft genug.«

»Malst du nur die schönsten Frauen?«, fragte Mathilde mit einem koketten Augenaufschlag.

»Wie meinst du das?«, wollte Jean ein wenig verunsichert wissen.

»Na ja, würdest du mich auch malen wollen?« Mathilde lächelte ihn an.

»Ja. Na ja, warum nicht? Malen lernt man durch Malen.«

Mathilde straffte die Schultern. »Wie soll ich mich hinsetzen? So?« Sie drehte ihren Kopf nach links. »Oder so?« Sie blickte in die andere Richtung.

»Sieh zu mir, aber ein Stück an mir vorbei. Das Haar könntest du dir hinter die Ohren streichen, damit dein Hals nicht verdeckt wird.«

Mathilde richtete sich kerzengerade auf, dann warf sie ihr Haar zurück und riss die Augen auf. »Ist es so gut?«

»Schau einfach ganz normal. Als ob du die Bäume betrachten würdest.«

Mathilde nickte, und Jean musste über ihren Eifer lächeln. Er schlug ein neues Blatt auf und nahm den Stift in die Hand. Zuerst betrachtete er Mathilde noch einmal genauer. Dann zeichnete er mit ein paar raschen Strichen die Umrisse, ehe er sich den Details zuwandte. Er arbeitete konzentriert, hatte seine Umwelt vergessen, wie so oft, wenn er in seinem Element war.

»Darf ich mal schauen?«, fragte Mathilde dazwischen, als er ihre Nase mit dem Stift modellierte.

»Nein, aber ich bin bald fertig.«

Er wischte mit dem Handballen über ein paar Linien, wechselte vom harten zum weicheren Stift, betrachtete noch einmal ihre Nase, dann ihren Mund und brachte endlich die Zeichnung zu Ende. Er hielt sie auf Armeslänge entfernt, und erst dann durfte Mathilde sie sehen.

»Das bin ja ich«, rief sie überrascht aus.

»Natürlich bist du das. Wer denn sonst?«

»Ich dachte … ich habe gedacht, du malst eher modern. So, dass alles verwischt ist und man eigentlich nichts erkennen kann. Nur wenn man ein paar Schritte zurückgeht.«

»Du meinst, wie die Impressionisten? Oder wie die Expressionisten?«

»Impressionisten, Expressionisten. Eben so, wie ich gesagt habe.«

Jean lächelte. »Malen und Zeichnen sind Handwerke. Die muss man lernen und üben. Erst wenn man das Handwerk beherrscht, kann man experimentieren. Gefällt dir die Zeichnung?«

»Aber ja, sie ist wunderschön. Darf ich sie vielleicht bekommen? Meine Mutter hat bald Geburtstag. Sie lebt im Elsass. Es wäre schön, wenn ich sie ihr schenken dürfte.«

Jean überlegte kurz. Die Nase war ihm nicht sonderlich gut gelungen, aber die Schatten hatte er gut herausgearbeitet. Es war nicht seine beste Zeichnung, aber schlecht war sie auch nicht. »In Ordnung. Aber sprich nicht darüber.«

»Oh, danke schön!«, rief Mathilde aus, und ehe sichs Jean versah, war sie ihm schon um den Hals gefallen und küsste ihn. Für einen Augenblick roch er den Duft ihrer Seife, spürte ihre warmen Lippen auf seiner Haut. Dann machte er sich los. »Ist schon in Ordnung.«

Mathilde hob die Hand und strich über Jeans Haar, der sie verblüfft anblickte. »Ich mag dich nämlich, weißt du. Es ist dir nicht aufgefallen, weil du nur Coralie siehst.«

»Aber … aber das stimmt doch gar nicht«, stammelte Jean und wusste nicht, ob er verlegen oder geschmeichelt sein sollte. Allerdings hatte sie nicht unrecht, er hatte Mathilde nie große Beachtung geschenkt. Sie war ein Mädchen, wie es viele gab. Doch nun sah er sie an. Nicht ihr Gesicht, das kannte er längst, das hatte er gezeichnet. Er sah sie als junge Frau an, und ihm fielen ihre langen, schlanken Beine auf, die kerzengerade Haltung, das stolz gereckte Kinn. Ihm gefiel, was er sah. Nicht mehr, nicht weniger.

Mathilde nahm das Blatt und sprang auf. »Ich will meiner Mutter gleich schreiben«, rief sie und eilte davon, das Blatt gegen ihre Brust gedrückt.

Auch Jean verließ den Park. Er blickte Mathilde hinterher, bewunderte ihren Gang und saß kurze Zeit später hinter seinem Tresen in der Hotelhalle. Heute hatte er Nachtdienst, den er mochte. Sobald die Nachtschwärmer zurückgekehrt waren, wurde es ruhig im Le Bristol. Und wenn er seine Arbeit erledigt hatte, blieb ihm Zeit, ein wenig in dem Bildband zu blättern, den er von Gerhard Schön geschenkt bekommen hatte. Er ließ sich von den Bildern inspirieren und überlegte, was er als Nächstes zeichnen könnte, doch immer wieder zog ihn das Fragonard-Gemälde an. Es war wie ein Zwang, und wenn Jean ehrlich war, so nahm er den Diebstahl persönlich. Es war doch *sein* Fragonard. Er hatte geholfen, ihn vor den Deutschen zu retten. Er hatte Stunde um Stunde vor ihm verbracht. Er kannte beinahe jeden Pinselstrich. Nie zuvor hatte er sich so intensiv mit einem Gemälde befasst. Das Bild war auch ein Zeichen der Liebe zwischen ihm und Coralie. So, wie andere Paare ein Lied hatten. Und außer Coralie hatte er niemanden, mit dem er über »Die Badenden« reden konnte.

Wenn er ehrlich war, so fehlte ihm der deutsche Offizier beinahe. Er wusste so viel über Kunst, sogar über die französische. Es hatte vor vier Jahren eine große Ausstellung in München gegeben, auf der man »Entartete Kunst« gezeigt hatte. Die Wanderausstellung war danach noch in zwölf weiteren deutschen Städten zu Gast gewesen, und Schön hatte berichtet, dass er der Ausstellung quasi nachgereist war. Begeistert sprach er von den Bildern eines Emil Nolde,

Max Beckmann, Alexej von Jawlensky, von Lovis Corinth und Oskar Kokoschka. Ein deutscher Offizier schwärmt von entarteter Kunst?, hatte sich Jean gefragt, und Schön hatte geantwortet, ohne dass Jean die Frage hatte laut stellen müssen.

»Kunst kann niemals entartet sein«, hatte Schön erklärt. »Kunst ist Kunst. Und die Kunst ist dafür bekannt, neue Wege zu beschreiten. Diese neuen Wege mögen uns gefallen oder nicht, die künstlerische Arbeit dahinter gilt es aber stets zu würdigen.«

»Sie meinen also, dass Kunst an sich über jeder Ideologie steht?«, wollte Jean wissen.

Schön hob die Augenbrauen. »Eine kluge Frage. Eine interessante Frage. Ja, ich denke, Kunst ist nicht nur unabhängig von Ideologien, sondern zugleich von Religion, Rasse und Geschlecht.«

»Aber was ist dann mit der Kirchenkunst?«, hatte Jean gefragt.

»Die sakrale Kunst ist nur ein Mittel zum Zweck. Es geht dabei nur vordergründig um Religion. Dahinter steht immer ein Thema, das den Menschen betrifft.«

»Das sehe ich nicht ganz so«, hatte Jean erwidert. »Altar- und Marienbilder sind religiöse Symbole. Oder denken Sie an die Ikonenmalerei.«

»Das ist richtig, aber sind sie nur das? Sind sie nur religiöse Symbole? Warum erfreuen sich dann auch die Ungläubigen daran? Und die Bibel. Sie ist Literatur, das steht fest.«

»Darüber möchte ich gern gründlicher nachdenken«, hatte Jean gesagt, der sich wirklich den Kopf zerbrach und Schön gern mehr triftige Argumente geliefert hätte.

»Zurück zur ›Entarteten Kunst‹. Ich denke, dass hier unglaubliche künstlerische Ressourcen verschwendet werden«, hatte der Offizier den Gedanken weitergeführt. »Es geht ja auch hier nicht um die Bilder an sich, sondern um die Menschen, die sie gemalt haben.«

Jean dachte noch oft an dieses Gespräch zurück. Wie gern hätte er sich den Ausstellungskatalog angesehen. Doch er hatte es nicht gewagt, Schön danach zu fragen. Und nun hatte der den Kontakt zu ihnen abgebrochen. Keine Einladungen mehr, keine Treffen im Café de Flore. Im Grunde war es gut so. Schließlich war Jean Franzose. Man hatte dieser Tage keine Kontakte mit Deutschen zu haben und waren sie auch noch so sympathisch. Er gab vor sich selbst zu, dass er manchmal sogar vergessen hatte, dass er einem Besatzer gegenübersaß. Doch Coralie hatte ihn nie gemocht.

Heute Abend war es besonders ruhig, und Jean nahm seinen Block und die Stifte heraus, um ein wenig zu zeichnen. Neulich hatte er das wunderschöne Messinggitter des Fahrstuhls kopiert, das der Architekt Leo Lermán entworfen hatte. Heute würde er den Blick von seinem Tresen zum Eingang zeichnen. Er wollte unbedingt den Schimmer des Marmors einfangen.

Er betrachtete diesen Ausschnitt mit zusammengekniffenen Augen, als plötzlich die Tür aufschwang und Madame la Comtesse Baluard hereinkam. Sie hatte einen kleinen Jungen mit dunklen Augen an der Hand. Ihre Tochter kam hinter ihr her und presste ihre Handtasche an sich.

»Guten Abend, gnädige Frau«, grüßte Jean höflich.

»Guten Abend, mein Lieber«, erwiderte die alte Comtesse. »Das ist mein Neffe … äh … Alain. Er kommt aus der Auvergne. Ich habe ihn ein paar Tage zu Gast. Leider ist das Gepäck des Jungen unterwegs abhandengekommen. Wir benötigen also Kleidung und Wäsche für Alain. Können Sie sich bitte darum kümmern?«

»Selbstverständlich, gnädige Frau.« Ganz gleich, was ein Gast von ihm wollte, Jean antwortete stets mit »selbstverständlich«. Er dachte, er hätte längst aufgehört, sich zu wundern, aber was der kleine Junge von vielleicht sechs oder sieben Jahren in seiner schäbigen Kleidung nachts im Le Bristol und an der Hand von Madame la Comtesse machte, das würde er wirklich gern wissen. Kein Mensch schickte ein so kleines Kind nachts allein durch das Land. Von der Auvergne bis nach Paris war es ein weiter Weg.

»Welche Größe hat Ihr Neffe?«, fragte Jean.

»Nun, sagen Sie einfach, Sie benötigen die Sachen für ein sechsjähriges Kind. In den Geschäften wird man Ihnen sicher weiterhelfen.«

»Wie Sie wünschen. Was wird alles gebraucht?« Jean nahm sich ein Blatt Papier und einen Stift. »Oder wäre es Ihnen lieber, dass Ihr Neffe bei den Besorgungen dabei ist?«

»Nein, nein«, wehrte die Comtesse rasch ab. »Das wird nicht nötig sein. Der Kleine ist müde von der Reise.« Sie blickte das Kind an, das vollkommen unbewegt und ein wenig ängstlich neben ihr stand, und tätschelte den kleinen Kopf. »Er sollte sich ausruhen. Was benötigt ein Junge in dem Alter?«

»Ich denke, vier Garnituren Unterwäsche, ein halbes Dutzend Strümpfe, zwei kurze Hosen, zwei lange Hosen, zwei langärmelige Hemden sollten reichen. Und zwei kurzärmelige, dazu zwei Strickjacken. Eine dünn, die andere dick. Er braucht außerdem einen Mantel, zwei Schlafanzüge, eine Haarbürste und ein paar Toilettenartikel«, zählte Jean auf.

»Woher wissen Sie so etwas?«, fragte Madame la Comtesse.

»Ich hatte einen kleinen Bruder, so alt wie Alain. Daher weiß ich, was die kleinen Jungen brauchen.«

»Gut. Sie sind eine große Hilfe, Jean.«

»Jederzeit und sehr gern.«

»Kaufen Sie bitte auch eine Waschtasche dazu. Wir brauchen außerdem einen Koffer und einen kleinen Rucksack für das Kind. Ach, und vergessen Sie das Spielzeug nicht. Einen Teddybären, Buntstifte und Papier, zwei oder drei Bücher. Das wäre dann wohl alles.«

»Sehr wohl, gnädige Frau. Aber ich bin nicht sicher, ob ich alles bekommen werde, was Ihr Neffe benötigt. Sie wissen ja selbst, wie es derzeit in den Geschäften aussieht.«

»Versuchen Sie einfach, was Sie können. Auf die Kosten brauchen Sie dabei nicht zu achten.«

»Sehr wohl. Kann ich sonst noch etwas für Sie tun?«

Wieder blickte die Comtesse zu dem Kind. »Ein Glas heiße Milch mit Honig wäre gut. Und vielleicht eine Knabberei.«

»Sehr wohl. Der Etagenkellner bringt Ihnen die Sachen auf Ihr Zimmer. Wo wird das Kind schlafen?«

»Gut, dass Sie daran denken. Wir haben noch ein Kissen übrig, aber wir benötigen eine weitere Decke.«

»Sofort, gnädige Frau.« Jean nickte und lächelte dem Kind zu, das noch immer keine Miene verzog. »Kann ich Ihnen sonst noch zu Diensten sein?«

»Ja, verbinden Sie mich bitte auf der Stelle mit Madame Morgan.«

Jean schaute die Comtesse fragend an. Es war drei Uhr in der Früh. Madame würde sicher schon schlafen. Aber darüber hatte er nicht zu entscheiden. Also wählte er die entsprechende Nummer. Das Telefon klingelte dreimal, dann hob jemand ab.

»Meine Liebe, der Neffe ist eingetroffen«, sprach die Comtesse in den Apparat, dann legte sie auf. Sie nickte Jean noch einmal freundlich zu, dann begab sie sich mit dem Kind in Richtung Aufzug.

Jean glaubte keine Sekunde daran, dass der Kleine der Neffe von Madame la Comtesse war. Aber wer er war, das wusste er auch nicht. Waren es jüdische Kinder, die von Madame Morgan und der Comtesse aus Frankreich herausgeschafft wurden? Waren es Waisenkinder? Oder gar die Kinder von Mitgliedern der Résistance? Er hatte keine Ahnung, aber er sah die Erschöpfung in den Augen der Kleinen, erkannte auch Trauer und Angst. Ihm waren nur zwei Dinge aufgefallen: Zum einen war der kleine Junge schon der dritte Verwandte, den Madame la Comtesse nachts mit ins Hotel brachte, zum anderen brachte Madame Morgan die Nichten und Neffen der Comtesse ein paar Tage später früh am Morgen wieder aus dem Hotel. Und jedes Mal war das Gepäck verloren gegangen, so dass Jean, der sich um die neuen Sachen kümmerte, von den Verkäuferinnen schon bald für einen kinderreichen Vater gehalten wurde, wie er vermutete. Aber das ging ihn alles nichts an. Er tat, was man von ihm verlangte, und schwieg über alles andere. Sogar Coralie gegenüber. Und er erledigte die Einkäufe für die Kinder immer selbst, obschon er dafür seine freie Zeit opfern musste. Die Standuhr schlug die vierte Stunde. Jetzt hatte er nur noch eine Stunde Zeit zum Zeichnen, ehe das Hotel wieder zu neuem Leben erwachen würde.

Er spitzte einen Bleistift mit seinem Taschenmesser an, dann fiel sein Blick auf das wunderschöne Blumenarrangement auf dem großen Marmortisch. Die Mischung aus rotem Mohn, blauen Kornblumen und weißen Margeriten war wunderhübsch in einer Vase arrangiert. Die Farben Frankreichs. Bleu, Blanc, Rouge. Ob das Absicht war? Er wusste es nicht, aber es gefiel ihm so, dass ein Lächeln über seine Lippen glitt. Coralie hatte ihm erst kürzlich von den Pariser Studenten erzählt, die sich in den Farben der Nation kleideten als einen Akt des Widerstands gegen die deutsche Besatzung. Und tatsächlich waren Jean einige so gekleidete junge Frauen und Männer auf den Straßen und Plätzen begegnet. Rote Strümpfe zu einem weißen Rock, darüber eine blaue Bluse. Oder eine blaue Hose, ein weißes Hemd und eine rote Nelke im Knopfloch oder ein rotes Tuch um den Hals. Er hatte selbst schon daran gedacht, sich so zu kleiden, aber er besaß nur schwarze Hosen und ein einziges weißes Hemd.

In der Hotelhalle war es noch still. Die Gäste lagen alle in ihren Betten, neue wurden in dieser Nacht nicht erwartet. Der Rezeptionist löste das Kreuzworträtsel einer Zeitung. Jean liebte diese blauen Stunden, in denen die Schönheit des Le Bristol ganz ihm gehörte. Er leckte die Spitze des Bleistiftes an, dann begann er zu zeichnen. Als Erstes nahm er sich die Mohnblumen vor. Eine von ihnen hatte bereits ein einzelnes Blütenblatt verloren, und er wusste, dass Madame Colette beim geringsten Anzeichen des Vergehens umgehend neue Blumen orderte. Ihn aber interessierte besonders die Vergänglichkeit dieser Pracht. Dann zeichnete er die anderen Blumen, aber er wurde nicht fertig damit. Schon fuhr der LKW mit den Zeitungen vor, schon klapperte der Personalfahrstuhl, schon sprang der Generator an. Ein neuer Tag im Le Bristol begann.

Teil 3
Paris 1942

Kapitel 13

Das Jahr 1942 startete klirrend kalt. Auf der Seine trieben Eisschollen, auf den vereisten Straßen hatten aufmerksame Bürger Asche gestreut, so sie denn noch welche hatten. Brennmaterial war knapp; ganz Paris schlief in dicken Pullovern und gestrickten Socken, den Kopf mit einer Mütze oder einem Kopftuch geschützt. Die Menschen hungerten. Für ihre Lebensmittelmarken bekamen sie nichts zu kaufen. Stundenlang standen sie bei Eis und Kälte vor den Geschäften, um hernach mit einer dürren Makrele oder einem Achtel wässriger Milch nach Hause zu gehen.

Der Frühling hatte noch nicht Einzug gehalten in Paris, als den Juden verordnet wurde, ihre Anstellungen in der Universität oder den Behörden aufzugeben. Auch die freien Ärzte, Zahnärzte, Anwälte und Künstler bekamen Schwierigkeiten. In Berufen, die mit der Öffentlichkeit in Berührung kamen, durfte kein Jude mehr arbeiten. Das betraf eigentlich auch die Angestellten im Le Bristol. Monsieur Jammet besprach sich mit seiner Gattin: »Hör mal, mein Herz, wie findest du diese Verordnung betreffs der Entlassung jüdischer Mitarbeiter?«

»Unsinnig. Wie alles, was die Deutschen machen. Nur weil die Leute in eine Synagoge statt in eine Kirche gehen, sind sie doch nicht anders als unsereiner. Ich habe unsere

Freunde nie gefragt, an welchen Gott sie glauben und ob sie Weihnachten oder Chanukka feiern. Und diese Karikaturen in den Zeitungen sind einfach nur lächerlich. Männer mit dunklen Haaren und riesigen Nasen. Seit wann hat die Größe der Nase etwas mit Religion zu tun?« Yvonne schüttelte aufgebracht den Kopf.

»Nun, wie sollen wir es im Hotel halten?«, fragte Jammet erneut.

»Wir halten es so, wie wir es immer gehalten haben. Weißt du denn, wie viele Juden es unter unseren Angestellten gibt?«

»Ich musste mich erkundigen, denn bislang hat es mich nie interessiert. Madame Colette sprach von drei Zimmermädchen, Monsieur Trudeaux hat zwei Küchenhilfen und einen Kellner dabei. Aber Monsieur Grunwald, von dem ich aufgrund seines Namens immer glaubte, er sei ein Jude, erklärte mir erst kürzlich bei einer kleinen Auseinandersetzung mit deutschen Soldaten, dass dem nicht so ist.«

»Wirst du die Zimmermädchen und Küchenhilfen anderswo einsetzen oder entlassen?«

»Entlassen werde ich sie natürlich nicht. Alles andere werde ich mir heute überlegen müssen, meine Liebe. Auf jeden Fall werde ich den Kellner an eine weniger exponierte Stelle versetzen. Ich werde ihn fragen, wo er gern arbeiten möchte. Er wird hoffentlich verstehen, dass ich ihn damit nur schützen möchte. Auf die Zimmermädchen achtet niemand. Sie sollen selbst entscheiden, was sie tun möchten. Aber unsere Lieferanten machen mir Sorgen.«

»Wieso?«

»Nun, darunter sind einige Juden. Der Fleischhändler heißt mit Nachnamen Levy, unseren Wein beziehen wir vom

Weingut Salomon, und die Eier liefert uns jede Woche Frau Goldberg. Die neuen Gesetze besagen, dass Juden keinen Handel ausüben dürfen. Bislang hat das niemanden groß interessiert, aber jetzt …« Er sah zu Boden, dann nahm er sich eine Zigarette aus dem silbernen Etui. »In den anderen Hotels werden die Juden entlassen. Das geht nicht anders, denn die sind von den Deutschen besetzt. Doch wovon sollen unsere Händler leben, wenn wir ihnen ihre Waren nicht mehr abkaufen?«

Yvonne seufzte. »Im Grunde war abzusehen, wie es sich entwickelt«, begann sie und hielt einen Finger in die Höhe, als wollte sie laut etwas abzählen. »Zuerst mussten sich im Oktober 1940 alle Juden registrieren lassen. Es waren allein in Paris über 150 000 Leute.« Sie hob den zweiten Finger: »Einen Monat später mussten die jüdischen Geschäfte mit der deutlich lesbaren Aufschrift ›Jüdisches Geschäft‹ ihre Abstammung zu erkennen geben.« Der dritte Finger schnellte hoch: »Im März 1941 entstand das Commissariat Général aux Questions Juives, das Generalkommissariat für Judenfragen.«

Monsieur Jammet lächelte. »Du klingst wie eine Geschichtslehrerin.«

»Ich bin eben gut informiert«, erwiderte Yvonne Jammet und fuhr fort, nachdem sie auch den vierten Finger aufgestellt hatte: »Im April 1941 kam das Auftrittsverbot für jüdische Künstler.« Jetzt reckte sie den Daumen, aber ihr Mann kam ihr zuvor und erklärte: »Einen Monat später durften sie keine Privatkonten mehr führen. Dann kamen die ersten Polizeimaßnahmen und die ersten Beschlagnahmungen jüdischen Besitzes. Kurz darauf auch schon die Razzien.«

»Du sagst es, mein Lieber«, unterbrach ihn seine Frau und fuhr fort, den ersten Finger der zweiten Hand hochgereckt: »Im Oktober dann verbot Himmler allen Juden in deutschen Einwanderungsgebiet die Auswanderung. Und im Dezember hat Deutschland den Amerikanern den Krieg erklärt.« Yvonne ließ beide Hände in ihren Schoß sinken und seufzte vernehmlich.

»Woher weißt du das alles?«

»Ich habe es im englischen Radio gehört, bei BBC.«

»BBC? Mein Herz, das solltest du nicht tun, das ist verboten. Du weißt doch, wie vorsichtig wir sein müssen.« Monsieur Jammet zog die Augenbrauen ein Stück hoch, doch er musste fast ein bisschen schmunzeln, weil er in seinem Büro heimlich denselben Sender hörte, wenn er einmal Zeit dafür fand.

»Wo soll ich mich denn sonst informieren?«, gab Yvonne ein wenig schnippisch zurück. »Unsere Zeitungen unterstehen allesamt der deutschen Kontrolle.« Sie warf ihren Kopf in den Nacken und spitzte die Lippen.

»Was sagt es denn noch, das BBC-Radio?«, wollte Jammet mit versöhnlicher Stimme wissen. Er hasste es, mit Yvonne zu streiten. So eine Auseinandersetzung konnte ihm den ganzen Tag verderben. Er griff nach ihrer Hand und küsste sie, und nun lächelte Yvonne wieder. Doch das Lächeln leuchtete nur so kurz wie eine Sternschnuppe in einer warmen Augustnacht auf, dann verdüsterte sich ihr Gesicht schon wieder.

»Sie sagen, dass die Juden im Osten angesiedelt werden sollen. In den Gebieten in Russland, die die Deutschen erobern wollen.«

»Ja, davon habe ich auch gehört, aber ich hoffe noch immer, dass eine andere Lösung gefunden wird.«

Yvonne schwieg und trank einen Schluck von ihrem Wein, dann sah sie zum geöffneten Fenster. Draußen verblasste der Tag, doch die milde Frühlingsluft füllte das Zimmer mit Wohlgerüchen. Ein paar Vögel sangen den Abend ein, irgendwo kreischte eine Katze im Liebesspiel.

»Wir sollten weiter bei unseren jüdischen Händlern kaufen«, schlug Yvonne vor. »Weil sie uns immer gute Ware geliefert haben. Und weil sie von irgendetwas leben müssen. Wenigstens so lange noch, wie es möglich ist.«

»Da denke ich wie du, *mon amour*.«

»Was sagt eigentlich William Bullitt zu diesem Thema?«, fragte Yvonne nach.

»Du wirst es nicht glauben, aber ich erwische Bullitt einfach nicht. Er hat nun nach der Kriegserklärung noch mehr zu tun.« Er hatte vom amerikanischen Botschafter die Nachricht bekommen, dass die Amerikaner in Kürze das Le Bristol verlassen mussten, doch das verschwieg er seiner Frau, um sie nicht zu beunruhigen. Es waren schwierige Zeiten, und die ganze Welt wartete darauf, dass Hitler endlich die Luft ausging und ihm dasselbe geschah, was Napoleon 1812 vor Moskau passiert war. Der Feldzug der Deutschen war offensichtlich ins Stocken geraten. Das zumindest hatte Jammet erfahren, natürlich auch in der BBC.

»Ich habe Angst«, gestand Yvonne plötzlich. Hippolyte wusste, dass sie keine Frau war, der man leicht Furcht einjagen konnte, und schon gar nicht war sie es gewohnt, ihre Ängste in Worte zu fassen, aber nun bemerkte er, dass sie Zuspruch nötig hatte.

»Wovor, meine Liebe?«

»Vor dem Krieg. Vor Hitler. Vor Bombenangriffen. Davor, dass die Deutschen siegen und für alle Ewigkeit in Paris bleiben. Ich habe Angst um unsere Kinder, um dich, um die Freunde, um das Hotel. Kurz gesagt: Ich habe Angst vor dem, was noch kommt.«

Jammet nickte und griff nach Yvonnes Hand. Auch er hatte Angst. Ganz besonders um seine Kinder. Pierre, der Älteste, sollte einmal das Hotel übernehmen. Und auch für seine anderen Töchter und Söhne hatte er Pläne. Sie sollten ein gutes Leben haben. Doch davon durfte er Yvonne nichts sagen, sonst würden ihre Ängste noch größer werden.

»Das verstehe ich gut, mein Herz. Aber was können wir tun? Was erwartest du von mir?«

»Nichts, was du nicht ohnehin schon tätest. Aber gerade in diesem Augenblick schnürt mir die Angst das Herz ab.«

Monsieur Jammet stand auf, zog den Kopf seiner Frau an seine Brust und streichelte ihren Rücken. Und dann weinte Yvonne. Selten, sehr selten nur hatte Hippolyte Jammet seine Frau so angegriffen erlebt. Sie war stark und hatte gute Nerven, was bei zehn eigenen Kindern von Vorteil war. Schließlich begann er von Leo Lermán zu berichten, um sie abzulenken. »Leo, unser guter Freund und Hausarchitekt, hat damit begonnen, die freien Zimmer zu renovieren. Einige hat er bereits fertiggestellt. Sie werden dir gefallen, meine Liebste. Er arbeitet nur nachts, weißt du, damit niemand auf ihn aufmerksam wird. Stell dir vor, er hat gesagt, er will nach und nach alle unsere Räume einer Erneuerung unterziehen. Es macht ihm Spaß, sagt er. Er kommt wenigstens nachts einmal aus seinem Zimmer.«

Yvonne schluchzte noch einmal laut auf, dann fragte sie: »Und was treibt der arme Leo am Tag?«

»Oh, er hat immer etwas zu tun, weißt du. Im Augenblick stellt er für jedes Zimmer eine Zeichnung mit allen Neuerungen her. Er hat alles im Blick, verteilt sogar schon die Lampen und die Bilder auf dem Papier, bevor er einen Pinsel zur Hand nimmt. Und seine Frau hat ihm aus der Schweiz geschrieben. Du weißt ja, sie richtet ihre Briefe stets an das Hotel. Grunwald hat ihn Leo gegeben, so wie er jeden Tag dafür sorgt, dass unser Architekt seine Zeitung bekommt. Und Leo war glücklich. Seine Jüngste lernt gerade Tennis spielen. Ich musste lachen, als Leo mir das berichtete, denn du weißt ja selbst, wie unsportlich er ist. Wie sagt er doch immer? Ja, jetzt fällt es mir wieder ein. ›Meine Lieblingssportart ist Schach, weil man dabei eine Zigarette rauchen und ein Glas Rotwein trinken kann. Sobald das beim Laufen möglich sein wird, kaufe ich mir Sportschuhe.‹«

Jammet war froh, dass Yvonne ein wenig lachte. Er streichelte noch immer ihren Rücken und versteckte seine Besorgnis. Wenn das Leben schon für seine starke, energische und eigentlich immer optimistische Frau zu anstrengend wurde, dann stand es wirklich schlecht.

Yvonne löste sich von ihm und wischte sich mit ihrem Spitzentaschentuch die Augen und die Wangen trocken. »Entschuldige bitte, mein Lieber. Ich habe mich gehenlassen.«

»Das sollst du auch. Ich bin dein Mann. Ich bitte sogar darum.«

Wieder lächelte Yvonne. Sie tätschelte Hippolyte die Wange und sagte: »Ich bin müde und gehe zu Bett. Und du?«

Jammet verneinte. »Ich bleibe noch ein wenig hier sitzen und trinke noch ein Glas Wein. Es gibt viel zu bedenken dieser Tage.«

»Gute Nacht, Cheri.«

»Träum schön, meine Liebste.«

Als Yvonne im Schlafzimmer verschwunden war, löschte Hippolyte das Licht, denn er konnte schon immer besser im Dunklen nachdenken. Schon wieder stand das Le Bristol vor einer großen Herausforderung. Was geschah, wenn die Amerikaner das Hotel verließen? Kamen dann am Ende doch noch die Deutschen ins Haus? Und wenn die Deutschen kamen, was geschah dann mit Leo Lermán und den anderen Juden? Er könnte versuchen, den Architekten und die jüdischen Mitarbeiter in die Freie Zone zu bringen. Vielleicht gelänge das sogar. Aber wären sie dann wirklich geschützt? Konnte und sollte er sich überhaupt auf so gefährliche Dinge einlassen? Er hatte eine Ehefrau und zehn Kinder. Er war verantwortlich für alle Beschäftigten in seinem Haus. Und dabei war noch nicht von den Gemälden aus dem Louvre die Rede. Er hatte versprochen, sie wie seine eigenen Kinder zu hüten. Er hatte in dieser Hinsicht versagt. Noch einmal durfte ihm so etwas nicht passieren. Kürzlich hatte er noch einmal mit Jacques Jaujard darüber gesprochen. »Der Fragonard ist nun seit beinahe zwei Jahren verschwunden. Haben Sie inzwischen etwas von dem Bild gehört?«

Jaujard schüttelte den Kopf. »Die Galerien in der Stadt wissen Bescheid. Sie werden mich informieren, falls der Fragonard wieder auftaucht. Aber Sammler sind ein seltsames Völkchen. Ich habe keine Ahnung, ob sie es mir sagen würden, wenn man ihnen das Bild anbietet.«

»Es ist in meiner Obhut abhandengekommen. Ich würde alles tun, um das Gemälde wiederzubeschaffen.«

»Das weiß ich. Und genauso gut weiß ich, dass es nicht Ihre Schuld ist. Sie haben nicht ein Bild verloren, sondern sechs gerettet. Und dafür bin ich Ihnen sehr dankbar. Verschwundene Gemälde tauchen immer mal wieder irgendwo auf. Sogar die Mona Lisa wurde schon gestohlen. Ich erinnere mich daran, als wäre es gestern gewesen. Damals war ich Student und habe im Louvre als Aufseher gearbeitet. Es war der 21. August 1911. Die Stelle, an der sonst das berühmte Gemälde hing, war leer, das Bild gestohlen. Niemand konnte sich erklären, wie es zu diesem Diebstahl kommen konnte. Sie können sich nicht vorstellen, was das für eine Aufregung war. Viele der Mitarbeiter haben geweint. Und dann entließ die Regierung sogar den Museumsdirektor. Es war ein Skandal, der das ganze Land beschäftigte. Schließlich dauerte es mehr als zwei Jahre, bis die Mona Lisa in Florenz wieder auftauchte. Ein italienischer Spiegelmacher namens Vincenzo Peruggia, der im Louvre Schutzscheiben für die Kunstwerke angefertigt hatte, ließ sich nachts im Museum einschließen, stahl das Gemälde und bot es nach zwei Jahren schließlich einem Florentiner Kunsthändler an. Nun, der Mann wurde verhaftet und verurteilt, und seit dem 1. Januar 1914 hängt die Mona Lisa wieder an ihrem angestammten Platz.«

Jammet hörte die Worte seines Freundes mit einer gewissen Erleichterung. »Aber was können wir noch tun?«

»Nichts, mein Freund. Wir müssen abwarten. Warten darauf, dass das Gemälde eines Tages irgendwo auftaucht. Jedoch habe ich nicht viel Hoffnung. Es gibt viele Bilder, die dieser Tage verschwinden und wohl nie wieder zu sehen sein werden. Wenn ich daran denke, dass es einem Sammler angeboten werden könnte! Es könnte sein, dass es bereits irgendwo hängt und sich jemand ganz persönlich und allein daran erfreut.«

Am nächsten Tag rief der amerikanische Botschafter William Bullitt den Hoteldirektor zu sich.

»Wir werden Ihr Haus nun verlassen, Mister Jammet.«

Der Hotelier nickte bedrückt.

»Es tut uns leid, wir haben uns jeden einzelnen Tag hier wohlgefühlt. Wir danken Ihnen sehr für die Gastfreundschaft. Aber nun ist Amerika in den Krieg eingetreten. Deshalb gelten andere Regeln, die ich nicht gemacht habe.«

»Kehren Sie in die Heimat zurück?«

»Ein paar Mitarbeiter der Botschaft fliegen tatsächlich in den nächsten Tagen zurück nach Hause. Auch ich werde kurz nach Amerika fliegen. Ich habe meine Familie seit Ewigkeiten nicht mehr gesehen. Aber danach komme ich wieder und halte hier die Stellung.«

»Ich bedaure es sehr, Sie und Ihre Leute nicht mehr in unserem Haus zu wissen.«

»Ich dürfte es Ihnen eigentlich noch gar nicht sagen, aber das deutsche Außenministerium hat beschlossen, fortan seine Gäste im Le Bristol unterzubringen. Es wäre nicht von Vorteil für mich hierzubleiben.«

»Wie schon gesagt: Das bedaure ich außerordentlich.« Er seufzte, als er daran dachte, dass schon sehr bald Deutsche in seinen Hotelbetten schlafen, in seinem Restaurant essen würden.

»Ich ebenfalls, mein lieber Jammet.«

»Wann werden Sie uns verlassen?«

»Noch heute.«

Jammet nickte. »Kann ich noch etwas für Sie tun?«

»Ich wüsste nicht, was. Aber Sie werden mich noch hin und wieder bei Gesprächen zu sehen bekommen. Und Ihr Restaurant werde ich mir auf keinen Fall entgehen lassen.«

Kapitel 14

Coralie sah auf Mathildes Nachtkasten ein in Stoff genähtes Buch liegen, aus dem ein Blatt Papier herauslugte. Sie wusste, dass dieses Buch Mathilde als Tagebuch diente. Normalerweise machte Mathilde ein Riesentheater darum. Normalerweise war es an einem sicheren Ort versteckt. Wenn Coralie dabei zufällig im Raum war, musste sie sich zur Wand umdrehen, damit sie auf gar keinen Fall sah, wo Mathilde ihr Heiligtum verbarg. Und heute lag es einfach so da. Coralie war eine neugierige junge Frau. Oder eher eine wissbegierige, aber das Tagebuch einer anderen würde sie niemals anrühren, auch wenn sie der Inhalt über alle Maßen interessierte. Sie tippte mit dem Finger auf das Buch, verschob es dabei absichtlich unabsichtlich, und das Blatt segelte auf den Boden. Coralie hob es auf und betrachtete es. Ganz still stand sie und starrte auf das, was sie sah. Es war eine Zeichnung von Mathilde, und Coralie hatte den Strich sofort erkannt. Als sie auch noch die Signatur am rechten unteren Rand erblickte, gab es keinen Zweifel mehr. Die Buchstaben J.B. standen da, und J.B. war niemand anderes als Jean Bressot, ihr Freund. Rasch, als könnte sie sich daran die Finger verbrennen, legte sie das Blatt zurück in das Tagebuch. Ihr Verlangen hineinzuschauen wurde immer stärker. Mathilde hatte sicher über Jean geschrieben. Oh, Coralie wusste schon lange, dass Mathilde ein Auge auf ihn geworfen hatte. Doch bislang hatte Jean so getan, als bemerkte er das nicht. Und jetzt hatte er sie gezeichnet. Hübsch, beinahe schön hatte Jean sie gemacht. Mit einem Lächeln, das Coralie noch nie an Mathilde gesehen hatte. Sie schluckte, dann blickte sie auf ihre kleine Armbanduhr. Es war kurz vor drei, und sie musste sich beeilen, wenn sie zu ihrer Verabredung mit Jean nicht zu spät kommen wollte. Sie schlüpfte in einen karierten Rock und eine helle Bluse, zog die dunkelblaue Strickjacke darüber, nahm ihre Tasche und ging davon. Im Angestelltenaufzug überlegte sie, was sie Jean sagen sollte. Durfte sie ihn überhaupt nach dem Bild fragen? Oder besser so tun, als wüsste sie von nichts? Coralie konnte Geheimnisse nicht gut für sich behalten. Sie war jetzt schon beinahe zwei Jahre mit Jean zusammen. Ihre Mutter, Madame Colette, fragte sogar hin und wieder, ob sich Jean ihr nicht erklären wollte. Coralie musste über diesen altmodischen Ausdruck lächeln. Kein Mensch sprach mehr so, aber sie wusste natürlich, was ihre Mutter damit meinte: nämlich eine Verlobung. Aber Jean tat nichts dergleichen. Coralie selbst wusste nicht, ob sie gern verlobt wäre. Sie liebte Jean, das stand außer Frage. Ihr Bauch kribbelte, wenn sie ihn sah. Sie dachte den ganzen Tag an ihn. Bei allem, was sie erlebte, nahm sie sich vor, Jean davon zu erzählen. Wenn sie ein Buch las, das ihr gefiel, so wollte sie, dass auch Jean es las. Abends lag sie oft lange wach und dachte an Jean, dachte auch über ihn nach. Sie malte sich eine gemeinsame Zukunft aus. Sie beide in einer kleinen Wohnung in Montmartre. Sie würden durch das Viertel bummeln, würden sich gegenseitig auf Dinge aufmerksam machen, die andere nicht bemerkten. Irgendwann würden sie ein Kind haben, ein kleines Mädchen. Coralie wusste schon jetzt, wie das Kind heißen sollte: Marie-Claire. Und später würden sie vielleicht noch einen kleinen Jungen bekommen, den sie Etienne nennen würden, und wer weiß, womöglich folgten dann noch weitere. Sie würde endlich ihren Roman schreiben. Sie hatte bereits ein ganzes Notizbuch mit Gedanken und Anmerkungen, Ideen und Skizzen vollgeschrieben. Eigentlich war sie nun so weit, am Manuskript zu arbeiten. Aber ihr fiel partout kein passender Anfangssatz ein. Und ohne diesen konnte sie nicht beginnen.

Jean würde natürlich malen. Sie würden Gäste empfangen, Wein trinken und mit ihnen über Kunst reden. Sie würden alle Ausstellungen in Paris besuchen, und Bücher würde es mit derselben Selbstverständlichkeit geben wie Brot. Doch wenn es ganz still wurde in ihrem kleinen Zimmer unter dem Dach des Le Bristol, dachte sie an Jeans Hände. An seine Lippen, die über ihren Hals glitten, an die Wärme seiner Haut, an seinen Geruch, Leder und Terpentin, den sie mehr als alle anderen Gerüche mochte. Sie dachte daran, wie es wohl wäre, neben ihm einzuschlafen. Ihren Kopf an seine Schulter zu lehnen, ihre Beine und seine Beine miteinander verschlungen. Heiß wurde ihr bei diesen Gedanken, so dass sie die Bettdecke wegzog und ihren Körper von der Nachtluft kühlen ließ. Sie konnte an solchen Abenden lange nicht einschlafen, und doch erwachte sie am nächsten Morgen ausgeruht und frisch.

Aber jetzt dachte sie an ein Bekenntnis zueinander. Einer Verlobung musste den allgemeinen Maßstäben gemäß eine Hochzeit folgen, und zwar im Abstand von höchstens zwei Jahren. Schon auf der Hochzeit würde sie bestimmt gefragt werden, wie es denn mit Kindern aussehen würde. Nicht auszudenken, sie würde antworten, dass sie zuerst ihren Roman schreiben wolle. Ihre Mutter würde sich schämen, Tante Eulalie würde sagen »So haben wir dich nicht erzogen!«, nur Onkel Bernard würde ihr auf die Schulter klopfen und laut ausrufen: »So ist's recht, mein Mädchen. Genieße dein Leben.«

Andererseits wäre sie schon gern verlobt. Das würde ihrer Beziehung einen neuen Status verleihen. »Mein Verlobter«, das klang ganz anders als »mein Freund«. Viele Mädchen aus ihrer Schulklasse waren bereits verheiratet, einige schoben sogar schon Kinderwagen. Vielleicht war sie nicht zur Schriftstellerin geschaffen und sollte froh sein über die Aussicht auf eine baldige Hochzeit und viele Kinder. Ihre Mutter würde sich jedenfalls über Enkelkinder freuen. Coralie seufzte und dachte an ihren Vater, der vor zehn Jahren an einer Lungenentzündung gestorben war. Sie war noch ein Kind gewesen, und doch hatte die Trauer der Mutter seither wie eine dünne dunkle Wolke über ihren Tagen gelegen. Sie wusste, dass ihre Mutter den Vater über alles geliebt hatte. Danach hatte sie sich in die Arbeit gestürzt, war innerhalb von acht Jahren vom Zimmermädchen zur ersten Hausdame aufgestiegen. Aber Coralie wusste, dass Madame Colette noch immer jeden Tag an ihren verstorbenen Mann dachte. So eine tiefe Liebe wie zwischen ihrer Mutter und ihrem Vater hatte sich Coralie auch immer gewünscht. Manchmal schien es, als könnte es mit Jean so sein.

Der Fahrstuhl war im Untergeschoss angekommen, und Coralie verließ das Hotel durch den Hintereingang. An der Straße sah sie Jean stehen, und noch immer wusste sie nicht, was sie sagen sollte. Sie hatte das Porträt von Mathilde noch im Kopf. So, wie er sie gezeichnet hatte, war sie schön. Hatte er sich etwa in sie verguckt? Hatte die Verliebtheit ihm den Bleistift geführt? Ihr Herz schlug einen Takt rascher. Würde er heute am Ende noch mit ihr Schluss machen? War Mathilde der Grund dafür, dass er bislang noch nicht von einer Verlobung gesprochen hatte? Sie hatte so viele Fragen, aber sie wusste nicht, ob sie auch den Mut haben würde, sie zu stellen. Sie zupfte noch einmal an ihrer Bluse, strich sich über das Haar und biss sich auf die Lippen, damit sie ein wenig roter aussahen. Dann holte sie ganz tief Luft und zwang sich ein unsicheres Lächeln ins Gesicht.

Jean strahlte ihr entgegen und hielt einen blühenden Rotdornzweig in der Hand. Zwei Schritte vor ihm blieb Coralie stehen, so dass er sie nicht in den Arm nehmen und auch nicht küssen konnte.

»Was ist los mit dir?«, wollte er wissen. »Du guckst so komisch.«

»Komisch also?« Coralie hörte selbst, dass sie wütend und ängstlich zugleich klang.

»Was ist los?«

»Nichts ist los, gar nichts.« Oh, sie brachte es nicht über sich, ihm ihre vielen Fragen zu stellen. Vielleicht hatte er noch gar nicht daran gedacht, sie zu verlassen, und sie brachte ihn erst mit ihren Fragen auf diese Idee.

»Coralie, ich kenne dich inzwischen lange genug, um zu wissen, dass ›gar nichts‹ ganz schön viel bedeutet. Also, was habe ich verbrochen? Habe ich dich irgendwo im Haus übersehen? Oder habe ich etwa deinen Geburtstag vergessen? Den Jahrestag des Kennenlernens? Den des ersten Kusses? Was ist mit dir los, Coralie?«

Coralie schluckte. Jean wirkte wirklich schuldbewusst, aber er hatte keine Silbe über Mathilde verloren.

»Willst du nicht mit mir sprechen?«, drängte er weiter.

»Oh, natürlich spreche ich mit dir.«

»Dann erzähl mir endlich, was geschehen ist.«

Er trat einen Schritt auf sie zu. Coralie hob abwehrend die Hände und schloss für einen Moment ihre Augen. »Mathilde. Du hast Mathilde gezeichnet.«

»Ja, das habe ich. Nicht zum ersten Mal übrigens. Ich zeichne sie immer mal wieder. Und immer auf derselben Bank im Bois de Boulogne. An diesen Zeichnungen kann ich erkennen, ob ich mich weiterentwickelt habe.«

Coralie schnappte nach Luft. »Du hast sie schon öfter gezeichnet?«

»Ja«, erwiderte Jean in aller Unschuld.

»Hat es Spaß gemacht?«

»Ja. Du weißt, wie gern ich zeichne. Und besonders nach einem Modell.«

»Du hast sie schöner gemacht, als sie ist.«

»Wirklich?« Jean lächelte geschmeichelt. »Das wollte ich nicht, aber es freut mich natürlich, dass dir die Zeichnung gefällt.«

»Nein, das tut sie ganz und gar nicht. Und sonst?«

»Was sonst?«

»Was hast du sonst noch so mit Mathilde gemacht?«

Jean hob die Arme. »Was soll das, Coralie?«

»Nichts. Ich wollte nur wissen, ob du dich gut mit ihr amüsiert hast.«

Jetzt begriff Jean. »Du bist ja eifersüchtig.«

»Bin ich nicht. Aber Mathilde streicht ohnehin immer um

dich herum. Jeder im Hotel weiß, dass sie dich zu gern in ihrer Nähe hat.« Coralie spürte, wie ihr die Tränen in die Augen schossen. »Du hast sie gezeichnet, als wäre sie deine Geliebte«, stieß sie hervor. »Ich kann in deinem Bild sehen, wie du sie siehst.«

Dann wandte sie sich ab und lief davon. Und Jean sah ihr hinterher und fühlte sich ertappt, obschon er nichts Schlechtes getan hatte.

Am Abend, als Jean gerade seinen Platz am Tresen für die Nacht eingenommen hatte, kam der Hoteldirektor. »Ich brauche Sie, Jean. Bitte kommen Sie mit mir; Monsieur Grunwald weiß Bescheid.«

Jean folgte Jammet in sein Büro und nahm an einer Seite des Schreibtisches Platz, während Monsieur Jammet sich hinter den Tisch setzte.

»Wie kann ich Ihnen helfen?«, wollte Jean wissen.

»Es geht wieder einmal um eine heikle Angelegenheit«, erwiderte Jammet.

»Heikle Angelegenheiten bin ich gewohnt.« Er lächelte und dachte an die vielen geheimen Besprechungen der Amerikaner, an den Transport der Gemälde aus dem Louvre, an Madame la Comtesse Baluard und deren Nichten.

Jammet zündete sich eine Zigarette an, gab auch Jean Feuer. »Sagt Ihnen der Name Reinhard Heydrich etwas?«

»Nicht direkt.«

»Er ist der Leiter des Reichssicherheitshauptamtes und verantwortlich für die Judenfrage. Er wird morgen hier im Le Bristol eintreffen.«

Jean nickte, um zu zeigen, dass er zuhörte.

»Es wird ein Abendessen geben. Für Heydrich und für René Bousquet, Generalsekretär der Polizei der Vichy-Regierung. Ich habe den kleinen grünen Salon dafür reserviert. Es wird um Frankreichs Juden gehen.«

Jean nickte erneut. Er hatte den kleinen grünen Salon noch nie betreten, aber er wusste, dass dieser stets für geheime Gespräche benutzt wurde. Die Tür war gepolstert, und es hieß, dass auch die Wände mit dickem Stoff bespannt waren. »Ich verstehe. Wie kann ich helfen?«

»Ich weiß, dass ich Ihnen vertrauen kann. Es wird einen Kellner geben, der die ganze Zeit zusammen mit einem SS-Offizier im Vorraum bleibt und sofort erscheint, wenn er gerufen wird. Ich möchte, dass Sie diesen Dienst versehen.«

Jean schien einen Augenblick zu überlegen.

»Ich benötige jemanden dort drinnen, dem ich vertrauen kann. Außerdem sprechen Sie Deutsch.«

»In Marseille habe ich manchmal als Kellner ausgeholfen. Ich denke, dass ich noch nichts davon verlernt habe.«

»Wie gesagt, die Aufgabe ist heikel. Sie dürfen sich keinen Fehler erlauben. Und Sie müssen sich alles merken, was Sie hören. Es ist sehr wichtig. Lassen Sie aber niemanden wissen, dass Sie die deutsche Sprache beherrschen.«

Jean schluckte. »In Ordnung.«

»Sie können auch ablehnen. Ich würde es verstehen.«

Jean straffte die Schultern. »Nein, Monsieur Jammet, es ist mir eine Ehre, diese Aufgabe zu übernehmen.«

»Danke, mein Freund, nichts anderes hatte ich von Ihnen erwartet. Nach dem Diner kommen Sie direkt zu mir und berichten.«

Jean erhob sich und verneigte sich leicht.

»Und Sie dürfen mit niemandem sonst darüber sprechen.«

»Wir sind hier im ›Hotel des Schweigens‹«, erwiderte Jean lächelnd.

Kapitel 15

Am nächsten Abend wurde der kleine Salon vorbereitet. Der Tisch wurde für acht Personen gedeckt. Heydrich kam zuerst und mit ihm Carl Oberg, SS-Polizeiführer in Paris, sein persönlicher Referent Herbert Hagen, dazu Helmut Knochen, Befehlshaber der Sicherheitspolizei für das besetzte Frankreich.

Auch René Bousquet kam nicht allein, doch Jean wusste nicht, wer die anderen Herren waren, und Hippolyte Jammet hatte ihm nur Informationen über die Deutschen geben können.

Das Diner begann mit einem Aperitif, bei dem über nichts Wichtiges gesprochen wurde. Wie geht es der Familie? Danke sehr, bestens. Und wie geht es Ihrer Familie? Ich hörte, Sie hätten sich kürzlich einen Hund angeschafft. Für die Kinder. Sie lagen mir damit in den Ohren. Ja, ja, die Kinder. Man hat viel Ärger mit ihnen, aber am Ende ist man doch immer für sie da.

Jean verließ den Salon, als er serviert hatte, und setzte sich in einen Sessel, der im Vorraum stand. Der SS-Offizier, der mit ihm und mit geladener Pistole im Vorraum wartete, saß ihm gegenüber. Jean hatte die Tür nicht richtig geschlossen, doch der deutsche Offizier erhob sich, drückte sie energisch ins Schloss und warf Jean einen misstrauischen Blick zu. Er lächelte dem Mann im Sessel gegenüber freundlich zu, doch der Deutsche verzog keine Miene.

Jean lehnte sich zurück und tat, als würde er sich noch einmal die Menüfolge vornehmen, doch er spitzte angespannt die Ohren. Doch schon wurde wieder nach ihm gerufen. Er erhob sich, und der Dolmetscher teilte ihm mit, dass einige der Herren lieber deutschen als französischen Wein wollten. Jean verbeugte sich. »Sehr wohl, mein Herr.« Dann eilte er hinaus, um den Riesling zu holen. Er dekantierte ihn unter der Aufsicht des SS-Offiziers, goss ihm einen Schluck in ein Glas, damit er davon probieren konnte. Dann betrat er wieder den kleinen Salon und goss, so langsam er konnte, die Gläser der Anwesenden voll.

»In Kürze werden Züge bereitstehen«, hörte er Heydrich sagen. »Die staatenlosen Juden kommen zuerst dran. Wir transportieren sie in den Osten zu Arbeitseinsätzen.«

Jetzt sprach Bousquet: »Betrifft das auch die Juden aus den unbesetzten Gebieten?«

»Nun, das können wir heute nicht endgültig klären. Es gibt Transportschwierigkeiten.« Das war Obergs Stimme.

»Die Regierung hat kein Problem damit, die ausländischen und staatenlosen Juden zu Arbeitseinsätzen zu schicken«, sagte René Bousquet, und Jean verstand, was das hieß. »Wir könnten demnächst 10 000 Juden für den Abtransport bereitstellen. Die französische Polizei wird die Arbeit bis zu den Zügen übernehmen.«

»Nun, wir würden es zu schätzen wissen, wenn die Gesamtzahl bei 100 000 Juden liegen würde. Es geht hier schließlich darum, Frankreich judenfrei zu machen.« Das war wieder Heydrichs Stimme.

»Wie lange dauert es eigentlich, so ein paar Gläser zu füllen?« Jean wusste nicht, wem diese Stimme gehörte. Er beeilte sich, doch die Herren schwiegen. Zigaretten wurden herumgereicht, Feuerzeuge klickten. Er hätte gern noch mehr erfahren, doch es wäre aufgefallen, hätte er sich noch mehr Zeit gelassen.

Wieder ließ Jean die Tür einen kleinen Spalt breit offen, doch der Ordonanzoffizier erhob sich erneut und drückte sie mit spürbarer Verärgerung ins Schloss. Sofort entschuldigte Jean sich für seine Nachlässigkeit.

Das Abendessen dauerte insgesamt drei Stunden, und sosehr sich Jean auch bemühte, er fand nicht mehr heraus. Immer, wenn er den Salon betrat, unterbrachen die anderen ihre Gespräche. Er servierte als Vorspeise eine Rinderbrühe, und der Ordonanzoffizier kostete zuerst davon, dasselbe geschah mit dem Hauptgang – Stubenküken in Weißweinsoße – und auch wieder bei der Nachspeise, einer gehaltvollen Mousse au Chocolat. Selbst von dem Cognac, der nach dem Essen ausgeschenkt wurde, probierte der SS-Mann.

Langsam wurde Jean müde. Es war die Langeweile, die seine Lider schwer werden ließ. Durch die geschlossene Tür drang nur Gemurmel, der SS-Offizier im Sessel las nun in einem Buch. Jean hatte versucht, den Autorennamen zu entziffern. Es war ein Roman von Ernst Jünger, den er nicht kannte. Endlich hörte man von drinnen Stühle rücken. Die Tür ging auf, und zuerst verließen die Deutschen den Raum. Der Wachoffizier schloss sich ihnen an, ohne Jean auch nur eines Blickes zu würdigen. Die Franzosen saßen noch am Tisch, die leeren Cognacgläser vor sich. »Darf ich Ihnen noch etwas bringen?«, fragte Jean höflich.

Bousquet winkte ab. »Lassen Sie uns in Ruhe.«

»Wie Sie wünschen.« Jean verneigte sich ein wenig und hoffte, dass Bousquet die Verneigung nicht als Hohn empfand, dann setzte er sich wieder in den Sessel im Vorraum. Wieder hatte er die Tür nicht gänzlich geschlossen. Es war inzwischen kurz vor Mitternacht, und Jean hatte gehofft, um diese Zeit hinter seinem Tresen zu sitzen. In diesem Augenblick ging die Tür zur Lobby auf, und Monsieur Jammet erschien. »Wie sieht es aus da drinnen?«, wollte er wissen.

»Die Deutschen sind bereits gegangen. Nur Monsieur Bousquet und die anderen Franzosen sind noch da«, flüsterte Jean und deutete auf die nur angelehnte Tür, durch die man jedoch nichts hören konnte, weil die Männer leise miteinander sprachen.

»Gut. Wir sehen uns dann später.« Und schon war Jammet wieder verschwunden.

Noch eine halbe Stunde musste sich Jean gedulden, dann endlich verließ auch die französische Delegation das Le Bristol. Jean räumte den Tisch ab und fuhr den Servierwagen hinunter in das Reich der Küche. Dann trank er eine Tasse Gerstenkaffee, von dem er hoffte, er habe die gleiche Wirkung wie Bohnenkaffee. In der Lobby traf er auf den Hoteldirektor, der sich mit Monsieur Bousquet unterhielt. Gerade streckte Bousquet die Hand zum Abschiedsgruß aus und verließ das Le Bristol, da wandte sich Jammet an Jean. »Kommen Sie in mein Büro«, sagte er. »Aber warten Sie damit, bis auch der letzte Franzose abgefahren ist.«

Fünf Minuten später klopfte Jean an die Bürotür. Jammet bat ihn herein, forderte ihn auf, an einem kleinen Tisch in der Sesselecke Platz zu nehmen. »Einen Cognac?«, fragte er.

Jean schüttelte den Kopf. »Ich muss noch arbeiten.«

»Ich gebe Ihnen frei. Sie sind seit achtzehn Stunden auf den Beinen.«

»Bitte nicht. Ich möchte den Rest der Nacht sehr gern hinter meinem Tresen sein.«

Jammet hob die Augenbrauen. »Sie sind der erste Angestellte, der nicht ein paar Stunden mehr Freizeit zu schätzen weiß. Verraten Sie mir den Grund dafür?«

»Madame la Comtesse Baluard. Ich denke, sie wird diese Nacht wieder eine Großnichte mit ins Hotel bringen.«

»Ah, ich verstehe. Sie sind ein guter Mann, Jean.«

»Danke, Monsieur.«

»So, zurück zum heutigen Abend. Konnten Sie etwas erfahren?«

»Die Männer unterbrachen ihre Gespräche, sobald ich den Salon betrat. Doch ich habe gehört, dass Bousquet den Deutschen versprochen hat, 10 000 ausländische oder staatenlose Juden auszuliefern. Insgesamt wollen die Deutschen ein Kontingent von mindestens 100 000 Juden aus Frankreich wegschaffen.«

»Wann? Wo? Wissen Sie mehr?«

»Leider nicht. Nur dass die entsprechenden Razzien von der französischen Polizei ausgeführt werden sollen. Die Deutschen treten dabei gar nicht in Erscheinung.«

»Danke, Jean. Das hilft nicht nur mir weiter. Und denken Sie daran: Kein Wort zu niemandem.«

Jean hatte noch so viele Fragen. Zum Beispiel, wem diese Information nützen könnte. Hatte Jammet Kontakt zur

Résistance? Wollte er Juden verstecken oder ihnen zur Flucht verhelfen? Doch es verbot sich von selbst, dem Hoteldirektor diese Fragen zu stellen.

»Ist noch etwas, Jean?«

»Ich … ich … verzeihen Sie, aber ich möchte zu gern erfahren, ob jemand gerettet werden kann. Und ob ich noch anders helfen kann.«

»Ja. Sie haben mit dafür gesorgt, dass ganz sicher Menschenleben gerettet werden. Sie haben schon sehr viel geholfen, Jean.«

»Madame la Comtesse Baluard rettet ebenfalls Menschen.«

Jammet lächelte. »Dann wissen Sie also, dass es sich nicht um die Verwandten von Madame la Comtesse handelt?«

»Natürlich. Das ist doch ganz offensichtlich. Niemand lässt so kleine Kinder bei Nacht und Nebel in einem Zug fahren. Und das stets ohne Gepäck.«

»Haben Sie darüber mit jemandem gesprochen?«

»Natürlich nicht, Monsieur Jammet.«

»Auch nicht mit Coralie oder Ihrem Zimmergenossen Olivier?«

»Nein, Monsieur. Aber ich würde zu gern wissen, was mit den Nichten und Neffen geschieht.«

»Sagen wir so: Es wird ihnen am Ende hoffentlich besser gehen.« Jammet sah ihm bei diesen Worten in die Augen.

»Ich verstehe, Monsieur Jammet.«

»Nun, dann macht es wohl Sinn, dass ich Sie weiter so zur Nachtschicht einteile, wie sich Madame de la Comtesse das wünscht.« Jammet lächelte. »Danke, Jean. Und vergessen Sie nicht: Es ist manchmal besser, nicht zu viel zu wissen.«

Kapitel 16

Im Juni erging ein Befehl an die Juden, ab sofort an jedem Kleidungsstück den gelben Stern zu tragen. Genau wie in Deutschland. Coralie litt mit ihren bedauernswerten Pariser Mitbürgern. Es war ihr bislang vollkommen gleichgültig gewesen, welche Religion die Menschen, die sie kannte, hatten. Aber nun zu sehen, dass ein Teil von ihnen noch stärker ausgegrenzt wurde als zuvor, schmerzte sie. Sie erkannte den alten Mann, der immer kam, um die Messer zu schleifen. Er war groß und stark gewesen mit Muskeln wie ein Schmied. Nun schlich er dicht an den Hauswänden entlang. Sein Jackett war zerschlissen, und er sah aus, als hätte er unter einer Brücke geschlafen. Coralie grüßte ihn, doch der Mann mit dem gelben Stern auf der Jacke wandte den Blick ab.

Es gab Gerüchte. Überall in der Stadt standen die Leute an den Straßenecken zusammen und redeten. Es hieß, es würde sehr bald schon etwas Schreckliches geschehen, das die Juden betraf. Jemand berichtete von einem jungen Mann, der aus dem Lager in Drancy zurückgekommen war. Er war Kommunist, kein Jude, und er hatte von Viehwaggons berichtet, in die die verhafteten Juden verladen worden waren und die in den Osten fahren sollten. Weit in den Osten. Mindestens bis nach Polen, wenn nicht gar gleich nach Russland. Von Lagern war die Rede, von Hunger und Gewalt. Andere wollten von Razzien gehört haben und wieder andere davon, dass man Wasservorräte und medizinische Gerätschaften in ein Stadion geschafft hatte.

Jüdische Mütter riefen ihre Kinder von der Straße. Etliche Familien waren bereits dabei, ihre Koffer zu packen.

Wenn sie nur verstehen könnte, was Hitler so an den Juden störte! Was hatten sie getan? Natürlich kannte sie die alten Geschichten, dass Judas schließlich Jesus verraten hatte, dass die Juden Brunnen vergifteten und Hostien. Nichts davon war wahr. Die Juden, die sie kannte, lachten, liebten, weinten, arbeiteten, zogen ihre Kinder groß. Es gab freundliche und unfreundliche darunter, hilfsbereite und egoistische. So wie bei allen anderen Menschen auch.

Sie kam in das Viertel Marais, wollte im Auftrag von Monsieur Jammet bei einem Blumenhändler einen Strauß mit 35 roten Rosen abholen zum Geburtstag für Madame Jammet. 35 rote Rosen. Gott allein wusste, wo er die herbekommen hatte.

Coralie stieg aus der Metro und bog in eine Seitenstraße des kleinen Viertels ein, das sich zwischen der Rue Vieille du Temple, der Rue Paveé, der Rue de Francs Bourgeois und der Rue du Roi de Sicile erstreckte. Normalerweise sah man hier zahlreiche Männer mit Kippas und Frauen, die braune Perücken trugen. In den Delikatessengeschäften hatte es immer gefilte Fisch gegeben, in anderen Läden Chanukkaleuchter und die Thora. Freitags schlossen die Läden bereits am Nachmittag und öffneten auch am Samstag nicht. Coralie war immer gern im Marais gewesen, obschon dieses Viertel nicht zu den angesehensten gehörte. Viele Häuser wirkten ein wenig heruntergekommen, vor den Fenstern standen keine Blumenkästen, es gab wenige Cafés. Aber die Stimmung dort war freundlich. Alte Männer in schwarzen Jacken und Hüten standen an den Straßenecken und schwatzten. Junge Männer in schwarzen Jacken und Hüten eilten mit unter den Arm geklemmten Büchern durch die Gassen, Frauen schauten aus dem Fenster nach ihren Kindern, die lärmend spielten. Heute parkten neben dem Eingang zur Metrostation zahlreiche Autos und LKWs der französischen Polizei. Männer mit Waffen saßen auf den LKWs, andere standen herum und rauchten Zigaretten. Alle schienen auf etwas zu warten.

Auch im Viertel selbst war es heute anders. Niemand stand an den Straßenecken auf einen Schwatz, Kinder spielten nicht auf der Straße, an den meisten Geschäften stand mit weißem Kalk »Juif« geschrieben. Die Schaufenster waren leer, die Gitter vor dem Eingang heruntergelassen.

Sie bog in die Straße ein, in der der Blumenladen war. »Juif« war auch hier auf die Schaufenster geschmiert, dazu ein Totenkopf. Der Laden war leer; Monsieur Katz hatte geschlossen. Coralie seufzte. Sie war so oft in Monsieur Jammets Auftrag hier gewesen, um kunstvolle Gebinde für Hochzeiten, Geburtstage oder Jubiläen abzuholen. Niemand verstand es, schönere Sträuße zu binden als Monsieur Katz. Und jetzt stand der Laden leer, die Schaufenster, die nicht zerbrochen waren, mit Schmierereien übersät, und Coralie fragte sich, wie die Familie Katz es schaffte, ohne Einkommen zu überleben.

Coralie drückte die Klingel an dem dreistöckigen Wohnhaus. Zweimal kurz, zweimal lang, so wie es Monsieur Jammet ihr aufgetragen hatte, so wie sie es immer tat, seit der Laden geschlossen worden war. Kurz darauf hörte sie Schritte, die Haustür wurde aufgeschlossen. Monsieur Katz blickte die Straße hinauf und hinab, dann winkte er Coralie schnell hinein.

»Ich darf doch nichts mehr verkaufen«, erklärte er. »Das ist für Juden verboten. Die Rosen habe ich von einem Kollegen bekommen, ich habe sie nur zu einem Strauß gebunden.« Er deutete auf ein prächtiges Bukett aus dunkelroten, samtigen Rosen mit Schleierkraut dazwischen und zarten Bändern in Hellgrün, das in einer großen Vase auf dem Küchentisch stand.

Coralie hätte gern etwas Aufmunterndes gesagt, aber was? Madame Katz packte gerade Sachen in einen großen Schrankkoffer. Als sie Coralie erkannte, lächelte sie. »Wie schön, Sie zu sehen«, sagte sie. »Kommen Sie doch bitte einmal mit.« Sie führte Coralie ins Schlafzimmer. »Wir müssen weg oder werden bald abgeholt«, erklärte sie. »Ich habe eine Vorliebe für schöne Kleider. Es wäre schade, sie zurückzulassen. Wollen Sie sie nicht einmal anprobieren?«

Coralie wusste, dass Frau Katz ein untrügliches Gespür für Mode hatte. Schon immer hatte Coralie deren Stil bewundert, der beinahe so elegant war wie der von Madame Jammet, wenn auch nicht ganz so kostspielig.

»Hier, sehen Sie nur, das blaue Kleid mit dem weißen Kragen. Es würde Ihnen hervorragend stehen. Darf ich es Ihnen einpacken?«

Coralie schluckte. Das Kleid war wirklich wunderschön, und es hatte auch gewiss ihre Größe. Aber die Umstände! Wie sollte sie sich in diesem Kleid wohlfühlen, wenn sie doch wusste, dass Madame Katz es nicht freiwillig hergab?

»Ich weiß, was Sie jetzt denken, Coralie. Aber es ist mir tausendmal lieber, Sie tragen meine Sachen als irgendeine deutsche Nazigattin. Sie würden mir wirklich eine Freude machen, wenn Sie meine Kleidung nähmen. Was Ihnen nicht passt, verschenken Sie an Ihre Kolleginnen. Es würde mir viel bedeuten.«

Da nickte Coralie und schaute zu, wie Madame Katz ein Kleid nach dem anderen in den Koffer packte, danach die Pullover, die Strickjacken, die Blusen. Zuletzt nahm sie ein silberfarbenes Abendkleid aus dem Schrank und betrachtete es seufzend. »Das ist mein Lieblingskleid, Coralie. Es ist von Schiaparelli.« Sie lachte. »Es hat einen winzigen Fehler unten am Saum, deshalb habe ich es ein wenig günstiger bekommen. Sonst hätte ich es mir nie leisten können.«

Coralie hielt den Atem an. Von Schiaparelli! Wo ein Kleid mehr kostete, als sie in drei Monaten verdiente! Aber es war traumhaft. Oben ganz mit Spitze besetzt und nach unten weich bis auf die Füße fallend. »Wollen Sie es anprobieren? Ich würde Sie zu gern darin sehen.«

Nichts tat Coralie lieber. Sie schlüpfte aus Bluse und Rock, stand im Strumpfhalter Madame Katz gegenüber, ließ sich das zarte Gewebe über Kopf und Unterrock streifen. Madame Katz trat einen Schritt zurück und betrachtete Coralie. »Es sieht aus, als wäre es für Sie gemacht. Aber Sie brauchen natürlich noch die passenden Schuhe dazu und eine kleine Pelzstola.«

Coralie strich bewundernd über das Kleid. Noch nie hatte sie so etwas Schönes besessen. Aber ach, wann sollte sie es anziehen? Schon kam Madame Katz mit silbernen Riemchenschuhen, die Coralie ebenso gut passten. Dann nahm sie ein fellbesetztes Cape von einer Kommode und legte es Coralie um die Schultern. Das Cape war aus Persianerfell gearbeitet und so weich wie nichts sonst, was Coralie je besessen hatte. Nicht einmal der aufgenähte gelbe Stern konnte dem Cape etwas von seiner Eleganz nehmen.

Wieder trat Madame Katz einen Schritt zurück, legte den Zeigefinger ans Kinn. »Perfekt!«, sagte sie. »Jetzt brauchen wir nur noch eine Abendtasche.«

Ein kleines Mädchen, vielleicht vier Jahre alt, kam herein und schmiegte sich an die Beine seiner Mutter. »Was ist los, Fleur, mein Schatz? Bist du fertig damit, deine Lieblingsspielsachen auf dein Bett zu legen? Du weißt ja, wir müssen sehr bald fort von hier.« Das Mädchen nickte, ließ sich von der Mutter über das Haar streichen. Dann setzte sie sich auf den Bettrand und beobachtete, was im Zimmer geschah. Coralie kniete sich vor das hübsche Mädchen mit den braunen Locken und den grünen Augen. Sie reichte ihr die Hand. »Ich bin Coralie und war schon öfter hier. Vielleicht hast du mich schon mal gesehen. Und du bist Fleur, nicht wahr? Was für ein schöner Name. Genau passend für eine Blumenhändlerfamilie.« Das Mädchen nickte und wagte ein schüchternes Lächeln. Inzwischen hatte Madame Katz aus einer Kommode ein schwarzes Abendtäschchen hervorgekramt und reichte es Coralie. »Da, die müsste gut zum Kleid passen.«

»Aber das kann ich doch alles gar nicht annehmen«, erwiderte Coralie. »Sie haben doch sicher Freundinnen, die sich darüber freuen würden.«

Madame Katz lachte bitter auf. »Meine Freundinnen sind jüdisch. Dort, wo sie hinkommen oder schon sind, braucht man keine schönen Kleider.«

Sie nahm noch zwei Blusen und packte sie in den Koffer, den sie für Coralie bestimmt hatte. Im selben Augenblick hielt vor dem Haus ein LKW. Madame Katz eilte ans Fenster. »Es ist so weit. Sie kommen, um uns zu holen.« Coralie hörte, dass ihre Stimme zitterte.

Coralie nahm gar nicht wahr, dass sie noch immer in Abendkleid und Cape dastand. In einem Persianercape, an das ein Judenstern genäht war. »Wie kann ich Ihnen helfen?«, fragte sie.

Madame Katz schaute kurz zu Fleur, dann wieder zu Coralie. »Mein Koffer und der meines Mannes sind fertig gepackt. Helfen Sie mir, ein paar Sachen für die Kleine zu packen.«

Coralie folgte Madame Katz ins Kinderzimmer und hörte dabei, wie die Haustür aufgerissen wurde und schwere Stiefel die Treppe hinaufpolterten. Als sie sah, dass es französische Polizisten waren, atmete sie ein wenig auf. Polizisten waren schlimm, aber Deutsche wären schlimmer gewesen.

»Ihr habt fünf Minuten. Packt alles ein, aber nicht mehr als fünf Kilo. Habt ihr verstanden? Wer sich weigert, wird gezwungen.«

Madame Katz richtete sich kerzengerade auf. »Wohin werden Sie uns bringen?«

»Ins Vélodrome d'Hiver. Wie es von dort weitergeht, weiß ich nicht.«

»In den Osten?«, fragte Madame Katz bang.

»Was weiß ich? Ich habe den Befehl, euch ins Vélodrome zu bringen. Alles andere interessiert mich nicht.«

»Aber wir sind holländische Staatsbürger.«

Der Polizist nickte. »Mein Befehl lautet, die ausländischen und staatenlosen Juden ins Vélodrome zu bringen.«

»Wir leben hier seit zwanzig Jahren.«

»Packen Sie lieber, die Zeit vergeht.«

Coralie hatte unterdessen den Kleiderschrank der Kleinen aufgemacht und stopfte zahllose Röcke, Kleider und Pullover in den bereitliegenden Koffer. Sie dachte an Strümpfe und Unterwäsche, an Schuhe und eine Mütze und einen Schal. Ja, es war Sommer, es war der 16. Juli, aber in ein paar Monaten konnte es kalt werden, und niemand wusste, wo die Reise der Familie Katz enden würde.

Nun begann Madame Katz in fliegender Hast, Kleidung in Fleurs Koffer zu werfen. Coralie stand neben ihr, nahm ihr das Nachthemdchen aus dünnem Leinen aus der Hand und packte stattdessen eine warme Strickjacke ein. Als Zimmermädchen hatte sie schon oft den Gästen geholfen, ihre Koffer zu packen. Sie konnte das gut, legte die Sachen so hinein, dass viel dazwischen passte. Sie rollte auch zwei Handtücher mit ins Gepäck, während Madame Katz eilig noch ein wenig Spielzeug von Fleur verstaute. Schneller als gedacht, waren die fünf Minuten um. Der Polizist blickte auf seine Uhr. »Abmarsch!«, bestimmte er.

»Ich nehme Fleurs Gepäck«, bot Coralie an und stieg mit einem Koffer in jeder Hand die Treppen hinab. Monsieur Katz saß bereits neben seinen Nachbarn auf dem LKW. Coralie hob Fleur hoch und reichte dann den Koffer der Kleinen hinterher. Plötzlich wurde sie nach vorn gestoßen. »Na los, hopp, hopp. Rauf mit dir.« Ehe sie sichs versah, saß sie neben Monsieur Katz. Ein Polizist knallte ihr den Koffer auf die Füße, in dem die Sachen von Madame Katz für sie waren.

Sie wollte rufen: »Halt, ich bin keine Jüdin. Es ist ein Irrtum. Lassen Sie mich herunter«, aber das wagte sie nicht. Nicht mit dem Cape über den Schultern, das den Judenstern trug, nicht vor all den Menschen, die sie seit Jahren kannte, nicht mit dem Koffer voller Kleider. Ich werde es später aufklären, dachte sie. Dann setzte sich Madame Katz neben sie, und der LKW fuhr los.

Kapitel 17

Coralie wusste nicht, wo ihr der Kopf stand. Der Lärm im Vélodrome d'Hiver war so überwältigend, dass sie sich am liebsten die Ohren zugehalten hätte. Das ganze Radsportstadion war bis auf den letzten Platz gefüllt. Alte Frauen klammerten sich an ihre Männer. Junge Frauen pressten ihre Kinder an sich. Irgendwo erbrach sich jemand geräuschvoll, dann weinte jemand. Hinter ihnen erklang das Gebrüll eines Mannes. Sie wurden immer weiter in das Vélodrome hineingestoßen. »Vorwärts, vorwärts! Na, los doch! Sucht euch einen Platz«, rief ein Polizist und stieß Coralie in den Rücken, so dass sie beinahe stolperte. Sie war wie betäubt von der Lautstärke, mehr noch aber von der Tatsache, dass sie ebenfalls verhaftet worden war. Sie sah sich nach jemandem um, dem sie den Irrtum erklären konnte, doch die Polizisten waren damit beschäftigt, die Menschenmassen zu dirigieren. Monsieur Katz trug seine Tochter auf dem Arm, Madame Katz schleppte weinend ihren Koffer, und Coralie trug den von Fleur und den, den sie von Madame Katz bekommen hatte. Als sie all die zusammengepferchten Menschen sah, wurde ihr übel. Die Luft war so stickig, dass sie kaum atmen konnte. Es roch nach Angst und Schweiß. Das kann nicht wahr sein, dachte sie. Das hier hält niemand aus. Das ist unmenschlich.

Fleur begann zu jammern. »Ich habe Durst«, klagte sie.

»Psst, mein Herz, es gibt sicher gleich etwas zu trinken.«

»Und ich muss auf die Toilette.«

»Gleich, Fleur, lass Mama und Papa erst einen Platz für uns finden.«

Sie stiegen endlose Betontreppen hinauf bis ganz nach oben. Die unteren Reihen waren schon dicht belegt. Die ersten Familien hatte sich bereits für einen längeren Aufenthalt eingerichtet, hatten ihre Plätze mit Decken markiert, die Koffer geöffnet.

Es dauerte, aber endlich hatten sie ganz oben in der letzten Reihe einen Platz gefunden, dort, wo sich die Sommerhitze staute. Neben ihnen lag ein kleiner Junge auf der harten Holzbank. »Halten Sie ein bisschen Abstand, wenn es geht«, bat die Mutter. »Er ist krank, er hat Fieber.« Sofort rutschte Madame Katz ein Stück weg und nahm Fleur auf den Schoß. »Ich habe Durst«, quengelte die Kleine wieder.

»Gleich gibt es etwas. Tee oder Milch«, beschwichtigte Madame Katz ihre Tochter.

»Pah!« Die Frau neben ihnen lachte verächtlich. »Was denken Sie denn, wo Sie hier sind? Hier gibt es nichts. Kein Wasser, kein Essen, gar nichts. Haben Sie denn nichts dabei?«

Erschrocken schüttelte Madame Katz den Kopf. »Ich dachte … man hat uns nichts gesagt.«

Die Frau betrachtete nun Coralie. »Nichts zu trinken für das Kind, aber im Abendkleid mit Pelzcape.« Wieder schüttelte sie den Kopf.

Coralie erhob sich. »Irgendwo wird es schon etwas Wasser geben.«

»Wenn Sie sowieso gehen, dann schauen Sie doch bitte auch, ob Sie einen Arzt finden. Für meinen Jungen.«

Coralie nickte, streichelte Fleur kurz über die Wange und legte das Pelzcape ab. Sie stieg die Treppen hinab, drängte sich zwischen schwitzenden Leibern hindurch, vorbei an einem betenden Mann, der sich hin- und herwiegte, an neu Angekommenen vorbei, bis sie endlich wieder unten war. In der Mitte des Stadions befand sich ein Zelt mit einem roten Kreuz darauf. Eine ewig lange Schlange drängelte sich davor. Mütter hielten ihre Kinder auf dem Arm oder stützten ihre alten Eltern. Jeder Zweite hier im Vélodrome weinte. Französische Polizisten brüllten Befehle. Es war inzwischen Mittag, und die heiße Sonne knallte auf das Dach des Radsportstadions. Coralie hatte den Eindruck, dass die Hitze von Minute zu Minute brütender wurde. Der Schweiß lief ihr den Rücken hinab, obschon das silberne Abendkleid ärmellos war. Sie schämte sich, zwischen all den Menschen so übertrieben gekleidet zu sein. Als hätte sie nicht gewusst, dass der Ort, an den die Juden gebracht worden waren, kein Ballsaal war.

Sie zog die Riemchenschuhe, in denen sie ohnehin nicht gut laufen konnte, aus und lief barfuß weiter, die Schuhe in der Hand. Eine Frau tuschelte mit einer anderen und zeigte dabei auf Coralie, und Coralie schämte sich noch mehr. Es kam ihr vor, als fühlten sich die anderen, die hierher verschleppt worden waren, durch ihr Kleid verhöhnt. Sie fragte einen Polizisten, der sie von oben bis unten spöttisch musterte, wo sie etwas zum Trinken herbekommen könnte. »Sie sind hier nicht in der Oper«, fuhr er sie an. »Es gibt nachher Wasser.«

»Wie viele Flaschen bekommt jeder?«, fragte Coralie weiter.

Jetzt lachte der Polizist. »Die Feuerwehr wird für eine gewisse Zeit den Schlauch aufdrehen. Haben Sie ein Gefäß, dann haben Sie auch Wasser.«

»Aber die Kinder haben jetzt Durst. Es wird immer heißer.«

Der Mann zuckte mit den Schultern.

»Ich verlange von Ihnen, dass Sie sich sofort um etwas zum Trinken kümmern.«

Der Polizist trat so dicht an Coralie heran, dass sie seinen Atem riechen konnte. »Jetzt pass mal auf, du kleine Judenschlampe. Vielleicht hast du noch gestern Sekt getrunken. Ab heute aber läuft das hier anders. Du tust, was man dir sagt.«

»Ich bin keine Jüdin«, erwiderte Coralie. Nein, sie hatte sich nicht zu etwas Besserem damit machen wollen, sie wollte nur Wasser für Fleur.

»Ach? Keine Jüdin? Und was machst du dann hier, hä?«

»Ich war zu Gast bei einer jüdischen Familie. Man hat mich irrtümlich hierhergebracht.«

Jetzt lachte der Polizist noch lauter. »Nicht schlecht, Judenschlampe. Nicht schlecht.« Er beugte sich noch ein wenig dichter zu ihr. »Du tust gut daran, dich deswegen zu schämen. Würde mir nicht anders gehen.«

Da straffte Coralie die Schultern und fragte kühl: »Wo wird das Wasser ausgeschenkt?«

»Da drüben.« Der Polizist deutete auf einen Seiteneingang.

»*Merci,* Monsieur.«

Coralie drängelte sich durch die Menschenmenge. Zweimal wurde sie angerempelt, einmal beschimpft, und einmal trat ihr ein Mann mit seinen schweren Schuhen auf die nackten Füße, so dass sie aufschrie. Der Mann murmelte eine Entschuldigung, dann drängelte er weiter. Coralie war kurz stehen geblieben, aber die, die hinter ihr kamen, stießen sie vorwärts. Endlich hatte sie sich zu dem angezeigten Seiteneingang durchgekämpft. Aber sie hatte noch immer kein Gefäß für das Wasser. Suchend blickte sie sich um. Sie hätte alles genommen, was sie finden konnte. Eine alte Milchflasche, einen Becher, selbst einen tiefen Teller. Aber hier gab es nichts. Alles, was die Leute noch besaßen, hatte in Koffer oder Rucksäcke gepasst. Aber da, nur ein paar Meter von ihr entfernt, standen zwei Polizisten, und der eine von ihnen hatte eine Thermosflasche in der Hand, die er jetzt auf den Boden stellte. Dann verschränkte er die Arme vor der Brust und wippte breitbeinig auf den Zehen. Coralie ließ ihn nicht aus den Augen. Ein altes Mütterchen schleppte sich vorüber, kaum zu sehen unter dem großen Rucksack. Der Polizist sagte etwas zu seinem Kollegen, dann lachten beide. Das Mütterchen blieb stehen, fragte etwas. Als die Polizisten antworteten, legte sie eine Hand hinter ihr rechtes Ohr. Da sprintete Coralie los, drängte sich geschickt durch die Menschen, kam dicht an die Thermoskanne heran, schnappte sie sich und war schon wieder in der Menschenmenge untergetaucht.

Sie musste eine ganze Stunde warten, ehe die Feuerwehr tatsächlich den Schlauch ausrollte. Sie hatte den letzten Rest Gerstenkaffee aus der Flasche getrunken, aber sie hatte bereits wieder Durst. Fleur musste inzwischen ganz ausgetrocknet sein vom vielen Weinen. Die Luft im Vélodrome war so stickig, dass Coralie kaum atmen konnte. Sie trug noch immer das Abendkleid, erduldete die Blicke der anderen und konnte doch nichts ändern.

Als ihre Flasche endlich gefüllt war, stieg sie die Treppen wieder hinauf bis unter das Dach. Sie hatte nicht geglaubt, dass es noch heißer werden könnte, doch die Hitze war unmenschlich geworden, so dass der Schweiß in Strömen über ihren Rücken lief.

»Ich habe Wasser«, verkündete sie stolz und reichte Madame Katz die Flasche. »Es gab nichts anderes.«

Madame Katz, die heute Morgen noch so schön und frisch ausgesehen hatte, wirkte jetzt verschwitzt und erschöpft. Unter ihren Augen hatten sich dunkle Ringe gebildet. Fleur lehnte an ihrer Brust und schlief. Mit einer Hand öffnete Madame Katz die Thermosflasche und wollte daraus trinken, da hielt Coralie ihr die Hand fest. »Warten Sie«, bat sie. »Wir müssen sparsam damit umgehen. Ich weiß nicht, wann ich wieder Wasser bekomme. Es wird nichts ausgeschenkt. Einzig die Feuerwehr dreht hin und wieder einen Schlauch auf.«

»Aber sie müssen uns doch Wasser geben«, jammerte Madame Katz leise. »Wenigstens Wasser.«

»Wo ist Ihr Mann?«, fragte Coralie, um sie abzulenken.

»Er will in Erfahrung bringen, wie es hier weitergeht, was mit uns passiert.«

»Das ist gut.« Coralie setzte sich und wandte sich nach rechts zu der Mutter mit dem kranken Kind. »Da unten gibt es zwar ein Zelt für medizinische Hilfe. Aber davor steht eine lange Schlange.«

»Ich kann mich nicht anstellen. Wer kümmert sich derweil um meinen Sohn?«

»Das kann ich machen«, bot Coralie an.

Der kleine Junge wimmerte ein wenig. Seine Mutter legte ihm die Hand auf die Stirn. »Er glüht«, sagte sie besorgt.

»Gehen Sie nur. Ich kümmere mich um den Kleinen. Wie heißt er?«

»Er heißt Ilan, und er ist fünf Jahre alt.«

Coralie nickte, beugte sich über den Kleinen. »Ich bleibe bei dir und passe auf dich auf, ja? Mein Name ist Coralie.«

Sie sah, dass Ilan aufgesprungene Lippen hatte. Da nahm sie die Thermosflasche, füllte den Verschluss mit Wasser. »Du musst etwas trinken.« Sie hob seinen Oberkörper ein wenig an, dann flößte sie ihm Wasser ein.

»Ich danke Ihnen, ich danke Ihnen vielmals. Bei Ihnen ist er in guten Händen, das weiß ich.« Sie erhob sich.

»Ich kann von hier aus sehen, wo die Schlange zum Sanitätszelt ist. Ich komme mit Ilan zu Ihnen hinunter, wenn Sie weit vorn stehen.«

Die Frau nahm Coralies Hand und drückte sie fest. »Mein Mann, wissen Sie. Er ist erschossen worden, weil er im Widerstand gekämpft hat. Ich bin ganz allein mit Ilan.«

Coralie nickte, bettete den Kopf des Jungen auf das Pelzcape. Dann suchte sie nach dem Koffer mit den Sachen, die ihr Madame Katz geschenkt hatte und in dem auch ihr Rock und ihre Bluse lagen. Sie zog sich unter den Blicken der Umsitzenden um, doch das störte sie nicht. Allmählich wurde es Abend. In der Reihe vor ihnen packte eine Frau ein paar Brote aus und gab sie ihren Kindern zu essen. Als sie Fleurs flehende Blicke sah, reichte sie ihr einen Apfel, den die Kleine gern annahm.

Zwei Stunden schon stand die Mutter des fiebernden Ilan am Sanitätszelt an. Coralie hatte gehört, dass nur ein einziger Arzt für die ungefähr viertausend verhafteten Menschen zuständig war. Ein Arzt und ein paar Krankenschwestern.

Auch sie waren Juden, die man verhaftet hatte. Schließlich hatte sich die Frau bis an den Eingang des Zeltes vorgearbeitet. Coralie stand auf, nahm den kleinen Ilan auf den Arm und ging mit ihm nach unten. Als sie auf ihren Platz zurückkam, war auch Monsieur Katz wieder da. Er sah besorgt aus. »Was haben Sie in Erfahrung bringen können?«, wollte Coralie wissen.

»Das Vélodrome ist nur eine Sammelstelle. Von hier aus geht es direkt in den Osten, heißt es. In Viehwaggons. Die Familien werden getrennt.« Er schlug beide Hände vor das Gesicht, und auch Madame Katz weinte. »Warum nur? Warum? Was haben wir denen denn getan?« Dann klammerte sich Madame Katz an ihren Mann. »Du darfst uns nicht allein lassen, Isaak. Versprich mir, dass du uns nicht allein lässt. Bring uns hier raus, ich bitte dich.«

Monsieur Katz zog seine Frau in seine Arme, doch der Blick, den er mit Coralie wechselte, besagte, dass sich ein Auseinanderreißen der Familie wohl nicht verhindern ließ.

»Ich habe eine Frau getroffen da unten«, berichtete er weiter. »Die hatte Gold. Kleine Barren davon und Münzen. Sie wollte sie den Polizisten geben, wenn man sie herausließ. Die Polizisten nahmen ihr den Schatz weg und schlugen sie mit einem Knüppel.«

»Was können wir ihnen geben?«, wollte Madame Katz wissen. »Wir müssen doch irgendetwas haben, das sie wollen. Meinen Schmuck vielleicht.«

»Nein, mein Herz. Das hat keinen Sinn. Sie nehmen dir den Schmuck und lassen dich trotzdem nicht gehen.« Die Worte klangen hoffnungslos, und Coralie sah, dass Monsieur Katz resigniert hatte.

Allmählich machten sich die Ersten zur Nachtruhe fertig. Frauen hielten ihre Kinder im Schoß, lehnten sich an ihre Männer. Viele weinten, einige klagten, andere waren still und starr. Die Frau mit dem fiebernden Jungen war zurückgekehrt. »Was hat man für ihn tun können?«, flüsterte Coralie, um die Schlafenden ringsum nicht zu stören.

»Einen Becher Wasser gab es. Sonst nichts. Sie haben nichts. Keine Medikamente, keine Betten. Nichts.« Sie begann zu weinen. »Sie behandeln uns wie Tiere. Wo soll ich denn hin mit dem Jungen, wenn es im Osten auf Arbeitseinsätze geht?«

Coralie tätschelte ihr die Hand. Den ganzen Tag hatte sie nicht daran gedacht, dass sie keine Jüdin war. Sie hatte sich den armen Leuten zugehörig gefühlt. Aber jetzt, mit der Dunkelheit, kam die Angst. Was würde weiter geschehen? Wie lange würden sie hier noch eingesperrt sein? Was, wenn ihr niemand glaubte, dass sie keine Jüdin war? Und Monsieur Jammet. Würde er wütend sein, dass sie die Blumen nicht gebracht hatte? Würde die Kunde von der Razzia bereits die Runde gemacht haben? Suchte vielleicht schon jemand nach ihr? Sie dachte an Madame Colette, ihre Mutter. Und an Jean, den sie seit ihrem Streit wegen Mathilde nicht mehr gesehen hatte. Oh Gott, sie hoffte, es war nur ein Streit und keine Trennung. Was, wenn er nun schon mit Mathilde zusammen war? Wenn er gerade mit ihr im Park saß und sie zeichnete, als wäre sie die Schönste aller Frauen? Ihr Magen krampfte sich zusammen, aber das lag nicht daran, dass sie seit dem Frühstück nichts mehr gegessen hatte. Es lag an der Furcht, Jean verloren zu haben. Sie liebte ihn. Sie liebte ihn und hatte ihn vielleicht schon verloren. Wenn du doch hier wärst, dachte sie. Dann hätte ich nicht solche Angst. Mit dir zusammen könnte ich wohl alles durchstehen. Ein paar Tränen drängten sich hinter ihren Lidern, und sie vergrub das Gesicht in den Händen, damit niemand sie weinen sah.

Wie kleinlich und albern ihr jetzt die Eifersucht vorkam. Wie gern sie mit Jean sprechen würde. Sie begriff zum ersten Mal in ihrem Leben, dass alles, was sie gekannt und gewohnt war, mit einem Schlag vorbei sein konnte. Sie begriff, dass sich andere des eigenen Lebens bemächtigen konnten und man nichts mehr hatte als die Wut und die Ohnmacht. Und plötzlich krallte sich die Angst mit eiserner Faust um ihr Herz. Sie war gefangen hier drin. Gefangen mit all den anderen Menschen, die nicht anders waren als sie. Was geschah, wenn sie die Polizisten nicht davon überzeugen konnte, dass sie keine Jüdin war? Wenn man sie in den Osten schaffte? Sie konnte niemandem eine Nachricht senden. Sie durfte keine Telefongespräche führen. Sie durfte nichts. Hier drin hatte man sie auf ein Stück unwertes Leben reduziert, dem man jedes Menschenrecht versagte. Alles andere zählte nicht. Coralie wusste jetzt schon, dass sie Schuldgefühle haben würde, käme sie wie durch ein Wunder doch noch heraus aus der Radsporthalle. Denn die traumatisierten, resignierten, empörten und verzweifelten Juden um sie herum waren doch wie sie – Menschen.

Noch immer liefen die Tränen. Sie hatte solche Sehnsucht nach ihrer Mutter, nach Jean, wenigstens nach einem kleinen bisschen frische Luft. Sie sehnte sich nach dem Nachthimmel über Paris.

Kapitel 18

Coralie tat die ganze Nacht kein Auge zu. Sie dachte unentwegt darüber nach, wie sie von hier fortkommen könnte. Sie hatte keinen Ausweis bei sich. Und der Polizist hatte sie am Vormittag ausgelacht, als sie ihm berichtete, sie wäre keine Jüdin. Zum ersten Mal in ihrem Leben erkannte sie, dass es jeden treffen konnte. Dass alle den Deutschen ausgeliefert waren. Sie konnten nicht mehr wählen, sich entscheiden oder gar irgendetwas ablehnen. Sie mussten tun, was ihnen gesagt wurde. Und wenn man sie für eine Jüdin halten wollte, dann konnte sie nichts, aber auch gar nichts dagegen tun. Freiheit. Erst jetzt bekam der Begriff eine Bedeutung für sie. Freiheit. Das war auch die Wahl zwischen verschiedenen Möglichkeiten. Die Leute hier drin hatten diese Wahl nicht, und sie hatte sie vielleicht auch nicht mehr.

Tränen stiegen wieder in ihr auf, doch sie drängte sie zurück. Es gab genug Tränen hier. Sie musste nachdenken. Sie musste eine Möglichkeit finden, um hier herauszukommen. Auf Hilfe von außen konnte sie nicht vertrauen, denn es wusste ja niemand, wo sie war. Sie dachte wieder an Jean. War er gerade in diesen Minuten mit Mathilde zusammen? Es war ein dummer, kleiner Gedanke, für den sich Coralie sofort schämte. Hier ging es vielleicht um Leben und Tod, und sie war eifersüchtig. Plötzlich entstand Lärm, und

Coralie schreckte hoch. Ein paar Reihen unter ihr lag eine alte Frau mit wächsernem Gesicht reglos auf der Bank. Ihre Tochter klagte laut, zerriss sich die Kleider, wie es bei den Juden üblich war, wenn jemand gestorben war. Ein Mann brüllte um Ruhe. Doch erst als ein Polizist sich näherte, die Hand an seiner Waffe, verstummte die junge Frau. Der kleine Ilan neben ihr schlief, und das beruhigte Coralie. »Schlaf ist die beste Medizin«, sagte ihre Mutter immer. Und jetzt, als sie an Madame Colette dachte, flossen ihre Tränen wieder stärker.

Eine Stunde später erklang plötzlich Geschrei im Vélodrome. Sie setzte sich auf und sah einen Tumult an einem Zugang zum Radsportstadion, der ihrem Platz genau gegenüberlag. Zwei Polizisten schlugen auf einen jungen Mann ein.

Monsieur Katz hatte sich ebenfalls aufgerichtet.

»Was ist da los?«, wollte Coralie wissen.

»Ich glaube, der Mann wollte fliehen.«

Plötzlich knallte ein Schuss durch die Halle. Der junge Mann brach zusammen. Ein Polizist hielt ihm seine Pistole an die Schläfe und drückte ab. Einmal noch bäumte sich der Körper des Mannes auf, dann lag er still. Der eine Polizist fasste ihn bei den Armen, der andere bei den Füßen. Gemeinsam schleppten sie ihn in die Mitte der Halle, so dass ihn alle gut sehen konnten. Ein weiterer Polizist kam hinzu. Er hatte eine Flüstertüte in der Hand und rief hindurch: »So wie dem da wird es allen ergehen, die flüchten wollen. Damit ihr das nicht vergesst, bleibt der hier liegen. Als Warnung für euch alle.«

Coralie presste eine Hand vor ihren Mund. Das Entsetzen war ihr in jeden einzelnen Körperteil gefahren. Die Angst ließ sie zittern.

»Legen Sie sich wieder hin«, befahl Monsieur Katz. »Wir wollen keine Aufmerksamkeit erregen.«

Coralie gehorchte. Doch noch lange hallte der Schuss in ihren Ohren wider. Ich will hier raus, dachte sie. Ich will unbedingt hier heraus.

Sie musste schließlich doch eingeschlafen sein, denn plötzlich summte und brummte die Radsporthalle wieder wie ein Sturm im Gesträuch. Vorsichtig richtete Coralie sich auf und blickte sich um. Der kleine Ilan neben ihr schlief noch. Seine Wangen waren rot, das Haar klebte ihm an der Stirn. Coralie seufzte. Wenn der Kleine nicht bald Hilfe bekam, wer weiß, was dann aus ihm wurde. Links neben ihr schliefen Madame und Monsieur Katz, nur Fleur machte auf dem Schoß ihrer Mutter große Augen. Ernste Augen. Ging das so schnell? Konnte man Kindern innerhalb von ein paar Stunden die Unschuld nehmen? Die Gewissheit, dass Mama und Papa alles regeln und sie beschützen, für Essen und Trinken sorgen würden, für ein Bett, an dessen Kopfende Puppen aufgereiht waren? Fleur, das erkannte Coralie, hatte ihre Unschuld verloren. Nun war sie verängstigter denn je. Ihr kleines Gesichtchen war ganz starr, die Lippen fest aufeinandergepresst. Coralie zerriss es das Herz, als sie es sah. Sie streichelte kurz Fleurs Arm, aber das kleine Mädchen reagierte nicht.

Sie erhob sich auf der Suche nach Wasser, füllte am Feuerwehrschlauch die Thermoskanne, dann entdeckte sie einen Polizisten, der nicht so grimmig schaute wie die anderen. Sie beobachtete ihn eine kleine Weile. Er machte einer alten Frau Platz, hob ein Spielzeug auf, das einem Kind heruntergefallen war. Vielleicht würde er ihr zuhören. Sie holte ganz tief Atem, dann ging sie ein paar Schritte auf ihn zu, wartete, bis er ihr seine Aufmerksamkeit zuwandte. »Hören Sie mich bitte an«, bat sie mit leiser Stimme. »Ich bin aus Versehen verhaftet worden. Ich bin keine Jüdin. Mein Name ist Coralie Leclerc, und ich arbeite im Hotel Le Bristol. Wenn Sie dort anrufen, kann man Ihnen sicher bestätigen, dass es sich hier um einen Irrtum handelt.«

Der Polizist verzog den Mund. »Wenn Sie keine Jüdin sind, wie sind Sie dann auf den LKW gekommen?«

»Ich sollte im Auftrag von Monsieur Jammet, dem Hoteldirektor, etwas abholen.«

»Also wenn Sie keinen Jüdin sind, dann sind Sie mindestens eine Judenfreundin.« Er drehte sich um und wollte weggehen, aber Coralie hielt ihn am Ärmel fest. »Rufen Sie an im Le Bristol.«

Der Polizist machte sich los, wischte mit der Hand über die Stelle, an der sie ihn berührt hatte, als wäre er beschmutzt worden.

»Stellen Sie sich vor, es kommt heraus, dass Sie ein einfaches französisches Zimmermädchen, das für die Gäste der deutschen Botschaft und des Außenministeriums arbeitet, irrtümlich verhaftet haben. Monsieur Jammet hat gute Kontakte. Auch zu den Deutschen.«

Der Polizist zögerte, dann nickte er. »Also gut. Warten Sie hier.«

Er ging davon, während inzwischen beinahe alle Menschen in der Radsporthalle erwacht waren. Ein paar Kinder hatten sich zusammengefunden und spielten Fangen. Vor dem Sanitätszelt hatte sich bereits wieder eine lange Schlange gebildet. Einmal ging kurz eine Tür auf, und Coralie konnte sehen, dass draußen wieder die Sonne schien. Sie sehnte sich nach einem Atemzug frischer Luft, denn in der Halle war es noch stickiger geworden. Es roch nach Angst und Schweiß und unruhigem Schlaf. Vor den Toiletten reihte sich Mensch an Mensch, und Coralie entdeckte eine Frau, die ihr kleines Kind einfach in eine Ecke machen ließ. Coralie hatte nur ein paar Schlucke getrunken, damit sie nicht die Toiletten aufsuchen musste, aber jetzt bekam sie hämmernde Kopfschmerzen. Sie fühlte sich verschwitzt und schmutzig, der Hunger ließ ihren Magen knurren, und sie hatte viel zu wenig geschlafen. Sie musste kämpfen, um hier herauszukommen, aber hatte sie die Kraft dafür?

Kapitel 19

Monsieur Jammet hatte Coralie seit dem gestrigen Morgen nicht gesehen; sie war nicht wie vereinbart mit den roten Rosen für seine Frau Yvonne aus dem Viertel Marais zurückgekehrt. Er hatte sich bei Madame Colette erkundigt, ob sie wüsste, wo ihre Tochter steckte, aber sie wusste auch nicht mehr als Monsieur Jammet. Der Hotelier hatte auch Jean gefragt. Und Jean war sofort losgegangen, um Coralie zu suchen.

»Muss ich mir Sorgen machen?«, hatte die erste Hausdame gefragt. »Wissen Sie etwas, das ich nicht weiß? Es ist nicht ihre Art, einfach wegzubleiben.«

»Nein, nein. Sie wollte mir etwas besorgen, aber das eilt nicht. Im Übrigen hat sie ja heute ihren freien Tag. Sie wird an der Seine sitzen oder in einem Park und das schöne Wetter genießen.«

Madame Colette nickte. »Da haben Sie sicher recht«, aber insgeheim wusste sie, dass Coralie nicht an der Seine saß, denn das hatte sie noch nie getan.

Am Mittag erreichten die ersten Nachrichten von den zahlreichen Razzien in der Stadt auch das Le Bristol. Alle jüdischen Männer zwischen 16 und 60 ohne französischen Pass, alle Frauen zwischen 16 und 55 Jahren und alle Kinder zwischen 2 und 16 Jahren waren verhaftet worden. Monsieur

Jammet hatte es von einem der Schuhputzer erfahren. Über 4 000 Menschen. Bruno, der Schuhputzer, wusste, dass nur französische Polizisten die Verhaftungen vornahmen, er wusste außerdem, dass sie nicht mit sich diskutieren ließen.

Am Abend des 16. Juli 1942 waren schon mehr als 10 000 Personen interniert worden, das hatte Monsieur Jammet heute Morgen von dem Fahrer gehört, der die Zeitungen brachte. Und heute, am 17. Juli, würden die Razzien weitergehen. Einzelpersonen, Unverheiratete und Kinderlose hatte man in das Lager Drancy vor den Toren von Paris gebracht, die anderen ins Vélodrome. Und von Coralie fehlte noch immer jede Spur.

»Ich habe Angst um das Mädchen«, vertraute Jammet seiner Frau an. »Ich habe sie ins Marais geschickt. Wenn sie verhaftet worden ist, dann durch meine Schuld. Sie war die ganze Nacht nicht zu Hause.«

»Was willst du jetzt unternehmen?«, wollte Yvonne wissen.

Monsieur Jammet breitete die Arme aus. »Wenn ich das nur wüsste!«

Yvonne war eine kluge Frau. »Ruf an. Nicht bei der Polizei, sondern bei Gerhard Schön. Er wird vielleicht nicht wissen, wo Coralie ist, aber er wird dir bestimmt helfen, es herauszufinden.«

Hippolyte Jammet nickte. Seit die Deutschen das Le Bristol zum Gästehaus des deutschen Außenministeriums gemacht hatten, war er Schön des Öfteren hier im Haus begegnet. Und jedes Mal hatten sie ein kurzes Gespräch geführt. Jammet hatte Schön ja vor einiger Zeit gebeten, den Kontakt zu Jean und Coralie zu beenden, und Schön hatte diese Bitte akzeptiert, ohne beleidigt zu sein. Das zumindest hatte er den Gesprächen entnommen, die er mit dem deutschen Offizier geführt hatte.

»Also gut, ich werde ihn anrufen.« Monsieur Jammet erhob sich, gab seiner Frau einen Kuss. Yvonne hielt ihn an der Hand fest. »Du musst sie unbedingt finden, Hippolyte«, sagte sie mit ernster Miene.

»Ich weiß. Ich werde alles tun, was ich vermag.«

»Sag mir, wie ich dir helfen kann.«

Er beugte sich zu Yvonne herab und küsste sie aufs Haar. »Dass du da bist, dass du meine Frau bist, das hilft mir am allermeisten.«

Er begab sich in sein Büro und rief zuerst Monsieur Durand an, den Assistenten des Polizeichefs, der vor zwei Jahren den Geburtstag seiner Frau im Le Bristol gefeiert hatte. »Guten Morgen, mein lieber Durand, wie geht es Ihnen?«, fragte Jammet leutselig.

»Es geht mir gut, aber ich komme um vor Arbeit. Und da Sie sicher nicht angerufen haben, um sich nach meinem Befinden zu erkundigen, wäre es mir lieb, wenn Sie gleich zur Sache kämen.«

»Eines meiner Zimmermädchen ist verschwunden, und ich frage mich, ob sie vielleicht zufällig mit ins Vélodrome geraten ist. In der Hektik der besonderen Umstände, verstehen Sie?«

»Unmöglich!«, erwiderte Monsieur Durand. »Es gibt Listen mit Namen.«

»Nun, ich habe gehört, dass es eine Art Prämie geben soll. Für diejenigen, die besonders viele Juden ›eingesammelt‹ haben. Auch für solche, die auf keiner Liste stehen.«

»Ist sie denn Jüdin, Ihr Zimmermädchen?«

»Nein, nein, sie ist, soviel ich weiß, eine gute Protestantin.«

»Dann hat sie auch nichts zu befürchten.« Durand knallte den Hörer auf. Monsieur Jammet blickte ratlos vor sich hin. Madame Colette klopfte an sein Büro, klinkte die Tür auf und steckte ihren Kopf hinein. »Haben Sie schon etwas von Coralie gehört?«

»Nein, es tut mir leid. Aber ich tue alles, was ich kann, das verspreche ich Ihnen.«

Madame Colette nickte, und nun sah Jammet, wie erschöpft sie aussah. Die Augen waren rot und mit dunklen Schatten unterlegt. Das Haar wirkte trocken und glanzlos, und die Schultern hingen herab.

Er stand auf, ging zu seiner ersten Hausdame. »Wir finden Sie, Colette.«

Gleich darauf suchte er in seinem silbernen Visitenkartenbehälter nach der Karte von Gerhard Schön. Er erinnerte sich noch gut daran, wie ihn der Deutsche das Stück geprägten Büttenpapiers mit seinem Namen und seiner Telefonnummer in die Hand gedrückt hatte. »Wenn etwas ist, rufen Sie mich an«, hatte er gesagt. »Ganz gleich, worum es sich handelt.«

Er drehte die Karte in seinen Händen. Ist es klug, ihn anzurufen?, überlegte Jammet. Wenn er mir einen Gefallen tut, bin auch ich ihm einen Gefallen schuldig. Wen könnte ich stattdessen anrufen? Er blätterte seine Visitenkarten durch, doch er fand niemanden, der ihm womöglich besser helfen könnte als Gerhard Schön.

Er seufzte, dann griff er zum Hörer. Eine Sekretärin stellte ihn durch, und schon fragte Schön: »Was kann ich für Sie tun, Monsieur Jammet?«

Der Hoteldirektor war es gewohnt, erst einmal ein wenig über dies und das zu plaudern, doch Schön kam direkt zur Sache. Also sprach Jammet: »Es geht um Coralie. Sie erinnern sich an das Mädchen?«

»Aber natürlich! Coralie und Jean. Ich vermisse sie ein wenig.«

»Coralie ist verschwunden.«

»Oh! Waren Sie schon bei der Polizei? Was haben Sie unternommen?«

»Die Polizei kann mir nicht helfen. Deshalb rufe ich Sie an.«

»Seit wann ist sie weg?«

»Seit gestern Vormittag. Ich hatte sie ins Marais geschickt, nach Blumen. Sie ist nicht wiedergekommen. Ich befürchte, man hat sie mit den anderen verhaftet.«

Schön schwieg. Eine ganze lange Minute sagte er kein einziges Wort, ehe er antwortete: »Ich weiß nicht, ob ich Ihnen da helfen kann.«

Monsieur Jammet erstarrte. »Ich bitte Sie sehr darum.«

»Nun, dann erbitte ich im Gegenzug auch einen Gefallen von Ihnen.«

»Um was handelt es sich?«

»Ich möchte mich wieder regelmäßig mit Coralie und Jean treffen. Sorgen Sie dafür, dass es möglich ist.«

»Darf ich fragen, warum?«

»Sagen wir einfach, dass ich ihren jungen, frischen Geist vermisst habe.«

»Sie könnten andere junge Leute in Paris finden. Warum ausgerechnet Jean und Coralie?«

»Auch wenn Sie es sich nicht vorstellen können, aber die beiden und ich sind Seelenverwandte.«

»Und wenn sie nicht wollen? Ich kann sie schließlich nicht dazu zwingen.«

»Lassen Sie sich etwas einfallen. Sie erwarten ja auch von mir, dass ich mir etwas einfallen lasse, um Coralie zu finden.«

»Wenn sie Seelenverwandte sind, wie Sie sagen, dann müsste Ihnen das auch so ein Bedürfnis sein.«

Schön lachte auf, und Jammet verfluchte sich im Stillen für sein vorlautes Mundwerk. »Der Punkt geht an Sie, Jammet. Aber sagen wir so: Ich weiß es zu schätzen, dass Coralie sich von Macht und Einfluss nicht beeindrucken lässt. In diesen Zeiten eine sehr bewundernswerte Eigenschaft.«

Allmählich wurde Hippolyte Jammet ungeduldig. Herrgott, konnte Schön nicht einfach Ja sagen und alles in die Wege leiten, was nötig war? Musste er sich hier in Tiraden über Freundschaft und Seelenverwandtschaft ergehen? Die Zeit drängte. Er musste Coralie finden. »Können wir auf Sie zählen?«

»Ist sie in Drancy oder im Vélodrome?«, fragte Schön.

»Das wissen wir nicht. Sie war gestern Morgen bei einer jüdischen Familie. Katz heißen sie. Isaak und Judith Katz mit ihrer Tochter Fleur.«

»Ich kümmere mich darum. Warten Sie auf meinen Rückruf.«

Während der nächsten Stunde tigerte Monsieur Jammet von einer Seite seines Büros auf die andere. Dann fiel ihm etwas ein. Er riss die Tür auf und befahl seiner Sekretärin, keine Anrufe durchzustellen, es sei denn, es wäre Gerhard Schön.

Dann nahm er die Wanderung durch sein Büro wieder auf. Alle fünf Minuten blickte er auf seine Uhr, doch das

Telefon blieb stumm. Schließlich klopfte die Sekretärin an die Tür. »Da ist die Polizei. Sie sagen, es wäre dringend. Soll ich durchstellen?«

»Ja, auf jeden Fall.« Jammet riss den Hörer von der Gabel. »Ja?«, bellte er.

»Monsieur Petit am Apparat. Ich bin Polizist und gerade im Vélodrome. Hier ist eine Frau, die behauptet, Sie würden sie kennen und bestätigen, dass sie keine Jüdin ist.«

»Coralie Leclerc?«

»Ja, so heißt die junge Frau.«

»Ich komme und hole sie ab.«

»Tja, Monsieur, so einfach ist das nicht. Woher sollen wir wissen, ob es stimmt, was sie behauptet?«

»Ich bringe ihren Pass mit. Da können Sie es schwarz auf weiß lesen. Außerdem ist sie eine Bekannte von Gerhard Schön. Sie kennen ihn?«

»Natürlich weiß ich, wer Gerhard Schön ist. Er ist ein hochrangiger Offizier.«

»Dann können Sie sich sicher ausmalen, was geschieht, wenn man eine Bekannte Schöns nach dem Osten schickt.«

»Na gut«, erwiderte der Polizist. »Bringen Sie mir ihren Pass, aber versprechen kann ich nichts. Ich muss die Sache mit meinem Vorgesetzten klären. Immerhin ist sie in einem jüdischen Viertel verhaftet worden, als sie eine jüdische Familie besucht hat.«

»In meinem Auftrag.«

»Wie bitte?«

»Ach nichts«, sagte Jammet hastig. »Ich komme, so schnell ich kann.«

»Bringen Sie mir den Pass. Dann sehen wir weiter.«

Erleichtert und zugleich noch stärker besorgt, legte Jammet den Hörer auf die Gabel. Dann rief er seine Sekretärin und richtete ihr aus, sie möge umgehend Jean Bressot und Madame Colette hierher rufen, es wäre dringend. Er kehrte in sein Büro zurück und starrte auf den Telefonhörer, als könnte er so dazu beitragen, dass der Apparat klingelte. Und als er das tatsächlich tat, zuckte Monsieur Jammet zusammen.

»Gerhard Schön hier. Sie ist im Vélodrome. Ich habe dort angerufen. Sie können sie abholen. Es wird keine Schwierigkeiten geben.«

»Danke. Ich danke Ihnen vielmals, Monsieur Schön.«

»Das war kein Gefallen, Jammet. Wir beide haben jetzt eine Vereinbarung.«

Der Hoteldirektor schluckte. »Ich habe Sie verstanden.« Dann legte er auf. Er stand einfach da, rieb sich über das Kinn und überlegte. Er wusste, ab sofort stand er in Gerhard Schöns Schuld. Und der Offizier hatte bereits gesagt, wie er sich die Gegenleistung vorstellte. Verabredungen mit Jean und Coralie. Unangenehm, aber nicht zu ändern. Jammet fragte sich jedoch, ob es dabei bleiben würde. Das gefiel ihm nicht. Das gefiel ihm ganz und gar nicht. Bisher hatte das deutsche Außenministerium sein Hotel nicht für die deutschen Truppen, sondern für andere Gäste genutzt. Er hoffte inständig, dass das so bleiben würde. Nach wie vor verkehrten im Le Bristol zahlreiche Gäste anderer Nationen, die nichts mit den Deutschen zu tun hatten.

Doch es passierten hier im Hotel des Schweigens auch noch andere Dinge, die das Licht der deutschen Besatzer scheuten. Monsieur Jammet hatte nicht nur Verantwortung für Coralie, sondern für weitere Menschen übernommen.

Seit die Deutschen hier ein und aus gingen, hatte Madame de la Comtesse Baluard keine Nichten oder Neffen mehr ins Hotel gebracht. Madame Morgan war abgereist, aber Jammet wusste, dass einige seiner Leute der Résistance nahestanden. Und dann waren da noch Leo Lermán und seine jüdischen Angestellten. Eines der Zimmermädchen war verschwunden, und Hippolyte Jammet wagte nicht, nach ihr zu suchen. Der jüdische Kellner arbeitete mittlerweile in der Wäscherei, und Monsieur Jammet tat alles, um ihm und den anderen einen neue Identität zu besorgen, doch seine Bemühungen waren bislang vergeblich gewesen.

Auch wenn es ihm missfiel, versorgte er die deutschen Gäste mit allem, was sie wollten. Er beschaffte Rohmilchkäse aus den umliegenden Dörfern, er bezahlte das Doppelte des Vorkriegspreises für Champagner, er brachte deutsches Bier in die Kühlung des Hotels, er hatte sogar eine ganze Kuh erstanden, um die Deutschen zu verköstigen. Jede Woche schickte er ein Auto in das unbesetzte Frankreich, um dort noch einige Köstlichkeiten zu erstehen. Der Fisch wurde manchmal direkt von den Fischerbooten des Atlantiks geholt, das Wild von einem Förster, der Champagner gleich vom Weingut Bollinger in der Champagne. Er hatte eigens zwei Leute abgestellt, die nichts anderes taten, als Lebensmittel zu organisieren.

Der Hotelier war immer freundlich zu den Deutschen, aber nie beflissen, und alle anderen taten es ihm gleich. Und doch schwebte ein Schleier der Angst durch die Halle und die Korridore des Le Bristol. Gäste, die sonst in seinem Haus nächtigten, sagten ab, wenn sie hörten, dass die Deutschen sich einquartiert hatten. Monsieur war kein geldgieriger Mann. Er würde die Deutschen mit Kusshand noch heute hinauswerfen, wenn das ginge.

Kapitel 20

Es dauerte, aber endlich kam der Polizist zu Coralie zurück. Sie war die ganze Zeit von einem Fuß auf den anderen getreten, und die Angst ließ sie ein wenig zittern. Sie blickte sich um, sah die vielen, vielen Menschen, die über Nacht grob aus ihrem Leben gerissen worden waren und jetzt einer ungewissen Zukunft ins Auge blicken mussten. Sie sah junge Frauen, die vielleicht noch nie geliebt hatten. Sie sah alte Frauen, die womöglich krank waren und Betreuung brauchten, aber gewiss nicht für Arbeitseinsätze im Osten geeignet waren. Sie sah Kinder, die spielten und lachten, aber Coralie wusste, dass ihnen das Lachen bald vergehen würde, und sie hätte am liebsten lauthals um sie alle geweint. Und auch die Angst um sich schnürte ihr die Kehle zu. Sie wusste, dass der Polizist ihre einzige Hoffnung war. Steckte man sie erst in einen Viehwaggon, war keine Rettung mehr möglich. Coralie zog die Unterlippe zwischen die Zähne und biss darauf, um ihrer Angst Herr zu werden. Doch sie konnte nicht verhindern, dass ihre Knie weich wurden und sie zu zittern begann. Endlich sah sie den Polizisten. Sie versuchte, in seiner Miene zu lesen, doch da stand nichts.

»Haben Sie jemanden erreicht?«, fragte sie mit vor Angst dünner Stimme.

»Ich habe mit einem Monsieur Jammet gesprochen, der mir sagte, Sie wären eine Bekannte von Gerhard Schön.«

»Das stimmt«, erwiderte Coralie.

»Nun, Schön hat das auch bestätigt. Es wird jemand kommen und Sie abholen. Bleiben Sie einfach hier in meiner Nähe.«

Coralie war so erleichtert, dass sie laut seufzte. Am liebsten wäre sie dem Polizisten um den Hals gefallen, aber sie riss sich zusammen, räusperte sich und hoffte, dass ihre Stimme fest klang: »Ich muss meine Sachen holen. Von ganz oben aus der letzten Reihe.« Coralie stockte ein wenig, dann sprach sie mit gerecktem Kinn weiter. »Und ich muss meinen Neffen und meine Nichte holen. Arische Kinder selbstverständlich. Sie waren auch bei mir.«

Der Polizist betrachtete sie misstrauisch. »Bisher haben Sie Ihre Verwandten gar nicht erwähnt. Sie sagten, Sie hätten eine Besorgung erledigt. Und dazu haben Sie die Kinder mitgenommen?«

»Ja, mein kleiner Neffe Ilan war erkältet. Ich dachte, die Sonne würde ihm guttun. Und meine Nichte Fleur ist ohnehin am liebsten draußen. Wir haben einen langen Spaziergang ins Marais gemacht.«

Der Polizist zuckte mit den Schultern. »Ich glaube Ihnen kein Wort, aber das ist mir egal. Holen Sie, wen Sie wollen. Aber übertreiben Sie es nicht.«

Er wandte sich ab. Coralies Herz schlug hart gegen ihre Rippenbögen. Was sie da vorhatte, war der blanke Wahnsinn. Wenn sie erwischt wurde, drohten ihr nicht nur viele Jahre im Gefängnis, nein, wahrscheinlich käme sie auch in einen Viehwaggon und würde nach Osten zum Arbeitseinsatz geschickt oder gleich erschossen – egal, ob Jüdin oder nicht. Aber sie konnte die Kinder nicht einfach ihrem Schicksal überlassen. Sie waren noch so klein! Wenn sie daran dachte, dass sie hinaus durfte, hinaus in die Freiheit und die vielen, vielen anderen Menschen hier nicht, da wusste sie, dass sie wenigstens versuchen musste, die beiden Kinder zu retten. Das war sie denen, die hier ausharren mussten, schuldig.

Hastig eilte sie die Stufen nach oben und wandte sich an Monsieur Katz. »Ich möchte gern versuchen, Fleur hier herauszubringen.«

Monsieur Katz, der ausgesehen hatte, als dämmere er vor sich hin, sah sie an, und Coralie erkannte die Verzweiflung in seinen Augen.

»Ich werde abgeholt. Man hat mit dem Hotel telefoniert. Ich gebe Fleur als meine Nichte aus. Im Le Bristol ist sie geschützt. Ich werde mich gut um sie kümmern.«

Monsieur Katz schluckte, in seinen Augen standen Tränen. Er nahm ihre Hand und drückte sie fest. Dann sah er auf seine Frau, die ebenfalls vor sich hin dämmerte. »Sagen Sie ihr nichts«, bat er flüsternd. »Sagen Sie einfach, Sie gehen mit Fleur spazieren.«

Coralie nickte. Sie hatte verstanden. Madame Katz würde ihre Tochter nicht hergeben wollen. Doch Monsieur Katz hatte erkannt, dass dies wahrscheinlich die letzte Möglichkeit war, die Kleine zu retten.

Er hob Fleur vom Schoß seiner Frau. »Du wirst ein bisschen mit Coralie spazieren gehen, nicht wahr, mein Schatz?« Die Kleine nickte, aber sie wirkte teilnahmslos. »Ich habe dich sehr, sehr lieb, mein Schatz, und ich werde jede Minute an dich denken.« Wieder nickte das Kind, aber sowohl Coralie als auch ihr Vater wussten, dass sie nichts verstanden hatte. Und das war gut so.

Mit Fleur an der Hand trat Coralie auf die fremde Frau mit ihrem Sohn Ilan zu. »Ich kann versuchen, ihn hier herauszubringen«, erklärte sie. »Er braucht medizinische Hilfe.«

Die Frau schaute sie mit großen Augen an.

»Hören Sie? Er muss sonst in ein Arbeitslager im Osten. Niemand weiß, was ihnen dort blüht. Ich bin nur irrtümlich hier und werde gleich abgeholt.«

Die Frau sagte noch immer nichts, sondern presste nur eine Hand auf ihr Herz. Dann stand sie auf und umarmte Coralie. »Er heißt Ilan Bennard und ist am 21.9.1937 in Paris geboren. Mein Name ist Lucie Bennard.«

»Ich heiße Coralie Leclerc. Mich finden Sie im Hotel Le Bristol«, erwiderte Coralie und erkannte am schmerzverzerrten Gesicht der Frau, dass dies hier das Schlimmste war, was ihr je widerfahren war. Als die Frau nickte, setzte Coralie sich den kleinen Ilan auf die Hüfte, nahm Fleur an die freie Hand. »Alles Gute«, flüsterte sie.

»Alles Gute auch für Sie. Ich bin Ihnen unendlich dankbar.«

Coralie ging mit den Kindern davon. Sie stieg die Treppenstufen hinab, vorbei an den vielen, vielen Leuten, die keine Zukunft mehr hatten, vorbei an den vielen, vielen Kindern, die man um ihr Leben brachte. Kurz vor dem Ende der Treppe riss Coralie die Judensterne von der Kleidung der Kinder.

Endlich war sie unten angelangt und meldete sich bei dem Polizisten. Der betrachtete die beiden Kinder gründlich.

»Ähnlichkeit mit Ihnen haben die ja nicht. Und im Übrigen sollten Sie auch die Fadenreste entfernen.« Er zeigte auf einen gelben Stoffrest, der in Herzhöhe an Ilans Jacke steckte. Coralie sah ihm in die Augen und sah, dass sie sich in ihm getäuscht hatte. Er würde sie nicht verraten.

»Gehen Sie zu der Tür dort. Die Wache weiß Bescheid und wird Sie hinauslassen.«

»Danke!«, antwortete Coralie, und noch nie war es ihr dabei so ernst gewesen.

Sie ging mit den Kindern ein paar Schritte weiter. Fleur begann zu weinen. »Ich will zu meiner Mama.« Coralie ließ Ilan, der noch kein einziges Wort gesagt hatte, von ihrer Hüfte gleiten und hockte sich vor Fleur. »Mein Schatz«, sagte sie und strich ihr über die Schulter. »Du musst jetzt ganz still sein, du darfst kein Wort sagen.«

»Aber ich will zu meiner Mama.«

»Ich weiß, mein Schatz, aber das geht im Augenblick nicht. Bist du schon ein großes Mädchen und kannst für eine kleine Weile still sein, ja? Würdest du das für mich tun? Ich verspreche dir auch, dass du heute noch Milch bekommst und ein frisches Croissant. Na, wie findest du das?«

Das Gesicht des Mädchens erstarrte. Sie wusste nichts und spürte doch die Gefahr. Coralie seufzte, drückte die Kleine kurz an sich, schloss auch Ilan in diese Umarmung ein. Tränen liefen ihr aus den Augen, und sie weinte um all die Kinder hier, die sie nicht mitnehmen konnte, weinte auch, weil sie Fleur und Ilan ihren Müttern wegnehmen musste. Sie weinte über die Leute hier im Vélodrome, weinte, weil alles so schrecklich war und weil sie Angst hatte. Doch sie erlaubte sich nur einen kurzen Moment der Schwäche, dann wischte sie die Tränen mit den Fäusten weg, nahm Ilan, der wirklich schwach war, hoch fieberte und sich kaum auf den Beinen halten konnte, wieder auf ihre Hüfte, fasste nach Fleurs Hand und begab sich zu dem genannten Eingang, vor dem zwei Polizisten mit griffbereiten Waffen ihren Posten bezogen hatten.

»Ich bin Coralie Leclerc. Es hieß, ich werde hier mit den beiden Kindern abgeholt.«

Der eine Polizist beachtete sie nicht, der andere aber musterte sie misstrauisch. »Von Kindern war hier aber nicht die Rede. Es hieß, eine einzelne junge Frau.«

Coralie, der vor Angst beinahe schlecht wurde, drückte die Kinder an sich. »Vielleicht ein Übermittlungsfehler?«

Der Polizist straffte die Schultern, umfing seine Waffe so stark, dass die Fingerknöchel weiß hervortraten. Coralie konnte keinen Blick von der Pistole wenden.

»Bei uns gibt es keine Übermittlungsfehler«, blaffte er sie an.

Coralie spürte, wie ihre Knie erneut weich wurden. Die Angst schnürte ihr Kehle und Magen zusammen. Sie war unfähig zu sprechen. Würde ihr Leben jetzt hier zu Ende gehen? Würden sie und die Kinder in wenigen Minuten schon neben dem toten jungen Mann liegen, der in der Nacht versucht hatte zu fliehen? Sie bekam keine Luft, ließ Fleur kurz los, um an ihrem Blusenkragen zu ziehen. Jetzt begann ihr ganzer Körper zu zittern. Gleich würde sie zusammenbrechen, da sprach der kleine Ilan auf ihrer Hüfte: »Mami, wann gehen wir nach Hause?« Vor Erleichterung hätte Coralie beinahe aufgeschrien. »Mein Schatz, gleich gehen wir nach Hause. Wir sind schon unterwegs.« Coralie wusste, dass Ilan im Fieber gesprochen hatte, dass er halluzinierte und dass es ihm noch schlechter ging. Er musste hier raus. Unbedingt.

Sie trat einen Schritt vor, doch der Polizist stand ihr noch immer im Weg und rührte sich um keinen Meter. Wieder kroch die Angst in Coralie hoch, türmte sich auf wie die Wolken vor einem Gewitter. Da kam der Polizist von vorhin. »Lass sie gehen. Es ist alles in Ordnung. Ich habe angerufen. Sie stehen unter dem Schutz von Gerhard Schön.«

Da schlug der Polizist die Hacken zusammen und entließ Coralie und die Kinder in die Freiheit.

Kapitel 21

Als sie aus dem Gebäude traten, musste sie Fleur für einen Augenblick loslassen und ihre Augen mit der Hand beschirmen, weil die Sonne sie so blendete. Vierundzwanzig Stunden hatte sie in der stickigen Radsporthalle gehockt, ohne Verpflegung, ohne Luft. Sie atmete ein paar tiefe Züge, dann beugte sie sich zu Fleur hinab. »Du kannst wieder sprechen, mein Schatz. Es ist vorbei.« Sie presste beide Kinder an sich und konnte die Tränen nicht unterdrücken. »Es ist vorbei«, wiederholte sie. »Es ist vorbei. Ab jetzt wird alles gut.«

Dann erhob sie sich wieder, streckte den Rücken, reckte das Kinn und blickte sich um. Der Polizist hatte gesagt, sie würde abgeholt, aber sie entdeckte niemanden. Der Platz vor der Radsporthalle war leer. Nur ein paar dunkelgrüne Wagen der Wehrmacht befanden sich hier. Ein Deutscher lehnte an einem LKW, rauchte eine Zigarette und unterhielt sich mit einem französischen Polizisten. Die Sonne ließ den Asphalt flimmern, die Hitze war schon so stark, dass Coralie der Schweiß über den Rücken lief. Wo war Monsieur Jammet? Wo?

Plötzlich hörte sie ein Auto hupen. Sie wandte sich nach rechts, sah, wie das Auto anhielt, wie die Türen aufgerissen wurden, sah Jean, der auf sie zurannte, sah ihre Mutter, die haltlos weinte, sah Monsieur Jammet, der sich mit einem Taschentuch seine Stirn trocknete.

»Wir gehen nach Hause«, erklärte sie den beiden Kindern und war so erleichtert, dass ihr beinahe schlecht wurde. »Gleich sind wir zu Hause.«

Jean flog heran und zog sie und die Kinder direkt in seine Arme. »Ich hatte solche Angst um dich«, flüsterte er. »Ich war halb verrückt vor Sorge. Sogar im Marais bin ich gewesen, um dich zu suchen.«

Er drückte sie so fest an sich, dass der kleine Ilan zu weinen begann. Erst jetzt nahm Jean die beiden Kinder wahr. »Wer sind diese Kleinen?«, fragte er und tätschelte Fleur den Kopf.

»Ich befürchte, es sind ab jetzt meine. Wir suchen noch einen Vater.« Coralie lachte, und es tat so unheimlich gut zu lachen.

»Das musst du mir genauer erklären«, erwiderte Jean, der nicht besonders überrascht schien. Ganz so, als sähe er jeden zweiten Tag Kinder unter ungewöhnlichen Umständen. Er nahm Coralie den kleinen Jungen ab.

»Er ist krank«, erklärte Coralie. »Bevor wir uns um alles andere kümmern, müssen wir ihn zu einem Arzt bringen.«

Madame Colette kam auf sie zu, das tränenfeuchte Taschentuch noch in der Hand. »Mein Gott, Kind!«, rief sie aus, umfasste Coralies Gesicht mit beiden Händen und bedeckte es mit Küssen. Auch sie erschien nicht überrascht, Coralie mit zwei Kindern zu sehen. Madame Colette kniete sich hinunter zu Fleur. »Na, meine Kleine? Du bist sicher hungrig und durstig. Was hältst du von einem schönen kalten Kakao?«

Fleur nickte, aber ihr kleines Gesichtchen blieb seltsam unbewegt.

Monsieur Jammet setzte sich ans Steuer und fuhr keine Viertelstunde, bis sie endlich am Hotel Bristol angelangt waren. Coralie übergab die beiden Kinder an Colette, die sie an die Hand nahm und in den Speiseraum der Angestellten führte, während Monsieur Grunwald nach einem Arzt telefonierte. Coralie folgte Monsieur Jammet in sein Büro, während Jean ihr nicht von der Seite wich.

Jammet bot den beiden Platz in der kleinen Sitzecke an. »Nun erzählen Sie«, bat er.

Coralie schluckte. »Darf ich zuerst etwas trinken, Monsieur? Ich hatte seit gestern nur ein paar Schlucke Wasser.«

»Oh, natürlich, meine Liebe. Entschuldigen Sie, dass ich daran nicht gleich gedacht habe. Ich lasse Ihnen Wasser und einen richtigen Bohnenkaffee bringen. Und danach gehen Sie erst einmal etwas essen.« Er rief unten in der Küche an, und ein paar Minuten später kam ein Küchenmädchen und brachte das Gewünschte. Hastig stürzte Coralie das Glas Wasser hinunter, schenkte sich noch einmal aus der Karaffe ein und trank dann in langsamen, genüsslichen Schlucken.

»Jetzt bin ich so weit«, erklärte sie und tupfte sich den Mund mit ihrem Taschentuch ab. Und dann erzählte sie alles, was sich innerhalb der letzten vierundzwanzig Stunden ereignet hatte. Sie berichtete von der Verhaftung, von Madame und Monsieur Katz, von der Mutter des kleinen Ilan, von dem toten jungen Mann in der Mitte des Stadions und schließlich von ihrer Entlassung. »Es war sicher unvorsichtig von mir, die beiden Kinder mitzubringen, aber ich würde es jederzeit wieder tun«, endete sie.

»Das haben Sie gut gemacht, Coralie. Ich bin sehr stolz auf Sie. Wir alle hier sind sehr stolz auf Sie. Aber wie geht es nun weiter mit den Kindern?«

Jean stand auf, räusperte sich und sagte mit großem Ernst: »Ich werde Coralie heiraten. Natürlich nur, wenn sie einverstanden ist. Ilan und Fleur sind ab jetzt unsere Kinder.« Er lachte ein wenig. »Ich hatte mir das zwar immer umgekehrt vorgestellt – erst die Hochzeit, dann die Kinder –, aber bei uns ist eben alles ein wenig anders.«

»Setzten Sie sich, Jean. Es ist ausgesprochen edel von Ihnen, was Sie da vorhaben, aber lassen Sie uns erst gemeinsam darüber nachdenken. Wir brauchen natürlich Papiere für die beiden, aber es geht nicht, sie als Ihre Kinder auszugeben. Das wäre unglaubwürdig. Coralie war ja nicht einmal schwanger. Nein, mit diesen Ungereimtheiten lenken wir nur Aufmerksamkeit auf uns und machen die Leute misstrauisch.«

Er stand auf, legte Coralie eine Hand auf die Schulter. »Ich wiederhole: Ich bin sehr stolz auf Sie. Und nun essen Sie zuerst einmal etwas. Dann machen Sie sich frisch. Den restlichen Tag kümmern Sie sich um die Kleinen. Ich muss einiges regeln. Wir treffen uns um 20 Uhr im kleinen Salon. Bis dahin weiß ich sicher schon etwas mehr.«

Als Jean und Coralie hinunter in den Speisesaal kamen, saß Fleur am Tisch und biss in ein ofenwarmes Croissant, auf das Madame Colette dick Butter gestrichen hatte. Ilan aber lag auf zwei zusammengestellten Stühlen und dämmerte vor sich hin.

»Wie geht es ihm?«, fragte Coralie als Erstes. »Wann wird der Arzt kommen?«

Madame Colette schaute auf ihre Uhr. »Ich erwarte ihn jede Minute.« Sie hatte eine Schüssel mit eiskaltem Wasser aus der Küche geholt und kühlte mit einem nassen Tuch Ilans Stirn. Der kleine Junge jammerte leise auf, und Coralie setzte sich, nahm seinen Kopf in ihren Schoß und strich ihm die schweißnassen Haare aus der Stirn. Schon kam Dr. Berlitz, der Arzt, den sie immer holten, wenn ein Arzt gebraucht wurde im Le Bristol. Er war verlässlich und gut, und er war außerdem verschwiegen. Er gab Madame Colette die Hand, nickte Jean und Coralie zu und fragte: »Wo ist denn der Patient?«

Coralie deutete auf Ilan. »Er hat seit mindestens gestern hohes Fieber und nur wenig getrunken. Meine Mutter hat seine Temperatur gemessen. 39,9°C.«

»Dann lassen Sie mal sehen.« Er öffnete seine Arzttasche, holte ein Stethoskop daraus hervor und untersuchte den kleinen Jungen, der am ganzen Leib zu zittern begonnen hatte. Er ließ ihn den Mund öffnen und schaute in seinen Rachen und fragte Ilan: »Du hast bestimmt Halsschmerzen, oder?« Der Kleine nickte.

»Husten und Schnupfen hatte er nicht?« Er wandte sich an Coralie.

»Nein, nur dieses Fieber und die Mattigkeit. Wissen Sie schon, was er hat?«

»Ich denke, er leidet an einem Virus. Das erklärt die hohe Temperatur.«

»Was können wir tun?«

»Das Kind gehört schnellstens ins Bett. Es braucht Ruhe, einen Halswickel und kalte Wadenumschläge. Ich lasse Ihnen ein Rezept da für ein fiebersenkendes Mittel und für

Halspastillen. Wenn sich sein Zustand verschlechtert, rufen Sie mich bitte gleich an.«

»Ich gehe zur Apotheke«, bot Jean sofort an.

»Und ich bringe ihn erst einmal in mein Bett«, erklärte Coralie. Sie sah nach Fleur, die das Geschehen mit großen Augen beobachtet hatte.

»Du bist auch müde, mein Schatz, nicht wahr?«, fragte Coralie. Die Kleine nickte, aber sie hatte noch immer kein Wort gesprochen. Coralie wollte sie gerade auf den Arm nehmen, da kam Madame Jammet zur Tür hinein. Sie trug ein klein kariertes Kostüm mit einer cremefarbenen Bluse, dazu Schuhe mit sehr hohen Absätzen. Sie grüßte die Anwesenden freundlich.

»Wen haben wir denn da? Hallo, Fleur. Kennst du mich noch? Ich habe oft Blumen bei euch gekauft.«

Das Mädchen nickte, und zum ersten Mal seit der Trennung von ihren Eltern lächelte sie ein kleines bisschen. Dann aber riss sie den Mund auf und gähnte herzzerreißend. »Ach, mein armes Mäuschen, du bist aber müde. Dann werden wir mal ganz schnell ein Bettchen für dich finden. Magst du mit mir kommen?«

Madame Jammet wandte sich an Coralie. »Ist Ihnen das recht? Ich würde Fleur mit hoch in unsere Wohnung nehmen. Mein ältester Sohn ist im Internat. Wir haben also noch ein Bett frei. Außerdem kennen wir uns.« Sie blickte kurz zu Ilan, den Jean auf dem Arm hielt. »Und für dich finden wir auch noch ein Plätzchen.«

»Bitte, machen Sie sich keine Umstände«, erklärte Jean zu Coralies Überraschung. »Ich nehme ihn mit hoch in mein Zimmer.«

»Aber … das ist … ich meine … es gibt bessere Möglichkeiten.« Yvonne Jammet wirkte verwundert, aber Jean ließ nicht mit sich reden. »Er bleibt bei mir«, erklärte er mit fester Stimme. »Außerdem ist er krank. Ich befürchte, er würde Ihre Kinder mit dem Virus anstecken.«

»Na gut, wie Sie wollen.« Die Frau des Hoteldirektors nickte. »Wenn Sie es sich anders überlegen oder sonst irgendwie meine Hilfe brauchen, dann lassen Sie es mich wissen.«

Jean strich dem Jungen, dessen Gesicht blass war wie ein Tischtuch, über den Rücken. »Ich hatte einen Bruder«, sagte er leise. »Als er starb, war er so alt wie Ilan.«

Kapitel 22

Sie einigten sich darauf, dass Ilan mit in Coralies Zimmer kam und dort zu Bett gebracht wurde. Mathilde hatte Dienst und würde erst am Abend zurückkehren. Und bis dahin würde sich vielleicht eine Lösung finden. Seit dem Einzug der Deutschen in Paris hatten einige Zimmermädchen gekündigt und waren zurück in ihre Heimat gegangen. Das hieß, dass es freie Dienstbotenzimmer im Haus gab, und Coralie war sicher, dass Monsieur Jammet erlaubte, dass Ilan bei ihr und Jean blieb.

Coralie legte das Kind ins Bett, deckte es zu, setzte sich neben den Jungen und summte leise ein Lied. Schon nach der ersten Strophe war Ilan eingeschlafen. Coralie betrachtete ihn einen Augenblick besorgt. Er hatte noch immer nicht besonders viel getrunken, aber Dr. Bertrand hatte ihr versichert, dass er sich schnell erholen würde. Jean hatte ihm das fiebersenkende Pulver aufgelöst, und jetzt mussten sie einfach warten, dass das Medikament anschlug. Sie wandte sich an Jean, der an dem kleinen Tisch unter dem Fenster saß.

»Dein Bruder ist verstorben?«, fragte sie. »Das wusste ich nicht. Du hast nie darüber gesprochen. Es tut mir so leid.«

Jeans Kinn wurde kantig, und wenn Coralie sich nicht täuschte, schimmerten Tränen in seinen Augen. »Er hieß

Maurice, und er war fünf Jahre alt, als er starb. Es war meine Schuld. Ich sollte auf ihn aufpassen. Er kam unter ein Pferdefuhrwerk, das mit Heuballen beladen war.«

»Oh, Jean.« Coralie griff nach seiner Hand. Und Jean sah sie mit brennenden Augen an. »Deshalb muss Ilan bei uns bleiben, verstehst du? Ich möchte nicht noch einmal am Tod eines Kindes schuld sein.«

Coralie hätte ihm gern noch weitere Fragen gestellt, aber sie sah, dass es zu schmerzlich für Jean war. Also sagte sie nur: »Wir brauchen Kleidung für Ilan. Und Schuhe. Und alles, was ein Kind in seinem Alter sonst noch so benötigt. Seinen Koffer musste ich im Vélodrome lassen, um nicht aufzufallen.«

»Ich kann mich darum kümmern«, erklärte Jean und dachte kurz an die zahlreichen Nichten und Neffen der Madame de la Comtesse.

»Dann bleibe ich bei ihm. Er soll nicht allein sein, wenn er aufwacht. Weißt du denn, was so ein Kerlchen alles braucht?«

»Unterwäsche, Strümpfe, Schlafanzüge, Hosen, Pullover, eine warme Jacke, ein Holzauto, einen Teddybären, Bilderbücher und Hausschuhe. Dazu noch Zahnbürste, Kamm, Waschlappen. Aber ich werde sicher nur einen Bruchteil davon bekommen. Kindersachen sind derzeit nur sehr schwer zu haben.«

»Woher weißt du das alles?«, wollte Coralie überrascht wissen.

»Kleine Geschwister. Und im Hotel hört man so dies und das«, erwiderte Jean. Am liebsten hätte er Coralie von Madame de la Comtesse erzählt, aber in diesen Zeiten war es besser, so wenig wie möglich zu wissen.

Coralie nickte beeindruckt. Dann kramte sie in ihrer Schublade herum.

»Wonach suchst du?«

»Ich möchte dir Geld geben für die Sachen.«

»Das brauchst du nicht.«

»Aber, Jean, du kannst doch nicht alles allein bezahlen.«

»Monsieur Jammet hat mir vorhin ein paar Scheine zugesteckt, mehr, als ich brauchen werde. Er hat gesagt, er kommt für alle Kosten auf.«

»Wie großzügig.«

»Also, bis gleich.«

Als Jean gegangen war, setzte sich Coralie so, dass sie Ilan gut sehen konnte. Sie betrachtete ihn lange. Sein dunkelblondes Haar, das sich so fein anfühlte wie ein edler Stoff. Das schmale Gesicht mit dem ausgeprägten Mund. Ilan war ein hübsches Kind, und Coralie war unendlich froh darüber, ihn fürs Erste gerettet zu haben. Doch was sollte sie ihm erzählen, wenn er aufwachte und es ihm etwas besser ging? Was sollte sie antworten auf die Frage nach seiner Mutter? Und wo sollte er bleiben? Jean hatte gesagt, dass er sich um den Kleinen kümmern werde. Jean und Coralie als Eltern. Aber ging das überhaupt? Da waren so viele Fragen. Wo sollte der Kleine hin, wenn sie arbeiten mussten? Hatte Ilan noch Verwandte? Konnte man herausbekommen, wohin seine Mutter deportiert wurde?

Als sie das Kind betrachtete, das so friedlich schlief, spürte sie auf einmal ihre Anspannung. Tränen liefen über ihr Gesicht, und sie schlang die Arme um ihren Körper, der von tiefen Schluchzern geschüttelt wurde. Sie weinte um all die Männer, Frauen und Kinder im Vélodrome. Sie weinte, weil sie so ohnmächtig waren. Sie weinte um Madame und Monsieur Katz, um Ilans Mutter. Es war möglich, dass sie einander niemals wiedersahen. Sie weinte, weil sie sich den Besatzern so aufgeliefert fühlte, weil sie so hilflos war. Und sie weinte, weil sie nicht wusste, wie alles weitergehen würde. Sie hatte sich kein Kind gewünscht. Noch nicht jetzt. Sollten Jean und sie nun wirklich schneller Pflegeeltern werden, als sie geglaubt hatte?

Als Ilan nach Stunden erwachte, war das Fieber gesunken. Er blickte Coralie mit großen Augen an. »Wo ist meine Mama?«, fragte er.

»Sie musste verreisen, mein Schatz, und sie hat mir aufgetragen, gut auf dich aufzupassen.«

Der Kleine verzog weinerlich das Gesicht. »Wohin ist sie gefahren?«

»Das weiß ich nicht so genau.«

»Wann kommt sie wieder?«

»Das kann ich dir leider auch nicht sagen. Sie wollte nicht verreisen, sie wollte dich nicht allein lassen, denn sie liebt dich sehr, weißt du. Aber es ging nicht anders.«

Ilan nickte. Er war zu erschöpft vom Fieber, um lange darüber nachdenken zu können.

»Hast du Hunger?«, wollte Coralie wissen.

Ilan nickte erneut.

Coralie hob ihn aus dem Bett, und gemeinsam fuhren sie mit den Fahrstuhl nach unten in den Speiseraum der Angestellten. Es war inzwischen Nachmittag geworden. Die Zimmermädchen und Hotelpagen, die Haushilfen und Rezeptionisten hatten bereits zu Mittag gegessen. Nun gönnte sich das Küchenpersonal eine Pause. Sie saßen um einem großen Tisch herum. Jemand lachte, jemand sprach. Besteck klirrte, das Licht spiegelte sich in den Wassergläsern. Auf dem langen Tisch, auf dem später das abendliche Buffet aufgebaut werden würde, standen nur ein paar frische Teller. Coralie räusperte sich. »Ob ich wohl für den Kleinen etwas zu essen haben könnte?«

Michel Trudeaux, der Küchenchef und berühmte Koch, sprang auf. »Was möchtest du denn gerne?«, wollte er von Ilan wissen. »Du darfst dir etwas wünschen.«

Ilan zuckte mit den Schultern, aber dann ging ein winziges Leuchten über sein Gesicht. »Am liebsten mag ich Crêpes.«

»Das lässt sich machen«, erklärte Trudeaux. »Was möchtest du drauf haben auf die Crêpes?«

Ilan überlegte kurz, dann antwortete er: »Am liebsten Kirschmarmelade, aber die gibt es nur bei Oma. Meine Mama macht Zuckerpuder drauf.«

»Puderzucker?«

Ilan nickte.

»Kommt sofort.« Der Küchenchef verschwand in seinem Reich, kurz darauf hörte Coralie Fett in einer Pfanne brutzeln, und Trudeaux pfiff dabei ein Lied von Edith Piaf.

»Komm, wir setzen uns hin. Und am besten trinkst du ein Glas Wasser.«

Ein Küchenmädchen rief: »Wir haben hier Himbeersaft. Aus echten Himbeeren. Warte, Kleiner, ich bringe dir ein Glas davon.«

Kurz darauf trank Ilan ein halbes Glas in einem einzigen Zug. »Das schmeckt dir, nicht wahr?« Das Küchenmädchen strahlte und goss ihm das Glas wieder bis zum Rand voll. Niemand fragte, wer der kleine Junge war, wo er herkam, zu wem er gehörte, und Coralie war dankbar dafür. Das hier war das Hotel des Schweigens. Und sie wusste, dass der Junge hier sicher war. Jetzt kamen die Crêpes, und Ilan lächelte das erste Mal seit dem Vélodrome.

»Lass es dir gut schmecken!«, wünschte Michel Trudeaux und stellte eine kleine Schale mit Kirschmarmelade neben Ilans Teller, dazu einen klein geschnittenen Apfel und eine silberne Streudose für Puderzucker.

Coralie sah ihm beim Essen zu. Es war ein so stilles, friedliches Bild. Der kleine Junge aß in aller Unschuld und wusste nichts von dem, was den Leuten im Vélodrome passierte. Coralie seufzte und strich ihm über das Haar. Sie hatte den Kleinen tatsächlich schon ein wenig lieb gewonnen und konnte sich kaum vorstellen, nicht mehr für ihn verantwortlich zu sein.

Jean kam herein, mit Taschen beladen. »Ich war erst oben in deinem Zimmer und habe euch dort gesucht.«

Er stellte die Einkaufstaschen auf einen Stuhl und wollte gerade mit dem Auspacken beginnen, da stoppte ihn Coralie. »Lass ihn erst aufessen.«

Am Abend kam das Kindermädchen der Jammets zu Coralie ins Zimmer. »Meine Madame schickt mich. Ich soll auf den Jungen aufpassen. Ein paar Bilderbücher habe ich mitgebracht.«

Coralie, die gerade beschlossen hatte, Ilan mit zu dem Gespräch mit Monsieur Jammet zu nehmen, war dankbar. Ilan war noch immer schwach, hatte noch immer Fieber, wenn auch nicht mehr so hohes. Sie dankte dem Mädchen, dann begab sie sich in den kleinen Salon.

Als sie dort eintraf, saß Jean bereits am Tisch, ihm gegenüber das Ehepaar Jammet und neben ihm Madame Colette. Auf dem Tisch stand eine Flasche Rotwein, die Gläser waren bereits eingeschenkt.

»Wie geht es dem Kleinen?«, fragte Yvonne Jammet als Erstes.

»Besser, denke ich. Er hat zwei Crêpes mit Kirschmarmelade gegessen und viel geschlafen. Jetzt liegt er gewaschen im Schlafanzug in meinem Bett. Danke sehr, dass Sie das Kindermädchen geschickt haben.«

Yvonne Jammet nickte Coralie zu. »Was unternehmen wir jetzt mit unseren beiden Kleinen?«

Monsieur Jammet meldete sich zu Wort, doch Jean unterbrach ihn. »Bitte, darf ich zuerst?«

»Aber ja, mein Lieber.«

Jean holte tief Luft, räusperte sich, und erst jetzt entdeckte Coralie, dass er sein bestes Hemd trug. Er erhob sich, wandte sich an Coralie. »Meine Liebste, ich weiß, du hast dir das alles ganz anders vorgestellt. Und doch möchte ich dich hier und jetzt vor deiner Mutter und den Jammets fragen, ob du meine Frau werden möchtest.«

Coralie hielt die Luft an. Ihr wurde heiß, ihr wurde kalt, Schauer jagten ihr über den Rücken. Die Freude ließ sie strahlen. »Ja!«, sagte sie. »Ja. Liebend gern.«

Jean holte ein in schwarzen Samt gehülltes Kästchen aus seiner Hosentasche, öffnete es und hielt Coralie einen goldenen Ring mit kleinen roten Granatsteinen hin. »Das ist der Ring meiner Großmutter«, erklärte er. »Sie hat gesagt, ich soll ihm dem Mädchen geben, das ich mehr als alles andere liebe.«

Coralie musste schlucken. Jean hatte noch nie zu ihr gesagt, dass er sie liebte. Sie wusste es zwar, er zeigte es mit kleinen Gesten. Er hielt ihre Hand, gab ihr seinen Pullover, wenn es kühl wurde. Er strich ihr eine Haarsträhne aus dem Gesicht, brachte ihr Blumen, fragte sie, wie es ihr ging, was sie erlebt hatte. Er wusste, wann sie traurig war und wann fröhlich. Sie sah, dass er sie liebte. Ganz besonders in den Zeichnungen, die er von ihr machte. Sie spürte es bei jedem Blick, bei jedem Wort. Und auch sie hatte sich mit Liebesschwüren bislang zurückgehalten. In ihrer Familie sprach man nur selten über solche Dinge. »Eine Liebe, die man nicht spürt, die erst benannt werden muss, ist nicht besonders groß«, ließ Madame Colette nicht nur zu Hause verlauten, sondern auch immer, wenn eines der Zimmermädchen Liebeskummer hatte. Sie warf einen Blick auf ihre Mutter, die bequem in ihrem Stuhl saß, die Hände im Schoß verschränkt, und sie anlächelte.

Behutsam streifte Jean ihr den Ring über den Finger. Er war ein wenig zu groß, doch Coralie würde gut auf ihn aufpassen, um ihn nicht zu verlieren.

Plötzlich wurde Jean ganz rot im Gesicht. Verlegen wandte er sich an Madame Colette. »Ich habe vergessen, Sie zu fragen, ob Sie damit einverstanden sind«, gestand er.

Madame Colette winkte mit der Hand ab. »Ihr habt Kinder bekommen, ohne mich zu fragen. Da könnt ihr auch ohne meine Erlaubnis heiraten.«

Madame Jammet lachte, und endlich lachten alle im Raum, und die feierliche Stimmung hatte sich aufgelöst.

Jetzt griff der Hotelier nach dem Kühler und holte eine Flasche Champagner hervor. Er ließ den Korken knallen und schenkte allen reichlich ein.

»Auf das junge Glück!«, rief Monsieur Jammet und stieß mit Coralie und Jean an.

Als alle Glückwünsche ausgesprochen waren, wandte sich Madame Colette an Monsieur Jammet. »Sie haben davon gewusst, nicht wahr?«

»Ich gebe es zu. Jean war bei mir, bevor er zu seinen Einkäufen aufbrach. Er wollte einen Tisch im Restaurant reservieren und Coralie dort den Antrag machen. Aber so, wie es aussieht, haben wir leider keine Zeit für Feierlichkeiten. Wir leben in einer besetzten Stadt, wir tun Dinge, für die man bestraft werden kann.«

Jean hatte den Arm um Coralie gelegt. »Wenn du einverstanden bist, werden wir morgen schon heiraten. Monsieur Jammet hat mit dem Standesbeamten gesprochen. Jetzt, da so viele Männer in den Krieg gegangen sind, fällt die Aufgebotspflicht weg.«

Coralie blickte an sich herab. »Aber ich habe doch gar nichts anzuziehen«, stellte sie erschrocken fest. Einen Augenblick lang dachte sie an die wunderschöne Kleidung, die ihr Madame Katz geschenkt hatte und die sie im Vélodrome lassen musste. Doch Madame Jammet wusste Rat. »Ich habe noch ein Kleid, das ich noch nie getragen habe, weil es mir nicht recht passt. Es ist weiß und erinnert im Schnitt an die Gewänder, die die alten Griechinnen getragen haben. Eine Schulter ist frei, dann fällt es in leichten Wellen bis auf den Boden.«

»Wenn es dir gefällt, Coralie, dann kaufe ich es Madame

Jammet ab. Ich habe dafür gespart. Seit Jahren schon«, erklärte Madame Colette.

»Das ist nicht nötig«, wandte Yvonne Jammet ein. »Schließlich bin ich nicht ganz unschuldig an der jetzigen Situation. Hätte ich nicht Geburtstag gehabt, wäre Coralie nicht ins Marais gegangen und wäre nicht verhaftet worden. Das Geld, das Sie gespart haben, meine liebe Colette, brauchen Sie sicher an anderer Stelle. Lassen Sie mir die Freude.«

»Und ehe weitere Fragen gestellt werden«, meinte Monsieur Jammet, »teile ich mit, dass für morgen Abend ein Tisch im Restaurant reserviert ist. Laden Sie Ihre besten Freunde ein; es ist ein Hochzeitsessen auf Kosten des Hauses. Unser Hochzeitsgeschenk sozusagen.«

Wieder blickten sich Jean und Coralie an. »Wir sollten Gerhard Schön einladen«, schlug Jean vor. »Er hat dafür gesorgt, dass Coralie aus dem Vélodrome freikam. Außerdem kann es sein, dass wir ihn noch brauchen werden.«

»Ihn brauchen? Wofür?« Coralie runzelte die Stirn.

»Für die Papiere der Kinder.«

»Jetzt kommen wir zum zweitwichtigsten Teil unserer Zusammenkunft«, sprach Hippolyte Jammet. »Was machen wir mit den Kindern? Zuerst aber möchte ich klarstellen, dass ich die beiden als Kinder des Hotels ansehe. Das heißt, das Le Bristol kommt für alle Kosten auf. Ich habe mich beim Roten Kreuz erkundigt und auf dem Standesamt. Ich wollte herausfinden, ob Ilan noch Verwandte hat. Seine Großmutter ist vor ein paar Wochen gestorben, andere Familienmitglieder habe ich nicht gefunden. Das Rote Kreuz hat einen Suchauftrag angenommen. Sie informieren uns, wenn sie etwas erfahren. Derzeit ist Ilan ganz allein auf der Welt. Seine Mutter war Perückenmacherin im Viertel Marais und stammt aus Belgien, sein Vater war bei der Feuerwehr, Ilan ist in Paris geboren.«

Yvonne Jammet meldete sich zu Wort. »Ich könnte mir gut vorstellen, Fleur in unsere Familie aufzunehmen, bis ihre Eltern wiederkommen.« Sie unterbrach sich kurz, dann sprach sie weiter, doch jeder wusste, woran sie gerade gedacht hatte. »Wir haben zehn Kinder. Da passt ein weiteres gut dazu, und ich werde wenigstens keine Geburtsschmerzen haben. Außerdem kenne ich Madame Katz sehr gut. Man kann getrost sagen, dass wir Freundinnen sind. Aber auch für Ilan würde sich noch ein Plätzchen in unserer Familie finden.« Sie wandte sich an Jean und Coralie.

»Vielen Dank, Madame Jammet, wir nehmen Ilan zu uns, nicht wahr, Coralie?«, erklärte Jean.

»Ja«, bestätigte sie also. »Auch wenn ich noch nicht weiß, wie das alles gehen soll.«

»Deshalb sind wir ja hier.« Monsieur Jammet blickte die Anwesenden reihum an. »Zuerst: Was erzählen wir über die Kinder? Das ist wichtig. Der Verdacht, sie könnten jüdisch sein, kann uns Kopf und Kragen kosten. Fleur fällt bei unseren vielen Kindern nicht weiter auf. Aber was erzählen wir über Ilan?«

»Wir könnten erzählen, dass wir ihn gefunden haben«, schlug Jean vor, doch Monsieur Jammet schüttelte den Kopf. »Das müssten wir der Polizei melden.«

»Dann ist er eben mein Neffe. Mein Bruder in der Bretagne ist im richtigen Alter, um einen fünfjährigen Sohn zu haben.«

Der Hoteldirektor lächelte. »Es wimmelt derzeit von Nichten und Neffen in diesem Haus. Aber gut, ich bin damit einverstanden.«

»Wo sollen wir wohnen?«, fragte Coralie. »Vielleicht sind wir morgen um diese Zeit schon ein Ehepaar. Könnten wir wohl noch ein Zimmer bekommen?«

»Das kann ich euch sagen«, meldete sich Madame Colette zu Wort. »Ihr werdet unter mir wohnen. In unserem Haus steht eine halbe Etage leer.« Sie hielt kurz inne, und alle wussten, dass sie von der Wohnung einer jüdischen Familie sprach. »Die Taubmans sind nach Amerika gegangen. Sie haben Verwandte dort, und es ist ausgeschlossen, dass sie zurückkommen werden. Sie haben mir vor ihrer Abreise die Schlüssel gegeben. Ein paar Möbel stehen dort noch. Ein Ehebett, ein fürchterliches Monstrum von Schrank. Ein Tisch, ein paar Stühle, eine Kommode. Die Küche ist beinahe noch vollständig eingerichtet. Wir können uns die Wohnung morgen Vormittag ansehen. Der Vermieter hat mir freigestellt, mich um neue Mieter zu kümmern. Nun, bislang war das jedoch nicht nötig.«

Coralie wurde schwindlig. Alles ging so schnell. Gestern noch war sie ein Zimmermädchen, das an einem Roman schrieb und einen Freund hatte, der Maler werden wollte. Morgen würde sie eine Ehefrau mit eigener Wohnung und Kind sein.

Yvonne Jammet legte Coralie eine Hand auf die Schulter. »Ich kann mir gut vorstellen, wie es Ihnen gerade geht. Ihr Leben nimmt ganz schön Fahrt auf, nicht wahr? Aber Sie tun etwas Gutes. Und Sie können jederzeit zu mir kommen, wenn Ihnen alles über den Kopf wächst.«

Coralie nickte, griff nach Jeans Hand. Bei ihm hatte sie sich immer sicher und aufgehoben gefühlt. Sie wusste, dass er für Ilan ein guter Vater sein würde. Und trotzdem hatte sie den Eindruck, dass das Leben gerade mit der Wucht eines Zuges über sie hinwegbrauste. In ihrem Kopf drehte sich alles, und sie war nicht imstande, einen klaren Gedanken zu fassen.

Erleichtert war sie, als sie endlich in ihrem Bett lag. Ilan schmiegte sich an sie, und Coralie strich ihm sanft über das Haar. Einmal jammerte er im Schlaf auf, da drückte sie ihn an sich, seinen kleinen geschwächten Leib an ihren, und er beruhigte sich sofort, während Coralie die halbe Nacht wach lag, obwohl sie sterbensmüde war. Sie dachte an Ilans Mutter. Sie würde ihr so gern sagen oder schreiben, dass Ilan wieder gesund wird, dass es ihm besser geht, dass Jean und sie sich gut um ihn kümmern werden. Und sie dachte an die anderen im Vélodrome, die nun schon die zweite Nacht dort ausharren mussten. Ob es heute genug Wasser gegeben hatte? Wie lange würden sie noch dortbleiben können? Coralie wusste, dass das Vélodrome schon fast einem Paradies gleichkam, wenn man daran dachte, dass die Leute in den Osten verfrachtet wurden, weit weg von allem, was sie kannten und liebten. Sie faltete die Hände und betete. Sie bat Gott um Schutz, um Kraft und um Frieden für alle.

Kapitel 23

Der Morgen des 18. Juli 1942 brachte viel Sonnenschein und einen strahlend blauen Himmel mit. Coralie fühlte sich ausgeruht, obwohl sie so wenig Schlaf bekommen hatte. Ilan ging es besser. Er hatte beim Frühstück sogar gefragt, ob er nach einem Croissant wieder Crêpes haben könnte, und Monsieur Trudeaux hatte ihm welche gemacht. Auch den Kakao, den Trudeaux wer weiß woher hatte, trank er bis auf den letzten Tropfen. Jean hatte gestern nur ein paar Strümpfe, ein dicke Jacke und ein Feuerwehrauto aus Holz für ihn kaufen können, die restlichen Sachen hatte Madame Jammet von ihren eigenen Söhnen beigesteuert. Ilan hielt einen Teddy im Arm, den er Chouchou nannte. Doch er war scheu. Er hielt sich immer dicht bei Coralie, fasste nach ihrer Hand, schmiegte sich an ihre Beine. Zu Jean hatte er ebenfalls langsam Zutrauen gefasst, doch in den ersten Minuten ihrer Begegnung fremdelte er immer etwas.

Madame Yvonne hatte Coralie das Kleid geschickt, und jetzt saß sie vor einer Kommode, auf der ein Spiegel stand, und ließ sich von Mathilde das Haar für die Hochzeit richten, während Ilan den beiden dabei zusah. Sie hatte Mathilde längst verziehen, dass sie sich von Jean hatte malen lassen und ganz bestimmt dabei auch mit ihm geflirtet hatte. In diesen Zeiten sollte man sich nicht lange bei Streit und Zorn aufhalten. Das hatte sie im Vélodrome gelernt.

Jean und sie hatten gestern Abend noch beschlossen, dass sie es zunächst bei der standesamtlichen Trauung belassen wollten. Für die kirchliche Hochzeit, die groß gefeiert werden sollte und genau so, wie Coralie sich das immer vorgestellt hatte, blieb später noch Zeit.

»Das ging ja beinahe über Nacht«, wunderte sich Mathilde. »Warum hast du mir nicht früher erzählt, dass ihr heiraten wollt? Ich dachte immer, wir wären Freundinnen.«

»Es ging alles so schnell, weißt du. Als Jeans Neffe hier ankam, da war uns beiden klar, dass es für den Kleinen am besten ist, wenn er eine Familie hat.«

»Jeans Neffe. Was ist mit seinen Eltern?«

Coralie antwortete, was sie bei dem Treffen gestern Abend beschlossen hatten zu sagen: »Seine Mutter ist gestorben. Und Jeans Bruder arbeitet als Fischer. Er kann sich nicht um den Kleinen kümmern. All das ist ganz plötzlich passiert, aber es ist ja nicht für immer. Nur, bis sich eine bessere Lösung gefunden hat.«

»Hm, ich weiß ja nicht, ob ich ein fremdes Kind großziehen könnte. Es gehört ja nicht richtig zu einem«, fand Mathilde. »Und ich hätte Angst, dass dann für eigene Kinder kein Platz mehr ist.«

Coralie nickte, obschon sie Mathilde nicht verstand. Wie konnte man Ilan nicht gernhaben? Er war ein kleiner Kerl, der ganz allein auf der Welt war. »Mit eigenen Kindern lassen wir uns noch Zeit«, erklärte sie.

»Und was wird mit Jeans Kunststudium und mit deinem Roman?«

Daran hatte Coralie in der Nacht auch schon gedacht. Ihr ganzes Leben änderte sich gerade, und sie wusste nicht genau, was auf sie zukam. Sie wollte ihren Roman schreiben. Unbedingt. Und Jean musste studieren. Er konnte so wunderbar malen und zeichnen. Aber würden sie das schaffen? Jetzt, da Ilan bei ihnen war, sicherlich nicht. Aber irgendwann würde Lucie Bennard, Ilans Mutter, vielleicht wiederkommen. Irgendwann würde dieser schreckliche Krieg doch vorüber sein!

»Soll ich dich auch schminken?« Mathilde riss Coralie aus ihren Gedanken.

»Nein, danke, das mache ich selbst.«

Eine Stunde später standen Jean und Coralie in Begleitung von Mathilde, Olivier, Madame Colette und dem Ehepaar Jammet vor dem Standesamt. Mathilde würde Coralies Trauzeugin sein und Olivier der von Jean. Die Zeremonie verlief weniger feierlich, als Coralie sich das gewünscht hatte, aber sie fand sich schön als Braut in dem wunderhübschen Kleid von Yvonne Jammet. Der Hoteldirektor hatte einen Fotoapparat mitgebracht und schoss eine ganze Reihe von Bildern, als das frisch getraute Ehepaar Bressot aus dem Standesamt kam. Dann fuhren sie zurück ins Hotel, zogen sich um, um sich ihre neue Wohnung anzusehen, Ilan nahmen sie mit. Sie fuhren mit dem Auto, mit dem Monsieur Trudeaux normalerweise seine Einkäufe in den Markthallen erledigte. Jetzt war der Wagen mit einem Kinderbett samt Matratze beladen, dazu zwei Nachttischen vom Speicher des Le Bristol und einem altersschwachen Kleiderschrank, den Jean leicht reparieren konnte. Wieder ging alles so rasend schnell. Coralie kam mit ihren Gefühlen kaum hinterher. Ilan saß bei ihr auf dem Schoß, während Jean den Wagen fuhr. Endlich waren sie angekommen. Jean lud mit Hilfe des Vermieters die Möbel aus, während sich Coralie in der Wohnung umsah. Zwei Zimmer und eine kleine Küche. Sie hatte ja früher selbst in diesem Haus gewohnt und erinnerte sich noch ein wenig an die Familie Taubman.

Die Möbel darin waren gediegen und gut gepflegt. An den Wänden im Wohnzimmer klebten hübsche Tapeten, die noch ziemlich neu wirkten. Im Schrank im Schlafzimmer entdeckte sie noch einige Kleidungsstücke der Vorbesitzer und ein wenig Wäsche. Selbst eine Menora fand sich noch. Coralie packte die Sachen in eine Kiste, und Jean brachte sie auf den Speicher. Sie würden nichts wegwerfen.

»Was ist, wenn die alten Mieter wiederkommen?«, fiel ihr plötzlich ein. »Was ist, wenn es ihnen in Amerika nicht gefällt?«

Jean seufzte. »Sie werden nicht davon ausgehen, dass ihre Wohnung auf sie wartet. Und ihre Möbel werden wir nach und nach ersetzen. So lange der Krieg noch anhält, werden sie mit Sicherheit nicht nach Paris zurückkehren.«

Obschon das ein kleiner Trost war, fühlte sich Coralie nicht wohl bei dem Gedanken. Trotzdem dauerte es keine drei Stunden, da hatten die jungen Bressots ihre Wohnung so eingerichtet, dass sie darin leben konnten. Ilan hatte die ganze Zeit auf dem Fußboden mit seinem neuen roten Feuerwehrauto gespielt. Er hatte kein Fieber mehr, und sein Gesicht war nicht mehr so blass.

Hin und wieder strich ihm Coralie über das Haar, wenn sie an ihm vorüberkam. Und hin und wieder ließ Jean ihn helfen, einen Nagel in die Wand zu schlagen oder ein Brett zu halten. Die Zeit raste, und Coralie konnte sich schon beinahe nicht mehr daran erinnern, wie ihre Tage sonst verlaufen waren. Monsieur Jammet hatte gestern Abend versprochen, dass man die Dienstpläne von Jean, Madame Colette und Coralie so legen würde, dass immer jemand da war, um auf Ilan aufzupassen. Aber es würde doch eine Weile dauern, bis sich alles gefügt hatte. Der Kleine hatte heute noch nicht nach seiner Mama gefragt, aber Coralie spürte, dass er nicht glücklich war. Er war auch nicht unglücklich; er war nur stiller, als ein Kind in seinem Alter sein sollte.

Am Abend zog Coralie wieder ihr Hochzeitskleid an. Sie hatte ihr Haar zu einem Knoten aufgesteckt und eine rote Rosenblüte hineingeflochten. Jean trug seinen einzigen Anzug, der ihm nicht mehr so recht passte. Auch Monsieur und Madame Jammet hatten sich fein gemacht, ebenso Madame Colette, die ein weinrotes Kleid mit Schultertuch trug. Mathilde trug ihr schönstes Sommerkleid, und Olivier hatte sich eine Blüte ins Knopfloch seines Jacketts gesteckt.

Als Gerhard Schön jedoch das Restaurant betrat, stockte Coralie für einen Augenblick der Atem. Würde er sie auf das Vélodrome ansprechen? Würde er wissen wollen, wie sie dahin geraten war? Hatte er vielleicht schon erfahren, dass sie zwei Kinder von dort mitgebracht hatte? Coralie hätte es schön gefunden, wenn Ilan bei der kleinen Hochzeitsfeier dabei gewesen wäre, doch Jean hielt das für keine gute Idee. »Er hat viel erlebt in den letzten Tagen, er braucht Ruhe«, hatte er gesagt, und Yvonne Jammet hatte den Kleinen mit hinauf in ihre Wohnung genommen und ihn dem Kindermädchen übergeben. Coralie hatte sich zu ihm hinuntergebeugt, hatte seine beiden Händchen genommen und gesagt: »Du brauchst keine Angst zu haben. Jean und ich müssen etwas erledigen. Wir sind aber hier im Haus. Wenn etwas ist, kannst du uns rufen lassen. Wir kommen wieder, das verspreche ich dir.« Der Kleine hatte genickt, doch Coralie sah, dass er Angst hatte. Sie drückte ihn an sich. »Bis deine Mama wiederkommt, wirst du bei uns bleiben, bei Jean und mir. Du musst keine Angst haben; wir werden uns gut um dich kümmern. Und wir werden dich nicht allein lassen.« Wieder hatte der Kleine genickt, doch dann waren ihm Tränen in die Augen gestiegen. Wäre es nicht ihr Hochzeitsessen gewesen, sie hätte jede andere Verabredung abgesagt, um bei ihm zu bleiben.

Doch nun stand Gerhard Schön vor ihr und reichte ihr die Hand. »Herzlichen Glückwunsch, Madame Bressot«, sagte er. »Es freut mich, Sie zu sehen, und ich danke Ihnen herzlich für die Einladung.«

»Gern geschehen«, erwiderte Coralie steif, aber Jean sprang ihr zur Seite. »Wir freuen uns ebenfalls, Sie hier zu haben.«

Schön überreichte Jean und Coralie einen hübsch eingepackten Karton. »Hier habe ich ein paar Bücher für Sie als mein erstes Hochzeitsgeschenk. Ich habe heute erst erfahren, dass Sie geheiratet haben, und hatte keine Zeit, etwas Passendes zu suchen. Wie ich höre, haben Sie bereits eine Wohnung gefunden. Nun, dann werden die Bücherregale sicher nicht lange leer bleiben.«

Coralie nickte und zwang sich ein Lächeln ins Gesicht. Sie hatte sich vorgenommen zu fragen, ob er etwas von der

Familie Katz und von Lucie Bennard wüsste. Es war ihr klar, dass dieses Essen nicht der richtige Zeitpunkt war, aber vielleicht ergab sich später eine Gelegenheit.

Die kleine Hochzeitsfeier verlief weniger angespannt, als Coralie gedacht hatte. Schön war ein geschickter Erzähler. Er berichtete von Ausstellungen, die er gesehen hatte, von Büchern, die er gelesen, und von Filmen, die er gesehen hatte. Über Politik wurde an diesem Abend nicht gesprochen. Coralie, aufgemuntert vom Rotwein, lachte über Schöns Anekdoten. Beinahe hätte sie sich wohlgefühlt. Hin und wieder streifte sie der Blick Monsieur Jammets. Sie wusste, dass Schön etwas im Schilde führte Und sie wusste ebenso klar, dass Monsieur Jammet davon wusste. Hatte er mit dem Deutschen einen Handel abschließen müssen, um sie aus dem Vélodrome zu befreien? Wusste er am Ende sogar etwas über die beiden Kinder? Was würde als Nächstes geschehen? In diesem Augenblick erhob sich Schön, klopfte an sein Glas, als wäre er der Brautvater. Auf der Stelle herrschte Ruhe am Tisch. »Ich erhebe mein Glas auf meine Freunde Jean und Coralie, die heute geheiratet haben. Möge das Glück immer auf eurer Seite sein.« Er machte eine kleine Pause, ehe er hinzufügte: »Ich werde auch in Zukunft versuchen, euch behilflich zu sein. Jedenfalls so lange es in meiner Macht steht.«

Kapitel 24

Die kleine Feier war vorüber, Coralie und Jean hatten Ilan abgeholt und sich auf den Weg in ihr neues Zuhause gemacht, begleitet von Madame Colette. Yvonne war nach oben gegangen, um nach den Kindern zu sehen, nur Hippolyte Jammet und Gerhard Schön hatten sich noch auf einen Cognac in den Salon Castellane gesetzt.

»Wie viele waren es insgesamt?«, fragte Monsieur Jammet.

»Wie viele was?«, wollte Gerhard Schön wissen.

»Wie viele Verhaftungen hat es gegeben?«

»Wenn Sie es ganz genau wissen wollen: 3031 Männer, 5802 Frauen und 4051 Kinder.« In Schöns Stimme klang Bedauern an. »Ich finde auch nicht alles gut, was Hitler da macht. Und insbesondere in der Judenfrage bin ich anderer Meinung. Unter ihnen gibt es die besten Künstler und Wissenschaftler. Da wird Potenzial vergeudet. Das bleibt aber unter uns.«

»Selbstverständlich. Aber ich hätte da doch noch eine Frage. Jeans Bruder hat seinen kleinen Sohn nach Paris geschickt. Seine Mutter ist gestorben, der Bruder selbst arbeitet als Fischer und weiß nicht, wo er den Kleinen lassen soll. Nun ist außerdem noch die Geburtsurkunde verschwunden. Was muss man tun, um für den Jungen neue Papiere zu bekommen?«

»Ich nehme an, der Kleine ist erst seit Coralies Entlassung aus dem Vélodrome hier?«

»Ja. Ein außergewöhnlicher Zufall.«

»Wie lautet der Name des Kindes?«

»Ilan. Ilan Bressot. Bressot wie Jean und nun auch Coralie.«

»Was für ein ungewöhnlicher Vorname. Mir scheint, er kommt aus dem Hebräischen«, stellte Schön fest.

»Nun, der Name kommt aus dem Arabischen und bedeutet ›guter Mensch‹. Das habe ich selbst nachgeschlagen. Es gibt nichts daran auszusetzen.«

»Das Geburtsdatum wissen Sie nicht zufällig auch noch?«

»Zufällig, ja. Mein drittältester Sohn hat einen Tag zuvor Geburtstag. Warten Sie, ich notiere die Daten für Sie.« Er nahm einen Stift aus seiner Jacke, dazu einen Zettel. »Ilan Bressot, geboren am 21.9.1937.«

Schön nahm Jammet den Zettel ab. »Das hier bleibt eine absolute Ausnahme«, erklärte er streng. »Das mache ich einmal und nie wieder. Betrachten Sie es als mein Hochzeitsgeschenk an die beiden.«

»Ich danke Ihnen sehr, Monsieur Schön.«

»Ist noch etwas?«, wollte der Deutsche wissen.

»Ich weiß nicht genau, aber Coralie hat die Zeit mit einer Familie Katz und einer Frau Bennard im Vélodrome verbracht. Sie haben sich angefreundet. Sie würde nun gern wissen, was mit ihnen geschieht.«

»Auschwitz«, erwiderte Schön knapp. Er trank den Cognac in einem Zug aus, erhob sich, schlug die Hacken zusammen und ging ohne ein weiteres Wort davon.

Jammet blickte ihm hinterher. Yvonne kam dazu. »Die Kinder schlafen alle«, berichtete sie. »Hast du mit ihm sprechen können?« Sie machte dem Kellner ein Zeichen, dass er ihr auch einen Cognac bringen sollte, und setzte sich dorthin, wo Gerhard Schön gerade gesessen hatte.

»Ja. Er wird Papiere für Ilan ausstellen. Aber er hat sehr deutlich gemacht, dass er weiß, was hier vor sich geht. Wir müssen noch vorsichtiger sein als sonst.«

Der Cognac kam, und Yvonne trank ihn genießerisch. Sie sprachen noch über dies und das, und allmählich wurde Jammet müde. Es war viel los gewesen in den letzten beiden Tagen, und die nächsten würden nicht weniger anstrengend werden.

Yvonne erhob sich und unterdrückte ein Gähnen.

»Möchtest du noch etwas trinken?«, fragte Hippolyte.

»Nein, danke. Ich denke, wir sollten zu Bett gehen.« Sie hakte sich bei ihrem Mann ein und zog ihn zum Fahrstuhl. »Ich glaube wirklich, für Coralie und Jean war es ein schöner Tag. Ein außergewöhnlicher, aber in seiner Summe ein schöner Tag. Denkst du, sie werden es schaffen?«

»Was meinst du damit?«

»Ich spreche davon, eine etwas andere Familie zu gründen.«

Hippolyte Jammet nickte. »Wenn es jemand schafft, dann die beiden.«

Ilan lief zwischen Coralie und Jean, hatte beide an den Händen gefasst und hörte Madame Colette zu, die ihm erzählte, wer alles in dem neuen Haus wohnte. Er hatte schon geschlafen, als sie ihn bei dem Kindermädchen abgeholt hatten. Aber jetzt wirkte er wach. Er sprach wenig, blickte oft vor sich hin, schien in Gedanken. Und er war traurig. Das konnte Coralie deutlich spüren. »Wir gehen jetzt nach Hause, mein Schatz. Gleich wirst du in deinem neuen Bettchen liegen. Was man in der ersten Nacht träumt, das geht in Erfüllung. Was möchtest du träumen?«

»Dass meine Mama wiederkommt«, antwortete er, und Coralie begriff, dass sie noch einen weiten Weg vor sich hatten. Jean und sie hatten beschlossen, aus dem scheuen Ilan ein fröhliches, aufgewecktes Kind zu machen, und Coralie hoffte, dass das gelang.

Drei Wochen später, als Ilan sich bereits ein wenig an die neue Umgebung gewöhnt hatte und allein schlafen konnte, holte Jean das Radio aus seinem Versteck im Kleiderschrank hervor und schaltete die BBC ein. Das Ehepaar Bressot hörte jeden Abend diesen Sender, denn es war für sie die einzige Möglichkeit, auf dem Laufenden zu bleiben und Informationen zu erhalten, die nicht von den Nazis kamen. Es gab von allen Seiten Reaktionen auf die Razzien gegen die staatenlosen und ausländischen Juden. Über die BBC meldete sich auch der Maler Jean Oberlé, dessen Werke Jean kannte und schätzte. Er sagte: »Die unglücklichen Juden zu zwingen den gelben Stern auf ihrer Kleidung zu tragen, war schon eine schreckliche Unverfrorenheit. Doch jetzt ist es ein wirklicher Terror für Frauen, Kinder und ältere Menschen. Es handelt sich um wirkliche Razzien, Menschenjagden, bei denen Juden wie Wild gejagt werden. Es folgen das Konzentrationslager und die Deportation – wohin, wissen wir nicht, doch auf jeden Fall mit geringer Chance auf Rückkehr.«

Jean und Coralie wussten von den Konzentrationslagern, und sie ahnten auch, was geschah, wenn man Kinder und alte Menschen in Arbeitslager brachte.

»Was sagen wir Ilan, wenn er wieder und wieder nach seiner Mutter fragt?«, wollte Coralie wissen.

»Zunächst machen wir so weiter bis bisher. Wir erzählen ihm von der Reise, die seine Mutter antreten musste. Wir sagen ihm, wie lieb sie ihn hat. Und dass wir mit ihm auf ihre Rückkehr warten.«

»Er ist jetzt unser Sohn. Seine Papiere sind ausgestellt auf Ilan Bressot, als Eltern sind wir eingetragen. Schön hat gesagt, so wäre es am einfachsten.« Coralie lachte ein wenig auf. »Das heißt, ich bin mit 16 Jahren schon Mutter geworden.«

»Und ich mit 19.« Auch Jean lachte. Die letzten drei Wochen waren für alle nicht einfach gewesen, besonders für Ilan nicht. Meist schlief Coralie mit in seinem Bett, weil er nachts aufwachte und zu weinen begann. Sie nahm ihn dann in die Arme, strich über seinen Rücken, sang ihm leise Lieder vor. Jean ging mit ihm nachmittags oft auf den Spielplatz. Manchmal spielten sie eine Runde Fußball im Park. Und wenn sie beide arbeiten mussten, kümmerte sich Madame Colette um den Kleinen. Sie sangen zusammen, und Colette wurde nicht müde, ihm Coralies alte Bilderbücher vorzulesen, die jetzt ihm gehörten. Vor zwei Tagen erst hatte er sie »Oma« genannt. Es war ein Versehen gewesen, doch Colette hatte Tränen in den Augen gehabt, als sie davon erzählte. Coralie fand, dass dies ein gutes Zeichen war. Jetzt fragte sie Jean: »Glaubst du, dass seine Mutter wiederkommt?«

Jean schüttelte den Kopf. »Niemand kam bislang aus Deutschland zurück.«

Sie nickte traurig, dann sprach sie weiter: »Du weißt, wie gern ich unseren kleinen Ilan habe. Aber was ist mit unseren

Träumen? Was ist mit deinem Studium, mit meinem Roman? Bitte versteh mich richtig: Ich bin froh, den Kleinen hier zu haben. Ich würde genauso wieder handeln, und doch ändert seine Anwesenheit alles.« Sie zog die Unterlippe zwischen die Zähne und hoffte, Jean hielt sie nicht für egoistisch.

Jean griff nach ihrer Hand. »Lass erst mal den Krieg vorübergehen. Dann sehen wir weiter. Ilan wird zur Schule gehen, dann haben wir wieder etwas mehr Zeit. Ich verspreche dir, dass du deinen Roman schreiben kannst. Und ich werde Maler werden. Zumindest werden wir versuchen, unsere Träume zu erfüllen. Es führen viele Wege nach Rom.«

Am nächsten Tag hatte Coralie Frühdienst. Um halb fünf stand sie auf. Sie schmierte in der Küche ein paar Brote, damit Jean und Ilan etwas zum Frühstück hatten. Dann schrieb sie eine kurze Einkaufsliste, die Jean gemeinsam mit Ilan abarbeiten sollte. Sie würden sicher wieder lange in den Schlangen stehen müssen für einen halben Liter Milch und einen Laib Brot. Mit Ilans neuen Papieren hatte der Kleine auch Anspruch auf Lebensmittelmarken, aber wenn Monsieur Trudeaux ihr nicht hin und wieder ein paar Reste aus der Küche einpackte – ein bisschen Fleisch, einen Apfel, ein Tütchen Kakaopulver oder zwei Eier –, hätte Coralie Angst um Ilan gehabt. Er war so schmal, die Krankheit hatte ihn ausgezehrt, und die Albträume taten ihr Übriges.

Sie machte sich auf den Weg ins Le Bristol. Madame Colette schickte sie in die zweite Etage. Ein paar Gäste des deutschen Außenministeriums hatten das Hotel verlassen; ihre Zimmer mussten hergerichtet werden.

Coralie belud ihren Wagen mit Handtüchern, Bettwäsche, Kosmetikartikeln, Reinigungsmitteln und allem, was sie sonst noch brauchte. Sogar neue Toilettenbrillen hatte sie dabei, denn es war im Le Bristol üblich, diese nach jedem Gast auszutauschen.

»In Zimmer 206 muss der Teppich gründlich gereinigt werden«, erklärte Madame Colette.

»Ist gut.« Coralie nahm ihren Wagen und fuhr damit in die zweite Etage. Die 206. Das Zimmer, in dem sie so oft mit Jean gewesen war. Das Zimmer, aus dem der Fragonard verschwunden war. Seither ging sie nicht mehr gern dort hinein. Kürzlich, vor dem Vélodrome, in ihrem alten Leben, hatte sie Monsieur Jammet gefragt, ob er etwas über das verschwundene Bild gehört hatte, aber er hatte nur bedauernd den Kopf geschüttelt.

Coralie schloss das Zimmer auf, öffnete die beiden Fenster, zog dann die Betten ab. Sie stopfte die Wäsche und die schmutzigen Handtücher in einen Wäschesack, den sie nachher auf den großen Wäschewagen legen würde, der jeden Tag von der Wäscherei abgeholt wurde. Sie füllte Wasser in einen Eimer, gab ein wenig Kernseife dazu. Dann scheuerte sie das Fensterbrett, wischte über die Nachtschränkchen und über alle anderen Möbel. Sie leerte den Papierkorb in den dafür bestimmten Müllsack und summte dabei leise die Melodie eines Liedes von Edith Piaf vor sich hin, als sie plötzlich stutzte. Es gab Zimmermädchen, die den Inhalt eines jeden Papierkorbes genau durchforsteten, und manchmal darin Dinge fanden, die sie gut gebrauchen konnten. Eine halbe

Tafel Schokolade. Ein paar eingewickelte Bonbons, leere Flaschen, für die man bei einem Altstoffhändler ein wenig Geld bekam. Coralie tat das nie. Es war eine Art von anmaßender Vertraulichkeit mit den Gästen, die sie nicht mochte. Aber jetzt stutzte sie. Sie griff in den Müllsack und fischte eine Visitenkarte heraus. Es war eine Visitenkarte mit dem Namen Matthieu Frank, Restaurateur, dazu die Adresse und eine Telefonnummer des Louvre.

Coralie schluckte, betrachtete ihren Fund von allen Seiten. Woher kam er? Und was hatte er zu bedeuten? Das Zimmer war von einem Deutschen belegt gewesen. Wieso hatte er die Visitenkarte eines Restaurateurs aus dem Louvre? Ihr Herz schlug einen Takt rascher. Warum hatte der Deutsche das Kärtchen weggeworfen? Sie steckte die Visitenkarte in die Tasche ihres Rockes, dann brachte sie alles in Ordnung, achtete auf jede Kleinigkeit. Aber da war nichts mehr. Es gab nicht den kleinsten Hinweis auf den letzten Gast. Sie wischte den Papierkorb mit Seifenwasser aus, und zum Schluss schrubbte sie auf Knien den Teppich in der 206, doch ihre Gedanken kreisten um die Visitenkarte und um das gestohlene Bild. Für die zweite Etage war sie schon immer zuständig gewesen. Und deshalb fühlte sie sich auch verantwortlich für den Diebstahl. In den letzten Monaten war so viel passiert, dass sie den Fragonard ein wenig aus den Augen verloren hatte, doch vielleicht änderte diese kleine Karte alles.

Als sie mit der 206 fertig war, fuhr sie mit dem Fahrstuhl nach unten an die Rezeption. Es ging sie zwar nichts an, aber sie wollte unbedingt wissen, wer dieses Zimmer zuletzt bewohnt hatte.

Monsieur Grunwald runzelte die Stirn. »Wofür brauchen Sie diese Information?«, fragte er. »Sie wissen, dass es nicht üblich ist, die Namen der Gäste preiszugeben. Auch nicht an die Angestellten.«

»Ich habe etwas gefunden«, erklärte Coralie.

»Dann geben Sie es dem Concierge. So wie immer. Alle Fundsachen kommen erst einmal dorthin.«

»Es ist mehr ein Hinweis.« Sie beugte sich über die Rezeptionstheke. »Es geht um den Fragonard.«

Sie wusste, dass Monsieur Grunwald einer der wenigen war, die von den Bildern aus dem Louvre wussten. »Ich habe eine Visitenkarte mit dem Signet des Louvre gefunden. In dem Zimmer, in dem der Fragonard verschwunden ist.«

Monsieur Grunwald zog die Augenbrauen in die Höhe. »Sind Sie sicher?«

»Aber ja. Ich fand das Kärtchen im Papierkorb und habe es aufgehoben. Hier, sehen Sie selbst.«

Der Rezeptionist griff zum Telefonhörer. »Wir müssen Monsieur Jammet informieren.« Er wählte die Nummer von dessen Büro. Lange ließ er es klingeln, dann schüttelte er den Kopf. »Er ist nicht da, aber ich habe auch nicht gesehen, wie er das Haus verlassen hat.«

»Wer hat als Letztes in der 206 gewohnt?« Coralie musste so unbedingt wissen, wer das war, dass sie die Gepflogenheiten des Le Bristol außer Acht ließ.

Grunwald seufzte, dann blätterte er im großen Gästekalender. »Es war ein Gast des deutschen Außenministeriums, so viel weiß ich noch. Einen Moment bitte noch.« Er blätterte weiter in seinen Unterlagen, dann sagte er: »Nein, es war ein privater Gast. Gerhard Schön hat ihn bei uns eingemietet. Sein Name ist Siegfried Auerbach. Er war nur ein paar Nächte hier. Mittlerweile hat er wohl eine eigene Wohnung bezogen.«

In diesem Augenblick kam Monsieur Jammet durch die Eingangshalle zur Rezeption. Und kaum hatte er Atem geholt, da hielt ihm Coralie auch schon die Visitenkarte vor die Nase. »Sehen Sie, Monsieur Jammet, was ich in Zimmer 206 gefunden habe. Vielleicht ist das ein Hinweis auf den Fragonard.«

Jammet studierte die Visitenkarte gründlich, drehte sie um. Dann blickte er Coralie an. »Es ist nur eine Visitenkarte«, sagte er.

»Ja, aber eine aus dem Louvre. Sie könnte ein Hinweis sein.«

»Ein Hinweis worauf?«

»Auf den Fragonard. Auf ›Die Badenden‹. Es kann doch kein Zufall sein, dass ich sie ausgerechnet in Zimmer 206 gefunden habe.«

Jammet betrachtete noch einmal nachdenklich das weiße Kärtchen aus Büttenpapier. »Messen Sie dem Fund keine allzu große Bedeutung bei, Coralie. Wir sind in Paris. Viele Menschen besuchen den Louvre. Auch die Deutschen. Vielleicht hatte jemand eine Frage an den Restaurateur.«

»Aber der Fragonard …« Coralie ließ nicht locker.

Jetzt blickte der Hotelier das Zimmermädchen mit einer leisen Strenge im Blick an. »Ich halte es für ausgeschlossen, dass ein Mitarbeiter des Louvre am Raub des Fragonard beteiligt sein könnte. Jaujard hat alle seine Mitarbeiter sorgfältig ausgewählt. Sie verbeißen sich da in etwas, Coralie.« Er gab ihr die Visitenkarte zurück, nickte noch einmal und ging davon.

Coralie wandte sich an Grunwald, der leicht den Kopf schüttelte. »Monsieur Jammet hat recht. Es ist nur eine Visitenkarte. Ein Stück Papier.«

Kapitel 25

Jetzt waren sie schon ein paar Wochen verheiratet und hatten ihren eigenen Hausstand, aber Coralie war nicht in der Lage zu sagen, ob alles so war, wie sie es sich vorgestellt hatte. Sie war in diese Wohnung gesetzt worden, hatte weder die Tapeten noch die Vorhänge aussuchen können. Aber das Zusammenleben mit Jean war schön. Er war immer da, immer in der Nähe. Sie teilten so viel. Wenn er nicht arbeiten musste, lag er nachts neben ihr, und sie konnte seinem Atem lauschen. Sie musste sich nicht mehr vor Sehnsucht krümmen, sondern brauchte nur die Hand auszustrecken, wenn sie ihn berühren wollte. Sie stritten oft, aber das machte nichts, denn Madame Colette hatte ihr erklärt, dass das erste gemeinsame Jahr in einem Haushalt ein Jahr des Streites war. Bei allen Paaren. Nun ging es um Dinge, die vorher kein Thema gewesen waren: Toilettenbrille unten oder oben? Wer brachte den Müll heraus? Wer erledigte die Einkäufe? Wofür gaben sie Geld aus? Wann musste Ilan ins Bett? Das alles mussten sie miteinander ausfechten, aber selbst während dieser kleinen Streitigkeiten liebte sie Jean. Und sie wusste, dass auch er sie liebte. Bisher waren sie kein einziges Mal eingeschlafen, ohne sich vorher wieder zu versöhnen. Die Versöhnungen, ach! Eigentlich war kein Streit zu viel, wenn es nur diese Versöhnungen gab. Jetzt lief sie an

Jeans Hand die Straße entlang, während Ilan bei Madame Colette war.

»Wir treffen uns nur wegen Ilan mit ihm. Glaube nicht, dass mir das Spaß macht.« Coralie zog die Augenbrauen in die Höhe. Sie steuerten auf das Café de Flore zu, wo sie mit dem deutschen Offizier verabredet waren. Monsieur Jammet hatte Coralie und Jean von der Vereinbarung mit dem SS-Sonderführer berichtet und sie gebeten, sich wieder mit ihm zu treffen. Wenigstens ein paar Mal.

»Das weiß ich doch«, erwiderte Jean. »Mir geht es genauso.« Das war gelogen. Jean traf sich gern mit Gerhard Schön, aber er verstand Coralies Abneigung. Er konnte einiges von dem Deutschen lernen, nicht zuletzt Dinge über die Kunst. Schön hatte gefragt, ob er mal ein paar Zeichnungen sehen könnte, doch Jean hatte den Kopf geschüttelt. »So gut bin ich noch nicht.«

»Natürlich nicht. Sonst bräuchten Sie ja kein Studium«, hatte Schön entgegnet. »Aber man sieht sicher schon Ihr Talent in den Blättern.«

Jean lächelte. »Ilan hat gestern auch gezeichnet. Eine Sonne und davor einen Baum. Er hat es gut gemacht. Nur ist die Sonne blau und der Baum rot.«

Schön lächelte. »Sind rot und blau seine Lieblingsfarben?«

»Nein, eigentlich nicht. Ich hatte ihm von der Bretagne erzählt. Und vom Atlantik. Und davon, dass es immer wirkt, als wäre ganz viel Blau in der Luft. Alles ist immer ein bisschen blau. Das kommt wahrscheinlich vom Meer. So, wie es unser Leben beeinflusst, beeinflusst es sicher auch die Farben.«

»Dann hat er Ihnen eine Freude machen wollen.«

»Kann sein.« Das Lächeln wich gar nicht mehr von Jeans Lippen. Doch Coralie zog ein finsteres Gesicht.

»Was ist heute mit Ihnen, Madame Bressot?«, fragte Schön. »Geht es Ihnen nicht gut?«

»Doch, doch. Es ist nur …« Sie suchte nach einer Begründung, doch sie konnte unmöglich sagen, dass es ihr nicht gefiel, wenn Jean Schön gegenüber von Ilan sprach. »Ich schlafe nicht besonders gut. Mir geht viel durch den Kopf.«

»Sie sind eine erstaunliche Frau, Coralie. Vor kurzer Zeit noch jung und ungebunden, und nun reagieren Sie schon so besorgt wie eine gute Ehefrau und Mutter.«

»Ja, das ist wahr«, bestätigte Jean. »Sie macht sich wirklich viel zu viele Gedanken.«

Coralie schluckte. »Sagen Sie, Monsieur Schön, ist Ihnen vielleicht ein Mann namens Matthieu Frank bekannt?«

»Matthieu Frank? Wie kommen Sie darauf? Nein, ich habe noch nie von einem Mann mit diesem Namen gehört. Wer ist er?«

»Oh, er ist ein Mitarbeiter des Louvre. Ich dachte, dass Sie ihm vielleicht einmal begegnet sein könnten, da Sie sich doch so für die Kunst interessieren.«

»Nein, ich kenne den Mann nicht«, sagte Schön bestimmt, um dann lächelnd fortzufahren: »Jetzt etwas ganz anderes, Coralie. Jean hat mir letzte Woche eine Kurzgeschichte von Ihnen gezeigt.«

»Was?« Coralie funkelte Jean wütend an. Schön tat, als würde er davon nichts bemerken.

»Sie hat mir gefallen. Sogar sehr. Es wird im Gallimard Verlag zum Jahresende eine Anthologie erscheinen. Nur französische Schriftsteller. Die meisten jung und noch unbekannt. Wie wäre es, wenn dort auch Ihre Geschichte veröffentlicht würde? Würde Ihnen das gefallen?«

Coralies Blick schweifte ab. Jean konnte ihr die Gedanken beinahe von der Stirn ablesen. Da war der große Wunsch, eine Schriftstellerin zu sein, auf der einen Seite und auf der anderen Seite die Abneigung gegen Schön.

»Ist meine Geschichte denn gut genug?«, fragte sie schließlich ein wenig bang.

»Oh ja, das ist sie auf jeden Fall. Der Lektor des Verlages war begeistert. Er sagte wörtlich: ›Wenn wir Glück haben, werden wir von dieser Autorin noch viel hören.‹«

Coralie wechselte einen raschen Blick mit Jean, dann wandte sie sich wieder Schön zu. »Stimmt das? Hat er das wirklich gesagt?«

»Ja.«

Hätte Schön wortreiche Beteuerungen abgegeben, hätte er Coralies Talent in den Himmel gelobt, sie hätte ihm nicht geglaubt, aber dieses kleine »Ja« hatte sie überzeugt, dass seine Worte der Wahrheit entsprachen. »Ja, es wäre sehr schön, in einer Anthologie zu erscheinen.« Sie hielt kurz inne. »Oder geht es dabei um Politik, um den Krieg?«

»Nein. Der Lektor und ich haben die Geschichten einzig nach ihrem literarischen Wert ausgesucht. Es geht um Liebe, es geht um die Natur, es geht um Freundschaft. Keine Politik.«

Coralie streckte Schön ihre Hand über den Tisch. »Dann bin ich einverstanden.«

Er schlug ein und wechselte dann das Thema. Er war geschickt, und obschon Coralie und Jean diese Geschicklichkeit nicht immer bemerkten, so mussten sie doch zugeben, dass er beinahe immer einen Nerv traf. Letzte Woche hatte er Schokolade für Ilan mitgebracht. Davor einen dicken Zeichenblock für Jean. Papier war knapp, und Jeans Vorräte gingen zu Ende. Jean hatte sich darüber gefreut, aber Coralie hatte Einwände gehabt: »Merkst du nicht, dass er uns manipuliert? Er will uns mit seinen Geschenken kaufen.«

»Na und?«, hatte Jean erwidert. »Wo soll ich sonst Papier herbekommen? Wie lange hat Ilan keine Schokolade mehr gegessen? Wir haben jetzt ein Kind, Coralie. Wir dürfen nicht mehr nur an uns denken.«

»Das weiß ich doch. Aber wir müssen aufpassen, dass wir nicht von ihm abhängig werden.«

Und hier saßen sie nun also, und Coralie würde veröffentlicht werden, und Jean hatte Papier und Ilan Schokolade.

»Ich würde Sie beide gern einmal in Ihrem neuen Zuhause besuchen«, bemerkte Schön in diesem Augenblick. »Sehen, wie Sie so als Ehepaar leben.«

»Warum?« Die Frage war Coralie entschlüpft, bevor sie nachdenken konnte. »Ich meine, bei uns gibt es nicht viel zu sehen. Wir haben keine neuen Möbel, und auch sonst sind wir nicht so richtig mit allem ausgestattet.«

»Aber das macht doch nichts! Ich würde Sie nur sehr gern besuchen. Betrachten, wie Sie leben. Und vielleicht Ilan kennenlernen.«

»Nein!« Diesmal wusste Coralie genau, warum sie das Wort so energisch ausgesprochen hatte. Ilan war Jude, Schön ein deutscher Offizier. Dieser Besuch würde sich wie ein Verrat an Ilans Mutter anfühlen. Coralie hatte das unbedingte Bedürfnis, Ilan vor Schön zu beschützen. Er sollte ihn nicht sehen, nichts über ihn erfahren und schon gar nicht kennenlernen.

»Wirklich nicht?« Schön verzog den Mund. »Das wundert mich nun aber doch ein wenig. Ich dachte, wir wären so etwas wie Freunde.«

Coralie schluckte. »Darum geht es nicht. Ich meine, der Kleine ist von der Krankheit noch ein wenig geschwächt. Er hat viel mitgemacht, musste sich an neue Menschen in seinem Leben gewöhnen. Ihr Besuch könnte zu viel für ihn sein. Er braucht Ruhe.«

»Nun, dann werde ich kommen, wenn er schläft. Was halten Sie von Freitagabend? Ich komme um 20 Uhr. Machen Sie sich keine Sorgen um das Essen; ich bringe alles mit.«

Jean nickte. »Abgemacht. Dann bis zum nächsten Freitag.«

Auf dem Heimweg nahm Coralie Jeans Hand. Das tat sie öfter, aber dieses Mal drückte sie fester. »Mir gefällt das nicht.«

»Mir auch nicht. Aber haben wir eine Wahl?«

»Oh!« Coralie schlug sich erschrocken die Hand vor den Mund. »Ich habe etwas vergessen. Ich wollte ihn nicht nur nach Matthieu Frank, sondern auch nach Siegfried Auerbach fragen, den Mann, der das Zimmer 206 bewohnt hatte.«

Jean wusste natürlich von der Visitenkarte aus dem Louvre und dass ein Monsieur Auerbach das Zimmer gebucht hatte. »Du kannst ihn am Freitag fragen. In einer ungezwungenen Atmosphäre.«

Coralie war aufgeregt. Sie hatte am Donnerstag die gesamte Wohnung auf Hochglanz gebracht, hatte selbst Ilans Spielzeug in eine Kiste geräumt. Sie hatte ein paar Blumen aus dem Hotel Le Bristol mitgebracht, die nicht mehr ganz taufrisch waren, aber noch sehr gut aussahen. Sie hatte den Tisch mit der feinsten Leinendecke geschmückt, die sie besaß. Ihre Tante hatte sie ihr zur Aussteuer geschenkt, und sie hatten sie noch nie benutzt. Sie spülte noch einmal die Gläser und wienerte sie, sie putzte das Besteck und stellte Kerzen auf den Tisch.

»Warum machst du heute alles so schön?«, wollte Ilan wissen. Für dich mache ich das, dachte Coralie, aber sie sagte: »Manchmal bekommen Erwachsene eben Besuch. Heute Abend kommt ein wichtiger Mann. Deshalb gebe ich mir besondere Mühe.«

»Was ist das für ein Mann?«

»Ein Mann, der vielleicht weiß, wo deine Mama ist.«

»Oh! Soll ich ihm ein Bild malen?«

»Ich bin mir nicht sicher, ob er ein netter Mann ist. Wir haben ja überall Bilder von dir aufgehängt. Ich denke, er sollte sie sich erst einmal ansehen. Weißt du, Schatz, so ein Bild von dir ist ein sehr schönes und wertvolles Geschenk. Und ich weiß noch nicht, ob der Mann es verdient hat.«

»Ist gut. Dann male ich ein Bild für dich.«

»Darüber würde ich mich sehr freuen.«

Ilan holte seine Stifte und eines der Blätter, von denen sich Jean nur ungern getrennt hatte. Er setzte sich an den Küchentisch und rief laut: »Coralie, was für ein Bild möchtest du gern?«

»Mal überlegen. Ich denke, ich würde mich über einen Blumenstrauß freuen.«

Als Gerhard Schön kam, war Ilan oben bei Madame Colette. Er würde heute auch bei ihr übernachten. Der Deutsche sollte ihn nicht sehen, sollte nicht wissen, wie er aussah, sollte ihn nicht sprechen und nicht lachen hören. Am liebsten hätte sie auch alle Bilder von Ilan von den Wänden genommen, denn sie hätte es sogar bevorzugt wenn Schön auch diese nicht erblickte. Aber wie hätte sie das Ilan erklären sollen?

Er kam pünktlich. Monsieur Jammet, dem sie von dem Besuch erzählt hatten, hatte sie darauf hingewiesen. »Deutsche kommen auf die Minute genau. Es wäre gut, wenn Sie sich darauf einstellen.«

Und so öffnete Jean um Glockenschlag acht die Wohnungstür und bat Gerhard Schön herein. Coralie hatte ein hübsches Kleid an und trug das Haar zu einem Zopf geflochten, der ihr bis zur Mitte des Rückens reichte. Sie hatte sich nicht geschminkt und trug einfache flache Schuhe.

Gerhard Schön wollte sie begrüßen, wie es die Franzosen tun, mit Küsschen links und rechts, aber Coralie streckte ihm die Hand hin. »Sie sind sehr pünktlich«, sagte sie. Er überreichte ihr eine Schachtel mit Pralinen. Jean öffnete den mitgebrachten Wein, und Coralie inspizierte in der Küche die Köstlichkeiten, die Schön besorgt hatte. Da war ein frisches, wundervoll duftendes Baguette, da gab es ein Stück gesalzene Butter, würzigen Käse aus der Rohmilch von Kuh und Schaf, da holte sie Äpfel und Birnen hervor und dazu noch ein Päckchen mit einem prächtigen Schwarzwälder Schinken. Zuletzt packte sie echten Bohnenkaffee aus und zudem ein Döschen gezuckerte Sahne. Coralie lief das Wasser im Mund zusammen. Solche Leckereien hatte sie schon sehr lange nicht mehr gekostet. Zwar war das Essen für die Angestellten im Le Bristol um Längen besser als alles, was man in den Geschäften kaufen konnte. Und doch befürchtete sie, keinen Bissen davon herunterzubekommen. Das Brot würde in ihrem Mund aufquellen, die Sahne sauer schmecken.

Sie richtete alles auf Platten an, die sie von ihrer Mutter geborgt hatte, dann servierte sie das Abendessen. Jean bekam große Augen. »Das ist ja ein Festmahl!«, schwärmte er, und Coralie begriff nicht zum ersten Mal, das Jean eine andere Meinung von Schön hatte als sie. Lag es an ihrer Nacht im Vélodrome? Als sie am eigenen Leib erfahren hatte, wie es den Juden erging? Manchmal tauchte der junge Mann, der aus dem Radsportstadion fliehen wollte und erschossen worden war, in ihren Träumen auf. Jean hatte nichts von all dem erlebt. Er hatte nicht gesehen, wie man die Juden auf die LKWs gestoßen hatte. Er hatte nicht das Brüllen gehört, nicht das Weinen und Klagen.

Sie nahm sich ein Stück von dem Baguette, schmierte ein kleines bisschen von der Salzbutter drauf, die sie so gern aß. Sie trank ein paar Schlucke von dem Wein, dann legte sie ihr Besteck zurück auf den Teller.

Jean aß mit kräftigen Bissen. Er lobte den Käse, er lobte den Schinken. Er sparte weder an der Butter noch am Brot oder am Wein. Er aß, und eigentlich hätte es Coralie eine Freude sein müssen, ihn so genießerisch zu sehen, aber sie freute sich nicht.

»Warum essen Sie nichts mehr?«, wollte Gerhard Schön wissen. »Sie können unmöglich schon satt sein. Oder geht es Ihnen um die schlanke Linie? Da kann ich Sie beruhigen. Alles an Ihnen ist tadellos.«

Coralie zwang sich ein Lächeln ins Gesicht. »Ich nehme an, das war ein Kompliment. Danke.«

Sie lehnte sich zurück und schlug die Beine übereinander. Sie reichte Jean und Schön die Platten, legte ihnen Käse vor, schnitt den Schinken in hauchdünne Scheiben, reichte das Buttermesser herum und sorgte dafür, dass die Gläser gefüllt waren. Als das Essen endlich beendet und der Tisch abgeräumt war, bot Schön Zigaretten an und sah sich aufmerksam in dem Zimmer um. Er erhob sich, trat an ein Bild, das Jean in einem Park gemalt hatte und das eine blühende Magnolie zeigte. Coralie hatte sich dieses Bild gewünscht, weil Magnolien ihre liebsten Bäume waren.

Schön trat dicht heran, dann sagte er: »Gute Linienführung. Auch die Schattierungen sind perfekt.«

»Aber?«

»Na ja, die Perspektive, die Perspektive. Kommen Sie her, Jean, sehen Sie selbst.«

Jean erhob sich, und Schön zeigte auf ein paar Stellen, die seiner Meinung nach nicht ganz gelungen waren. Jean seufzte. »Ich weiß, dass meine Bilder nicht perfekt sind.«

»Das müssen sie ja auch gar nicht sein. Sagen Sie, nehmen Sie Unterricht?«

Jean schüttelte den Kopf. »Erst hat das Geld dafür gefehlt, nun fehlen Zeit und Geld.«

Schön betrachtete noch einmal nachdenklich das Bild. Er trat einen Schritt zurück und legte den Kopf schief. »Ich wüsste da etwas für Sie.«

Er drehte sich zum Tisch um. »Ich habe einen Mitarbeiter, der Maler ist. Studierter Maler. Er heißt Siegfried Auerbach. Er war stellvertretender Direktor der Kunstakademie in

Berlin und weiß, wie man angehende Maler unterrichtet. Er könnte sich Ihre Bilder einmal ansehen und seine Meinung dazu äußern.«

»Das ist sehr freundlich, aber danke, nein. Wie schon gesagt, mir fehlt die Zeit.«

»Nun, Auerbach ist ebenfalls sehr beschäftigt. So wie wir alle. Aber das Leben darf dabei nicht zu kurz kommen. Sagen wir, nächsten Dienstag um acht Uhr hier bei Ihnen?«

Jean schüttelte erneut den Kopf, aber Coralie griff unter dem Tisch nach seiner Hand. »Oh, das wäre wundervoll«, erklärte sie. Jean blickte sie fragend an, und Coralie machte ihm ein Zeichen, dass sie es später erklären würde. »Monsieur Schön, warum tun Sie das alles für uns?«

»Würden Sie, meine liebe Coralie, diese Frage auch stellen, wenn ich Franzose wäre? Ein französischer Freund?«

Darüber musste Coralie nur kurz nachdenken. »Nein, ich würde denken, er tut das, weil er unser Freund ist.«

»Und ein Deutscher kann kein Freund sein?«

Jetzt dachte Coralie angestrengt nach. Sie musste eine vorsichtige Antwort formulieren. »Sehen Sie, Monsieur Schön, Monsieur Jammet ist besonders freundlich zu uns und unterstützt uns, wo er kann. Aber er ist nicht unser Freund. Er ist unser Vorgesetzter, der Inhaber des Le Bristol. Und so freundlich und hilfsbereit er auch ist, zwischen uns wird es immer einen großen Unterschied geben.«

»Ich verstehe, was Sie meinen, Coralie, aber ich bin nicht Ihr Vorgesetzter.«

»Nein, Sie gehören zu den Besatzern. Lässt sich das wirklich nicht miteinander vergleichen?«

Schön seufzte. »Machen Sie es uns doch nicht so schwer, Coralie. Wir sind einfach drei junge Leute mit ähnlichen Interessen. Wir führen gute Gespräche. Ich lerne von Ihnen und Sie vielleicht auch von mir.«

»Wir sind Ihnen dankbar für alles, was Sie für uns getan haben. Aber wir wissen nicht, wie wir uns dafür revanchieren können. Zu einer Freundschaft gehört auch die Augenhöhe.«

»Da haben Sie natürlich recht, Coralie. Reden Sie mit mir über Kunst und Literatur. Erzählen Sie mir von den Büchern, die Sie gelesen haben, von den Bildern, die Sie beeindrucken. Das macht mir die größte Freude.«

Coralie lächelte zum ersten Mal an diesem Abend über das ganze Gesicht. »Dann freue ich mich darauf, am nächsten Dienstag Monsieur Auerbach bei uns begrüßen zu können. Sie begleiten ihn, nehme ich an?«

»Sehr gern, liebe Coralie. Sehr gern.«

Als Schön gegangen war und Coralie und Jean endlich im Bett lagen, fragte Jean: »Warum wolltest du unbedingt, dass dieser Auerbach uns besucht und mir erzählt, wie schlecht meine Bilder sind?«

»Das habe ich dir doch schon erzählt. Weil er es war, der in dem Zimmer gewohnt hat, in dem ich die Visitenkarte aus dem Louvre gefunden habe. Jetzt weiß ich obendrein noch, dass er sich für Kunst interessiert und selbst Maler ist. Ich bin sicher, er hat etwas mit dem Fragonard zu tun. Und was das ist, will ich herausfinden.«

Kapitel 26

Coralie war es, die Monsieur Jammet um ein Gespräch bat. Es war dieser Tage nicht leicht, einen Termin bei dem Hoteldirektor zu bekommen. Das deutsche Außenministerium hatte jeden Tag neue Wünsche, und Jammet hatte alle Hände voll zu tun. Er musste sich um seine Familie und um seine Gäste und um seine Angestellten und um Monsieur Lermán kümmern, der jede Nacht im Haus Renovierungen durchführte. Er musste sich um die Lieferanten kümmern und um die Politik. Er musste Gespräche führen und Debatten, er musste wissen, was in der Welt, in Frankreich und in Paris los war, kurz, er musste im Grunde überall zur selben Zeit sein. Coralie verstand, dass er nur zwischen Tür und Angel mit ihr reden konnte, und selbst dann klingelte dauernd das Telefon.

»Die Visitenkarte des Restaurateurs aus dem Louvre, die ich in Zimmer 206 gefunden habe. Erinnern Sie sich, Monsieur?«

»Aber ja, Coralie.«

»Ein Siegfried Auerbach hat darin gewohnt. Er ist Maler, wie ich hörte, hat an einer Kunstakademie unterrichtet. Er gehört zu Schöns Stab.«

»Das soll heißen, er weiß mit Sicherheit eine Kopie von einem Original zu unterscheiden, und er wird wohl auch

Fragonard kennen. Aber, meine liebe Coralie, es ist wirklich nicht außergewöhnlich, dass ein Maler mit einem Restaurateur Kontakt hat. Die beiden dürfte einiges verbinden.«

»Ich habe ihn eingeladen. Am nächsten Dienstag wird er bei uns in der Wohnung sein. Monsieur Schön möchte, dass er sich Jeans Bilder einmal anschaut und seine Meinung dazu abgibt. Schön selbst wird ebenfalls anwesend sein.«

»Das ist interessant, Coralie, sehr interessant.« Der Hoteldirektor nickte nachdenklich.

»Gibt es Fragen, die wir ihm stellen könnten? Über den Fragonard vielleicht. Oder über Monsieur Frank? Aber ohne aufzufallen. Was für Fragen könnten das sein?«

Wieder klingelte das Telefon. Die Sekretärin wies mit dem Finger auf den Hörer und formte mit den Lippen das Wort »wichtig«.

»Ich überlege mir etwas«, versprach Jammet. »Ich werde Bescheid geben.«

Der Dienstag kam herbei, doch Coralie hatte nichts von Monsieur Jammet gehört. Er hastete ständig zwischen der deutschen Botschaft, dem militärischen Befehlshaber von Paris, dem Polizeipräsidenten und dem Hauptquartier der SS hin und her. Es gab zahlreiche Besprechungen im Haus.

Siegfried Auerbach kam natürlich pünktlich. Ein kleiner, zur Fülle neigender Mann mit ewig feuchten Lippen. Er hatte eine recht hohe Stimme und sprach im Befehlston. »Schon vom Goldenen Schnitt gehört?«, fragte er Jean schnarrend.

»Nein, Monsieur.«

Auerbach hob den Finger und dozierte: »Der Goldene Schnitt ist eine Teilungsregel, die seit der Antike bekannt ist. Sie bezeichnet das Teilungsverhältnis zweier Größen zueinander. Das Verhältnis des Ganzen zu einem größeren Teil ist also dem Verhältnis des größeren zum kleineren Teil gleich. Diese Teilung wird von den Menschen als harmonisch empfunden. Haben Sie das verstanden? Die Mona Lisa von da Vinci ist nach dieser Formel aufgebaut.«

Jean nickte, aber er sah nicht aus, als ob er nun wusste, was der Goldene Schnitt war. Auerbach holte einen Bleistift aus seiner Uniformtasche und kritzelte eine Formel auf ein Blatt Papier. Jean starrte darauf, aber da ging ein Strahlen über sein Gesicht. »Es handelt sich um eine Formel der Proportion, nicht wahr?«

»Ganz genau. Sie ist entscheidend für die Bildkomposition. Erklären Sie mir, wie Sie dieses Bild da an der Wand komponiert haben.«

»Äh«, machte Jean, dann begann er mit seiner Erklärung. »Ich habe das Bild nicht bewusst komponiert, sondern eher aus einem Gefühl heraus.«

»Gefühle täuschen. Benutzen Sie in Zukunft diese Formel.«

Coralie ging in die Küche. Bald würde Schön hier sein. Sie hatte beinahe alle Lebensmittelmarken für diesen Monat aufgebraucht, um eine Tarte au Citron herzustellen. Und sie hatte im Keller ihrer neuen Wohnung ein kleines, gut bestücktes Weinregal entdeckt, an dem sie sich frei bediente, und sich fest vornahm, die Lücken nach dem Krieg wieder restlos aufzufüllen.

Wieder hatte sie Ilan nach oben zu Madame Colette gebracht, die er mittlerweile ohne Scham »Oma« nannte.

Coralie war einfach nicht in der Lage, ihren Ziehsohn in die Nähe eines Nazis zu lassen.

Ein paar Minuten später saßen sie alle um den Tisch herum und kosteten die Tarte au Citron. Auerbach fragte Coralie sogar nach dem Rezept für seine Frau. »Sie sammelt gute Rezepte, wissen Sie. Sie ist eine hervorragende Köchin.«

»Sehr gern.« Coralie schrieb das Rezept auf einen Zettel, und Auerbach steckte ihn in seine Uniformtasche.

»Nun, mein lieber Auerbach, was halten Sie von den Malkünsten unseres junge Freundes hier?«, wollte Schön schließlich beim Mokka wissen.

»Nicht schlecht, gar nicht schlecht. Hatte schon Absolventen, die nach Ende ihres Studiums schlechter waren als Ihr junger Freund hier.«

»Sie denken also, er könnte nach einem gründlichen Studium ein Maler werden?«

»Wer weiß, wer weiß. Zur Malerei gehören nicht nur Talent und Handwerk, sondern vor allem Disziplin. Es gibt viele Künstler, die den halben Tag verschlafen, sich in Cafés herumdrücken und am Abend Absinth trinken. Besonders hier in Paris.« Er lachte scheppernd. »Und am Ende schneiden sie sich die eigenen Ohren ab.«

Jean und Coralie wussten auf der Stelle, dass damit Vincent van Gogh gemeint war.

»Haben Sie Disziplin, junger Mann?«, fragte Auerbach und zündete sich eine Zigarre an.

»Ja, die habe ich.«

»Sie neigen nicht zum Müßiggang wie so viele andere Künstler in Paris?«

»Das kann ich mir gar nicht leisten, Monsieur. Ich habe schließlich Familie.«

»Nun denn, wie viele Stunden sind Sie bereit, täglich zu arbeiten? An Ihrer Kunst, meine ich.«

Jean blickte kurz zu Coralie, dann antwortete er: »Das kommt darauf an. Ich arbeite ja im Le Bristol. Je nachdem, wie ich zum Dienst eingeteilt werde. Meist arbeite ich nachts. Und wenn nicht viel los ist, kann ich zwischendurch ein wenig zeichnen.«

»Das ist schlecht.« Auerbach stieß einen Rauchring aus. »Um ein wirklich guter Künstler zu werden, darf es in Ihrem Leben nur die Kunst geben. Sie ist das einzig Wichtige. Verstehen Sie?«

»Sie sind verheiratet, Monsieur Auerbach?«, fragte Coralie. »Haben Sie Kinder?«

»Drei stramme Jungs und ein Mädel. Von meiner Frau sprach ich ja schon.«

»Wie haben Sie es da mit Ihrer Kunst gehalten?«

»Meine Frau hat sich gekümmert, ich habe gemalt. Zum Schluss war ich Professor. Und immer habe ich dafür gesorgt, dass genügend Geld im Haus war.«

»Und wenn Ihre Frau auch einen Beruf gehabt hätte, den sie liebt?« Coralie spürte, dass sie Auerbach ein wenig in die Ecke drängte, aber sie konnte nicht schweigen.

»Sie wollte nie etwas anderes sein als Frau und Mutter.« Auerbach sagte das mit einem gewissen Stolz. »Sie weiß, wo ihr Platz ist. Und ich denke, alles Unglück rührt daher, dass so viele Frauen eben heutzutage nicht mehr wissen, wo sie hingehören. In Deutschland gilt die Mutterschaft als Erwerbsarbeit; es gibt sogar Orden dafür. Das Mutterkreuz als sichtbares Zeichen des Dankes des deutschen Volkes an kinderreiche Mütter.«

Das war eindeutig ein Schuss gegen Coralie.

Schön griff ein, wandte sich an seinen Kameraden. »Hatten Sie schon Gelegenheit, sich in Paris ein paar Ausstellungen anzusehen?«

Auerbach verzog den Mund. »Ein paar, ja. War auch im Louvre. Dürftig, sage ich, dürftig. Kaum Gemälde von internationalem Rang. Nichts für die deutsche Seele.«

Coralies Mund wurde trocken. Sie trank einen Schluck von ihrem Rotwein, ehe sie fragte: »Es gibt ihm Louvre einen sehr bekannten Restaurateur. Sind Sie ihm vielleicht schon einmal begegnet?«

Auerbach musterte sie einen Augenblick lang. »Nein. Das bin ich nicht.« Coralie bemerkte, dass er sie nicht nach dem Warum fragte. Das konnte nur zweierlei bedeuten: entweder, Auerbach hatte absolut kein Interesse an der Restauration von Bildern und deshalb auch an keinem Restaurateur, oder aber er kannte ihn und hat deshalb nicht nach dem Warum gefragt. Coralie nahm sich vor, morgen Monsieur Jammet zu berichten. Und dann, das schwor sie sich, würde sie sich nicht mehr um den verschwundenen Fragonard kümmern. Sie war schließlich nur ein Zimmermädchen im Le Bristol und hatte eine Familie, die sie schützen musste.

»Ich liebe ja die Landschaftsmalerei des 18. Jahrhunderts sehr«, wechselte sie das Thema und startete noch einen letzten Versuch. »Und Sie, Monsieur Auerbach?«

»Gewiss. Ein Caspar David Friedrich ist natürlich unerreicht, aber unter den Franzosen gibt es auch ein paar ganz ordentliche Maler.«

»Wen genau meinen Sie damit? Welche französischen Maler mögen Sie?«

»Watteau. Wie hieß der noch gleich mit Vornamen? Antoine?«

»Jean-Antoine Watteau«, warf Jean ein.

»Richtig. Der war es. Und Canaletto. ›Kanalotto‹, wie wir sagen, hähä.«

»Der war Italiener.«

»Das weiß ich.« Auerbach blies einen Rauchring in Richtung Decke und blickte ihm nach.

»Und was halten Sie von Fragonard?«, bohrte Coralie weiter. »Jean-Honoré Fragonard.«

»Ja, ich habe von ihm gehört, aber ehrlich gesagt, seine Bilder sind ein wenig nichtssagend.«

»Er war einer der berühmtesten Landschaftsmaler seiner Zeit, ein Meister seines Faches.«

»Warum reiten Sie denn dauernd auf der Landschaftsmalerei herum? Die Zeit ist vorbei. Wir sollten lieber nach vorn schauen. Es gibt erstaunlich viele gute Künstler in Deutschland. Unsere ›Neue Deutsche Malerei‹, damit sollten Sie sich mal befassen. Da gibt es Erstaunliches zu sehen.« Auerbach wirkte ein wenig verärgert. Er sah Coralie direkt in die Augen, als warte er auf etwas. Coralie hielt seinem Blick stand, bis er fragte: »Welche Maler der Neuen Deutschen Malerei kennen Sie denn?«

Coralie schluckte, doch jetzt griff Gerhard Schön ein. »Nun, über Malerei haben wir heute genug geplaudert. Wie steht es mit der Literatur?«

Sie redeten hin und her, und manchmal entstanden kleine, verlegene Pausen, in denen Jean und Coralie nichts zu sagen wussten. Schön sprang meist ein, und doch zog sich der Abend zäh wie Gummi. Eine Stunde vor Mitternacht verabschiedeten sich die Gäste endlich. Jean brachte sie zur Tür. Auf der Schwelle blieb Auerbach stehen. »Denken Sie an meine Worte, junger Mann. Die Malerei ist eine eifersüchtige Geliebte. Sie verträgt keine anderen neben sich.«

Coralie hatte inzwischen begonnen, den Tisch abzuräumen. Sie hielt einen vollen Aschenbecher in der Hand, als Jean zu ihr kam. »Und?«, fragte sie. »Was denkst du?«

Jean setzte sich, zündete für sich und seine Frau Zigaretten an. »Was genau meinst du? Davon, dass Auerbach mir nahelegt, mich von meiner Familie zu trennen und ganz für die Kunst zu leben? Oder dich so zu erziehen, dass du dich um die Belange des Haushaltes und der Kindererziehung kümmerst?«

»Er hat behauptet, er findet Fragonard nichtssagend. Das war eine fette Lüge. Ich habe es an seinen Augen gesehen. Denkst du, er weiß etwas über unser Bild?«

»Du hast recht, er hat merkwürdig reagiert. Ja, er weiß etwas. Nur was?«

»Das sollten wir unbedingt Monsieur Jammet mitteilen.«

»Gute Idee«, erwiderte Jean, aber Coralie stellte fest, dass ihr Mann noch ganz mit den Worten Auerbachs über seine Kunst beschäftigt war.

»Ehrlich gesagt, fand ich Siegfried Auerbach nicht so sympathisch, dass ich ihn gern wiedersehen möchte.«

»Das ging mir genauso. Denkst du, dass Gerhard Schön ihn mag?«

»Ich habe keine Ahnung. Schön ist ein Schöngeist. Auerbach eher ein linientreuer Karrierist, der seine Schäfchen ins

Trockene bringen will. Wir sollten auf jeden Fall Augen und Ohren offen halten. Vielleicht ergibt sich ja noch einmal eine andere Gelegenheit, mit Auerbach zu sprechen. Im Café de Flore zum Beispiel.«

Kapitel 27

Das Jahr rann Monsieur Jammet buchstäblich durch die Finger. Immer wieder passierte etwas, immer wieder musste er Dinge tun, die er nicht tun mochte. Da verschwand ein Mitarbeiter auf Nimmerwiedersehen, da stellten jahrelange Lieferanten ihren Verkauf ein, weil die Deutschen alle Waren beschlagnahmten, da kam ein ganzer Wäschewagen weg, die Reservierungen brachen ein, neue Verordnungen wurden wirksam. Nach einem Wasserrohrbruch rannte er tagelang nach Ersatzteilen und einem Klempner herum, da wurden neue Kissen gebraucht, die nicht zu beschaffen waren, dafür erhielt er Bezugsscheine für Verdunklungsstoffe. Da musste Jammet zum deutschen Botschafter, dann zur Polizei, zur Meldestelle. Er hatte das Gefühl, den ganzen Tag hin und her zu laufen, aber am Abend wenig geschafft zu haben. Die Küche war dabei sein größtes Sorgenkind. Die Deutschen liebten gutes, deftiges Essen, aber es gab weder Kartoffeln noch Speck und schon gar kein Fleisch. Monsieur Jammet schickte seinen Küchenchef in die umliegenden Dörfer. Er telefonierte nach Bier, Wein und Champagner, schrieb Bettelbriefe an seine früheren Lieferanten und konnte am Ende des Tages froh sein, wenn er alle Wünsche der Deutschen erfüllen konnte.

Wieder fanden geheime Absprachen im kleinen Salon statt.

Aber Hippolyte Jammet forderte Jean nicht mehr auf, sich dort zu engagieren. Jean hatte jetzt Familie. Er durfte auf keinen Fall gefährdet werden. Also bat er Olivier, der schon lange im Le Bristol arbeitete und sich mit Jean ein Zimmer geteilt hatte, um diesen Dienst. Olivier hatte Verbindungen zur Résistance, allerdings war sein Deutsch nicht so perfekt wie das von Jean. Olivier erfüllte seine Aufgabe gut. Am 5. November 1942 gab es eine Razzia gegen die griechischen Juden in Paris. Dank Olivier konnten etliche von ihnen vorher gewarnt werden. Weiter wurde bei dem geheimen Treffen zwischen den deutschen Offizieren und dem französischen Polizeichef Bousquet die Frage beantwortet, was aus denen geworden war, die man im Juli verhaftet und ins Vélodrome oder in Drancy eingesperrt hatte. André Lavagne, Chef von Pétains Zivilkabinett, erklärte, man habe die Leute mit Proviant für 17 Tage nach Polen geschickt. 50 Personen pro Viehwaggon, der bei der Abfahrt versiegelt wurde. Ohne Wasser, ohne Toiletten. All das hatte Olivier berichten können.

Währenddessen tobte der Kampf um Stalingrad. Die BBC brachte jeden Tag neue Nachrichten von der Front dort. Die Deutschen hatten die Stadt eingekesselt, doch der russische Winter verlangte seine Opfer: Tausende Menschen waren bislang dabei ums Leben gekommen.

Die Pariser jubelten verhalten. Die Schlacht um Stalingrad hatte möglicherweise die entscheidende Wende im Krieg gebracht; die Deutschen hatten herbe Verluste erlitten. Auch die Besatzer in Paris wurden ein wenig nervös. Es gab Hausdurchsuchungen und Verhaftungen. Mitglieder der Résistance wurden sofort hingerichtet. Nur Gerhard Schön war nicht nervös. »Es ist, wie es nun einmal ist«, erklärte er Jammet bei einem Besuch im Le Bristol. »Wer viel wagt, der hat auch viel zu verlieren.« Dem hatte Hippolyte Jammet nichts hinzuzufügen.

An einem der ersten schönen Frühlingsabende des Jahres 1943 kam ein Mann ins Le Bristol, der Monsieur Jammet zu sprechen wünschte. Er stellte sich als Gustave Mauriac vor. »Ich bin Inhaber der Galerie Mauriac. Vielleicht erinnern Sie sich an mich«, erklärte er. »Sie waren vor einiger Zeit bei mir. Ich sollte mich melden, wenn ich etwas über Fragonards ›Die Badenden‹ höre. Nun, ich weiß nicht, was Sie mit dem Gemälde zu tun haben, das dem Louvre gehört. Fakt ist jedoch, dass man mir das Bild angeboten hat. Zum Kauf.«

Monsieur Jammet deutete auf den freien Sessel in seinem Büro und setzte sich ihm gegenüber. »Ach, das ist ja interessant. Wer hat es Ihnen angeboten?« Kurz dachte der Hotelier an Coralie und ihren Bericht über den Besuch Siegfried Auerbachs in ihrer Wohnung. Er hatte weder der Visitenkarte noch dem Gespräch über den Fragonard besondere Bedeutung beigemessen. Ja, er hatte sogar im Stillen geglaubt, Coralie mache sich zu viele Gedanken und sehe womöglich sogar Gespenster. Vielleicht wäre es besser gewesen, die junge Frau ernst zu nehmen und die Spur zu verfolgen. Aber wie hätte er das anstellen sollen? Immerhin war Auerbach ein deutscher Wehrmachtsoffizier. Und überhaupt, das ergab alles keinen rechten Sinn. Wenn Auerbach den Fragonard hätte stehlen lassen, wozu brauchte er dann die Hilfe eines Restaurateurs? Nein, der einzig brauchbare Hinweis kam von dem Galeristen.

Gustave Mauriac zeigte Jammet einen Brief, der mit einer Schreibmaschine getippt war. »Biete Fragonard ›Die Badenden‹ für 50 000 US-Dollar. Bei Interesse stellen Sie ein Blumenbild in einem schwarzen Rahmen in Ihr Schaufenster.«

»50 000 Dollar«, wiederholte Jammet. »Das Bild ist sicher mehr wert.«

»Das denke ich auch«, antwortete Mauriac. »Ich habe überlegt, ob es etwas mit der Schlacht von Stalingrad zu tun hat. Das Blatt der Deutschen hat sich gewendet. Die Klugen unter ihnen ahnen, dass der Krieg verloren ist, und bereiten sich auf ihr Leben danach vor.«

»Ein guter Gedanke, Monsieur Mauriac. Das hieße aber, dass Eile geboten ist. Man könnte den Preis womöglich ein wenig drücken.«

»Habe Sie vor, das Bild zu kaufen?«

Der Hoteldirektor wiegte nachdenklich den Kopf. »Ich habe keine 50 000 US-Dollar«, sagte er.

»Was ist nun zu tun?«

»Lassen Sie mich überlegen, mein lieber Mauriac. Möchten Sie etwas trinken?«

»Ein Glas Wein wäre nicht schlecht.«

Jammet gab seiner Sekretärin den Wunsch weiter und lief hernach in seinem Büro auf und ab, während ihm Monsieur Mauriac dabei zusah. Dann brachte die Sekretärin eine Flasche Wein, und Jammet goss die Gläser voll. Sie tranken stumm, und Mauriac nickte zufrieden. »Was sollen wir tun?«, wiederholte er.

»Erst einmal gar nichts, denke ich. Der Erpresser könnte auch ein Franzose sein. Ein Kollaborateur womöglich. Oder eben ein Deutscher. Auf jeden Fall ist er unter Zugzwang. Er scheint das Geld zu brauchen. Er wird sich bestimmt wieder melden.«

»Und wenn er es an eine andere Galerie verkauft? Oder an einen privaten Sammler?«

»Das wird er nicht tun. Vielleicht spricht er *einen* anderen Galeristen oder Sammler an, aber er kann mit dem Bild nicht hausieren gehen. Nein, nein, ich bin sicher, es geht ihm nur um das Geld.«

»Und Sie meinen, ich soll erst einmal gar nichts tun?« Mauriac sah aus, als könne er das nicht glauben.

»Ja, das ist richtig. Wir warten ab. Er steht unter Druck. Wir warten – sagen wir mal – drei Tage. Wenn Sie dann nichts von ihm oder ihr gehört haben, stellen Sie das Blumenbild ins Fenster.«

Mauriac trank noch einen Schluck von dem Wein. »Und dann? Wie geht es weiter?«

»Er wird sich sicher wieder bei Ihnen melden.«

»Sollen wir nicht die Polizei einschalten? Immerhin geht es um Diebstahl und Erpressung.«

Jammet schüttelte den Kopf. »Es geht um ein weltberühmtes Gemälde. Seine Unversehrtheit steht an erster Stelle. Die Polizei arbeitet für die Deutschen.«

Mauriac erhob sich. »Ich muss gestehen, dass mir Ihr Plan nicht sonderlich gefällt. Ich mache mir Sorgen um meine Galerie. Bislang hat sie nicht sehr unter dem Krieg gelitten. Nun ist sie gefährdet. Es ist nicht nur einfach ein Laden für mich. Die Galerie ist mein Lebenswerk.«

»Das verstehe ich gut«, erwiderte Jammet. »Das geht mir mit dem Hotel nicht anders. Wir bleiben in Kontakt. Es wird nichts passieren.«

Kaum war Mauriac weg, fuhr Jammet mit dem Aufzug nach oben in seine Wohnung und erzählte Yvonne alles.

»Was hast du jetzt vor?«, wollte sie wissen.

»Abwarten. Die Deutschen sind seit Stalingrad nervös.«

»Willst du nicht Schön anrufen?«

»Noch nicht, mein Herz. Erst wenn er dabei ist, seine Schäfchen ins Trockene zu bringen. Das Blatt hat sich gewendet. Noch haben es nicht alle begriffen, aber der Krieg ist verloren.«

Yvonne wiegte den Kopf. »Verloren? Das glaube ich nicht. Noch hat Hitler viele Trümpfe in der Hand. Er wird weitermachen. So lange, bis auch der letzte Soldat gefallen ist.«

Kapitel 28

Jean zeichnete, während er Nachtdienst hatte. Er hatte alle Aufgaben erledigt, hatte die Weckwünsche an die Telefonistinnen weitergegeben, die Liste mit den Zeitungsempfängern vervollständigt, die Blumen für den Geburtstag eines Gastes bestellt und zwei Zugtickets nach Deutschland für übermorgen reserviert.

Seit das deutsche Außenministerium seine Gäste im Le Bristol logieren ließ, war es ruhig in der Nacht. Nur wenn das Maxim oder Moulin Rouge schlossen, kamen dunkle Autos vorgefahren. Die Deutschen, die dann zur Tür hereinwankten, waren oft betrunken. Die Amerikaner hatten gesungen, wenn sie betrunken waren. Die Franzosen erzählten und erzählten, wenn sie betrunken waren. Die Deutschen wurden noch mürrischer. Sie befahlen Jean zu sich, fragten nach Mädchen für eine Nacht, wollten ihre Stiefel auf Hochglanz poliert haben und zwar jetzt sofort, trieben den Küchenchef zurück an den Herd, damit er ihnen deutsche Küche vorsetzte. Es waren allesamt hohe Tiere, gewohnt an Macht und daran, dass ihnen jeder Wunsch auf der Stelle von den Augen abgelesen wurde. Andere, meist die Chauffeure, lehnten sich an Jeans Tresen und wollten von ihm wissen, was er da zeichne. Sie sprachen mit ihm über ihre Chefs, aber im Grunde sprachen sie nicht zu Jean, sondern gebrauchten ihn wie einen Spiegel. Sie wussten nicht, dass er gut Deutsch sprach, oder sie vergaßen es. Einer, der oft zu ihm kam und Kurt hieß, fuhr für die Abteilung Kultur. »Der Schön, ich sage dir, mein Freund, das ist keiner von uns«, erklärte er eines Abends. Er hielt eine Flasche Bier in der Hand, die Jean ihm besorgt hatte. »Der Schön, den kann man nicht durchschauen. Und der andere, der Auerbach, der ist ihm zu Diensten wie ein Hund. Als ob der von ihm abhängig wäre. Ob der was angestellt hat? Das wüsste ich gern. Aber die reden ja nicht mit unsereiner. Und das Trinkgeld wird auch immer weniger. Früher, da hat mir der Auerbach mal einen ausgegeben. Jetzt nicht mehr. Das ist so, seit er mit dem Schön rumhängt. Weiß der Himmel, warum wir im Krieg die Kultur brauchen. Wir müssen den Amerikanern ja nicht alles nachmachen. Ich habe gehört, die holen Prominente, damit sie für die Soldaten singen und tanzen. Marlene Dietrich, das ist ja eine Deutsche, die war bei den amerikanischen Truppen. Ist nicht schade um die, mir war sie viel zu dünn. Und du, mein Freund, magst du die Frauen eher üppig oder schlank?

Den Auerbach habe ich noch nie mit einer Frau gesehen, fällt mir da ein. Der kommt immer allein aus dem Moulin Rouge. Da ist der Schön anders, der hat an jedem Finger eine. Was der Schön wohl über den Auerbach weiß? Da ist was im Gange, das sagt mir meine Nase. Und die hat mich noch nie getäuscht.«

Er knallte die leere Bierflasche auf Jeans Tresen. Und Jean sprang auf, um Nachschub zu holen.

Kurt gähnte. »Ich müsste ins Bett, aber ein Bier geht noch. Ein Bier geht immer. Wo war ich? Ach ja, bei dem Auerbach.

Ich kann den nicht leiden. Der ist so eingebildet, denkt, er wäre etwas Besseres als ich. Aber da täuscht er sich. Kann ja sein, dass er ein Professor ist. Doch ich bin Fahrer. Ohne mich müsste er seinen Professorenarsch zu Fuß nach Hause bringen. Wenn ich nur wüsste, was da los ist zwischen dem Auerbach und dem Schön. Wenn ich nach Hause komme, will meine Frau was aus Paris mitgebracht haben. Kleider und Hüte und Parfüm. Das muss erst einmal bezahlt werden. So üppig habe ich es auch nicht. Wäre nicht schlecht, wenn ich noch eine Geldquelle hätte. Mal sehen. Eines Tages wird der Auerbach so besoffen sein, dass ich ihn ins Bett bringen muss. Kann sein, dass ich da ein bisschen länger bleibe. Will ja nicht, dass er an seiner Kotze erstickt. Hähä. Jetzt bin ich wirklich müde. Gute Nacht, mein Freund.«

»*Bonne nuit*«, wünschte Jean und lachte leise in sich hinein.

Die BBC berichtete beinah täglich von der Schlacht bei Stalingrad, und jeder, der konnte, hockte sich vor ein Radio. Im November 1942 waren bis zu 300 000 deutsche Soldaten in der Stadt eingekesselt. Dann kam der Winter mit Hunger und einer solchen Kälte, wie sie die Deutschen bis dato nie erlebt hatten. Die Lage war aussichtslos, aber Adolf Hitler bestand auf eine Fortführung der Kämpfe. Zwei Monate später stellten die deutschen Soldaten ihre Kampfhandlungen ein. Sie waren erschöpft, halb verhungert und halb erfroren und begaben sich lieber in Kriegsgefangenschaft, als zu sterben. 110 000 Soldaten ließen sich gefangen nehmen. 700 000 Menschen starben bei dieser Schlacht. Doch trotz der vielen Toten machte sich in Paris so etwas wie eine leise

Hoffnung breit. Die Deutschen waren gestoppt worden. Es hatte keine offizielle Kapitulation gegeben, aber jeder wusste, dass sie kapituliert hatten.

»Vielleicht erleben wir jetzt gerade eine Wende«, vermutete Hippolyte Jammet.

»Oder die Deutschen werden zu reißenden Bestien«, argwöhnte Yvonne Jammet.

»Das glaube ich nicht. Ein Krieg kostet Geld. Sehr viel Geld. Einmal ist es zu Ende. Das war schon immer so.«

»Sie werden sich bei anderen Ländern bedienen. So wie hier in Frankreich, wie in Holland, Belgien und all den anderen Ländern.«

»Und die Moral?«

»Die wird womöglich schwinden. Die Deutschen sind grausam, aber sie sind nicht dumm.«

Im Frühling 1943 wurden die von den Deutschen besetzten Fabriken rund um Paris von den Alliierten bombardiert. Am 4. April gab es zum ersten Mal tagsüber Bombenangriffe. Mehr als 100 amerikanische B-17-Bomber griffen die Renaultwerke an, die Panzer und Panzerfahrzeuge für die Wehrmacht produzierten.

Im September 1943 zog ein Lächeln durch Paris. Die Schlacht von Stalingrad hatte den Vormarsch der deutschen Wehrmacht endgültig gestoppt. Auch in Nordafrika gewannen die Alliierten. Sizilien war befreit, Mussolini gestürzt. Die Alliierten sammelten sich zu einer Bodeninvasion an der französischen Atlantikküste.

Teil 4
Paris Ende 1943 bis 1944

Kapitel 29

Wieder hatten sich die Pariser durch einen eisigen November und Dezember schleppen müssen. Die Lebensmittel waren noch knapper geworden. Heizmaterial gab es gar nicht mehr. Kinder und Alte erfroren in ihren Betten. Die Leute strömten in die Parks, fällten Bäume, schlugen die hölzernen Bänke kaputt. Einige weinten dabei. Aber sie wussten sich nicht anders zu helfen. Auch die Schlangen vor den Lebensmittelgeschäften waren länger geworden. In den langen Reihen standen Mütter, die ihr eigenes Fleisch geopfert hätten, um ihren Kindern zu helfen. Die Krankenhäuser waren überbelegt. Doch es gab kaum Medikamente. Leichenwagen fuhren zu jeder Stunde durch die Stadt, die Toten lagen in den Friedhofshallen aufgebahrt, weil die Erde zu hart war, um sie zu bestatten.

Die Bressots wollten Weihnachten zusammen mit Madame Colette feiern. Doch am Morgen des 24. Dezembers war im Le Bristol ein Brief eingetroffen, der an Coralie Leclerc adressiert war. Monsieur Grunwald übergab ihr das Schreiben, als sie mit ihrer Arbeit fertig war und sich auf den Heimweg machen wollte. Sein Gesicht dabei war ernst, die Augen wie mit einem Trauerflor versehen. Coralie schluckte. Sie öffnete mit Fingern, die sich dagegen sträubten, den Umschlag und holte den dünnen, amtlich aussehenden Briefbogen heraus. Dann las sie die Worte, die auf Deutsch dort geschrieben standen. Sie wusste, was sie bedeuteten, aber sie wollte es nicht glauben. Als sie den Namen Lucie Bennard las, schlug sie sich die Hand vor den Mund, und der Bogen in ihrer Hand begann zu zittern.

»Was ist los, Coralie?«, fragte Grunwald. »Geben Sie mir den Brief.« Sie tat es, und Monsieur Grunwald las, was da geschrieben stand, und seine Stimme bebte dabei.

»Was genau ist geschehen?«, fragte Coralie. Sie war blass geworden.

»Sie ist verstorben«, teilte ihr Monsieur Grunwald mit. »Hier steht, an einer Lungenentzündung.« Er reichte den Brief an Coralie zurück. »Ich habe schon viele solche Briefe gesehen. Die Leute kommen damit zu mir, weil ich Deutsch spreche. Es steht immer dasselbe drin: gestorben an einer Lungenentzündung.«

Coralie wurde schwindlig, ihre Beine knickten ein. Sie krallte sich am Empfangstresen fest. »Auschwitz«, sagte sie. »Sie wurde dort umgebracht.«

Grunwald nickte. »Brauchen Sie ein Glas Wasser?«

Coralie hörte ihn nicht. Sie sank einfach zusammen, den Brief in den Händen. Der Liftboy und der Türwächter kamen gerannt, halfen ihr auf die Beine, führten sie nach unten in den Speisesaal der Angestellten. Grunwald, der gefolgt war, reichte ihr das Glas mit Wasser. Coralie trank in kleinen Schlucken. Die Schwäche aus ihren Gliedern verflog, doch das Entsetzen blieb und machte sie taub und stumm.

Sie dachte an Ilan, der sich in der letzten Zeit so gut gemacht hatte. Seine Albträume waren verschwunden. Er hatte lange nicht mehr nach seiner Mutter gefragt. Er freute sich auf Weihnachten. Und er war gewachsen. Die Sachen, die sie ihm gekauft hatten, passten schon lange nicht mehr. Trotzdem hatte Jean darauf bestanden, dass neben neuer Kleidung auch ein paar Bücher und ein Malkasten unter dem Weihnachtsbaum liegen sollten.

Coralie blickte zu Monsieur Grunwald auf, der neben ihr stand. »Sollen wir es ihm sagen? Zu Weihnachten? Er hat gerade erst damit begonnen, ein wenig unbeschwert zu sein.«

Grunwald legte ihr eine Hand auf die Schulter. »Das können Sie später noch tun. Sie brauchen nichts zu überstürzen.«

Coralie schloss die Augen. Sie sah Ilan vor sich, sah, wie sie ihn an den Händen hielt und ihm sagte, dass seine Mama nicht zurückkommen würde. Sie sah, wie sich seine blauen Augen verdunkelten, wie er die kleinen Zähne zusammenbiss und dann doch zu weinen begann. Ein Weinen, das nicht aufhören würde, nicht aufhören konnte. Und sie würden ihn nicht trösten können, weil es keinen Trost gab, weil dieser Tod so sinnlos war und sie so ohnmächtig. Und dann würden die Albträume sicher wieder beginnen, und seine Unbeschwertheit würde verschwinden. Er würde Bilder in düsteren Farben malen. Er würde erstarren. »Ich kann es ihm nicht sagen.«

Wut packte sie. Eine unheimliche, unstillbare, weiße Wut, die Funken sprühte. Coralie sprang auf. Sie ballte die Fäuste. »Nein!«, schrie sie. »Nein, das dürfen die nicht.«

Grunwald packte sie bei den Schultern, drückte sie zurück auf den Stuhl, auf dem Coralie in ungehemmtes Weinen ausbrach. Sie schlug sich beide Hände vor das Gesicht. »Warum machen sie das? Warum dürfen sie das? Wer hat es ihnen erlaubt? Welcher Gott lässt sie gewähren? Und Sie,

Monsieur Grunwald, wie denken Sie darüber? Sie sind ein Deutscher.«

»Ich habe mich um die französische Staatsbürgerschaft beworben«, erwiderte er nur tonlos und sagte damit doch so viel mehr.

Als sie nach der Schicht endlich nach Hause kam, waren ihre Beine schwer wie Blei. Sie blieb nach jedem Treppenabsatz stehen und musste verschnaufen. Endlich war sie vor ihrer Wohnung angekommen, schaffte es aber kaum, den Schlüssel ins Schloss zu stecken. Jean hatte sie gehört, er öffnete die Tür. »Mein Gott, was ist los?«, fragte er alarmiert. »Was ist passiert?«

»Sie ist tot«, brachte Coralie leise hervor. »Sie haben sie ermordet.«

»Wen?«

»Ilans Mama.«

»Oh mein Gott!« Jean zog sie in seine Arme, strich ihr über den Rücken. Aus der Küche hörte sie die Stimme von Ilan. »Brauchen wir noch mehr Strohsterne?«

Jean drückte Coralie noch einmal fest an sich, dann reichte er ihr ein Taschentuch. »Wir dürfen ihm nichts sagen. Nicht heute. Es ist Weihnachten. Wisch dir die Tränen ab.«

Coralie nickte, dann begab sie sich in die Küche und umarmte Ilan ganz fest. »Weißt du eigentlich, wie lieb ich dich habe?«, fragte sie.

»Du hast mich so lieb, wie man einen Menschen nur lieb haben kann. Und wenn du mich noch lieber hättest, dann würdest du platzen.«

Coralie wusste nicht, wie oft sie diesen Satz schon zu ihm gesagt hatte, und auch Jean und Colette sagten ihn. Sie ließ ihn los, strich ihm über das Haar, richtete seinen Pullover, an dem es nichts zu richten gab. Sie wollte ihn festhalten, wollte ihn beschützen vor allem, was ihm wehtun könnte, aber das ging nicht. »Was macht ihr gerade?«, fragte sie stattdessen.

»Jean und ich schmücken den Weihnachtsbaum«, erklärte er. »Ich möchte ganz viele Strohsterne daran haben. Und rote Holzäpfel.«

Coralie wusste, dass er sich an den Weihnachtsbaum bei sich zu Hause erinnerte, und sie nickte. »Strohsterne und rote Holzäpfel. Dann mal los.«

Sie ging mit ihm in das Wohnzimmer, und gemeinsam schmückten sie den Baum. Ilan alberte herum, hängte einen Strohstern an eine Tischecke, bestückte einen Kerzenhalter damit, hängte ihn sich über das Ohr. Coralie lachte, aber selbst in den eigenen Ohren klang dieses Lachen falsch und flach. Einmal hielt Ilan inne, betrachtete den Baum und sagte: »Ich kann mich nicht mehr erinnern.«

»Woran, mein Schatz?«

»An Mama. Und an Papa.« Er wirkte so traurig, dass Coralie ihn wieder in den Arm nahm. »Das ist nicht schlimm. Gesichter verändern sich. Aber du wirst dich immer daran erinnern, wie lieb dich deine Mama und dein Papa hatten.«

»Mein ganzes Leben lang?«

»Ja. Dein ganzes Leben lang.«

»Glaubst du, dass sie wiederkommen?«

Bei dieser Frage stockte Coralies Herzschlag. Was sollte sie ihm sagen? »Komm, wir feiern jetzt Weihnachten.« Sie hob ihn hoch, trug ihn zu seiner Kommode. »Wir machen dich jetzt schön, und danach gehen wir alle in die Kirche.«

Kapitel 30

Gerhard Schön hatte seine Uniform endgültig abgelegt und war darüber so erleichtert, dass er nach dem Dienst viele Stunden spazieren ging. Endlich fiel er unter den Parisern nicht mehr als Deutscher auf. Schön hatte schon immer in der französischen Hauptstadt sein wollen. Doch nicht als Besatzer, sondern als Neupariser, denn er liebte diese Stadt, dieses Land mit allem, was dazugehörte. Manchmal, sehr selten nur, dachte er über die Tragik seines Lebens nach. Es hatte ihn in seine Traumstadt verschlagen, doch seinen Traum hatte er nicht verwirklichen können. Er, der sich französischer fühlte als die meisten Franzosen, würde für immer ein Deutscher in Paris sein. Und heute war Weihnachten. Er hatte viele Freunde in Paris. Der Verleger Gaston Gallimard, der Schriftsteller Ramon Fernandez, der Lektor Drieu la Rochelle. Künstler. Er hatte bei so vielen dafür gesorgt, dass sie veröffentlicht wurden. Er hat sich um Papiere gekümmert. Er hatte getan, was er konnte. Aber nun zeigte sich, dass die Freundschaften keine waren. Er hatte Kollegen. Siegfried Auerbach. Sein Adjutant, sein Vorgesetzter. Aber niemand hatte ihn eingeladen, mit ihm zu feiern. Auch Coralie und Jean hatten ihn nicht zu sich gebeten. Er lief durch die Straßen, schaute in die Fenster der Wohnungen, schaute in die Cafés, in denen nur die noch saßen, die niemanden hatten.

So wie er. Plötzlich fühlte er sich so allein, dass er es kaum aushalten konnte. Er schlug den Weg zum Le Bristol ein. Dort würde er dieses verfluchte Fest vielleicht ertragen können, inmitten all der Pracht und dem Glanz. Er würde sich eine oder zwei Flaschen Wein bestellen, er würde ausgiebig tafeln. Die Kellner würden sich vor ihm verbeugen und es ihm so angenehm wie möglich machen. Er konnte sich eine der Pariser Kokotten dazu bestellen. Vielleicht Celeste und Annmarie? Oder lieber Brigitte?

Er versuchte zu lächeln, doch das Lächeln erstarb auf seinen Lippen. Er wollte weder Celeste noch Brigitte noch Annmarie. Er wollte nicht von Kellnern bedient werden. Er wollte unter Freunden sein.

Er blieb stehen, dachte einen Augenblick lang nach, dann drehte er sich auf dem Absatz um und hatte es plötzlich eilig. Zu Coralie und Jean wollte er, und er hoffte sogar, den kleinen Ilan zu treffen, den er noch nie gesehen hatte. Glückliche Kinderaugen am Weihnachtsabend, das war es, was er wollte, Behaglichkeit und die Sicherheit und Wärme von Freundschaft. Er hatte das neu erschienene Buch mit der Kurzgeschichte von Coralie zu Hause eingesteckt, als hätte sein Unterbewusstsein schon vor ihm gewusst, dass er sich heute Abend bei den jungen Bressots einladen würde.

Nach einem flotten Marsch stand er vor ihrem Haus. Die Fenster waren verdunkelt, man musste allzeit mit Bombenangriffen rechnen, aber Schön wusste, dass sie zu Hause waren. Er drückte auf den Klingelknopf und bemerkte erst jetzt die Kälte. Er schlug die Arme um sich, trampelte mit den Füßen auf und blickte sich um. Die Straßen lagen still und verlassen, und er stellte sich vor, an einem gedeckten Tisch zu sitzen und auf die brennenden Kerzen an einem Weihnachtsbaum zu sehen, während Bratenduft durch die Wohnung zog. Vielleicht würde es später sogar noch schneien. Es roch bereits nach Schnee, fand er.

Endlich wurde die Haustür aufgeschlossen. Jean stand vor ihm. »Guten Abend, Monsieur Schön.«

»Guten Abend, Jean. Ich dachte, ich statte Ihnen einmal einen Besuch ab.«

Bei diesen Worten ging kein Strahlen über Jeans Gesicht. »Es ist Weihnachten.«

»Ebendeshalb. Jetzt lassen Sie mich schon hinein, es ist kalt. Die Geschenke werde ich Ihnen nächste Woche liefern lassen. Was wünschen Sie sich? Papier? Farben? Bücher? Und für Coralie? Ein seidenes Tuch? Ein Fläschchen Parfüm? Warten Sie.« Er kramte in den Taschen seines Mantels herum, brachte eine Tafel Schokolade hervor. »Hier, für Ilan. Was soll ich für ihn kaufen? Eine warme Jacke? Stiefel? Sie brauchen es nur zu sagen.«

Jean hatte diesen Redestrom über sich ergehen lassen wie eine Erkältung. Still duldend. Dann schüttelte er den Kopf. »Sie brauchen keine Geschenke, um uns zu besuchen. Kommen Sie herein.«

Schön schritt hinter Jean die Treppe hinauf. Er fühlte sich kleiner als sonst. Die Uniform, die er nicht mehr trug, hatte ihm Größe verliehen, aber das war nicht alles. Wie Jean mit ihm gesprochen hatte! Bestimmt. Wie ein Mann zu einem anderen Mann. Nicht mehr wie ein Besetzter zu einem Besatzer. Und das, fand Schön, war das erschreckendste Zeichen dafür, dass sich etwas geändert hatte. Für einen Augenblick überlegte er, ob es nicht doch besser wäre, im Le Bristol zu speisen und sich mit einem Mädchen zu vergnügen. Doch da waren sie schon an der Wohnungstür der Bressots angelangt, und Schön roch Bratenduft und sah die brennenden Kerzen am Baum.

Kapitel 31

Jammet war es nicht leichtgefallen, Mauriac hinzuhalten, bis der Entführer des Bildes sich wieder meldete. Beinahe jede Woche hatte Mauriac ihn angerufen. »Es ist nichts passiert. Ich habe nichts gehört.«

»Das ist kein schlechtes Zeichen, mein lieber Mauriac. Geht es Ihnen sonst gut? Ist mit der Galerie alles in Ordnung?«

»Ja, ja. Aber ich hoffe darauf, dass endlich etwas passiert. Diese Warterei bringt mich noch um den Verstand.«

Jammet begriff natürlich, dass Mauriac Angst hatte. Alle hatten Angst. »Es ist kein schlechtes Zeichen«, wiederholte der Hotelier.

Und dann stand Mauriac an einem kalten Januartag 1944 wieder in Jammets Büro. »Ich habe Nachricht bekommen«, erklärte er aufgeregt.

»Der Dieb hat Ihnen geschrieben?«

»Ja.« Mauriac holte ein mit Schreibmaschine beschriebenes Blatt aus seiner braunen Lederaktentasche. »Hier, lesen Sie.«

Jammet setzte sich die Brille auf. »40 000 US-Dollar für den Fragonard.« Das war alles.

»Was machen wir nun?«, fragte Mauriac.

»Sie stellen einen schwarzen Rahmen in Ihr Schaufenster. Aber in dem Rahmen wird kein Blumengemälde sein, sondern eine Kopie des Fragonard. Ich habe noch eine gefunden. Eine, die zuvor in einem Hotelzimmer hing.« Jammet lächelte listig. Jean hatte ihn darauf gebracht. Er war es, der die alten, aber gut gemachten Kopien auf den Dachboden gebracht hatte, als die Originale gehängt worden waren.

»Das kann den Dieb verwirren«, klagte Mauriac. »Das kann ihn unberechenbar machen.«

»Es soll ihn auch verwirren. Aber der schwarze Rahmen signalisiert zugleich, dass wir zu Gesprächen bereit sind, dass wir vielleicht sogar zahlen werden.«

Mauriac kratzte sich am Kinn, und Jammet sah, dass der Galerist schon wieder um seine Galerie fürchtete. »Ich will da in nichts hineingeraten. Warum ausgerechnet ich? Warum meine Galerie?«

»Das kann ich Ihnen nicht beantworten, Monsieur Mauriac. Wahrscheinlich, weil Ihre Galerie sich einen Namen in Bezug auf die Landschaftsmalerei gemacht hat. Aber in diesen Zeiten müssen wir alle hin und wieder Dinge tun, die uns widerstreben. Und Sie gehören nun einmal zu den bedeutendsten Galeristen der Stadt. Ihre Vorliebe für die Landschaftsmalerei ist allgemein bekannt.«

Mauriac seufzte. »Dann machen wir es so. Schließlich will ich nicht schuld daran sein, dass dem Louvre am Ende ein berühmtes Gemälde fehlt.«

Jammet klopfte dem Galeristen auf die Schulter. »Jemand wird heute Nachmittag die Kopie vorbeibringen. Und dann warten wir wieder ab, was passiert.«

Er verabschiedete den Mann, dann machte er sich an seine Arbeit.

Drei Tage später begab er sich zu Mauriac in die Galerie. »Nun, mein Lieber, wie steht es mit unserem Fragonard?«

Mauriac hob die Schultern. »Nichts. Es ist nichts passiert. Also beinahe nichts.«

»Und was ist beinahe nichts?«

»Es gab einen Anruf gestern. Ein Mann war dran. Er sagte, die Sache hätte sich erledigt. Ich habe ihn gefragt, wovon er spricht, aber er wiederholte nur den einen Satz und legte auf. Verstehen Sie das?«

Jammet dachte einen Augenblick nach »Kann sein, dass es der Dieb war. Vielleicht aber auch nicht. Wir werden weiter abwarten müssen. Hat er Französisch gesprochen?«

Mauriac nickte. »Ja, aber ich konnte bei den paar Worten nicht erkennen, ob er ein Muttersprachler war. Soll ich den Fragonard noch im Rahmen lassen?«

»Aber ja, mein Lieber. Und merken Sie sich bitte alle Kunden, die danach fragen.«

Paris erwachte aus seinem Schlaf, gewann einen Teil seiner Lebensfreude zurück. Jeden Abend war das Restaurant ausgebucht. Die Frauen trugen wieder ihre Haute Couture und ihren Schmuck, wollten sich zeigen. Selbst die, die sich das Restaurant eigentlich gar nicht leisten konnten, waren zu Gast. Sie wollten das Leben feiern. Das Leben und die Liebe. Junge Paare flanierten durch die gerupften Parks. Alte Männer mit blassen Gesichtern kamen aus ihren Wohnungen, um Boule zu spielen. Die Zeitungsjungen schwenkten ihre Blätter, und die Schuhputzer hatten endlich wieder Kundschaft. Die wenigen Geschäfte, die noch geöffnet hatten, stellten Birkenzweige ins Fenster, um sich zu schmücken, und die Pariser Modesalons erlebten einen ungewohnten Ansturm. Niemand kaufte, niemand hatte Geld, und doch war Paris erwacht, fand ein wenig seines Esprits zurück. Junge Frauen auf Fahrrädern ließen ihre Röcke im Frühlingswind wehen. Alte Frauen streckten ihre müden Gesichter der Sonne entgegen. Und selbst an Regentagen, so wirkte es, hing ein blauer Himmel über Paris.

Bei den deutschen Soldaten war es gerade andersherum. Sie waren fast über Nacht kleiner geworden, stiller, unsichtbarer. Hatten sie sonst mit ausgestreckten Beinen in den Cafés gelümmelt und Bier getrunken, so saßen sie jetzt ordentlich am Tisch und warteten, bis der Kellner sie nach ihren Wünschen fragte. Sie machten den Leuten auf den Bürgersteigen Platz, erhoben sich in der Metro für alte Menschen und Müttern mit Kindern.

Anderen Deutschen saß die Angst im Nacken. Sie drehten durch, nahmen wahllos Leute auf den Straßen fest unter dem Verdacht, sie könnten Mitglieder der Résistance sein. Am Abend mussten sie sie wieder freilassen, und am nächsten Morgen verhafteten sie andere. Sie waren hektisch und nervös, und sie waren in ihrer Verzweiflung gefährlich. In den deutschen Propagandablättern war von einer Wunderwaffe zu lesen, die V2, Vergeltungswaffe 2, genannt wurde. Es war eine Rakete mit Sprengstoff, ein unbemannter Flugkörper, der von Deutschland aus in alle Richtungen geschickt werden konnte. Noch immer war in den deutschen Radiosendern vom Endsieg die Rede, doch die, die nicht blind glaubten, wussten, dass der Krieg verloren war.

Gerhard Schön kam jeden Montag zu Jean und Coralie. Sonntags nahm er an einem Salon teil, den Ramon Fernandez und seine Frau ausrichteten und an dem manchmal auch Marguerite Duras teilnahm. Seit Weihnachten hatte sich ihr Verhältnis ein wenig verändert, denn an Weihnachten war Gerhard Schön verzweifelt und allein gewesen, war in seiner Einsamkeit zu ihnen gekommen. Er war dadurch ein wenig menschlicher geworden, fand Coralie. Außerdem war er ein wirklich interessanter Gesprächspartner. Und vielleicht würden sie ihn eines Tages noch einmal brauchen. Wegen Ilan. Coralie wunderte sich ein wenig über sich selbst, denn mittlerweile genoss sie Schöns Besuche beinahe. Und Jean blühte jedes Mal auf, wenn der Deutsche kam. Schon zwei Tage vorher überlegte er, was er ihn fragen könnte. Er ließ sich von ihm Bücher empfehlen, lieh sich Kunstbildbände, sprach mit ihm über Kinofilme. Nur die Politik hatte an ihrem Tisch keinen Platz, auch wenn sie wie ein weißer Elefant im Zimmer stand. Aber Coralie freute sich über Jeans Eifer. Von Schön fühlte er sich verstanden, bekam Anregungen, wurde inspiriert – genau wie sie auch. Schön hatte ihr sogar versprochen, sie einmal mit zu dem literarischen Salon zu nehmen, denn sie brannte darauf, Marguerite Duras kennenzulernen.

»Haben Sie schon etwas von der Duras gelesen?«, fragte Schön eines Abends. »Ich glaube, sie war ebenfalls in der Anthologie vertreten, allerdings unter einem Pseudonym.«

Coralie nickte. Die Duras galt unter den angehenden Schriftstellern als eine der begabtesten, und Coralie las alles, was sie von ihr in die Finger bekommen konnte. »Sie haben recht. Es gibt da einen Text, der mich an sie erinnert hat. Ich war von der Sprache beeindruckt.« Sie seufzte. »Sie ist nur ein paar Jahre älter als ich, doch ich wünschte, ich könnte so schreiben wie sie.«

»Nein, Coralie, denken Sie nicht so. Sie schreiben ganz wunderbar und so, wie es nur eine Coralie Bressot kann.« Schön legte einen Briefumschlag auf den Tisch.

»Was ist das?«, wollte Coralie wissen.

»Ihre erste Honorarabrechnung. Die Anthologie hat sich sehr gut verkauft.« Das stimmte; es gab in Paris kein Buch, das sich besser verkauft hatte. Doch Schön verschwieg, dass der Grund dafür dessen Gewicht war. Das Buch wog exakt ein Kilogramm. Und da es in Paris weit und breit keine Eisengewichte mehr gab, behalfen sich die Hausfrauen und kleinen Händler mit diesem Buch. Viele der Frauen würden vielleicht hin und wieder auch ein paar Seiten lesen, vermutete Schön, aber sicher war er sich dessen nicht.

Coralie nahm den Umschlag vom Tisch, öffnete ihn und schaute hinein. »Das ... das sind ja 4 000 Francs«, rief sie erfreut aus. »So viel Geld!«

»Das sind so viel wie 200 Reichsmark«, erklärte Schön. »Ein ordentlicher Anfang.«

Coralie drückte das Geld an ihre Brust, strahlte Jean an, der neben ihr am Tisch saß. »Dafür kaufen wir Farben für dich.«

Jean beugte sich zu Coralie und küsste sie auf die Wange. »Nein, dafür kaufst du dir etwas, was du dir schon immer gewünscht hast. Ein Kleid, ein paar Schuhe oder ein Schmuckstück. Etwas, das dich für immer an deine erste Veröffentlichung erinnert.«

»Aber nein.«

»Doch, denn das erste Honorar ist ein entscheidender Punkt im Leben. Es ist etwas ganz Besonderes.«

Coralie strahlte. »Dann weiß ich, was wir uns dafür kaufen, wenn der Krieg vorbei ist.« Coralie hielt sich erschrocken die Hand vor den Mund. »Oh! Das ist mir so rausgerutscht, Monsieur Schön. Ich war so aufgeregt, verstehen Sie. Bitte nehmen Sie es mir nicht übel.«

Schön kniff ein wenig die Augen zusammen und zog an seiner Zigarette. »Ich bin nicht gekränkt, Coralie«, sagte er langsam und ungewohnt leise. »Ich weiß, dass der Krieg verloren ist. Aber ich weiß auch, dass das längst nicht alle so sehen. Und wenn ich ehrlich bin, bin auch ich froh, wenn der Krieg vorüber ist.«

Coralie schluckte. »Es tut mir leid«, sagte sie leise.

»Aber das muss Ihnen doch nicht leidtun.« Schön wirkte plötzlich ein wenig heiterer. »Es ist, wie es ist. Es hat genug Tote gegeben. Auf allen Seiten. Doch jetzt verraten Sie mir bitte endlich, was Sie sich von Ihrem ersten Honorar kaufen wollen.«

»Ein Ehebett. Ein richtiges, eigenes Ehebett. Groß soll es sein, so dass die Kinder mit hineinpassen.«

»Die Kinder?«, fragte Schön nach und zog die Augenbrauen nach oben. »Gibt es da etwa Neuigkeiten?«

Jean schüttelte den Kopf. »In ein paar Jahren vielleicht. Es kommt darauf an, wie sich alles entwickelt.«

»Die Kunst oder das Leben?«, fragte Schön nach.

»Beides«, erklärten Jean und Coralie wie aus einem Mund.

»Was brauchen Sie dafür?«, fragte er stattdessen. »Was kann ich für Sie tun?«

»Wie meinen Sie das?«

»Ununterbrochen kommen Franzosen zu mir in mein Büro in der Rue Saint-Dominique, die mit uns zusammengearbeitet haben. Sie wollen Visa und Papiere. Sie wollen weg aus Paris, manche sogar weg aus Frankreich.«

»Sie meinen die Kollaborateure?«

»Nun, wir bezeichnen sie eher als unsere Helfer. Ramon Fernandez will nach Spanien oder Portugal gehen. Andere wollen nach Amerika oder Kanada. Also, was brauchen Sie?«

»Nichts«, erwiderte Coralie und klang dabei unbeschwert. »Wir haben alles, was wir brauchen. Wir werden Paris nicht verlassen. Wir sind hier zu Hause.«

»Es wird verstärkt Bombenangriffe der Alliierten geben«, erklärte Schön.

»Wir haben einen guten Luftschutzkeller im Haus.«

Schön räusperte sich. »Ich weiß nicht, wie lange ich noch dableiben werde.«

»Sie wollen weg aus Paris?«

»Nein, im Gegenteil. Ich möchte liebend gern in Paris bleiben, aber meine Arbeit wird hier nicht mehr gebraucht. Ich muss zurück nach Deutschland und dort ausbaden, was wir in der Welt angerichtet haben.«

Coralie dachte an Ilan, der im Nebenzimmer schlief, und an dessen Mutter, die ermordet worden war. »Was wissen Sie über Auschwitz?«

Schön seufzte. »Auf diese Frage habe ich schon lange gewartet. Ilans Mutter ist tot, sie ist in Auschwitz verstorben.«

»Nicht verstorben, sondern ermordet worden«, bemerkte Coralie bitter. »Wir haben zu Weihnachten diese Nachricht bekommen und wissen noch immer nicht, wie wir es ihm sagen sollen. Er wird nach dem Warum fragen. Was sollen wir antworten?«

Schön breitete die Arme aus. »Ich weiß es nicht. Und ich persönlich bin kein Feind der Juden, wenn ich auch nicht alles gutheiße, was manche von ihnen so tun. Wo wäre die Kunst ohne sie? Wo stünde die Wissenschaft? Ich kenne selbst einige Juden. Es sind oftmals kluge Menschen, die etwas zu sagen haben.«

»Warum haben Sie denen nicht geholfen?«, wollte Coralie wissen. Ihr Herz schlug einen Takt schneller. Sie wollte Antworten, Auskünfte, Begründungen.

»Das ist nicht so einfach, wie Sie glauben. Ich habe einigen Juden geholfen. Das wissen Sie ja, denn Ilan gehört dazu. Von Anfang an habe ich das Märchen vom Neffen nicht geglaubt. Ich habe versucht, andere Juden zu schützen. Ich habe ihnen Papiere verschafft. Das hätte mich meine Karriere kosten können. Oder mehr.«

»Warum haben Sie diesem unmenschlichen System trotzdem gedient?«, wollte Coralie wissen. »Sie haben die Uniform getragen und sind in den Organisationen, in deren Namen diese ganzen Grausamkeiten geschahen und noch geschehen. Sie können sich nicht aus der Verantwortung stehlen, auch wenn Sie niemanden persönlich getötet haben.«

»Und was soll ich Ihrer Meinung nach jetzt tun? Ich habe meine Uniform ausgezogen.«

»Das reicht nicht.«

»Coralie, was wollen Sie von mir? Ich bin Offizier. Ich bekomme Befehle, die ich zu befolgen habe. Ich bin in meinen Entscheidungen weniger frei als Sie. Ich habe so vielen Menschen geholfen, wie ich nur konnte.«

Er hat recht, dachte Coralie. Er hat vielen geholfen, das weiß ich. Und trotzdem kann er sich damit nicht herausreden. Kurz fiel ihr die eigene Regierung ein, die sich in den sicheren Teil des Landes zurückgezogen und dort in Vichy den besetzten Rest des Landes vergessen hatte. Und auch an Jammet dachte sie, der die Deutschen aufnahm und bewirtete. Aber er tat das nur, um das Hotel weiter am Laufen zu halten. Das Hotel, das sie alle ernährte. »Es hat Sie niemand gezwungen, nach Paris zu kommen und hier das Verlagswesen zu regulieren. Sie waren nicht nur ein Mitläufer, Sie waren einer der Täter.« Sie wusste nicht, woher sie auf einmal den Mut nahm, so mit Schön zu sprechen.

»Aber auch da habe ich Gutes getan, habe Schriftstellern geholfen zu veröffentlichen, habe ihnen Papiere und Visa ausgestellt.«

»Doch durch die Schuld Ihres Landes mussten sich die Leute erst um Papiere bemühen. Vorher war das nicht nötig gewesen. Ja, Sie haben Visa ausgestellt. Sie haben geholfen, gefährdete Menschen aus Paris herauszubringen. Aber ohne die Deutschen hätten diese Menschen in der Stadt bleiben können. Sicher haben Sie ein paar von ihnen gerettet. Aber wie viele haben Sie nicht gerettet?«

Schön erhob sich. »Sie haben recht, Coralie. Nichts, was ich sagen könnte, würde mich von meiner Schuld befreien. Ich muss für den Rest meiner Tage damit leben. Ja, ich habe diesem unmenschlichen System gedient. Ich tue es noch immer. Weiter habe ich Ihnen nichts zu sagen.« Er betrachtete Jean und Coralie, als wollte er sich ihre Gesichter einprägen. Er blickte sich in der Wohnung um, als wollte er kein Bild, keine Blume, kein Möbelstück vergessen. Er nimmt Abschied, dachte Coralie. Auch wenn er noch lange hierbleiben wird, nimmt er jetzt Abschied. Vielleicht sogar von dem

Mann, für den er sich gehalten hat. Einen kurzen Moment lang tat er ihr leid, und doch war er ein Täter.

»Sie haben mir eine Frage noch nicht beantwortet, Monsieur Schön. Was wissen Sie über Auschwitz?«, fragte sie erneut. Nein, sie wollte ihn nicht quälen. Doch sie musste es wissen. Eines Tages würde Ilan sie danach fragen, und deshalb brauchte sie jetzt eine Antwort.

Schön schloss für einen Augenblick gequält die Augen. »Auschwitz«, wiederholte er. »Die Züge fahren bis zu einer Rampe. Dann werden die Mütter von ihren Kindern, die Frauen von ihren Männern getrennt. Die, die arbeiten können, werden in die Baracken des Lagers gebracht. Die anderen in die Gaskammer.« Er hielt kurz inne. Sein Kinn war kantig geworden, und seine Augen wirkten leer wie Brunnenschächte. »Auch die Kinder. Die meisten Kinder wurden vergast. Sie haben Ilan das Leben gerettet.«

Eine eiskalte Hand griff nach Coralies Brust. »Hören Sie auf!«, bat sie. »Ich kann das nicht aushalten.« Sie blickte hilfesuchend zu Jean. »Warum?«, fragte sie dann, an Schön gewandt. »Was sollen wir Ilan erklären?«

Schön schwieg und zog an seiner Zigarette. Dann blickte er einem Rauchring nach. »Ich weiß es nicht«, sagte er dann. »Es gibt dafür keine Begründung. Jedenfalls keine, die dieses Grauen erklären oder rechtfertigen könnte. Es war und ist barbarisch. Viele haben es gewusst, waren verblendet, sind es bis heute. Es tut mir leid.«

Coralie schüttelte den Kopf, schlug die Hände vor das Gesicht. »Das sollen wir ihm sagen? Dass es keine Begründung dafür gibt? Dass viele verblendet waren? Nein, das kann ich ihm nicht antun. Das ist zu grausam.«

»Ich bin kein Unmensch«, erwiderte Schön. »Ich liebe Kinder. Sie sollen alle glücklich und satt aufwachsen. Ich habe das nicht gewollt. Ich habe so vieles nicht gewollt. Nicht, was in Deutschland und Polen passiert. Aber ich habe davon gewusst. Ich wusste von den Massenerschießungen, wusste von den Arbeitslagern, von der Zwangsarbeit, von den Konzentrations- und Vernichtungslagern. Ich habe Adolf Hitlers ›Mein Kampf‹ gelesen. Da stand alles bereits drin. Ich wollte nach Paris, vielleicht, um davor zu flüchten, aber das Deutsche Reich ist mir gefolgt. Man kann nicht weglaufen. Man kann sich nicht entschulden. Auch wenn der Krieg noch nicht verloren gegeben wurde, so haben wir doch mehr verloren als einen Krieg. Wir haben unsere Menschlichkeit verloren. Und das können wir niemals wiedergutmachen.«

Er begab sich in den Flur, zog seinen Mantel an, ging zur Tür, ging ohne einen Abschiedsgruß, ging, als würde er niemals wiederkommen.

Kapitel 32

Einige Zeit später, als dichte Rauchwolken über Paris hingen, klopfte jemand an Schöns Büro. Sein Adjutant war unterwegs, also öffnete Schön selbst. Ein Mann stand davor, und Schön erkannte Siegfried Auerbach erst auf den zweiten Blick. Er hatte ihn lange nicht gesehen, war sogar der Ansicht gewesen, der Mann wäre vielleicht schon nach Deutschland zurückgekehrt. Er hatte zuletzt dem Botschafter Otto Abetz direkt unterstanden und nichts mehr mit Schön zu tun gehabt. Auerbach hatte abgenommen, unter seinen Augen lagen dunkle Ringe.

»Was kann ich für Sie tun?«, fragte Schön. »Was führt Sie zu mir? Kommen Sie herein, setzen Sie sich. Was kann ich Ihnen anbieten?«

»Ich brauche Papiere. Ich muss hier weg, und zwar schnell. Am besten wäre es, ich bekäme amerikanische Papiere und ein Visum.«

»Und wieso glauben Sie, dass ich Ihnen dabei weiterhelfen kann? Wie Sie wissen, bin ich nur für die Literatur und Kunst in der Stadt verantwortlich. Gehen Sie zur Meldestelle.«

Auerbachs Kinn wurde kantig. »Sorgen Sie dafür, dass mir jemand die Papiere ausstellt. 20 000 Dollar brauche ich auch noch.«

Schön lehnte sich zurück und betrachtete den Mann genauer. Auerbach hatte nicht nur abgenommen, er wirkte auch verzweifelt.

»Warum sollte ich das für Sie tun? Weshalb wollen Sie nicht nach Deutschland zurück zu Ihrer Familie? Wozu brauchen Sie die 20 000 Dollar?«, wollte Schön wissen und wurde allmählich neugierig. So dreist, einfach hierherzukommen, Papiere und Geld zu verlangen, war bislang niemand gewesen. Auerbach tat gerade so, als wäre er Schöns Vorgesetzter. Sein Verhalten war anmaßend, aber Gerhard Schön sah die Wandlung, die Auerbach durchgemacht hatte.

»Ich muss mir eine neue Existenz aufbauen. Drüben, in Amerika. Oder in Argentinien.«

»Leben Sie nicht in Berlin? Sie haben doch Familie.«

»Wenn ich nicht in großer Not wäre, wäre ich nicht zu Ihnen gekommen.« Er wühlte in seinen Manteltaschen und brachte ein zerknittertes Papier hervor. Er knallte es vor Schön auf den Schreibtisch. »Das sind die Angaben für den neuen Pass.«

»Joe Brown, geboren am 14. Juli 1907 in Philadelphia?«

»Ja.«

»Nun, wenn Sie amerikanischer Staatsbürger werden wollen, dann müssen Sie sich an die zuständige Botschaft wenden. Ich kann da leider gar nichts für Sie tun.«

»Dann geben Sie sich Mühe.«

Schön ließ seine flache Hand auf die Tischplatte knallen, so dass der Mann zusammenzuckte. »Was bilden Sie sich eigentlich ein?«, schrie Gerhard Schön. »Was glauben Sie denn, wer Sie sind?«

»Setzen Sie sich, und halten Sie den Mund.«

Verblüfft über die dreiste Antwort plumpste Schön zurück auf seinen Stuhl.

»Ich komme nicht mit leeren Händen. Es gibt da etwas, das Sie als Gegenleistung sehr interessieren dürfte. Gerade Sie als Mann der Kunst.«

Schön schluckte seinen Ärger hinunter. »Ich höre.«

»Zuerst müssen Sie mir garantieren, dass ich unbescholten aus diesem Gebäude herauskomme und danach aus Frankreich. Mit neuen Papieren.«

»Und wenn ich das nicht tue? Wenn ich stattdessen den Botschafter Abetz über Ihr dreistes Ansinnen informiere?«

Auerbach lächelte schief. »Nun, Sie haben da einem bestimmten Kind Dokumente ausgestellt. Ich habe keinen Augenblick lang geglaubt, dass der Kleine der Bressots Jeans Neffe ist. Und dann habe ich ein bisschen nachgeforscht.« Er lehnte sich zurück und verschränkte die Arme vor der Brust.

Schön schluckte und überlegte einen Augenblick, dann sagte er: »Ich kann Ihnen keinen neuen amerikanischen Pass versprechen. Das liegt nicht in meiner Macht, das wissen Sie doch.« Schön lehnte sich zurück und zündete sich eine Zigarette an. Aus dem Nachbarzimmer war das Klingeln eines Telefons zu hören, jemand tippte auf einer Schreibmaschine. Ein leichter Kaffeeduft zog durch den Raum.

»Was ist mit einem Schweizer Pass?«

»Zuerst möchte ich wissen, worin Ihre Gegenleistung besteht.«

»Es geht um ein Bild.«

»Aha.«

»Fragonards ›Die Badenden‹. Sagt Ihnen das etwas?«

»Natürlich. Das Bild gehört dem Louvre.«

»Gehörte, denn jetzt ist es in meinem Besitz.«

Schön riss die Augenbrauen nach oben. »Wie das? Von wem haben Sie es?«

»Das kann Ihnen gleichgültig sein. Denken Sie sich einfach, ich hätte es von einem, der es wieder von einem anderen hatte.«

»Woher weiß ich, dass es stimmt, was Sie mir sagen?«, fragte Schön. »Woher weiß ich, dass das Bild, das Sie mir anbieten, echt ist und keine gut gemachte Kopie?«

»Sie müssen mir einfach glauben. Aber Sie können ja im Le Bristol nachfragen, ob man dort einen Fragonard aus dem Louvre vermisst.« Auerbach lachte. Es klang, als würde eine Milchkanne scheppern.

In Augenblicken der höchsten Anspannung wirkte Schön nach außen stets ruhig und beherrscht. Er betrachtete den Kollegen erneut schweigend. Der hielt das nicht lange aus. »Wollen Sie nicht dort anrufen?«

»Was hat das Le Bristol mit dem Fragonard zu tun?«

»Das kann Ihnen der Hotelbesitzer sicher besser erklären, als ich es kann.«

»Ich frage Sie noch einmal: Woher haben Sie das Bild? Von wem haben Sie es bekommen?«

»Das ist nicht wichtig. Wie sieht es aus, wollen Sie nicht im Le Bristol anrufen?«

»Nein«, antwortete Schön. »Ich werde nichts überstürzen. Aber ich werde mich erkundigen, da können Sie ganz sicher sein. Sie haben also das Bild. Und ich bekomme es, wenn ich Ihnen einen amerikanischen, argentinischen oder Schweizer Pass besorge und dazu 20 000 Dollar in bar. Habe ich Sie da richtig verstanden?«

»Das haben Sie. Und dazu die Garantie, dass ich über Ihr kleines Geheimnis um den Bressot-Jungen schweigen werde.«

»Nun, dafür bräuchte ich noch ein Foto von Ihnen. Ein Passbild.«

Ohne ein Wort zu sagen, legte Auerbach das gewünschte Foto auf den Tisch.

»Ich muss einige Telefonate führen, das verstehen Sie sicher. Ich muss mit verschiedenen Leuten sprechen. Das wird ein paar Tage dauern. Ich rechne mit einer Woche. Kann ich Sie noch in Ihrer Unterkunft erreichen?«

»Ich werde mich bei Ihnen melden«, antwortete Siegfried Auerbach, ohne auf Schöns Frage einzugehen.

»Und wenn ich noch Fragen haben sollte?«

»Es gibt keine Fragen mehr. Ich melde mich in einer Woche bei Ihnen.«

»Wir können gleich einen Termin ausmachen«, bot Schön an. »Dann müssen Sie nicht warten mit dem Bild.«

»Ich werde Sie anrufen. In einer Woche. Und dann besprechen wir die Übergabe. Unterdessen können Sie Ihre Gespräche führen.«

Kapitel 33

Über ganz Paris hingen Rauchwolken. Wenn der Bombenalarm schrillte, musste der Hoteldirektor Hippolyte Jammet den Luftschutzbunker seines Hotels öffnen, damit die deutschen Gäste sich dort in Sicherheit bringen konnten. Gerade noch hatten sie im Restaurant gesessen oder im Salon Castellane. Gerade noch hatten sie vornehm gespeist, doch nun ließen sie beim ersten Ton der Sirene das Besteck fallen, stellten ihre Gläser ab, warfen die Zeitungen weg, drückten Zigaretten aus und stürmten in den Bunker. Dort griffen sie nach den Gasmasken und setzten sich auf die Holzbänke. Manche brachten ihre Hunde mit, andere ihre Kokotten. Draußen blieben die, die im Hotel arbeiteten. Monsieur Grunwald verharrte auf seinem Platz hinter der Rezeption, wies den Gästen, die von draußen oder aus ihren Zimmern kamen, den Weg zum Bunker.

Madame Colette schleppte Decken und Kissen herbei. Die Kellner brachten Weinflaschen und Gläser nach unten, entzündeten Kerzen und begaben sich dann wieder in den ungeschützten Bereich.

»Du weißt gar nicht, wie mich das ankotzt«, erklärte Jammet seiner Frau.

»Hippolyte! Wie redest du denn!«

»Verzeih, *Cherie,* aber mir fällt kein gesellschaftsfähiges

Wort dafür ein. Unsere Leute bedienen sie und verlassen danach den geschützten Raum. Franzosen räumen für Deutsche die Plätze.« Er schüttelte den Kopf. »Ich kann es nicht mehr mit ansehen.«

»Es wird nicht mehr lange dauern, mein Lieber«, bemerkte Yvonne. »Die BBC berichtet davon, dass sich die Alliierten am Atlantik zusammenziehen. Eine größere Operation steht angeblich bevor.«

»Und derweil? Lassen wir die Deutschen in unseren Bunker und schicken unsere Leute, Familienväter und -mütter, hinaus in die Schlacht?«

»Es hat sich bereits so viel geändert. Jetzt müssen wir uns in Geduld üben«, erwiderte Yvonne. »Ach übrigens, Gerhard Schön hat heute auf unserer Privatleitung angerufen.«

»Nicht im Hotel?«

»Nein, hier oben.«

»Was will er?«

»Er will uns einen Besuch abstatten.«

»Weshalb?«

»Nun, das hat er nicht gesagt, aber ich denke, es ist von großer Wichtigkeit. Wir sollen nämlich niemandem sagen, dass er vorbeikommt.«

Monsieur Jammet zog die Augenbrauen hoch. »Eigenartig. Hängt es mit Jean und Coralie zusammen? Hat es mit Ilan zu tun? Von Fleur weiß er ja nichts. Zumindest nicht, dass sie hier bei uns lebt.« Als er an die mittlerweile Sechsjährige dachte, glitt ein Lächeln über sein Gesicht. Sie hatte sich gut eingefügt in die große, bunte und laute Familie Jammet, und Yvonne hatte kaum Arbeit mit ihr. Manchmal vergaßen die beiden sogar, dass Fleur nicht wirklich ihre Tochter war. Und bisher war auch kein Brief aus Auschwitz oder einem der anderen Lager gekommen, so dass die Jammets die Hoffnung hatten, dass das Ehepaar Katz vielleicht das Konzentrationslager überleben würde.

»Wann kommt er? Was hat er gesagt?«, wollte Jammet wissen.

Yvonne blickte auf ihre kleine goldene Armbanduhr. »In einer halben Stunde wird er hier sein.«

Vierzig Minuten später saß Sonderführer Gerhard Schön bei den Jammets im Wohnzimmer. Yvonne hatte ein Tablett mit Schnittchen in der Hotelküche bestellt, Hippolyte hatte eine Flasche Wein von der Rhone geöffnet. »Wie schön, Monsieur Schön, Sie bei uns zu Gast zu haben. Ich hatte angenommen, dass es dieser Tage für einen Mann in Ihrer Position viel zu tun gibt.«

»Da haben Sie recht, Monsieur Jammet, und doch muss jeden Tag neu entschieden werden, was wichtig ist und was noch warten kann.«

»Haben Sie Pläne, nach Deutschland zurückzukehren?«

»Einmal wird meine Zeit in Paris sicher zu Ende gehen, aber ich hoffe doch, dass dies noch nicht morgen so weit sein wird. Ich habe viele Freunde in Paris.«

Jammet nickte, Yvonne lächelte. Beide hatten verstanden, dass sie nicht über Schön, sondern über die deutsche Wehrmacht und die französischen Kollaborateure gesprochen hatten.

»Der Wein ist gut«, stellte Schön nach dem ersten Schluck fest.

»Er wird allgemein sehr gelobt. Besonders von den Gästen unseres Hauses. Wir bestellen ihn jedes Jahr bei diesem Winzer.«

Jammet wartete, dass Schön allmählich zum Grund für das konspirative Treffen kam. Doch Schön schien sich hier sehr wohlzufühlen. »Haben Sie Monsieur Jaujard in letzter Zeit einmal gesehen?«

Jammet schüttelte den Kopf. »Er ist viel unterwegs. Und dann noch die häuslichen Probleme!« Ganz Paris wusste, dass Jacques Jaujard seine Familie verlassen hatte und nun mit einem jungen Mädchen zusammenlebte. Es hatte viele Gerüchte gegeben, aber weder Jammet noch Yvonne wollten diesen viel Beachtung schenken.

»Er hat die Bilder des Louvre aus der Stadt geschafft, kurz bevor unsere Truppen hier einmarschiert sind.«

Jammet sah keinen Anlass, dies zu bestreiten.

»Es heißt, er hat sie auf die Schlösser entlang der Loire verteilt. Und es heißt auch, dass er die Verstecke in kurzen Abständen wechselt.«

»Nun, da wissen Sie mehr als wir«, erklärte Jammet.

»Und wissen Sie, was ich gestern gehört habe?« Schön machte eine Pause, um die Spannung zu steigern. Jammet schüttelte den Kopf, Yvonne beugte sich ein wenig nach vorn. »Ich habe gehört«, fuhr Schön fort, »dass auch einige Gemälde aus dem Louvre hier im Le Bristol versteckt worden sind. Was sagen Sie dazu?«

»Ach ja?« Der Hotelier überlegte einen kurzen Augenblick, ob es Sinn hatte, dies zu leugnen, doch wenn Schön es ohnehin bereits herausgefunden hatte, war das unnötig. »Wer hat Ihnen das erzählt?«, wollte Jammet lediglich wissen.

»Sagen wir einfach, ich weiß es aus sicherer Quelle. Ein Namenloser gab vor, eines dieser Louvre-Gemälde aus dem Hotel in seinen Besitz gebracht zu haben.«

Jammet holte tief Luft, dann trank er einen Schluck Wein, und es war ganz offensichtlich, dass er dadurch Zeit gewinnen wollte. Yvonne dagegen blickte Schön gerade in die Augen und forderte ihn auf: »Erzählen Sie weiter, Monsieur.«

»Vermissen Sie denn ein Bild?«, fragte Schön, an Jammet gewandt.

Der Hoteldirektor hatte sich dazu entschlossen, mit offenen Karten zu spielen. Er hatte ja die ganze Zeit schon überlegt, Schön einzuweihen. »Wir vermissen tatsächlich eines der Bilder«, gab er zu. »Es handelt sich um ein Gemälde von Jean-Honoré Fragonard mit dem Titel ›Die Badenden‹. Wir gehen von Diebstahl aus.«

»Wie konnte das geschehen?«, wollte Schön erfahren. »War das Bild nicht gesichert?«

»Nein, das war es nicht. Wir haben diesen Diebstahl auch nicht der Polizei gemeldet, um unnötiges Aufsehen zu vermeiden.«

»Wann haben Sie den Diebstahl bemerkt?«

»Ich weiß es nicht mehr genau. Es muss drei Jahre her sein. Doch jetzt erzählen Sie. Da war ein Mann in Ihrem Büro, der Ihnen das Bild zum Kauf angeboten hat? Oder habe ich Sie da falsch verstanden?«

»Er möchte einen argentinischen, amerikanischen oder Schweizer Pass haben, dazu 20 000 Dollar.«

Jammet lächelte. »Also ist er bereits um mehr als die Hälfte des Preises heruntergegangen.«

»Wie meinen Sie das?«, fragte Schön nach, und Jammet erzählte ihm die Geschichte der Erpressung. »Und als wir dann die Kopie des Fragonard im schwarzen Rahmen in der Galerie ausgestellt hatten, meldete sich der Erpresser nicht mehr. Monsieur Mauriac war sehr froh darüber, doch ich war es nicht. Monsieur Jaujard hat mir die Bilder anvertraut. Und ich möchte sie ihm vollständig wieder zurückgeben. Eines Tages, meine ich.«

»Ich verstehe gut, was Sie meinen, mein Lieber. Wie wollen wir vorgehen? Wollen Sie den amerikanischen Botschafter einweihen?«

»Wäre Ihnen das denn recht?«

Schön zuckte mit den Schultern. »Nun, ich könnte einen Schweizer Pass ausstellen lassen. Es könnte etwas schwierig werden, aber es wäre machbar. Einen amerikanischen Pass werden wir am ehesten vom amerikanischen Botschafter bekommen.«

»Wollen Sie mit William Bullitt sprechen? Wir wären Ihnen sehr dankbar. Nicht nur ich und meine Frau, auch Monsieur Jaujard und alle kunstliebenden Pariser. Ich kenne den amerikanischen Botschafter aber selbst recht gut. Also könnte ich auch mit ihm sprechen.«

»Das wäre mir recht. Ich könnte vielleicht noch ein Visum nach Argentinien erwirken«, fügte Schön hinzu.

»Warum tun Sie das, Monsieur?«, fragte Yvonne. »Sie könnten dem Mann ja auch zu verstehen geben, dass Sie die Sache nichts angeht.«

»Da haben Sie recht, gnädige Frau. Aber wie Sie vielleicht wissen, liegt mir sehr viel an der Kunst.«

Da stellte Jammet sein Glas mit einem Ruck ab. »Sie wollen das Bild für Deutschland, oder? Damit Sie nicht mit leeren Händen zurück in die Heimat müssen.«

Schön lachte. »Ich gebe zu, ich habe darüber nachgedacht. Die Heimat würde es mir sicher danken.« Er hielt kurz inne, drehte das Weinglas in seinen Händen. »Aber das werde ich nicht tun. Das Bild gehört nach Paris und in den Louvre. Es ist von einem Franzosen gemalt worden.«

Jammet legte fragend den Kopf schief, aber er unterbrach Schön nicht.

»Ich habe versucht, Gutes zu tun. Das ist mir nicht immer gelungen. Vielleicht will ich etwas wiedergutmachen.« Er blickte von Hippolyte zu Yvonne Jammet, und der Hoteldirektor begriff, dass Schön nicht nur seinen Rückzug aus Paris vorbereitete, sondern schon an die Zukunft dachte. An die Zeit nach dem Krieg.

»Sie waren nicht der Schlechteste«, bestätigte er deshalb. »Die Rückgabe des Gemäldes würde man Ihnen hier hoch anrechnen.«

»Ich möchte wieder nach Paris kommen«, erklärte Schön. »Nicht als Besatzer, sondern als Freund. Ich möchte einer unter vielen sein, möchte im Café sitzen, Ausstellungen besuchen, französische Romane lesen, durch die Straßen bummeln. Verstehen Sie das?«

Jammet nickte.

Gerhard Schön trank seinen Wein aus, dann erhob er sich. »Gnädige Frau, es war mir ein Vergnügen.«

»Ganz meinerseits«, antwortete Yvonne mit einem Lächeln, das schwer zu deuten war.

Auf der Schwelle drehte er sich noch einmal um: »Ich weiß, Monsieur Jammet, Sie halten nicht viel von mir. Nun, das kann ich nicht ändern, so leid es mir auch tut. Trotzdem werde ich Ihnen zweitausend Dollar geben, um das Gemälde zurückzukaufen. Ich hoffe, dass Sie mich dadurch in einem besseren Licht sehen. Um den restlichen Betrag sollten Sie sich kümmern. Geben Sie mir Bescheid, wenn Sie sich entschieden haben.«

Jammet nickte, doch er enthielt sich einer Antwort. Schön blickte ihm in die Augen, und Jammet hielt diesem Blick stand. Und alles, was zwischen diesen beiden Männern niemals ausgesprochen worden war, lag in diesen Blicken.

Schön wandte sich zuerst ab. Sein Gesicht wirkte kantig, und er war blasser als zuvor.

Madame Jammet erhob sich, trat auf Schön zu und reichte ihm die Hand. »Ich wünsche Ihnen viel Glück, Herr Sonderführer. Wenn Sie irgendwann noch einmal nach Paris kommen sollten, können Sie gern vorbeischauen.« Das war wenig. Nur die blanke Höflichkeit und keineswegs eine Einladung. So sprach man mit Menschen, die man nicht schätzte. Trotzdem erschien es Schön tröstlich. Er nickte. »Ich danke Ihnen, Madame.« Dann blickte er auf seinen Hut, den er in der Hand hielt. »Wie schon gesagt: Zweitausend Dollar gebe ich dazu. Mehr habe ich leider nicht.«

Wieder nickte Jammet, und Schön hoffte vergebens auf ein Wort. Als der Hoteldirektor schwieg, ging er.

Kapitel 34

Am nächsten Tag verabredete sich Hippolyte Jammet mit William Bullitt.

»Eigentlich habe ich gar keine Zeit«, erklärte der Botschafter. »Ich weiß aus sicherer Quelle, dass eine große Operation ansteht. Eine, die die Nazis in die Knie zwingen wird.«

»Es tut mir leid, Monsieur Bullitt, ich habe nur eine einzige Frage: Woher bekomme ich 20 000 Dollar? Und vielleicht noch ein Visum für Amerika?«

Bullitt blickte überrascht auf. »Mehr wollen Sie nicht?«

»Der Fragonard. Sie wissen, der bei uns im Hotel gestohlen wurde. Er ist aufgetaucht. Ich kann ihn zurückkaufen. Für 20 000 Dollar und ein Visum.« Er verschwieg die 2 000 Dollar von Gerhard Schön, weil er hoffte, sie nicht zu brauchen. Er würde das Angebot des Sonderführers erst annehmen, wenn es gar keine andere Möglichkeit mehr gab.

Bullitt, der die ganze Zeit über in Papieren geblättert hatte, blickte auf. »Das kann ich nicht machen, Monsieur Jammet. 20 000 Dollar! Wissen Sie, wie viel das ist? Mehr als ein Jahresgehalt. Warum zahlt die Versicherung des Louvre nicht dafür? Das wäre der übliche Weg.«

»Nun, dieser Gedanke kam uns natürlich auch. Allerdings hat sich die Versicherung geweigert, Gemälde, die sich nicht unter den besten Bedingungen im Louvre befinden, zu versichern.«

»Verständlich«, gab Bullitt zu. »Über ein Visum können wir reden, obschon ich der Meinung bin, dass wir genug eigene Diebe und Erpresser in den Vereinigten Staaten haben.«

Er seufzte, zog die Oberlippe zwischen die Zähne. »Na gut, Monsieur Jammet, 5 000 Dollar. Aus meinem Privatvermögen. Nicht für Sie, sondern für den Louvre. Soll ich Ihnen einen Scheck ausstellen?«

Jammet nickte. Er hatte sich immer gut mit Bullitt verstanden, aber nun schien es, als habe der Amerikaner die Nase voll von Europa und diesem Krieg, in dem Tausende seiner Landsleute den Tod gefunden hatten.

»Ich danke Ihnen sehr. Das französische Volk dankt Ihnen, Monsieur Bullitt.«

»Sie brauchen sich nicht zu bedanken, Jammet. Sie haben getan, was Sie konnten. Und mehr als die meisten Pariser. Sie haben Leben gerettet, Sie haben Kunst gerettet. Entschuldigen Sie, dass ich ein wenig verstimmt erscheine, aber wir haben gerade von den Deutschen ein Angebot erhalten, das mir den Magen ruiniert.«

»Kann ich Ihnen in irgendeiner Weise dabei behilflich sein?«, fragte Hippolyte Jammet.

Wieder blickte der amerikanische Botschafter nachdenklich und zog die Unterlippe zwischen seine Zähne. »Vielleicht. Ja, vielleicht könnten Sie das wirklich. Ich melde mich bei Ihnen, wenn es denn gar nicht anders geht.« Er öffnete die Schreibtischschublade und zog ein Scheckheft hervor. Er stellte den Scheck aus, steckte ihn in einen Briefumschlag und überreichte ihn Jammet. »Er kann überall eingelöst werden. In Frankreich, auf dem ganzen amerikanischen Kontinent und natürlich auch in Deutschland.«

»Ich danke Ihnen noch einmal ganz herzlich im Namen der Stadt Paris.«

William Bullitt nickte. »Hoffen Sie, mein lieber Jammet, dass ich nicht gezwungen sein werde, Sie anzurufen.«

Auf dem Rückweg dachte Jammet über Bullitts Ansinnen nach, aber er hatte nicht die geringste Ahnung, um was es sich handeln könnte. Zu Hause öffnete er den Briefumschlag und sah, dass der amerikanische Botschafter den Scheck über 10 000 US Dollar ausgestellt hatte. So viel Geld! Bullitt war bestimmt kein armer Mann, aber 10 000 Dollar waren auch für ihn ein Vermögen.

Was hat er vor?, überlegte Jammet. Was wird er von mir verlangen?

Kaum im Hotel angekommen, holte er sein eigenes Scheckbuch hervor und füllte einen Scheck über 5 000 Dollar aus. Mehr hatte er nicht. Dann schrieb er eine Notiz an Schön, steckte Bullitts und seinen Scheck in einen Umschlag und schickte einen Botenjungen mit dem Umschlag und der Nachricht, dass ein Visum bereitliege, zu Schöns Büro.

Kapitel 35

Die Morgendämmerung hatte gerade eingesetzt, als am 6. Juni 1944 150 000 Soldaten der alliierten Streitkräfte – Kanadier, Briten und Amerikaner – in der Normandie landeten.

Die Operation Overlord, die größte Landungsoperation, die es je gegeben hatte, war in vollem Gange. Die jungen Männer waren sich der Gefahr für ihr Leben bewusst. Manche beteten, ein paar waren verstummt, wieder andere bissen die Zähne zusammen. Und dann, als die Bootsrampe sich neigte, betraten sie europäischen Boden. Kriegsboden, getränkt mit dem Blut von Millionen.

In Paris fiel der Strom aus. Wieder einmal. Monsieur Jammet betrat mit der Taschenlampe einen der Vorratskeller des Hotels. Er suchte nach den Paketen mit den Kerzen. Als er keine fand, suchte er nach Madame Colette. »Wo sind die Kerzen hingekommen?«

Madame Colette hob die Schultern. »Wir haben keine mehr. Und es gibt in ganz Paris keine zu kaufen.«

»Unsere Gäste werden im Dunklen sitzen.«

»Nun, es sind Deutsche. Sie können ruhig einmal am eigenen Leib spüren, was wir täglich erleben.«

Jammet lächelte. »Sagen Sie schon, wo haben Sie sie versteckt?«

Die erste Hausdame lächelte. »Sie sind im Zimmer von Monsieur Lermán. Ich dachte, da sind sie sicher.«

»Gut gemacht.« Jammet konnte ein Lächeln nicht unterdrücken. Seit Tagen schon streikten die Angestellten des Hotels. Die Landung in der Normandie hatte ihnen Mut gemacht. Lange konnte der Krieg nicht mehr dauern. Paris lag nur rund 350 Straßenkilometer von der Normandie entfernt, und alle hofften, dass die Alliierten bald in die Stadt kommen würden. Bis dahin ärgerten die Angestellten des Le Bristol die Deutschen, wo sie nur konnten. Wenn die *Boches* im Restaurant saßen, brachten ihnen die Kellner warmen Weißwein mit der Begründung, die Kühlung wäre ausgefallen. Es gab Kartoffeln mit dunklen Stellen, das Obst war nicht frisch, das Fleisch von minderer Qualität. Wenn sich die Deutschen darüber beschwerten, zuckten die Kellner nur mit den Schultern. »Was sollen wir machen? Es gibt nichts anderes.«

Die Zimmermädchen vergaßen, neue Seife auf die Waschbecken zu legen und das kleine Getränkeschubfach aufzufüllen. Der Schuhputzer putzte braune Schuhe mit schwarzer Creme, der Concierge konnte kein Taxi bekommen, und wenn doch, so wusste der Taxifahrer den Weg nicht. Alle Pariser übten diese Art von Widerstand. Ja, es hieß sogar, die Prostituierten hätten ihre Preise drastisch erhöht. Im Maxim wurde kein Champagner mehr ausgeschenkt, weil angeblich der Nachschub fehlte. Die Musiker spielten falsch und nur melancholische Sachen, so dass es den feiernden Deutschen die Petersilie verhagelte. Fußgänger gaben falsche Auskünfte und vertauschten Straßenschilder. In den Cafés war gerade das Bier ausgegangen. Die teuren Modegeschäfte verkauften billige Fähnchen für die deutsche Ehefrau zu Hause als Haute Couture, die Schuhmacher gaben das falsche Paar Stiefel heraus. Über der ganzen Stadt lag ein Hauch von Widerstand, trieb den Parisern den Schalk in die Augen und ein Lächeln um den Mund. Sie hatten sogar aufgehört, über Lebensmittelknappheit und Stromausfälle zu reden, obschon sich ihre Lage dramatisch verschlechtert hatte, weil die Versorgungslinien durch die Landung der Alliierten abgeschnitten waren. Die Pariser hungerten, und doch lag eine Stimmung über der Stadt, wie sie sonst nur der erste Frühlingstag eines Jahres hervorbringen konnte.

Mit den letzten Kräften führten die deutschen Soldaten und Offiziere noch vereinzelte Razzien durch, um die Résistance zu schwächen, aber die Widerständler wechselten ihre Quartiere so häufig, dass die Razzien nicht viel brachten.

Und dann kam der französische Nationalfeiertag am 14. Juli. Der 155. Jahrestag des Sturmes auf die Bastille. Schon den ganzen Morgen summte Jean die Marseillaise vor sich hin. Coralie war zur Arbeit ins Le Bristol gegangen; er kam gerade aus der Nachtschicht. Und obwohl er wirklich müde war, erklärte er Ilan: »Pass auf, heute gehen wir durch Paris spazieren.«

Ilan zog einen Flunsch. »Ich möchte lieber auf den Spielplatz.«

»Das, was du heute erleben wirst, ist besser als der Spielplatz. Ganz viele Leute werden auf der Straße sein, denn heute feiern die Franzosen ihr größtes Fest.«

»Gibt es da Geschenke?«

»Ja. Die Freiheit. Sie ist das größte Geschenk.«

Ilan zog die kleine Stirn in Falten. »Was ist Freiheit?«, wollte er wissen.

Jean hielt inne. Wie sollte er das erklären? So, dass er es verstand? »Du kannst tun, was immer du magst, Hauptsache, du schadest niemandem damit.«

»Das heißt, ich kann so viel Schokolade essen, wie ich will?«

Jean lachte. »Freiheit heißt auch Verantwortung. Verantwortung für sich und für andere. Wenn du zu viel Schokolade isst, bekommst du Bauchweh. Du hast dir also geschadet. Verstehst du mich?«

Ilan nickte ernsthaft. »Ich darf also nur so viel Schokolade essen, dass mir nicht schlecht wird. Und ich darf so lange aufbleiben, bis ich von selbst ins Bett möchte.«

»So ähnlich«, erwiderte Jean. »Heute darfst du so lange aufbleiben, wie du möchtest. Weil heute der Tag der Freiheit aller Franzosen ist. Der Jahrestag der Französischen Revolution.«

»Und morgen?«

»Morgen wirst du sehr müde sein und von selbst rechtzeitig schlafen gehen wollen.«

Ilan schüttelte den Kopf. »Das glaube ich nicht. Ich bin nie müde.«

Freiheit. Jean sah ein, dass er nicht richtig erklären konnte, was das überhaupt war. War Freiheit überhaupt für jeden dasselbe? Oder gab es unterschiedliche Auffassungen davon? Gerhard Schön würde heute sicher keine Freiheitsgedanken im Kopf haben. Zumindest nicht solche wie die meisten Franzosen. Er ging zum Bücherregal, holte das große Lexikon hervor und schlug den Begriff Freiheit nach.

»Die Wahl zwischen mehreren Möglichkeiten ohne Zwang«, stand da zu lesen. Jeans Mutter hatte immer gesagt: »Wer die Wahl hat, hat auch die Qual.« Er hatte das nie verstanden, aber heute wusste er, was seine Mutter gemeint hatte. Plötzlich fiel ihm etwas ein. Krieg. Ilan hatte nie gefragt, was Krieg ist. Warum es überhaupt Krieg gab. Er hatte nie gefragt, weil er nichts anderes kannte. Ilan war 1937 geboren. Und seit er sich erinnern konnte, hatte Krieg geherrscht. Er hatte Mutter und Vater verloren, weil Krieg war. Einem kleinen Jungen wie ihm musste man erklären, was Frieden war.

Diese Erkenntnis erschütterte Jean regelrecht. Er nahm den Kleinen in die Arme. »Bald wird das Leben schöner«, flüsterte er in dessen Haar. »Bald wirst du erfahren, was Frieden ist. Freiheit, mein Kleiner, kann nur im Frieden gedeihen.«

Dann gingen sie auf die Straße. Die Leute lächelten heute. Sie lächelten einander zu, als verbinde sie etwas. Und so war es ja auch. Die Franzosen hatten schon mehr als einmal um ihre Unabhängigkeit und Freiheit gekämpft. Und sie würden es immer wieder tun.

Jean und Ilan durchquerten eine kleine Gasse. Eine Wäscheleine war von einem zum anderen Fenster gezogen. Und darauf hingen eine blaue Hose, eine weiße Tischdecke und eine rote Bluse.

»Schau«, sagte Jean. »Schau auf die Farben. Bleu, Blanc, Rouge. Blau, Weiß, Rot. Das sind die Farben Frankreichs, das sind unsere Farben.« Stolz durchflutete ihn, und auch Ilan nickte. »Blau ist meine Lieblingsfarbe«, sagte er, und da fiel Jean ein, dass der Junge gerade mal sieben Jahre alt war. Sie gingen weiter, kamen an einem Blumenhändler vorbei.

Der hatte nur drei Sorten im Angebot. Blauen Rittersporn, weiße Lilien und rote Rosen.

»Wir machen ein Spiel, ja? Du suchst nach den französischen Farben. Wo immer du sie siehst, sagst du es mir. Und ich zeige es dir, wenn ich Blau, Weiß und Rot sehe. Mal sehen, wer mehr davon entdeckt«, schlug Jean vor.

»Da, das Mädchen!«, rief Ilan laut und deutete auf eine junge Frau. »Sie hat einen blauen Rock, eine weiße Bluse und ein rotes Halstuch.«

Die Frau lachte und strich ihm über das Haar. »Jawohl, mein kleiner Schatz, heute ist der blauweißrote Tag.«

»Und da!« Ilan war richtig aufgeregt. »Der Arbeiter da, er hat drei Stifte in der Tasche. Einen blauen, einen roten und einen weißen.«

Am Abend berichtete Ilan Coralie von seinem Ausflug mit Jean. »Wir haben überall die französischen Nationalfarben entdeckt«, erzählte Ilan begeistert. »In einem Laden für Regenschirme standen drei im Schaufenster. Natürlich in Blau, Weiß und Rot. In einem Fenster standen drei Blumentöpfe. Ein Hund trug ein blauweißrotes Halstuch. Überall, in der ganzen Stadt, waren die Farben zu sehen.«

»Im Hotel auch«, berichtete Coralie. »Die Blumengestecke bestanden nur aus drei Farben. Und zum Nachtisch für die Gäste gab es Erdbeeren und Heidelbeeren mit Vanillesauce. Die Franzosen im Restaurant haben gelächelt, und die Deutschen wussten nicht, warum.«

Jean nahm Coralie in den Arm. »Ich bin so froh, dass der Krieg jetzt bald zu Ende geht. Ich bin so unsagbar froh. Dann beginnt unser Leben, Coralie. Dann dürfen wir unsere Träume verwirklichen. Ich habe Hunderte Zeichnungen gemacht, du hast viel geschrieben und sogar veröffentlicht. Wir finden Mittel und Wege, damit wir das auch in Zukunft tun können.«

Coralie nickte, doch in ihrem Inneren machte sich wieder einmal ein kleiner verräterischer Gedanke breit, den sie so oft schon verdrängt hatte. Möchte ich wirklich Schriftstellerin werden? Möchte ich eine finanziell ungewisse Zukunft? Oder sollte ich besser die sein, die für ein regelmäßiges Einkommen sorgt, und nur zu meinem Vergnügen schreiben? Sie überlegte, ob sie Jean von ihren Gedanken erzählen sollte, als es an der Tür klingelte. Jean blickte Coralie an. »Schön war lange nicht mehr da«, flüsterte er. »Ob er vor der Tür steht?«

»Wir machen einfach nicht auf«, flüsterte Coralie zurück. Doch da klopfte der Besucher gehörig und laut an die Wohnungstür, und Coralie hatte Angst, dass das halbe Haus gestört wurde. »Ich weiß nicht, wie ich mich ihm gegenüber verhalten soll«, erklärte Coralie. »Eigentlich war beim letzten Mal doch schon alles gesagt.«

Doch als sie öffnete, stand nicht Gerhard Schön vor der Tür, sondern Siegfried Auerbach. Er hielt einen Weidenkorb im Arm. Er war blass und übernächtigt. »Bitte, darf ich hereinkommen?«, fragte er.

Coralie trat zur Seite, ließ ihn ein. Auerbach lief direkt ins Wohnzimmer und stellte den Korb auf den Tisch. »Farben. Ölfarben. Viele davon«, erklärte er ohne Gruß. »Und auch Pinsel. Aus gutem Marderhaar. Nicht billig. Sie können das alles haben. Und ich kann noch einen Korb voll bringen. Gute deutsche Produkte. Spitzenqualität.«

»Sie sind hergekommen, um uns Farben und Pinsel zu bringen?«

»Nun, ich löse meinen Hausstand auf. Ich dachte, Sie würden sich freuen.«

»Was wollen Sie dafür?«, fragte Jean, der nicht eine Sekunde lang glaubte, dass Auerbach hergekommen war, um einen jungen französischen Maler zu unterstützen.

»Nicht viel. Nur ein Schreiben. Wie gesagt: Ich kann noch mehr davon bringen.«

Coralie verschränkte die Arme vor der Brust. »Was für ein Schreiben?«

»Dass ich Ihnen geholfen habe mit dem Jungen.«

»Mit Ilan?«

Auerbach nickte.

»Woher wissen Sie von Ilan?«

Auerbach lächelte schlau. »Das war nicht weiter schwierig. Ihr Bruder hat keinen Sohn und auch keine Frau, die gestorben ist. Und Sie haben sich einmal zu oft nach einer Frau Lucie Bennard erkundigt. Ich habe es gewusst, und ...« Er hob seinen Zeigefinger. »... ich habe geschwiegen, obwohl ich es hätte melden müssen. Sie haben mir Ihr Leben zu verdanken. Wenn Sie das nun bitte aufschreiben würden. Nur zur Sicherheit. Man weiß ja nie, was noch kommt.« Er setzte sich, nahm ein Taschentuch aus seiner Uniformjacke und wischte sich damit den Schweiß von der Stirn.

»Nehmen Sie Ihre Farben und gehen Sie.« Jean stieß den Korb in Richtung Auerbachs.

»Was soll das heißen?« Auerbach kniff die Augen zusammen.

»Das soll heißen, dass wir Ihre Farben nicht wollen.«

Auerbach ließ seinen Blick von Coralie zu Jean wandern. »Jetzt sitzt ihr auf dem hohen Ross, was? Aber noch sind wir hier die Herren. Ich kann euch verhaften lassen. Noch heute. Und was den Jungen betrifft, nun, es gehen noch immer Transporte nach Auschwitz.«

»Sie drohen uns?« Coralie verzog angeekelt den Mund.

»Ich muss meine Schäfchen ins Trockene bringen.«

»Gehen Sie. Aber vorher sagen Sie uns noch, wo der Fragonard ist.«

Auerbach erhob sich. »Der Fragonard. Mein Gott, als wenn ich keine anderen Sorgen hätte! Sie wissen, was Sie tun? Wie gesagt, noch sind wir am Drücker. Sie haben die Wahl.«

Jean blickte zu Coralie. »Wenn wir doch …?«

»NEIN! Das kommt nicht in Frage. Nehmen Sie Ihren Korb, und verschwinden Sie. Ich wünsche keinem Menschen etwas Schlechtes, aber Ihnen wünsche ich, dass Sie dasselbe erleben müssen wie Ilans Mutter.«

Auerbach schnappte sich seinen Korb. »Das werden Sie bereuen, das verspreche ich Ihnen. Bei uns heißt es: Eine Hand wäscht die andere.«

»Dieses Sprichwort kennen wir auch. Es beruht auf Solidarität, nicht auf Erpressung«, konterte Jean und hielt Auerbach die Tür auf.

»Ich habe verstanden.« Das waren die letzten Worte, die sie von Auerbach hörten.

Kaum war er weg, brach Coralie in Tränen aus. »Ich habe Angst«, gestand sie. »Er ist wütend auf uns; wir haben ihn verletzt. Er wird sich rächen wollen.«

»Ist dir aufgefallen, dass er plötzlich wusste, wer Fragonard ist? Ich wette, er hat etwas mit dem Gemälde zu tun.«

»Ja, das denke ich auch, aber darum müssen wir uns ein anderes Mal kümmern.«

»Wir müssen hier weg, falls Auerbach seine Drohung wahr macht«, entgegnete Jean. »Pack Kleidung für ein paar Tage ein; ich suche inzwischen Ilans Spielzeug zusammen.«

Der Kleine, der in der Küche am Tisch saß und in einem Bilderbuch geblättert hatte, sah hoch. »Wohin geht ihr?« Seine Stimme klang angstvoll.

»Wir gehen alle drei. Mach dir keine Sorgen. Wir bleiben zusammen.«

Kapitel 36

Es herrschte noch immer Ausgangssperre, und so hasteten Jean und Coralie mit Ilan durch die Dunkelheit, verbargen sich hinter Mauerecken, zwischen geparkten Autos, hinter Bäumen. Es dauerte fast eine ganze Stunde, aber dann hatten sie das Le Bristol erreicht. Monsieur Grunwald rief Hippolyte Jammet sofort oben in seiner Wohnung an, und wenig später kam der Hoteldirektor nach unten in den Speisesaal der Angestellten, wo die Bressots warteten. Jean schilderte, was Auerbach von ihnen gewollt hatte, vergaß auch nicht zu erwähnen, dass Auerbach sehr wohl wusste, wer Fragonard war. Ilan saß auf Coralies Schoß und gähnte.

»Jetzt können wir nicht mehr in unserer Wohnung bleiben. Auerbach hat angedroht, uns zu verhaften und Ilan nach Auschwitz zu schicken.«

Jammets Gesicht wurde weiß, und Jean erkannte, dass es die Wut war, die ihm die Farbe aus dem Gesicht trieb. »Sie bleiben natürlich hier, das ist gar keine Frage.«

»Auerbach wird sich denken können, dass wir hier sind«, gab Coralie zu bedenken.

Jammet lächelte. »Leo Lermán ist schon so viele Jahre hier. Man hatte zunächst auch vermutet, dass er im Le Bristol ist. Und nun hat er beinahe das ganze Hotel renoviert, ohne dass ihn jemand bemerkt hat. Ich gehe zu Grunwald. Mal sehen, welches Zimmer er für Sie drei hat.«

Er verschwand und kehrte wenig später zurück, in der Hand einen Schlüssel. »Die Hochzeitssuite. Da wird Sie niemand vermuten. Außerdem haben Sie die schon längst einmal verdient.« Er überreichte Jean den Schlüssel, strich Ilan kurz über das Haar. »Tagsüber kann der Kleine gern zu uns nach oben kommen. Da wird er sich sicher nicht langweilen.«

»Danke, Monsieur Jammet, haben Sie vielen herzlichen Dank.«

Die Suite war ein Traum aus Tausendundeiner Nacht. Zierliche Möbel, ein Marmorbad mit einer übergroßen Badewanne. Dicke flauschige Handtücher. Der Salon im Rokokostil eingerichtet mit wundervollen Bildern und stilechten Möbeln. Vor den Fenstern grüne Samtvorhänge mit goldenen Kordeln, ein hübscher Sekretär, dessen Nussbaumholz glänzte. Im Schlafzimmer ein übergroßes Bett mit zahlreichen weichen Kissen, ein jedes mit Eiderdaunen gefüllt. Orientteppiche belegten den Boden, blickdichte rotsamtene Vorhänge verdeckten die Verdunkelung. »Es ist traumhaft«, gestand Coralie und seufzte. Bislang kannte sie die Hochzeitssuite nur als Zimmermädchen. Es fühlte sich merkwürdig an, jetzt Gast darin zu sein.

Ilan aber jubelte und hechtete mit einem Sprung auf das Bett. Dann kuschelte er sich in die Kissen, müde, wie er war. Einmal noch fuhr er auf. »Wo ist eigentlich mein Bett?«

»Das Bett ist so breit, dass wir alle drei darin Platz haben«, beruhigte ihn Jean.

Sie schliefen ruhig und entspannt bis zum Morgen. Um halb sechs erhob sich Coralie und machte sich im Bad für die Arbeit fertig. Pünktlich um sechs Uhr meldete sie sich bei ihrer Mutter, um die Arbeitseinteilung zu erfahren.

»Du gehst zuerst einmal in die Wäscherei. Eine Büglerin ist ausgefallen, du wirst ihre Arbeit machen.«

»Was ist mit meiner zweiten Etage?«

Madame Colette schüttelte den Kopf. »Zu gefährlich. Du könntest gesehen werden.«

Also begab sich Coralie in die Wäscherei. Schon nach einer halben Stunde klebten ihr die Sachen am Leib. Die Haare lösten sich aus dem Zopf, Schweiß rann ihr über den Rücken. Sie musste innehalten und etwas trinken. »Wie haltet ihr es nur den ganzen Tag hier aus?«, wollte sie von den anderen Frauen wissen.

»Man gewöhnt sich daran. Im Winter ist es hier sehr gemütlich«, bekam sie zur Antwort.

Nach einer weiteren halben Stunde war ihre Kehle so trocken, dass sie glaubte, nicht mehr weiterarbeiten zu können. Sie fragte sich, wo Monsieur Jammet Jean untergebracht hatte, denn auch er konnte nicht mehr in der Lobby arbeiten ohne Gefahr, entdeckt zu werden. Sie hoffte, sie würde ihn in der Pause im Speisesaal sehen. Nach zwei Stunden hatte sie das Gefühl, keinen trockenen Faden mehr am Leib zu haben. Ihr Gesicht war heiß und rot, die Haare klebten ihr im Nacken, und ihre Arme, die das schwere Bügeleisen hin- und herschoben, waren wie Blei. Früher hatte sie die Büglerinnen manchmal beneidet, weil sie nicht den ganzen Tag durchs Haus laufen mussten, aber nun lernte sie, dass auch das Stehen die Füße anschwellen und schmerzen ließ.

Kurz vor der Mittagspause kam Madame Colette in die Büglerei. »Er war hier. Gerade eben«, flüsterte sie Coralie zu.

»Wen meinst du?«

»Ich meine Gerhard Schön.«

Coralie schluckte. »Hat er etwas gesagt? Hat er nach uns gefragt?«

»Er hat nur von Auerbach gesprochen. Der sei abgereist. Wohl ins Ausland. Er sagte das, als wäre es nur so nebenbei, aber Monsieur Grunwald hatte den Eindruck, es wäre eine Botschaft. Warum sonst sollte Schön dem Rezeptionisten so etwas mitteilen?«

»Du meinst, wir könnten zurück nach Hause?«

»Ja, das denke ich schon. Grunwald meinte, es bestünde keine Gefahr mehr. Die deutschen Ämter befinden sich in Auflösung. Jeder, der kann, macht sich auf den Weg zurück nach Deutschland.«

»Das ist gut. Das ist großartig«, fand Coralie.

Madame Colette schüttelte den Kopf. »Hitler will Paris dem Erdboden gleichmachen.«

»Woher weißt du das?«

»Die BBC hat davon gesprochen. Charles de Gaulle hat keine Garantie dafür bekommen, dass Paris verschont wird.«

Coralie blickte ihre Mutter angsterfüllt an. »Heißt das etwa, dass wir in den letzten Kriegstagen doch noch alle sterben werden?«

Madame Colette wollte den Kopf schütteln, doch dann strich sie ihrer Tochter nur über die Wange. »Wir werden sehen, was kommt.«

Als sie am nächsten Abend wieder zu Hause waren, traf Coralie hektische Vorbereitungen. Sie befahl Jean, das Kellerfenster mit Holzlatten zu verstärken. Sie schleppte Wasser nach unten, mehrere Decken, ein paar Kerzenstummel. Sie ordnete die Papiere, steckte Ilans Pass, ihre beiden Ausweise und die Heiratsurkunde in eine Papierhülle und legte sie bereit. Auf dem Heimweg hatte sie ein Kilo groben Hafer bekommen. Daraus buk sie ein Brot und brachte auch dieses nach unten. Und immer, wenn sie an Ilan vorüberkam, nahm sie ihn kurz in den Arm.

»Was ist?«, fragte er und riss die Augen auf. »Muss ich weg von euch und Oma Colette?«

»Nein, mein Schatz, wir bleiben alle zusammen. Aber es kann sein, dass wir in der Nacht in den Keller gehen müssen. Es wird geschossen werden in Paris. Aber du musst keine Angst haben, wir sind bei dir, und im Keller gibt es Buntstifte und Papier.«

In der ersten Nacht nach der BBC-Meldung klammerten sie sich alle aneinander. Doch es gab keinen Luftalarm. Trotzdem erwachte Coralie unausgeschlafen und erschöpft. »Wie lange wird das alles noch dauern?«, fragte sie beim Frühstück. Sie war blass, hatte dunkle Ringe unter den Augen.

»Nur noch ein paar Tage. Halte durch«, antwortete Jean.

Da ließ Coralie den Kopf auf die Tischplatte fallen und begann zu weinen. »Ich kann nicht mehr«, schluchzte sie. »Ich kann einfach nicht mehr. Tag und Nacht Bombenalarm. Jede Minute Angst um das eigene Leben und um das von den Menschen, die ich liebe. Ich kann nicht mehr, ich will auch nicht mehr. Ich hasse die Deutschen und ihren verdammten Krieg.«

Ilan starrte mit großen Augen auf Coralie. Jean fasste nach seiner Hand und strich mit der anderen über Coralies Rücken. »Du schaffst das. Wir alle schaffen das. Du musst dich jetzt zusammenreißen.«

Coralie schluchzte noch eine Weile, aber dann richtete sie sich auf, trocknete mit Jeans Taschentuch ihre Tränen und lächelte Ilan an. »Es ist wieder gut, mein Kleiner. Manchmal müssen auch Erwachsene weinen.«

Ilan senkte den Kopf und nickte. »Ich weiß«, flüsterte er. »Mama hat auch manchmal geweint. Und sogar Papa einmal, bevor er wegmusste.«

Coralie blickte hilflos zu Jean. Der bückte sich, nahm Ilans Hände in seine. »Ilan, bald wird alles vorbei sein. Bald wird nicht mehr geschossen, Väter und Mütter müssen sich nicht mehr von ihren Kindern trennen. Bald wird alles gut werden. Das verspreche ich dir.«

»Kommt Mama dann zurück?«

Jean schluckte und wechselte einen Blick mit Coralie, die leicht nickte. »Nein, Ilan«, antwortete er dann dem Jungen. »Sie wird nicht zurückkommen. Sie ist tot.«

»Warum?«, fragte er mit so kläglicher kleiner Stimme, dass Coralie die Tränen über die Wangen liefen.

»Das wissen wir nicht.«

»Meine Mama war nicht böse.« Ilan weinte jetzt auch.

Jean zog ihn an sich. »Nein, das war sie ganz gewiss nicht. Sie war eine gute Frau, und sie hat dich sehr, sehr lieb gehabt. Genau wie dein Papa.«

Ilan weinte noch viel stärker, die Tränen rannen ihm über das Gesicht, sein Mund war ein schmaler, nach unten gebogener Strich. Er riss sich aus Jeans Armen los und schrie voller Hass und Angst: »Wenn ihr mich nicht mitgenommen hättet, dann wäre meine Mama jetzt nicht tot. Ich hasse euch.« Und er schlug mit seinen kleinen Fäusten gegen Jeans Brust und weinte dabei so kläglich, dass Coralie es kaum aushalten konnte. Und Jean zog ihn zurück in seine Arme und hielt ihn fest an sich gedrückt. Coralie kniete sich neben die beiden, umfasste sie, und dann weinten sie alle drei.

»Es ist nicht deine Schuld, es ist nicht deine Schuld.« Coralie sprach diesen Satz wie ein Mantra und hoffte, dass sich Ilan immer wieder an ihn erinnern würde.

Kapitel 37

Am 7. August erhielt der Kommandierende General und Wehrmachtbefehlshaber Dietrich von Choltitz von Hitler den Befehl, Paris in Schutt und Asche zu legen. »Paris darf nicht oder nur als Trümmerfeld in die Hände des Feindes fallen«, sagte Adolf Hitler in einem Telefonat.

Von Choltitz gab den Befehl, in der ganzen Stadt Sprengsätze zu verteilen. Auch unter den 45 Brücken über die Seine wurde Dynamit angebracht, ebenso wie am Elektrizitätswerk, dem Pumpwerk, dem Eiffelturm. Sogar der Louvre, der Triumphbogen, der Élysée-Palast, die Oper, das Hôpital des Invalides und das Palais du Luxembourg sollten zerstört werden.

Als Hippolyte Jammet davon hörte, packte ihn zum ersten Mal seit Beginn des Krieges die nackte Verzweiflung. Er würde alles verlieren. Das Le Bristol würde es bald nicht mehr geben.

»Ihr müsst weg hier. Hinaus aufs Land«, befahl er seiner Frau. »Du und die Kinder müssen fort aus Paris. Wenn der Élysée-Palast in die Luft geht, wird auch das Le Bristol nicht stehen bleiben.«

»Es wird uns nichts anderes übrig bleiben. Ich habe dem Kindermädchen schon gesagt, es soll die Sachen der Kinder einpacken.«

»Ich will, dass ihr heute noch fahrt.«

»Es gehen keine Züge mehr«, gab Yvonne zu bedenken.

»Dann nehmt ihr eben das Auto.«

»Mit zwölf Kindern? Wie soll das gehen?«

Jammet runzelte die Stirn. »Zwölf Kinder? Ich dachte, wir hätten nur zehn davon, nun, da wir den Ältesten aus dem Internat zurückgeholt haben.«

»Ich lasse Fleur und Ilan nicht hier. Nicht nach allem, was sie bereits durchgemacht haben.«

Hippolyte schüttelte den Kopf. »Ich werde dich nicht umstimmen, aber es wird sehr schwierig werden, euch alle von hier fortzubringen. Wir bräuchten einen Lastkraftwagen. Und du weißt selbst, dass es niemanden mehr gibt, der einen Lastkraftwagen zur Verfügung hat.«

»Wir könnten ein Pferdefuhrwerk nehmen.«

»Und woher?«, fragte Jammet und riss an seinem Hemdkragen, weil es ihm die Luft abschnürte. Er musste seine Familie in Sicherheit bringen, egal wie. »Ich werde ein paar Anrufe tätigen.« Und dann verließ er seine Wohnung, so schnell er konnte, damit Yvonne seine Tränen nicht sah. Unten in der Lobby sah er Monsieur Grunwald telefonieren. »Gibt es etwas Neues?«, wollte er wissen.

»Das Hotel Meurice hat angerufen. Sie bitten um Rückruf.«

»Was könnte das Meurice wollen?«

»General von Choltitz wohnt dort.«

Jammet eilte in sein Büro, griff zum Hörer und rief seinen Kollegen im Meurice an. »Wie kann ich behilflich sein?«, wollte er wissen.

»Wir brauchen Butter und Cognac. Könnt ihr uns aushelfen?«

Normalerweise waren das Le Bristol und das Meurice Konkurrenten, aber in solch einer Situation gab es diese Konkurrenz nicht. Und doch war diese Bitte sehr ungewöhnlich. So ungewöhnlich, dass Jammet nach dem Warum fragte.

»Raoul Nordling ist hier.«

»Der Generalkonsul von Schweden?«

»Genau der. Er versucht, von Choltitz davon zu überzeugen, Paris nicht zu zerstören. Wir wollen diese Verhandlungen so entspannt wie möglich halten. Die beiden sollen alles bekommen, was sie haben wollen.«

»Da bin ich ganz Ihrer Meinung«, erklärte Jammet und vergaß für einen Augenblick die Gefahr für seine Familie. »Ich komme persönlich vorbei.«

Er gab Anweisungen, sein Auto mit den köstlichsten Leckereien zu füllen, die die Küche und Vorratskammern des Le Bristol hergaben. Dann setzte er sich ans Steuer und fuhr die kurze Strecke zum Hotel Meurice in der Rue de Rivoli 228.

»Paris hat noch eine Chance«, verriet ihm der Concierge. »Dietrich von Choltitz will Paris nicht zerstören. Er hat Hitler schon ein paar Tage hingehalten. Vor einer halben Stunde ist Nordling gegangen, und der General hat seine Sprengmeister zu sich bestellt.«

»Wir haben noch eine Chance?«, fragte Jammet nach. »Das sind bessere Nachrichten, als ich gehofft hatte.«

Der Concierge nickte. »Der Generalkonsul von Schweden hat mit Choltitz schon darüber gesprochen, wie das am besten anzustellen ist.«

»Ist Ihre Familie noch in Paris?«, wollte Jammet zuletzt wissen.

Der Rezeptionist, den Jammet schon kannte, als er im Hotel Adlon gemeinsam mit ihm an der Rezeption ausgebildet worden war, und den er mehrfach vergeblich abzuwerben versucht hatte, bevor Monsieur Grunwald vom Adlon direkt ins Le Bristol gekommen war, nickte einmal kurz. »Aber hoffentlich nicht mehr lange. Meine Frau, meine Mutter und meine vier Kinder will ich aufs Land schicken. Heute Nachmittag werde ich mich darum kümmern.« Er lächelte, und Jammet verließ, ein klein wenig beruhigt, das Meurice, froh darüber, auch etwas zu den so ungeheuer wichtigen Gesprächen beigetragen zu haben. Paris wird womöglich nicht fallen. Aber sicher können wir dessen noch nicht sein, dachte er.

Das Wetter war schön. Unter einem strahlend blauen Himmel wölbte sich die leuchtende Sonne. Ein leichter Wind ließ das Kleid einer jungen Frau flattern, die in einem Korb ein Baguette transportierte. Und obschon das Wetter so prachtvoll war, waren kaum Menschen in den Straßen unterwegs. Jeder Pariser hatte mitbekommen, wie die Sprengladungen in der Stadt verteilt worden waren. Jetzt hockten sie zu Hause, gefangen in ihrer Angst und Ohnmacht. Ein alter Mann zog einen Handwagen durch die Straßen, darauf lag eine Matratze. »Wo wollen Sie hin, Monsieur?«, fragte Jammet ihn.

»In den Bois de Boulogne«, erwiderte der Alte. »Es ist besser, im Freien zu schlafen, als vom eigenen Wohnhaus erschlagen zu werden.«

Kapitel 38

Am Abend des zwölften Augusts 1944 stand Gerhard Schön in seiner Wohnung vor einem offenen Koffer. Daneben lagen die Tagebücher der letzten vier Jahre. Er nahm das von 1941 in die Hand und strich sanft darüber. Damals war er gerade ein Jahr in Paris gewesen. Er legte das Buch in den Koffer, griff nach dem nächsten, 1942. Das war seine glücklichste Zeit in Paris gewesen. Oh, was hatte er damals für Träume gehabt! Er hatte eintauchen wollen in das Pariser Leben, mit Sartre und Picasso an einem Tisch sitzen, Hemingway treffen. Er hatte mit Künstlerfreunden im Ritz essen wollen, er hatte so viel gewollt. Schön seufzte und legte das Tagebuch in den Koffer. Dann nahm er das Heft mit der Jahreszahl 1943 in die Hand und blätterte es durch. Was er da alles geschrieben hatte! Bereits im Februar hatte er seinen Befürchtungen Ausdruck gegeben, dass der Krieg verloren war. Trotzdem hatte er noch immer davon geträumt, sich in Paris ein Leben aufzubauen. Diesen Traum hatte er ein Jahr später begraben müssen. Er würde niemals ein Pariser werden. Er musste zurück in seine Heimat gehen. Schon morgen. Aber er würde Paris jeden einzelnen Tag seines Lebens vermissen.

Er schob die Tagebücher zusammen, so dass ein wenig Platz im Koffer entstand, und zündete sich eine Zigarette an. Dann blickte er sich im Zimmer um. Seine Bücher waren alle schon in Kisten gepackt, ebenso seine Kleidung. Die Möbel in der Wohnung gehörten ihm nicht; sie waren schon da gewesen. Geschmackvolle Antiquitäten. Er liebte es, von schönen Dingen umgeben zu sein. Vor ihm hatte die Familie eines bekannten Pariser Antiquitätenhändlers hier gewohnt. Er war weg; Schön selbst hatte ihm das Visum nach Amerika verschafft. Der Mann würde niemals wieder zurückkommen, das wusste Schön genau.

Auf dem Tisch standen mehrere kleinere Kisten, darin ein paar Gegenstände. Es waren Dinge, die er nicht mit nach Hause nehmen wollte; es waren Dinge, die er seinen Freunden hier überlassen wollte. Gestern hatte er zum Verlag Gallimard gewollt. Drieu la Rochelle, der Cheflektor, war ihm vor dem Haus begegnet. »Ich habe hier etwas für Sie«, hatte Schön gesagt, aber der Mann hatte ihm nicht zugehört. »Wissen Sie, wie man mich im Verlag nennt?«, hatte er Schön gefragt.

»Nein, das weiß ich nicht.«

»Man nennt mich hinter meinem Rücken ›Schöns Hausfaschist‹.«

Schön verkniff sich ein Lächeln. »Und darum gehen Sie jetzt?«

»Ja. Mein Entschluss steht fest. Ich gehe.«

Er schritt an Schön vorbei, ohne ihn weiter zu beachten, ohne auch nur in die Kiste hineingeschaut zu haben. Drei Stunden später hörte Schön, dass er im Krankenhaus lag. Sein Selbstmordversuch war gescheitert.

Schön besuchte ihn dort. Er ließ seine Freunde nicht im Stich, nein, so einer war er nicht. Er schob dem gebrochenen Mann einen Pass unter das Kopfkissen und flüsterte ihm ins

Ohr: »Der Pass hat zwei Visa für Spanien und für die Schweiz.«

Drieu la Rochelle öffnete nicht einmal die Augen, sondern flüsterte nur: »Es ist vorbei, Schön. Es ist vorbei.«

Heute Morgen hatte er erfahren müssen, dass der Cheflektor verstorben war, und es hatte ihn getroffen. Er war ein treuer Mensch. Vor allem seinen Freunden gegenüber.

Er griff nach einem Stapel Papier, der neben dem Koffer lag. Es war ein Manuskript mit dem Titel »Frieden«, das ihm Ernst Jünger anvertraut hatte. Er packte das Manuskript zu den Tagebüchern in den Koffer. Dann wartete er, bis auf der Straße draußen auch noch die letzten Geräusche verklungen waren. Er zog sich einen leichten Mantel über, dann griff er nach dem Koffer. Im Flur seiner Wohnung stand eine Schaufel, die Schön sich heute Morgen von einem Soldaten ausgeborgt hatte.

Er begab sich zur Esplanade des Invalides. Es war schwül draußen; die Nacht hatte die Stadt nicht abkühlen können. Schon nach ein paar Metern bereute er es, den Mantel angezogen zu haben, aber der Koffer ließ sich darunter gut verstecken. Er eilte weiter. Seine Stirn war von Schweiß bedeckt, und er bekam schlecht Luft. Er blieb stehen und blickte sich um. Kein Mensch war zu sehen, die Fenster allesamt verdunkelt. In einer Nachbarstraße hatte ein Auto eine Fehlzündung, die ihn zusammenfahren ließ. Eine Ratte huschte vor ihm über den Bürgersteig, und Schön zuckte zurück. Noch einmal blickte er sich in alle Richtungen um. Die Esplanade lag still und verlassen da. Schön trat zum nächsten Baum, zählte die Bäume bis zur nächsten Querstraße, zählte, wie viele Bäume es zur Rue de Constaine und zur Rue Saint-

Dominique waren. Er zählte noch einmal und noch ein drittes Mal. Er prägte sich alles gut ein, schloss für einen Moment die Augen und zählte noch ein viertes Mal.

Dann stellte er den Koffer ab und begann zu graben, direkt unter dem Baum. Er schaufelte die Erde zur Seite. Schweiß lief ihm den Rücken hinunter. Das Hemd hatte unter den Achseln nasse Flecken, die Hose und Schuhe waren durch die Erde verschmutzt. Schön grub und grub. Endlich hatte er ein so großes Loch gegraben, dass der Blechkoffer mit den vier Tagebüchern und dem Manuskript von Ernst Jünger gut hineinpasste. Er richtete sich auf, stützte sich für einen Augenblick auf die Schaufel und wischte sich mit dem Ärmel den Schweiß von der Stirn. »*Adieu,* Paris«, flüsterte er vor sich hin. »*Adieu,* mein Pariser Leben. Eines Tages werde ich zurückkommen.«

Dann schüttete er das Loch zu, versteckte die Schaufel in einem Hauseingang einer kleinen Seitenstraße und ging langsam zurück zu dem Haus, in dem er die letzten Jahre gewohnt hatte.

Er hatte sein Pariser Leben begraben, um mit heiler Haut zurück nach Deutschland gehen zu können. Es fühlte sich für ihn wie eine Trennung an. Aber Paris hatte sich nicht nur seiner Gedanken und Gefühle bemächtigt, sondern jeder einzelnen Faser seines Körpers. Der Gerhard Schön, der Ende Oktober 1940 nach Paris gekommen war, war ein anderer gewesen. Paris hatte ihn verändert. Und er hatte keine Ahnung, wie er in Deutschland mit dieser Veränderung leben sollte. Etwas würde fehlen; etwas würde er für immer in Paris zurücklassen. Es fühlte sich an, als wäre ein Loch in seiner Seele. Schön hoffte, dieses Loch eines Tages stopfen zu können, aber tief in sich drinnen wusste er, dass das unmöglich war. Paris hatte sich unter seine Haut gefressen, hatte sein Herz umschlungen und würde ihn in Deutschland einsam sein lassen. Er hatte nicht geglaubt, sich in eine Stadt verlieben zu können. Er hatte Frauen geliebt und vielleicht auch den einen oder anderen Mann, aber nie zuvor eine Stadt.

Am nächsten Morgen taten ihm die Arme weh vom Schaufeln, aber er fühlte sich jetzt bereit, zurück nach Deutschland zu gehen. Er fühlte sich beinahe gewappnet. Nur ein paar kleine Dinge musste er noch erledigen. Er packte seine Toilettenartikel in den Waschbeutel, dann trat er an den Tisch, auf dem noch zwei alte Weinkisten standen, die er befüllt hatte und die er noch auf dem Weg zum Bahnhof abgeben musste. Ja, er würde mit dem Zug nach Deutschland heimkehren, nicht mit dem Tross der Besatzer. Die Anweisung, Paris zu räumen, stand für den 15. August an. In zwei Tagen mussten alle Deutschen ihre Büros und Unterkünfte räumen, ihre Sachen zusammenpacken und verschwinden. Schon jetzt herrschte überall eine große Hektik. Offiziersfrauen schlenderten noch ein letztes Mal durch die Rue du Faubourg Saint-Honoré, um bei Chanel oder Schiaparelli die restlichen Francs auszugeben. Doch die Modemacher hatten ihre Preise so weit heraufgesetzt, dass selbst ein Tuch von Hèrmes das Budget der Gattinnen sprengte. Parfüm war in der ganzen Stadt ausverkauft, und auch die Wein- und Champagnerhändler ließen sich den Abzug der deutschen Besatzer teuer bezahlen.

Schön stand am Fenster, sah hinaus auf die Straße. Er zündete sich eine Zigarette an und blies den Rauch gegen die

Scheiben. Wenn er ehrlich war, dann wusste er nicht, was er in Deutschland sollte. Der Krieg war verloren. Das wusste jeder, vielleicht sogar Hitler. Es hatte Gerüchte von zahlreichen Selbstmorden gegeben, und auch Schön hatte darüber nachgedacht. Aber dann war er zu feige gewesen, sein Lebenshunger noch zu stark. Was würde werden in Deutschland? Würden die Alliierten ihn verhaften und in ein Lager stecken? Er hatte niemanden umgebracht. Das nicht. Doch warum sollte das die Alliierten interessieren? Wie lange würde er in Haft bleiben? Konnten die Russen ihn schlimmstenfalls nach Sibirien in eines der gefürchteten Lager schicken? Er fühlte sich allein und verloren. Was würde nach der Haft sein? Falls man ihn zur Haft verurteilte und nicht gleich zum Tode. In welchem Beruf würde er arbeiten? Er hatte Germanistik, Romanistik und Geschichte studiert. Nun, die Geschichte hatte sich anders entwickelt, als er geglaubt hatte. Brauchte man jetzt noch Romanisten und Germanisten? Er würde im November 35 Jahre alt werden, auf dem Höhepunkt seiner Karriere, wenn er denn eine hatte. Er würde gern in einem Verlag arbeiten. Oder als Übersetzer. Würde er jemanden finden, der ihn einstellte? Schön seufzte und drückte seine Zigarette aus. Er würde heute ins Ungewisse gehen. Nicht nach Argentinien oder Amerika, nicht in die Schweiz oder nach Österreich. Er würde sich verantworten, würde seine Strafe akzeptieren. Sich entschulden. Obwohl er sich nicht wirklich schuldig fühlte. Oder war wirklich jeder schuldig, der nichts gegen das Regime unternommen hatte?

Kapitel 39

Am 15. August 1944 suchte der Adjutant von General Choltitz gemeinsam mit dem amerikanischen Botschafter William Bullitt Hippolyte Jammet im Le Bristol auf.

Jammet empfing sie besorgt und lud auch Monsieur Grunwald zu diesem Gespräch ein, denn vier Ohren hörten besser als zwei. William Bullitt sagte: »Ich hatte gehofft, Ihnen das zu ersparen, lieber Freund, aber ich muss Ihre Gastfreundschaft noch ein letztes Mal bemühen. Ich hatte es Ihnen vor ein paar Tagen schon angedeutet.«

»Ich helfe immer gern, wenn ich kann«, erklärte der Hoteldirektor. »So, wie Sie uns stets geholfen haben. Was kann ich für Sie tun?«

»Wir brauchen 150 Zimmer«, forderte der Adjutant, der sich zwar mit Namen vorgestellt hatte, doch Jammet hatte ihn sich vor Aufregung nicht gemerkt.

»150 Zimmer, das ist eine ganze Menge«, antwortete Jammet.

»So viele sind im Augenblick gar nicht frei«, ergänzte Grunwald.

»Dann machen Sie sie frei.« Der Adjutant ließ keinen Zweifel daran, dass er es ernst meinte.

Jammet verschränkte die Arme vor der Brust. »Wieso gehen Sie davon aus, dass wir Ihnen gehorchen?«

»Weil die Sprengladungen noch unter allen 45 Brücken kleben und auch der Eiffelturm in die Luft fliegen könnte. Der Élysée-Palast steht Ihrem Hotel gegenüber. Es könnte also sein, dass von Ihrem schönen Hotel bald nichts mehr übrig ist. Es sei denn, Sie helfen uns.«

Jammet wechselte einen kurzen Blick mit Bullitt, der ihm mit ernster Miene zunickte.

Jammet schluckte. Dann räusperte er sich: »Wann kommen die Gäste?«

»In wenigen Stunden.«

»Wer sind sie?«

»Es sind 150 Ehefrauen deutscher Offiziere mit ihren Kindern. Wir bekommen sie heute nicht aus Paris heraus, der Abzug der Truppen hat Vorrang. Erst morgen wird ein Zug nach Frankfurt am Main für sie zur Verfügung gestellt werden können. Diese Frauen und Kinder dürfen auf gar keinen Fall in Gefahr geraten. Von deren Wohl hängt das Heil von ganz Paris ab. Noch hängen die Sprengladungen. Verhindern Sie, dass sie gezündet werden.«

»150 Frauen mit Kindern für eine Nacht. Werden die Herrschaften bei uns speisen?« Jammet mühte sich mit aller Anstrengung um Höflichkeit, aber am liebsten hätte er den Deutschen mit einem Knüppel davongejagt.

»Natürlich. Ich hoffe, Sie haben genug Vorräte.«

»Da muss ich telefonieren, womöglich fehlt uns ein wenig Milch und ein bisschen Butter.«

»Tun Sie das.« Der Adjutant setzte sich unaufgefordert in einen Sessel des Büros, schlug ein Bein über das andere und wippte mit der Stiefelspitze. Während Monsieur Jammet zum Telefon griff, betrachtete der Deutsche Grunwald von oben bis unten. »Sie haben sich beizeiten auf die bessere Seite gestellt, nicht wahr?«

Grunwald zuckte mit den Schultern. »Ich lebe in einem Hotel und für ein Hotel. Das habe ich schon immer so gemacht.«

»Keine kleine Mademoiselle?«

Grunwald zog die Augenbrauen hoch. »Und Sie? Keine Madame, kein Monsieur?«

Das Gesicht des Adjutanten verdüsterte sich schlagartig. »Ich verbitte mir derartige Unterstellungen! Noch liegt Paris in unseren Händen.«

Da nickte Grunwald schuldbewusst. »Verzeihen Sie, mein Herr. Ich wollte Sie nicht düpieren.«

»Ihr Glück.« Der Adjutant schien doch nicht so selbstbewusst, wie er auftrat.

Unterdessen hatte Monsieur Jammet sein Telefonat beendet. »Wir haben nicht genug Zucker. Alles andere wird noch heute geliefert.«

»Auch Champagner?«

»Ja, Monsieur. Champagner ist genug vorrätig. Wir werden heute Abend ein dreigängiges Menü servieren. Unser Küchenchef wird persönlich am Herd stehen.«

»Und für die Kinder?«

»Crêpes, Grießbrei, Nudeln, Kartoffelbrei, was immer sie wollen.«

»Die Frauen benötigen Proviantpakete für die Fahrt. Und Getränke.«

»Wir werden für alles sorgen.«

Der Adjutant erhob sich. »Ich hoffe für Sie und für Paris, dass alles glattgeht. Vergessen Sie die Sprengladungen nicht.«

»Das werde ich nicht.«

Der Adjutant zog seine Uniformjacke straff, dann verließ er ohne Gruß das Büro.

»Was machen wir nun?«, wollte Grunwald wissen.

»Wir machen genau das, was er uns befohlen hat, denn ich zweifle keinen Augenblick daran, dass die Deutschen nicht doch noch Paris hochgehen lassen würden, wenn ihnen das zum Vorteil gereicht.« Jammet schluckte. Sein Hemdkragen kam ihm viel zu eng vor. Er trug das Schicksal von Paris auf seinen Schultern und wünschte, diese Schultern wären breiter.

»Wir werden das schaffen«, erklärte Monsieur Grunwald, als hätte er Jammets Gedanken gelesen.

»Das müssen wir auch, mein Lieber. Wie viele Zimmer sind frei, und wie viele müssen wir räumen lassen?«

Grunwald schloss kurz die Augen. »102 Zimmer sind frei, weil das deutsche Außenministerium keine Gäste mehr schickt. Wir brauchen also noch 48.«

»Wer wohnt darin? Welche Gäste können wir in andere Hotels verlegen lassen?«

»Da sind Franzosen, ein Gruppe Italiener, sechs Amerikaner und die Gäste des schwedischen Generalkonsulats.«

»Ich rufe im Hotel Meurice an. Und im Ritz. Vielleicht können sie dort unterkommen. Wir bezahlen natürlich die Rechnung. Aber wer bezahlt uns die Zimmer der Offiziersfrauen?«

»Ich fürchte, auf den Kosten bleiben Sie sitzen, Monsieur Jammet.«

»Was soll's? Wenn wir damit helfen, Paris zu verschonen, soll es mir recht sein.«

Dann griff er zum Telefon, um auch das Meurice und das Ritz mit an der Rettung von Paris zu beteiligen.

Die Frauen mit ihren Kindern kamen am Nachmittag. Jammet stand neben seiner Frau in der Eingangshalle. Er hatte Yvonne mit zu diesem Empfang gebeten, weil er wusste, dass sie die Bedürfnisse der Frauen und Kinder besser beurteilen konnte. Allerdings hatte er ihr verschwiegen, welche Drohung im Raum stand. Er wollte sie nicht beunruhigen, denn die Angst, die er hatte, schnürte ihm bereits die Kehle zu. Er wusste nicht, wie viele Menschen derzeit in Paris waren, er wusste nur, dass das Leben von Tausenden von ihm abhing. Monsieur Trudeaux, der Küchenchef, hatte große Kannen mit Kakao in die Lobby bringen lassen. Der Konditor hatte Haferkekse gebacken, und für die Frauen standen ebenfalls Erfrischungen bereit.

»Oh Gott«, flüsterte Yvonne, als sie die neuen Gäste sah. »Sie sind alle erschöpft.«

»Verzeih, mein Schatz, wenn ich nicht viel Mitleid empfinden kann«, presste Jammet zwischen den Zähnen hervor. Ja, es fiel ihm, in dessen Adern Hotelblut floss, schwer, sein Lächeln im Gesicht zu halten.

»Versetz dich in ihre Lage. Sie wissen nicht, was kommt. Sie haben Angst.«

»Wir hatten vier Jahre am Stück Angst«, erwiderte er und dachte: Wie gut, dass du nicht weißt, wie viel Angst ich jetzt habe.

»Du hast ja recht. Sei bitte trotzdem freundlich zu ihnen.«

Yvonne trat auf eine ältere Frau zu, nahm deren Hand in ihre beiden Hände und sagte: »Seien Sie uns willkommen. Wir möchten Ihnen den Aufenthalt so angenehm wie möglich gestalten. Bitte sagen Sie uns, was Sie benötigen.«

Die ältere Frau, deren Haar mit grauen Strähnen durchzogen war, brach in Tränen aus. Jammet verzog angewidert das Gesicht, aber Yvonne reichte ihr ein Taschentuch. »Sie sind sicher erschöpft. Ihre Zimmer stehen bereit. Heute Abend servieren wir Ihnen und Ihren Kindern ein schönes Essen. Ist Ihnen 18 Uhr recht?«

Die Frau nickte erschöpft. Monsieur Grunwald händigte die Zimmerschlüssel aus, und Madame Colette bat die Gäste, sich bei ihr zu melden, wenn noch etwas fehlen sollte. Eine Frau wollte sofort ein Glas Rotwein haben, einer anderen verlangte es nach Champagner. Es wurde nach einer Kinderbetreuung gefragt, nach Batterien für eine Taschenlampe, nach Milchpulver und nach den Telefonverbindungen nach Deutschland.

Als alle Offiziersfrauen untergebracht waren, begab sich Monsieur Jammet zu Grunwald an die Rezeption. »Ich bin froh, dass die Frauen nur eine Nacht hier sind.«

»Nun, im Allgemeinen sind die Deutschen ordentliche Gäste.«

»Darum geht es nicht. Die Résistance in Paris ist sehr stark. Ich habe Angst, dass die Kämpfer von den Frauen hören und sich womöglich zu Dummheiten hinreißen lassen.«

»Daran habe ich noch gar nicht gedacht. Was gedenken Sie zu tun?«

»Olivier, der Kellner. Ich denke, er hat Verbindungen zum Widerstand. Er sollte in dieser Nacht mit Ihnen und Jean Bressot in der Lobby sein. Wenn nötig, können Sie vielleicht das Schlimmste verhindern.«

»Denken Sie wirklich, dass etwas passieren wird?«

»Ich weiß es nicht, mein lieber Grunwald, aber ich möchte auf keinen Fall ein Risiko eingehen.«

Kapitel 40

Olivier lehnte an Jeans Conciergetresen und beobachtete die Eingangstür, aber alles blieb ruhig. Auch von den deutschen Frauen war nicht viel zu hören. Nach dem Abendessen hatten sie ihre Kinder zu Bett gebracht. Eine von ihnen verlangte noch nach einem Glas Wein, eine andere brauchte Kopfwehpulver, und einer dritten war eine Lampe zu Boden gefallen und zerbrochen. Dann herrschte Ruhe. Olivier setzte sich, behielt aber weiterhin die Tür im Auge und unterhielt sich mit Jean, der heute seinen Zeichenblock zu Hause gelassen hatte.

Gegen vier Uhr am Morgen betrat jedoch Gerhard Schön die Lobby. Beim Anblick von Olivier zögerte er kurz, dann nickte er knapp. Jean fand, dass er noch nie so schlecht ausgesehen hatte. Das Haar hing ihm um den Kopf herum, das schmale Gesicht schien noch schmaler geworden zu sein. Er sieht aus wie ein Verlierer, dachte Jean. Und er sieht aus, als hätte er Angst. Jean erhob sich. »Was kann ich für Sie tun, Monsieur Schön?«

»Eigentlich nichts, Jean, mein Freund.«

Schön stellte die beiden Kisten auf den Tresen und sah sich in der Lobby des Le Bristol um, als wäre er noch nie hier gewesen.

Was will er hier mitten in der Nacht?, fragte sich Jean. Ist er gekommen, um sich zu verabschieden? Das wäre nicht nötig gewesen. Mein Freund hat er gesagt, dachte Jean. Hat er nicht verstanden, dass wir seine Freundschaft bei seinem letzten Besuch nicht erwidern wollten?

»Ist alles in Ordnung, Monsieur?«, fragte Jean, als Schön mit dem Rücken zu ihm stand und sich nicht rührte. Jetzt wandte sich der Deutsche um. »Ich sehe mir alles noch einmal ganz genau an. Hier bin ich glücklich gewesen, wissen Sie.«

Jean nickte und ließ Schön in Ruhe. Der Sonderführer begab sich zum Salon Castellane. Er strich über das Polster eines Stuhls, betrachtete die Wandbilder. Er nahm eine Rose aus einer kleinen Kristallvase und roch daran. Dann seufzte er und begab sich in Richtung Ausgang.

»Ihre Kisten, Monsieur«, rief Jean ihm nach.

Schön wandte sich um. »Die sind für Sie, Jean.« Dann verließ er das Le Bristol.

»Was ist darin?«, wollte Olivier wissen. »Willst du denn nicht hineinschauen?« Er war extra aufgestanden und zum Tresen gekommen. Er war etwas blass geworden und wirkte angespannt.

»Eigentlich nicht«, gab Jean zu.

»Warum nicht?«

»Weil ich keine Ahnung habe, was darin sein könnte.«

Olivier schüttelte ungläubig den Kopf. »Er will dir etwas schenken. Ich an deiner Stelle würde es annehmen.«

Jean zögerte. »Mir scheint, du bist begieriger darauf zu wissen, was darin ist, als ich.«

»Jetzt schau schon hinein.«

Jean öffnete die erste Kiste. Darin lagen Bücher. Bildbände. Teure Werke, die er sich nicht hätte leisten können.

Und es lagen dünne Bändchen mit Gedichten darin. Jean entdeckte eines von Paul Claudel, den Coralie so liebte. Zögernd griff er danach.

»Jetzt stell dich nicht so an«, bemerkte Olivier. »Es sind Bücher. Und Bücher sind keine Geschenke. Ich jedenfalls kenne niemanden, der sich über Bücher freuen würde.«

»Ich schon. Und Coralie auch.«

»Dann ist ja alles gut.«

»Es kommt mir nicht richtig vor. Es ist, als ob ich den Deutschen letzten Endes doch etwas schulde.«

»So ein Unfug. Jeder von uns sollte zusehen, so viel von den Deutschen abzugreifen wie möglich. Sie haben unsere Stadt besetzt. Nicht andersherum. Also halt deinen Mund und freue dich.«

Jean spähte erneut in die Kiste und entdeckte darin einen Briefumschlag. Zögernd nahm er ihn heraus und öffnete ihn. Darin lag ein Brief und 10 000 Francs in Scheinen.

»So eine Kiste hätte ich auch gern«, erklärte Olivier spöttisch.

Jean faltete das Blatt auseinander und las: »Ich weiß, dass ich Ihnen nichts geben kann. Nichts von dem, was ich habe, wollen Sie. Aber bitte nehmen Sie das Geld für Ilan. Mehr kann ich leider nicht tun.«

Jean ließ das Blatt sinken und starrte auf das Geld. 10 000 Francs für das Leben einer Mutter? War das zynisch und grausam? Jean hatte Schön nie so erlebt. Er neigte weder zum Sarkasmus noch war er je wirklich grausam gewesen. Jean wusste, wie dieser Geldbetrag zu verstehen war, aber er wusste nicht, ob er es so verstehen wollte, wie Schön es gemeint hatte. Er steckte das Geld in den Umschlag zurück. Er würde mit Coralie darüber sprechen. Sollte sie entscheiden, was damit geschah.

Dann nahm er sich die nächste Kiste vor. Darin war nichts als ein großes flaches Paket, in Stoff geschlagen und verschnürt. Jean schluckte. Vorsichtig entfernte er die Schnur und hielt kurz inne. War wirklich das in dem Paket, was er glaubte? Vorsichtig schlug er den Stoff auseinander, und da war es: das Gemälde »Die Badenden« von Jean-Honoré Fragonard. Jeans Mund verzog sich zu einem Lächeln, ohne dass er es bemerkte.

»Was ist das?«, wollte Olivier wissen. Er war noch eine Spur bleicher geworden.

»Es ist das schönste Geschenk, das ich je erhalten habe«, antwortete Jean.

»Diesen alten Schinken meinst du? Na, den würde ich mir sicher nicht über das Bett hängen.«

»Da gehört er auch nicht hin.«

Olivier schüttelte den Kopf. »Bei den Büchern machst du so ein Theater, den Schinken aber nimmst du? Ich verstehe dich nicht.«

»Der Schinken gehört hierher. Er gehört zu Paris wie der Eiffelturm. Aber er gehört nicht mir, sondern dem Louvre. Und ich hoffe, dass wir ihn sehr bald schon wieder dort bewundern dürfen.«

Behutsam hüllte er das Gemälde in den Stoff und legte es zurück in die Kiste. Dabei entdeckte er noch einen Brief. Der Umschlag war zugeklebt, aber es stand nicht drauf, an wen dieser Brief gerichtet war. Jean öffnete ihn. Auf einem Blatt stand nur ein einziger Satz: »Paris hat mehr für mich getan als ich für Paris.« Außerdem befanden sich zwei nicht eingelöste Schecks darin. Einer über 10 000 Dollar und einer über 5 000 Dollar.

Erst jetzt lächelte Jean wirklich und voller Erleichterung. »Er hat es am Ende doch noch verstanden«, sagte er leise vor sich hin.

»Was sagst du?«, wollte Olivier wissen.

»Nichts Wichtiges«, antwortete Jean. »Nur, dass ich die Bücher jetzt doch annehmen kann.«

Er konnte es kaum abwarten, Monsieur Jammet zu sehen und ihm den Fragonard zu zeigen. Am liebsten hätte er ihn aufgeweckt, doch das wagte er nicht. Also zappelte er hinter der Rezeption herum, bis Monsieur Jammet wie jeden Morgen herunterkam. »Und?«, fragte Jammet, und Jean erkannte, dass auch der Hoteldirektor blass und angespannt war. »Was war los heute Nacht? Keine Résistance? Keine Zwischenfälle oder sonstige Ereignisse?«

»Nur eines, Monsieur Jammet.« Jean strahlte über das ganze Gesicht.

»Was war los? Nun reden Sie schon.«

»Monsieur Schön hat eine Kiste gebracht. Sehen Sie selbst.«

Jean hob die Kiste zurück auf den Tresen und beobachtete genau, wie Jammet den Stoff zurückschlug. Mund und Augen hatte er aufgerissen. So hatte Jean den Hoteldirektor noch nie gesehen.

»Was sagen Sie nun, Monsieur?«, fragte er.

»Ich bin sprachlos«, erwiderte Jammet. »Und es war wirklich Schön, der die Kiste gebracht hat?«

»Ja, Monsieur.« Jean schluckte. »Denken Sie, er hatte das Bild die ganze Zeit über?«

Jammet schüttelte den Kopf. »Nein. So etwas hätte er nicht getan. Ihm war die Kunst schon immer wichtiger als die Menschen.«

»Wo hat er es dann her?« Jean konnte seine Neugier unmöglich bezwingen.

»Er hat es zurückgekauft. Für uns. Für den Louvre.«

»Er hat geschrieben, dass Paris mehr für ihn getan hat, als er für Paris«, berichtete Jean und zeigte Jammet den Brief und die beiden nicht eingelösten Schecks.

Doch Jammet antwortete nicht, sondern strahlte nur über das ganze Gesicht. »Wo wollen wir das Bild lassen?«, fragte er. »Ich will es nicht noch einmal verlieren.«

»Dann ist es womöglich im Schutzbunker am besten aufgehoben«, meinte Jean. »Obwohl ich es am liebsten nicht aus den Augen lassen würde.«

Jammet nickte. »Das geht mir ebenso.« Er hüllte das Gemälde wieder in den Stoff und trug es so behutsam wie einen Säugling durch die Lobby.

Kapitel 41

Am Morgen lagen neben jedem Frühstücksteller Proviantpakete für die Offiziersfrauen und ihre Kinder. Die Küche hatte die ganze Nacht über gearbeitet. Der Bäcker hatte Croissants und Zimtschnecken für die Kinder gebacken, zwei Küchenjungen waren ins Meurice gelaufen, um noch etwas Milch zu holen.

Als der Adjutant zur Tür hereinkam, sprach Jammet gerade mit Grunwald. »Was denken Sie, lassen wir die anderen Gäste im Hotel Meurice und im Ritz, oder denken Sie, dass wir sie besser wieder zurückholen sollen?«

»Wir können jeden Einzelnen fragen, was er möchte. Wer mag, kann gern zurückkommen. Und wer bleiben möchte, kann auch das tun.«

Der Adjutant wünschte einen guten Morgen. »Ist alles in Ordnung? Haben die Frauen und Kinder alles bekommen, was sie wollten?«

Jammet schluckte. »Selbstverständlich, mein Herr. Wir haben getan, was wir konnten.«

»Nun, dann können wir mit der Abreise beginnen. Doch erst wenn die letzte Frau im Zug sitzt, werde ich General von Choltitz melden, dass alles in Ordnung ist, dass das Dynamit entfernt werden kann.«

Zwei Stunden später stieg die letzte Offiziersfrau mit ihren Kindern in einen Bus der Wehrmacht, der sie alle zur Gare du Nord bringen sollte. Und damit war auch der letzte deutsche Gast aus dem Le Bristol verschwunden. Noch einmal, eine Stunde später, hörte Hippolyte Jammet von Raul Nordling, dass von Choltitz befohlen hatte, die Sprengladungen an den Brücken und Sehenswürdigkeiten abzunehmen. Jammet atmete auf und ließ für sich und Monsieur Grunwald auf der Stelle einen Cognac bringen. »Den haben wir uns verdient«, erklärte er und stieß mit Grunwald an. »Darauf, dass wir Paris gerettet haben.« Die beiden Männer tranken und blieben einen Augenblick lang in Gedanken versunken stehen.

Später sagte Hippolyte Jammet zu seiner Frau Yvonne: »Mir ist, als hätte jemand nach einem langen Winter die Fenster aufgerissen, um endlich den Frühling hineinzulassen.«

»Ich weiß genau, was du meinst, mein Liebster«, erwiderte Yvonne und gab ihrem Mann einen Kuss. »Es ist vorbei, nicht wahr?«

»Beinahe. Es ist beinahe vorüber. Wirklich vorbei ist es erst, wenn am Eiffelturm die Trikolore hängt. Komm mit!« Er nahm seine Frau bei der Hand und fuhr mit dem Fahrstuhl nach unten. Dort zog er mit eigenen Händen die verhasste Hakenkreuzfahne herab und hisste die französische Nationalflagge in Bleu, Blanc und Rouge. Danach standen Madame und Monsieur Jammet Arm in Arm vor ihrem Hotel und blickten zur Trikolore empor.

Die nächsten Tage vergingen wie im Flug. Ein Ereignis jagte das andere, und Monsieur Jammet kam kaum hinterher. Als er am Freitag, den 18. August 1944, zu Fuß aus dem Haus in Richtung Louvre ging, um zu sehen, ob Jacques Jaujard schon zurück war und er ihm vom Fund des Fragonard erzählen konnte, da entdeckte er an jeder Litfaßsäule, an jeder freien Mauer Plakate der Résistance. Jammet blieb stehen, putzte seine Brille mit einem Taschentuch blank und las den allgemeinen Mobilmachungsbefehl an alle unversehrten Männer und Frauen, sich dem letzten Kampf zu stellen und die allerletzten Deutschen und die Vichy-Verräter anzugreifen. Er seufzte. Er war mittlerweile 51 Jahre alt. Noch nicht zu alt, aber er war müde. Die vergangenen vier Jahre hatten ihn so viel Kraft gekostet. Aber er würde keinen seiner Angestellten davon abhalten, sich in diesen letzten Tagen noch der Résistance anzuschließen und für Paris zu kämpfen. Bei vollem Lohn selbstverständlich.

Der Aufstand begann bei Tagesanbruch. Mehr als 2 000 Männer hatten sich in der Präfektur gegenüber der Kirche Notre-Dame eingefunden. Etliche von ihnen hatten zuvor vor dem Altar Kerzen angezündet und für den baldigen Frieden gebetet. Es waren junge Männer, kaum 16 Jahre alt, es waren alte Männer über 60. Es gab welche, die hatten nur ein Bein und gingen an Krücken, andere trugen Augenbinden, und einer war sogar im Rollstuhl gekommen. »So lange ich eine Waffe halten kann, werde ich kämpfen«, hatte er gesagt, und die anderen hatten geklatscht. Auch Jean war unter ihnen. Gemeinsam mit Olivier und Monsieur Grunwald waren sie vom Le Bristol aus aufgebrochen. »Ist es nicht ein merkwürdiges Gefühl, gegen die eigenen Landsleute zu kämpfen?«, hatte Olivier unterwegs gefragt. Und Monsieur Grunwald hatte mit zusammengebissenen Zähnen erwidert: »Diese Männer sind nicht meine Landsleute.«

In allen Straßen, durch sie auf dem Weg vom Hotel zur Präfektur gingen, waren Pariser auf den Beinen. Überall wurden Barrikaden errichtet. Jemand riss Steine aus dem Pflaster, zwei Frauen in mittleren Jahren schoben eine dunkle Kommode mitten auf die Fahrbahn. Ein Junge, vielleicht gerade mal zwölf Jahre alt, zog zwei kaputte Fahrräder hinter sich her. Kleine Mädchen füllten Wassereimer, andere stapelten, was sie finden konnten. Ganz Paris war dabei, die gepanzerten Fahrzeuge der Deutschen aufzuhalten. Doch die Deutschen nahmen den Widerstand nicht einfach hin. Sie postierten Scharfschützen auf den Hausdächern und zielten auf Zivilisten. Andere versuchten, die Barrikaden zu zerstören. Es herrschte ein heilloses Durcheinander, ein unglaublicher Lärm und entsetzliches Getöse. Jean lief mit Olivier eine Straße entlang, um nach versprengten Deutschen Ausschau zu halten. So lautete der Befehl, den sie gemeinsam mit je einer Waffe erhalten hatten. Jean kannte die Gegend nicht. Geduckt hastete er an den Hauswänden entlang, blickte sich immer wieder nach allen Seiten um. Er wusste, dass ein Scharfschütze ihn jederzeit treffen konnte.

»Warum machen die Deutschen das?«, flüsterte er Olivier zu. »Warum fahren sie nicht einfach nach Hause?«

»Kampf bis zum letzten Blutstropfen hat Hitler befohlen. Hab ich selbst im Radio gehört.«

»Los, da rüber, da steht ein deutsches Auto«, flüsterte Jean. Er sah sich um, dann rannte er gebückt über die Straße. Er hatte fast den anderen Bürgersteig erreicht, als plötzlich Schüsse fielen. Er hechtete in einen Hauseingang. Sein Herz schlug rasend schnell, und sein Atem ging stoßweise. Er hatte die Befürchtung, gleich einen Asthmaanfall zu bekommen. Er rang nach Luft, versuchte, ruhig und gleichmäßig zu atmen, während rings um ihn Schüsse peitschten. Plötzlich hörte er einen Schrei und sah Olivier auf der Straße zusammenbrechen. Auf seinem Hemd breitete sich in Höhe der Brust ein großer Blutfleck aus. »Olivier!«, schrie er, doch der Freund rührte sich nicht mehr.

Ebenso unvermittelt, wie der Beschuss begonnen hatte, verebbte er wieder. Vorsichtig erhob sich Jean, lief geduckt zu Olivier.

»Bleib ganz ruhig liegen, ich werde Hilfe suchen«, erklärte Jean.

»Nein, lass. Ich muss dir etwas sagen.« Oliviers Stimme klang schwach. Er griff nach Jeans Hand, ehe er weitersprach: »Ich war es. Ich habe ›Die Badenden‹ aus dem Hotel gestohlen. Ein Restaurateur aus dem Louvre hat mich kontaktiert. Er wusste, dass das Bild im Le Bristol versteckt war. Und er wusste, dass ich Geld brauchte, also habe ich das Bild gestohlen und an ihn übergeben. Mehr weiß ich nicht.«

Jean stockte der Atem. »Das glaube ich nicht.«

»Es tut mir leid. Es tut mir so unendlich leid.« Olivier schloss die Augen.

»Sieh mich an«, flehte Jean. »Bleib bei mir.«

Doch Olivier reagierte nicht. Seine Hand in Jeans Hand wurde schwer. Seine Züge entspannten sich. Er war tot.

Jean schluckte. Und schluckte, doch er konnte die Tränen nicht zurückhalten. Zugleich überkam ihn Ärger. Wie konnte Olivier nur das Bild stehlen? Aus Geldnot? Jean schüttelte ungläubig den Kopf. Und zugleich überfiel ihn

Mitleid. Jean hatte so viele Fragen an den Freund, auf die er nun keine Antwort mehr bekommen würde.

Und heute Abend hatte Olivier eine Verabredung mit einem Mädchen. Vorhin noch hatte er erzählt, wie sehr er sich darauf freute. Sie hatten sich erst letzte Woche kennengelernt, doch Olivier war bereits bis über beide Ohren verliebt gewesen.

»Diese verdammten Schweine!«, flüsterte Jean vor sich hin. Dann richtete er sich auf und schrie es noch einmal auf Deutsch: »Ihr gottverdammten Schweine!«

Die Schützen waren verschwunden. Die Straße lag ganz still da. Irgendwo ging ein Fenster auf, und ein alter Mann rief: »Ist das einer von den unseren?«

»Ja. Und er ist tot«, rief Jean zurück. Er musste weiterkämpfen, mehr als alles andere wünschte er jetzt, dem Feind zu begegnen. Aber er konnte auch Olivier nicht zurücklassen. Er musste ihn wegbringen. Aber wohin? Niemand hatte ihm gesagt, was mit den Toten geschehen sollte. Die Deutschen ließ man liegen, aber nicht die Freunde.

»Ich komme und helfe dir«, rief der Mann, und ein paar Minuten später kam er und zog einen Handwagen hinter sich her. Gemeinsam luden sie Olivier darauf. Jean nahm ihm das silberne Kettchen ab. Er würde es am Abend dem Mädchen geben. Dann schloss er dem Freund die Augen.

»Wohin sollen ich ihn bringen?«, fragte der alte Mann. »Ins Krankenhaus? Oder gleich auf den Friedhof? Oder doch lieber erst in die Präfektur?«

»Bring ihn in die Kirche Notre-Dame. Die werden wissen, was zu tun ist. Ja, bring ihn dahin und sprich ein Gebet für ihn, ich bitte dich.«

»Das mache ich«, erwiderte der Mann. »Und du pass auf dich auf.«

Jean hatte den ganzen Tag lang gekämpft. Er wusste nicht, ob er einen Deutschen erschossen hatte, aber er wünschte es sich aus tiefstem Herzen. Olivier sollte nicht vergebens gestorben sein, obwohl sein Tod so sinnlos gewesen war. Sollte er Monsieur Jammet von Oliviers Geständnis berichten? Das Bild war wieder da, aber Olivier war tot. Die anderen sollten ihn als guten Menschen in Erinnerung behalten. Jean wollte nicht, dass sein Andenken beschmutzt würde.

Er fühlte sich erschöpft und müde und konnte sich kaum noch auf den Beinen halten. Er war den ganzen Tag durch die Straßen gelaufen und hatte mit seinen Mitkämpfern versucht, auch noch die letzten Deutschen aus der Stadt zu treiben, die sich noch zur Wehr setzten. Er hatte ein Versteck ausgehoben, von dem aus zwei Soldaten Passanten beschossen hatten. Er war mit den anderen in ein Cafe gestürmt und hatte verhindert, dass die Deutschen es plünderten und verwüsteten. Er hatte mit angesehen, wie andere französische Kämpfer ein halbes Dutzend Deutsche in Arrest gebracht hatten, und er musste sogar einen jungen Soldaten von seiner französischen Geliebten trennen.

Und doch ging er am Abend zum Le Bristol. Am Hintereingang stand das Mädchen. Es hielt sich dicht an der Hauswand. Ihr blaues Sommerkleid schmiegte sich an ihren Körper, und Jean sah, dass sie sich das Haar zu Locken gedreht hatte, um schön zu sein für Olivier.

Er trat zu ihr. »Bist du Claire?«

»Ja. Und wer bist du?«

»Mein Name ist Jean Bressot. Ich bin ein Freund Oliviers. Er ist tot. Heute im Straßenkampf gefallen.«

Die Augen des Mädchens wurden groß. Sie riss vor Entsetzen den Mund auf, dann brach sie an Jeans Brust zusammen. Jean ließ sie weinen, dann gab er ihr die Kette. »Er hätte gewollt, dass du sie bekommst.«

Claire nickte. »Danke. Wo ist er jetzt?«

»Jemand hat ihn nach Notre-Dame gebracht, aber ich weiß nicht, ob er noch dort ist.«

»Ich gehe hin«, beschloss das Mädchen. »Und wenn du seinen Angehörigen schreibst, grüß sie bitte von mir.«

Und schon war sie weg, und Jean konnte endlich nach Hause gehen. Coralie umarmte ihn und bedeckte sein Gesicht mit Küssen. »Ich hatte solche Angst um dich.«

»Ich bin auch froh, dass ich wieder hier bin.«

»Du hast Hunger, oder?«

Jean nickte.

»Leg dich auf das Sofa. Ich mache dir schnell ein paar Brote« erklärte Coralie. Als sie wenig später mit einem Teller zum Sofa kam, war Jean schon eingeschlafen. Coralie stellte den Teller auf den Tisch und breitete eine leichte Decke über Jean aus und ließ ihn schlafen.

Als Jean am nächsten Morgen auf die Straße trat, hingen aus vielen Fenstern bereits die Flaggen der Alliierten. Die britischen und amerikanischen Fahnen flatterten mit der Trikolore um die Wette. Wieder suchte er den ganzen Tag die Pariser Straßen nach Scharfschützen ab, und wieder konnte er sich am Abend kaum noch auf den Beinen halten. »Bleib zu Hause, Coralie. Geh nicht vor die Tür, geh nicht ans Fenster.« Er zerrte die Matratzen aus dem Bett, stellte sie als Schutz vor die Fenster. »Pass auf Ilan auf.«

Sie umfasste sein Gesicht mit beiden Händen. »Komm wieder«, sagte sie. »Bitte komm wieder!«

Am Montag, den 21. August, standen die Zeitungsjungen im Schutz der Metroeingänge und riefen die neuesten Nachrichten aus. Die Résistance, die bereits die halbe Stadt erobert hatte, rief dazu auf, die Belagerung durchzuhalten, jetzt nicht aufzugeben.

Einen Tag später hörten die Kämpfer, dass die Alliierten nur noch zweiunddreißig Kilometer von Paris entfernt waren.

Am 24. August 1944 um 23 Uhr und 22 Minuten läutete der mehr als 250 Jahre alte Emmanuel, die große, 13 Tonnen schwere Glocke von Notre-Dame so laut, dass alle Pariser sie gut hören konnten. Überall flogen trotz der späten Stunde die Fenster auf, und gleich darauf waren die Straßen voller Menschen, die sich umarmten, die sangen und tanzten. Jean summte die Marseillaise vor sich hin, und dann presste er eine Faust auf seine Brust, weil sein Herz zu zerspringen drohte. Er sah Kämpfer, denen bei diesen Tönen die Tränen über das Gesicht liefen, und auch er musste schlucken.

Am Freitag, den 25. August, erwachte Jean von einem Beben. Die Scheiben klirrten in den Rahmen, ein dunkles Grollen war zu hören. Schreckstarr fuhr er hoch. Fielen Bomben? Würde Paris am Ende doch noch zerstört werden? Sein Herz raste. Er tastete nach Coralie, die ebenfalls schreckstarr im Bett saß.

»Sind das neue Panzer, die Hitler geschickt hat?«, fragte sie flüsternd. »Ist es die deutsche Wunderwaffe?«

»Ich weiß es nicht.«

Wieder erschütterte ein Beben das Haus. Das Wasserglas fiel vom Nachttisch und zerbrach.

»Ich muss gehen«, sagte Jean. »Ich muss kämpfen.«

Coralie hielt ihn fest. »Bleib bei uns. Ich bitte dich, Jean. Du hast genug gekämpft.«

Vorsichtig machte Jean sich los. »Das kann ich nicht, Coralie. Und das willst du auch gar nicht.«

Dann zog er sich an und ging. Er lief in Richtung des Boulevard Saint-Michel, doch schon an der nächsten Ecke sah er Tausende von Parisern auf der Straße stehen. »Was ist los?«, fragte er.

»Die Alliierten sind da«, erklärte ihm eine alte Frau und fiel ihm vor Freude um den Hals.

Da rannte er nach Hause, holte Coralie und Ilan, denn sie sollten dabei sein, wenn die Sieger durch die Straßen von Paris zogen. Er stürmte die Treppe hinauf, rief noch im Laufen Coralies Namen. Sie stand schon in der Tür, trug ihr schönstes Kleid in den Farben Blau, Weiß und Rot, und neben ihr stand Ilan, der über das ganze Gesicht strahlte. Auch er trug eine blaue Hose, ein weißes Hemd und dazu ein rotes Halstuch.

»Jean«, rief er. »Jean. Nimm mich mit.«

Und Jean umarmte Coralie, zog Ilan hinein in diese Umarmung und flüsterte: »Der Krieg ist aus. Der Krieg ist endlich vorüber.« Dann musste er innehalten, weil die Gefühle mit ihm durchzugehen drohten. Ja, der Krieg war endlich aus. Es würde keinen Bombenalarm mehr geben. Sie mussten nicht mehr im Keller schlafen. Die Fenster brauchten nicht mehr verdunkelt zu werden, die Gasmasken konnte man getrost in die hinterste Ecke des Schranks packen. Niemand schoss mehr. Kinder wurden ihren Müttern nicht mehr entrissen, Frauen brauchten nicht mehr um ihre Männer, Söhne und Brüder zu weinen. Es würde Milch und Brot geben, soviel jeder nur essen konnte. Niemand musste mehr Angst haben, verhaftet und verschleppt zu werden. Alle durften sagen, was ihnen gerade in den Sinn kam. Das Kaputte würde wieder aufgebaut werden. Im Winter würde es wieder Holz und Kohlen geben. Die Schulen würden wieder öffnen. Der Krieg war aus, und kein Pariser würde jemals wieder einen gelben Stern an seiner Kleidung tragen müssen.

Kapitel 42

Sie standen Hand in Hand an der Seine. Coralie, Jean und Ilan. Und dann kamen sie. Die Panzer der 4. US-Infanteriedivision. Die Soldaten blickten sich um, sie lächelten und lachten, sie schrien, und die Pariser jubelten ihnen zu. Junge Mädchen warfen ihnen Blumen zu. Kleinkinder wurden hochgehoben. Ganz Paris war auf den Beinen, ganz Paris war ein Jubeln und Schreien. Die Menschen tanzten auf den Straßen. Sich völlig Fremde fielen einander um den Hals. Der, der gestern noch mit seinem Nachbarn zerstritten war, sang heute mit ihm Arm in Arm die Marseillaise. Cafébesitzer schenkten umsonst Wein aus, der Bäcker verteilte Croissants, die er mit dem letzten Mehl gebacken hatte. Ganz Paris war eine Familie. Eine Familie im Freudenrausch.

Die Amerikaner hatten ihren Panzern die Namen Pariser Straßen gegeben. Einer hatte ein weißes Kaninchen dabei, ein anderer hielt ein Plakat in die Höhe, auf dem Hitlers Konterfrei durchgestrichen und mit dem Wort Merde versehen war.

Und während ein Trupp Feuerwehrmänner endlich, endlich wieder die französische Flagge auf dem Eiffelturm hisste, befand sich General von Choltitz noch immer im Hotel Meurice. Er verhandelte mit dem Kommandeur der

Résistance den Waffenstillstand, und durch das offene Fenster hörte er den Jubel der Pariser.

Um Viertel nach vier nahm von Choltitz seinen Füllhalter zur Hand. »Ich muss es wohl eingestehen: Wir haben Paris verloren«, sagte er, dann setzte er seine Unterschrift auf das Papier, erhob sich, verließ das Zimmer, verließ das Hotel, stieg in seinen schwarzen Mercedes und verließ endlich auch Paris.

Es hieß, Charles de Gaulle wäre in der Stadt und würde gleich von der Präfektur aus zu seinen Landsleuten sprechen. Aber Jean, Coralie und Ilan hatte etwas anderes vor. Sie wollten zu ihren Freunden, wollten ihnen um den Hals fallen, mit ihnen feiern. Zu dritt eilten sie in die Rue du Faubourg Saint-Honoré. Schon von Weitem sahen sie die französische Flagge vor dem Eingang des Le Bristol, zu der sich nun noch die amerikanische und britische gesellt hatten.

Der Eingang stand weit offen, und die beiden Türwächter in ihren schwarzen Anzügen, die sonst keine Miene verzogen, winkten ihnen. »Kommt her, kommt her.«

Noch nie waren Coralie und Jean durch den offiziellen Eingang gegangen, sondern immer durch die Hintertür. Jean ergriff Coralies Hand, hielt sie ganz fest und schritt mit ihr und Ilan über den roten Teppich.

In der Halle stand eine lange Tafel, gefüllt mit Gebäck und den Resten des berühmten Weinkellers. Die Menschen wimmelten wie Ameisen herum. Die Küchenjungen in ihren weißen Jacken standen zusammen mit den Zimmermädchen, die Schuhputzer und Büglerinnen lachten, Madame und Monsieur Jammet hielten je ein Glas in der Hand, strahlten über das ganze Gesicht, und Monsieur Leo Lermán, der sich vier Jahre lang im Zimmer 106 des Le Bristol versteckt hatte, hatte einen Arm um seinen Freund Hippolyte Jammet gelegt. Kinder rannten durch die Halle. Die Zimmermädchen hatten sich an den Blumenbuketts bedient und sich rote Rosen ins Haar gesteckt. Ein Pianist schlug in die Tasten, und Madame Colette wurde von Monsieur Grunwald herumgewirbelt. Als Ilan das sah, lachte auch er. Doch bevor er zu seiner Oma Colette lief, zog er an Jeans Hand und sagte leise: »Vielleicht kommt meine Mama ja jetzt doch zurück.«

Während das ganze Hotel feierte, stand Monsieur Jammet irgendwann auf der anderen Straßenseite und betrachtete sein Hotel. Er sah die Fahnen im Wind flattern, die Markisen, die Fassade, die Fenster, vor denen an einigen Stellen noch die Verdunklungsvorhänge vorgezogen waren. Der Krieg war vorüber, ganz Paris feierte, aber er brauchte einen Augenblick für sich allein. Er betrachtete sein Hotel, die weiße Fassade, die gestreiften Markisen, den Eingang mit den goldenen Buchstaben. Le Bristol. Sein Grand Hotel. Er hatte es durch die Kriegswirren gebracht, er hatte sich gut um seine Angestellten und seine Gäste gekümmert. Es war nicht einfach gewesen, und es hatte ihn viel Geld gekostet, aber das Le Bristol war nun einmal sein Traum, sein Lebenswerk. Eines Tages würde er es an seinen ältesten Sohn Pierre übergeben, und er war sich ganz sicher, dass er bis dahin immer noch eines der besten Hotels der Stadt Paris führen würde. Das Le Bristol würde in seinem alten Glanz erstrahlen, und es würden Menschen aus aller Welt in seinem Haus zu Gast sein.

Er war ein guter Hotelier. Ein Hotelier mit einem Traum vom Grand Hotel.

Nachbemerkung

Ein Teil der Personen in meiner Handlung hat es tatsächlich gegeben: Hippolyte Jammet und seine Frau Yvonne. Leo Lermán. Madame Anne Morgan. Dietrich von Choltitz. Raul Nordling. Jacques Jaujard. William Bullitt.

Nicht alles, was sie im Roman sagen, haben sie tatsächlich so gesagt. Ich habe mir die Freiheit genommen, ihnen meine Worte in die Münder zu legen. Kein Zweifel besteht jedoch daran, dass die Familie Jammet und Anne Morgan dafür gesorgt haben, dass zahlreiche Juden das Land verlassen konnten und so dem sicheren Tod entgingen. Ebenso wahr ist es, dass der Architekt Leo Lermán während der gesamten Zeit der Besatzung im Zimmer 106 des Hotels Le Bristol ein Versteck gefunden hatte, das unentdeckt blieb, obwohl er während dieser Zeit etliche Renovierungen im Haus vorgenommen hat. Selbst das Bild »Die Badenden« von Fragonard gibt es tatsächlich. Es war jedoch nie im Hotel verborgen und kann heute im Louvre besichtigt werden.

Einige Begebenheiten, die im Roman geschildert wurden, haben tatsächlich so stattgefunden. Monsieur Jaujard hat die Bilder des Louvre so evakuiert, wie ich es beschrieben habe. William Bullitt hat tatsächlich die amerikanische Botschaft ins Le Bristol gelegt, ebenso wie später das deutsche Außenministerium seine Gäste in dieses Hotel geschickt hat.

Die Razzien am 16. und 17. Juli 1942 und die Unterbringung der Juden im Vélodrome d'Hiver gehören ebenfalls zu den Begebenheiten, die sich tatsächlich ereignet haben.

Es gab die Sprengladungen an den Seinebrücken und den Pariser Sehenswürdigkeiten wahrhaftig, und Monsieur Jammet hat mit der Unterbringung der 150 Offiziersfrauen mit ihren Kindern mit dafür gesorgt, dass Paris unbeschadet blieb. Nach dem Krieg wurde Monsieur Jammet dafür angefeindet, und er wurde der Kollaboration mit den Deutschen bezichtigt. Doch schon bald brachte das französische Außenministerium seine Gäste im Le Bristol unter, vor allem Botschafter und Diplomaten. 1951 stieg Konrad Adenauer erstmals im Le Bristol ab, und seither logierten alle deutschen Kanzler/in dort.

Ich kann nur hoffen, alles so dargestellt zu haben, wie es vielleicht nicht war, aber wie es hätte sein können. Dabei sind sicherlich auch Fehler passiert, die allein mir zugeschrieben werden sollten.